À Monsieur Delisle,

Administrateur général de la
Bibliothèque nationale

Hommage respectueux
Yeller

LA

# DIPLOMATIE FRANÇAISE

VERS LE MILIEU DU XVIᵉ SIÈCLE

# LA
# DIPLOMATIE FRANÇAISE

VERS LE MILIEU DU XVIe SIÈCLE

D'APRÈS LA

## CORRESPONDANCE DE GUILLAUME PELLICIER

Évêque de Montpellier

**AMBASSADEUR DE FRANÇOIS Ier A VENISE**

(1539-1542)

## THÈSE POUR LE DOCTORAT

PRÉSENTÉE

# A LA FACULTÉ DES LETTRES DE PARIS

PAR

### JEAN ZELLER

AGRÉGÉ D'HISTOIRE ET DE GÉOGRAPHIE

# PARIS
## LIBRAIRIE HACHETTE ET Cie
79, BOULEVARD SAINT-GERMAIN, 79

—

1880

# AVANT-PROPOS

Nous nous sommes proposé d'étudier le rôle de la diplomatie française vers la fin du règne de François Iᵉʳ. C'est pourquoi, tout en cherchant à définir les fonctions de Guillaume Pellicier et à faire connaître ses actes, nous avons cru devoir insister sur les grands événements auxquels il fut mêlé dans le cours de son ambassade.

On trouvera dans notre travail des informations, que nous croyons nouvelles, sur l'organisation de la diplomatie de François Iᵉʳ et les relations de ses ambassadeurs avec le gouvernement vénitien; sur les agents de toute nature que ce prince entretenait à titre de pensionnaires secrets, et qu'il employait pour avoir des renseignements en temps de paix et tenter des coups de main en temps de guerre. On y verra comment les révélations faites à l'évêque de Montpellier déterminèrent les Vénitiens à rendre définitive l'institution des inquisiteurs d'État, qui n'avait d'abord été qu'une magistrature exception- nelle et provisoire. Pellicier y apparaîtra tour à tour occupé, soit à recruter des troupes et à faire des conquêtes en pleine paix, soit à attirer les savants italiens dans la clientèle de la France et à recueillir des manuscrits pour « la librairie » de Fontainebleau, qui fut le premier fonds de la Bibliothèque royale.

Mais, comme notre principal but était de suivre, à l'aide de la correspondance de Pellicier, le développement de la politique française en Italie et en Orient, nous n'avons pas hésité à laisser parfois l'ambassadeur au second plan pour mettre en relief les faits historiques qu'il a racontés et commentés. Nous avons exposé en détail les négociations de la paix, conclue en 1540 entre la Seigneurie vénitienne et la Porte ottomane, qui eut une si grande influence sur la constitution intérieure de la République et la plaça, en Orient, sous le protectorat de la France. Nous avons décrit les péripéties de la guerre de succession de Hongrie, qui fit tomber la plus grande partie de ce royaume entre les mains des Osmanlis. Toutes les informations que renferment les lettres de Pellicier sur le meurtre de Rincon et de Fregoso, les missions du capitaine Polin et l'expédition de Charles-Quint contre la ville d'Alger, ont été recueillies et coordonnées. Nous avons même tenté d'esquisser, d'après les récits de l'ambassadeur, le tableau de la cour de Constantinople sous le règne de Souleyman.

La correspondance diplomatique de Pellicier, qui a servi dè base à notre travail, est malheureusement incomplète : toutes les dépêches antérieures au mois de juillet 1540 ont été perdues, à l'exception de trois lettres publiées par Ribier. Celles de la fin de 1540 et des années 1541 et 1542 sont conservées à la Bibliothèque nationale, à la Bibliothèque Méjanes, à Aix en Provence, et aux Archives du Ministère des Affaires étrangères. Nous avons fait usage des manuscrits de ces deux premiers dépôts, qui sont les plus accessibles ; mais nous avons pris soin de collationner leur texte avec celui du Ministère des Affaires étrangères. Nous avons cité de préférence la copie de la Bibliothèque nationale, qui est à la portée du plus grand nombre. Toutefois, comme elle ne contient pas les lettres adressées à l'évêque de Tulle et, en général, à tous les personnages d'un rang secondaire, nous avons dû très souvent avoir recours à celle de la Bibliothèque d'Aix.

Le manuscrit de la Bibliothèque nationale a pour titre :

*Volume 2ᵉ des Missives de Messire Guilhaume de*

*Pelicier, Évesque de Montpellier, Ambassadeur pour le Roy François premier à Venise.*

C'est un in-quarto de 244 pages écrites au verso ; il fait partie du *Fonds Clairambault,* et porté actuellement le n° 570.

Le manuscrit de la Bibliothèque d'Aix est intitulé :

*Lettres de Messire Guillaume Pélissier, Évesque de Maguelonne, Ambassadeur du Roy François premier vers la République de Venise* (1).

Il forme un fort volume in-folio de 1196 pages, et porte le n° 142 ; sur le verso de la couverture se trouvent les armes du marquis d'Aubais. Il est mentionné dans la *Bibliothèque historique* du P. Lelong (t. III, p. 48) : « 29964. *M. F. Lettres du même* » *Guillaume Pélissier, écrites pendant son Ambassade* » *de Venise, en* 1541 *et* 1542, *in-fol.* Ces Lettres sont » conservées dans le Château d'Aubais, près de » Nismes, dans la Bibliothèque de M. le Marquis » d'Aubais. »

Le P. Lelong signale *(ibidem)* un autre recueil des dépêches de l'évêque de Montpellier : « 29963.

(1) *Conf.* U. Robert, *Inventaire sommaire des manuscrits des Bibliothèques,* 1879, p. 19, et M. Mouan, *Études sur Denis Faucher,* Aix, 1847, p. 20.

» *M. F. Lettres originales de Guillaume Pélissier,*
» *Évêque de Maguelonne (ou de Montpellier), écrites*
» *pendant son Ambassade de Venise, depuis le* 1er *Juillet*
» 1540 *jusqu'au* 13 *de Septembre* 1541. Ces Lettres,
» qui contiennent des faits curieux et anecdotes pour
» l'Histoire de ce temps-là, étoient le n° 101 de la
» Bibliothèque de M. Colbert de Croissy, Évêque de
» Montpellier, mort en 1738. » On lit, en effet, dans
le catalogue imprimé des livres de Colbert de Croissy :
« *Ambassade de M. Guillaume Pélissier, Évêque de*
» *Montpellier, en* 1540 *et* 1541, *à Venise.* Ms. sur
» papier parchemin, 1 vol. in-fol. *(Catalogus librorum*
» *Bibliothecæ D. D. Caroli Joachimi Colbert de*
» *Croissi, Episcopi Montispessulani,* MDCCXL, t. II,
» p. 448). » Nous pensons que ce manuscrit n'est
autre que celui que l'on conserve encore aujourd'hui
au Ministère des Affaires étrangères, car ce dernier
porte la signature de Charles de Pradel, évêque de
Montpellier, prédécesseur de Colbert de Croissy, et
répond à la plupart des indications données par le
P. Lelong et le *Catalogus* (1).

_____

(1) C'est un volume de 330 pages, en y comprenant le
verso. Il porte en tête : *Lettres de M. Pélissier, Év. de Mague-*
*lonne, pendant son Ambassade à Venise, en* 1540 *et* 1541 ; et

M. Charrière a publié, dans les *Négociations de la France dans le Levant (Collection de documents inédits)*, t. 1, 1848, p. 418-553, des extraits des dépêches du recueil des Affaires étrangères, qui ont trait aux relations de François Ier avec la Porte ottomane. Son travail n'est pas toujours exact, et nous avons signalé, à l'occasion, quelques erreurs qui s'y sont glissées ; mais, comme les *Négociations* sont entre les mains d'un grand nombre de lecteurs, nous les avons citées toutes les fois qu'il nous a été possible de le faire. Nous nous sommes bien gardé, à plus forte raison, d'omettre de mentionner les trois lettres de Pellicier qui se trouvent dans le recueil de Ribier *(Lettres et Mémoires d'Estat,* 1666, t. 1, p. 483, 511 et 519); car ces dépêches, qui portent les dates du 18 octobre 1539, du 30 mars 1540 et du 19 avril de la même année, faisaient partie du premier volume de la correspondance de Pellicier, aujourd'hui perdu.

Pour les commencements de l'ambassade de l'évê-

---

en marge : *Ex libris Biblioth. D. D. Caroli de Pradel, Episcop. Monsp.* — Le manuscrit d'Aix, dont l'écriture est du XVIIe siècle, a été copié, selon toutes les probabilités, sur celui des Affaires étrangères. Ce dernier, de même que le volume de la Bibliothèque nationale, est une copie exécutée au XVIe siècle.

que de Montpellier, nous avons trouvé des indications certaines et précises dans le manuscrit suivant, qui se trouve à la Bibliothèque nationale :

*Extraits des Comptes des Trésoriers de l'Épargne, de* 1526 *à* 1543. Volume intitulé : *Ordre du Saint-Esprit. Mélanges de Clairambault,* 1215, *p.* 63-80°.

Ce recueil renferme de curieux renseignements sur l'organisation de la diplomatie, le traitement des ambassadeurs et la durée de leurs fonctions, de même que sur les subsides fournis à divers États et les allocations accordées aux pensionnaires secrets.

Mais ce sont surtout les documents manuscrits, conservés dans les Archives de Venise, au couvent des *Frari*, qui nous ont permis de vérifier et de compléter les informations contenues dans la correspondance de Pellicier. Voici les titres de ceux que nous avons consultés :

*Dispacci di Francia (Cancellaria Secreta),* 1540-1542. Correspondance de Matteo Dandolo, ambassadeur de Venise en France, du 17 janvier 1540 (1541) au 6 juillet 1542 (1).

*Esposizioni Principi,* 1540-1542 (2).

––––––––

(1) Voyez Armand Baschet, *Les Archives de Venise,* 1870, troisième partie, ch. VII, p. 280.

(2) *Ibidem,* ch. XII.

*Deliberazioni del Senato (Cancellaria Secreta),* 1539-
1542 (1).

*Inquisitori di Stato. Dispacci di Francia,* 1516-
1560 (2).

*Consiglio dei X. Registri Criminali,* 1535-1542 (3).

N'ayant pu vérifier nous-même la pagination des
pièces que nous avons dû faire copier aux Archives
des *Frari*, nous avons eu soin d'indiquer les dates
des lettres, des audiences du *Collège*, et des procès-
verbaux des divers Conseils de la République.

Enfin, l'un des recueils manuscrits de la Bibliothèque de Saint-Marc nous a fourni plusieurs faits
nouveaux et d'intéressants développements. Il a pour
titre :

*Avvisi notabili del Mondo et deliberazioni più impor-
tanti di Pregadi,* classe VII, codex 1279, p. 250-
264 (4).

Le nombre des ouvrages que nous avons cru
devoir consulter est trop considérable pour que nous

---

(1) *Ibidem*, ch. V.

(2) *Ibidem*, cinquième partie.

(3) *Ibidem*, quatrième partie, ch. II.

(4) Ce manuscrit est cité par Romanin, *Storia documentata
di Venezia,* 1858, t. VI, p. 63.

puissions tenter d'en dresser ici même une liste
sommaire. Nous nous contenterons de rappeler que,
pour l'histoire d'une époque où l'imprimerie était déjà
très répandue, il y a presque autant de découvertes à
faire dans les imprimés que dans les manuscrits. Nous
avons trouvé d'intéressants détails sur Pellicier et ses
correspondants d'Italie dans les recueils de lettres et
de poésies du XVI<sup>e</sup> siècle, et même dans les dédi-
caces des ouvrages qui furent placés sous le patronage de l'ambassadeur. Nous avons consulté avec
fruit les auteurs de critique littéraire ou de bibliogra-
phie : Gesner, L. G. Giraldi, Martin Crusius, etc.
Nous avons fait de larges emprunts aux voyageurs en
Orient : Guillaume Postel, Jacques Gassot, Jehan
Chesneau, Nicolas de Nicolay, etc., et à Antoine
Geuffroy, auteur de la *Briefve description de la Court
du Grant Turc*. Toutes les assertions de l'évêque de
Montpellier ont été confrontées avec les récits des
auteurs vénitiens contemporains, tels que P. Paruta,
A. Morosini, P. Giustiniani, Fr. Sansovino, et ceux
des autres historiens du XVI<sup>e</sup> siècle, tels que Paul
Jove, Guazzo, Bonfadio, Ulloa, Sleidan, Sepulveda,
Arnaud Le Ferron, Etienne Dolet, Belleforest, Martin
du Bellay, Brantôme, etc.

Pour tâcher d'éclaircir les points que les documents contemporains laissaient dans l'obscurité, nous avons eu très souvent recours aux écrivains des siècles suivants. De Hammer et Zinkeisen nous ont servi de guides pour l'histoire de l'Empire ottoman; Isthuanfi, *les Scriptores Rerum Hungaricarum,* et notre compatriote, M. E. Sayous, pour celle du royaume de Hongrie; Tiraboschi *(Letteratura italiana),* Apostolo Zeno *(Bibliotheca di Fontanini),* le P. de Montfaucon *(Palæographia græca),* Renouard *(Annales de l'Imprimerie des Alde),* et M. L. Delisle *(Le Cabinet des Manuscrits de la Bibliothèque impériale),* pour les questions littéraires ou bibliographiques. Les historiens de l'Église et de la ville de Montpellier, P. Gariel, Ch. de Grefeuille, M. Germain, et l'auteur de l'*Histoire du Languedoc*, dom Vaissette, ont été mis à contribution. Enfin, nous avons consulté les précieux recueils de Ribier, déjà mentionné, de Lanz *(Correspondenz des Kaisers Karl V),* d'Albèri *(Relazioni venete),* de Cicogna *(Inscrizioni venete),* de Romanin *(Storia documentata di Venezia),* de G. de Leva *(Storia documentata di Carlo V),* d'A. Ronchini *(Lettere d'uomini illustri),* de dom Martin Fernandez Navarette *(Coleccion de documentos ineditos),* et les volumes de la *Collection de documents inédits*, publiés en France sous les auspices du Ministère de l'Instruction publique, tels que les *Papiers d'État du cardinal de Granvelle*, les *Négociations diplomatiques de la France avec la Toscane*, les *Relations des ambassadeurs vénitiens*, etc. (1).

Nous prions les personnes qui ont bien voulu nous faciliter l'étude de ces documents et nous aider de leurs conseils, d'agréer l'expression de notre gratitude. Qu'il nous soit surtout permis de rendre grâces à M. le commandeur Cecchetti, directeur de l'*Archivio di Stato,* à Venise ; à M. Delisle, administrateur général de la Bibliothèque nationale ; à M. Wescher, conservateur au Cabinet des manuscrits ; à M. le Conservateur de la Bibliothèque Méjanes, à Aix, et à M. Germain, doyen de la Faculté des Lettres de Montpellier.

---

(1) Tous les ouvrages dont nous nous sommes servi sont mentionnés en note, avec la date de l'édition et les autres indications qui peuvent faciliter les recherches.

# LA DIPLOMATIE FRANÇAISE

## SOUS FRANÇOIS Iᵉʳ

# INTRODUCTION

———⚬⟩⟨⚬———

## LA DIPLOMATIE FRANÇAISE

### SOUS FRANÇOIS Iᵉʳ

⚬⟩⟨⚬

La diplomatie n'est devenue une institution régulière que vers le commencement des temps modernes : elle fut la conséquence des révolutions qui s'accomplirent dans la politique extérieure de la plupart des contrées de l'Europe, aussi bien que dans leur organisation intérieure.

Depuis qu'il existait des États, ils avaient échangé des ambassades pour certains cas spéciaux et entretenu des rapports plus ou moins fréquents. Mais jamais, ni dans l'antiquité, ni au moyen âge, ces relations n'avaient été suivies ni permanentes. Il n'en fut plus de même dans les temps modernes. La plupart des peuples de l'Occident s'étaient constitués en grands États, nettement séparés par leur organisation politique, et cependant unis sous d'autres rapports, ayant des intérêts communs et des intérêts particuliers, rivaux les uns des autres et forcés d'adhérer les uns aux autres, vivant dans une certaine communauté de pensées, alors même qu'ils étaient ennemis, ne pouvant se passer des ressources de ceux mêmes auxquels ils déclaraient la guerre, obligés de faire un échange continuel de leurs produits et de leurs idées, et tellement solidaires que l'un d'eux ne pouvait disparaître sans grand péril pour les autres. En un mot, ils formèrent ce que l'on a si bien nommé, de nos jours, le concert européen.

C'est alors que la diplomatie prit naissance. Elle avait précisément pour mission d'entretenir ces relations d'un caractère tout nouveau. Elle établit des agents avec un droit de surveillance sur les pays étrangers et la mission d'agir par tous les moyens sur les cours auprès desquelles ils ·étaient accrédités ; elle les constitua en une représentation régulière, et en fit une sorte de gouvernement placé en face du gouvernement national (1).

Lorsque la France et l'Europe furent arrivées à ce moment de leur évolution, elles prirent modèle sur l'Italie. Depuis longtemps déjà, la Péninsule était organisée en petit, comme l'Europe le fut alors en grand : elle renfermait, dans un cadre resserré, la même réunion de corps politiques indépendants, mais soumis, par leur voisinage, à de fréquents rapports. La diplomatie y eut, de bonne heure, une organisation régu-

---

(1) E. Charrière, *Négociations de la France dans le Levant*, t. I, Introduct., p. XXVII et XXVIII (*Coll. des doc. inéd.*).

lière (1). Le plus grand publiciste de l'Italie en traça les règles
dès le commencement du XVI<sup>e</sup> siècle. L'État le mieux ordonné
de la Péninsule, la République de Venise, en donna le modèle
dès le milieu du moyen âge (2). Mais elle n'avait été, avant l'ère
moderne, qu'une institution locale, renfermée dans la Péninsule
et dans le cercle des puissances qui se trouvaient en relation
avec les républiques italiennes.

La France en fit une institution européenne. Ce royaume avait
devancé les autres peuples dans la révolution qui substitua la
centralisation monarchique aux dominations féodales ; il les précéda dans l'organisation de la diplomatie, dont la mission était
de régler les rapports des États, d'établir entre eux une sorte
d'équilibre, condition indispensable du maintien du concert européen, d'empêcher que l'un d'eux n'acquît une puissance pré-

---

(1) *Ibidem*, p. XXVIII.

(2) Avec cette sûreté de vue et cet esprit pratique qui sont les principaux caractères de son talent, Machiavel a tracé, plus clairement qu'on
ne l'a fait depuis, les devoirs de l'ambassadeur. « Les objets qu'il traite,
» dit-il, peuvent se rapporter à trois : ce qui est fait, ce qui se fait et
» ce qu'on peut faire par la suite. De ces trois choses, une seule est
» facile à savoir : la première. Encore même s'il s'agit d'une ligue entre
» deux États, et contre un troisième, on ne réussit pas toujours à en
» dérober la connaissance à qui il importe de la tenir secrète..... Mais
» il est bien autrement difficile d'être informé de ce qui se passe et
» d'en prévoir l'issue, parce qu'on n'a, au lieu de faits, que de simples
» conjectures..... Celui qui sait former de sages conjectures et les faire
» comprendre à son gouvernement, lui procure les plus grands avantages
» et le met à portée de prendre ses mesures au moment convenable. »
INSTRUCTIONS SUR L'ALLEMAGNE. — INSTRUCTIONS A RAPHAEL GÉROLAMI. —
*OEuvres complètes de Macchiavelli*, édit. du *Panthéon littéraire*, t. I, p. 308
et 309. — Pour la diplomatie de Venise, voyez Charrière, Introduction,
*passim*, et A. Baschet, *La diplomatie vénitienne*, 1862, chap. 1<sup>er</sup>.

pondérante et menaçante pour la liberté des autres. Obligée de lutter contre la maison d'Autriche, que l'on soupçonnait, non sans raison, d'aspirer à la monarchie universelle, la France se servit de la diplomatie pour démasquer et déjouer les projets de cette puissance ambitieuse, pour gagner à sa cause les nations dont les intérêts étaient identiques aux siens, pour opposer ses alliés à ses ennemis, et rétablir l'équilibre qui avait été rompu au grand préjudice de la civilisation. C'est à François Iᵉʳ que revient l'honneur d'avoir organisé cette institution.

Les correspondances des ambassadeurs et les autres documents de la diplomatie de ce prince nous le font voir sous un jour tout nouveau, et nous permettent de le compter au nombre des grands politiques de son temps. On n'a pas, à notre sens, apprécié jusqu'à présent François Iᵉʳ à sa véritable valeur. Les historiens contestent ses capacités politiques, et prétendent qu'il n'avait ni la portée d'esprit, ni le caractère de l'homme d'État. Ils oublient que, parmi les souverains de son temps, il se montra l'un des plus habiles à se rendre compte des ressources et des dispositions des différents États, à choisir ses alliés, à démasquer ses ennemis, à les opposer les uns aux autres, et à mettre en balance et en équilibre les puissances qui se partageaient le monde.

Mais il ne faudrait pas se le représenter comme un de ces graves politiques, dont tous les pas sont comptés, toutes les démarches mesurées, qui parlent lentement, posément, qui signent les protocoles avec des plumes d'or. Cela ne serait pas conforme à la vérité historique. Ce roi gentilhomme faisait les choses plus simplement, et, il faut bien le dire, avec un sans-façon qui ne laissait pas de déconcerter les graves ambassadeurs de Venise. François Ier recevait ordinairement les ambassadeurs après son diner. Il se retirait dans un coin de la salle ou vers une fenêtre, et leur donnait audience au milieu d'une grande affluence de cardinaux et de seigneurs. « Il ne m'a jamais été possible, dit l'am- » bassadeur vénitien, Mathieu Dandolo, d'entretenir le roi dans » d'autres conditions, et il n'est arrivé que rarement que Sa » Majesté ait ordonné à sa suite de se tenir à distance (1). »

Aussi, lorsqu'il avait intérêt à dérober aux ambassadeurs étrangers le secret d'une négociation ou d'une entreprise importante, François en était réduit à faire la solitude autour de sa personne. Il avait recours à des procédés dont la naïveté fait sourire, et qui ne pouvaient venir qu'à l'esprit d'un roi chasseur. Les déplacements fréquents auxquels il avait habitué les personnes qui suivaient sa cour, le servaient à merveille. Il prenait, comme on dit vulgairement, la clef des champs, obligeait les ambassadeurs à courir à sa suite sans se laisser jamais rejoindre, les déconcertait par l'imprévu et la rapidité de ses voyages, et s'arrangeait de façon à les tenir toujours hors de sa portée. « Pour ce qui concerne le Turc, disait avec un dépit mal déguisé » l'ambassadeur cité plus haut, Votre Sérénité en peut savoir » plus long que moi, attendu le grand secret que Sa Majesté a » toujours fait et fait encore observer sur ce sujet. Pour l'obtenir, » elle tient les ambassadeurs le plus loin qu'elle peut de sa per-

---

(1) Albèri, *Relazioni degli ambasciatori veneti*, s. I, t. IV, p. 34.

» sonne, et je puis vous assurer que nous avons quelquefois estimé
» que nous nous trouvions aussi éloignés de Sa Majesté que si
» nous avions été à Milan. C'est encore ce qui advint lorsqu'arriva
» la nouvelle de la mort de Fregoso et de Rincon : nous étions
» au Brouage, et le roi était dans le Limousin; à Pâques, nous
» étions tous éloignés d'au moins dix lieues, les uns en avant, les
» autres en arrière de la cour... non seulement nous ne pouvions
» rien apprendre de ceux de la cour, mais il ne nous était même
» pas possible de nous renseigner mutuellement (1). »

La politique de François Ier forme un contraste frappant avec
sa vie errante à travers le royaume; elle fut aussi régulière que
son existence était décousue. En dépit de quelques variations,
plus apparentes que réelles, et des fautes auxquelles il fut entraîné
par sa générosité naturelle plutôt que par la légèreté de son caractère, il suivit un plan invariable et s'attacha toujours à la
même idée : il ne cessa de travailler à soustraire l'Italie à la domination autrichienne.

Cette politique était conforme à la nature des choses, à la situation de la France et à celle de l'Europe. Depuis la fin du
XVe siècle, l'axe du monde politique était dans la Péninsule
italienne, que la France avait tout intérêt à disputer à Charles-
Quint, pour séparer les deux plus vastes États de ce prince : le
royaume d'Espagne et l'empire d'Allemagne. Il ne fut déplacé et
reporté au nord de l'Europe qu'après le traité de Cateau-Cam-
brésis. Comme l'Espagne et l'Allemagne appartinrent dès lors à

--------

(1) Albèri, *Ibidem*, p. 50 et 51.

deux branches différentes de la maison d'Autriche, nos rois n'eurent plus le même intérêt à s'établir en Italie. Ils aimèrent mieux reculer leur frontière de l'Est : ils renoncèrent à faire de la Péninsule le centre de leurs opérations, et dirigèrent naturellement leurs forces vers le Nord, devenu le théâtre de la politique européenne.

D'autre part, tout en se déchargeant d'une grande partie de ses affaires sur ses ministres et en laissant quelques-uns d'entre eux, tels que le chancelier du Prat et le connétable de Montmorency, prendre en apparence la direction du gouvernement, François ne cessa de s'occuper personnellement de ses relations avec les puissances étrangères. Les ambassadeurs correspondaient directement avec lui, et lui adressaient fréquemment des dépêches pour le moins aussi longues que celles qui étaient destinées à ses ministres. Son ardeur ne semble s'être ralentie que dans les dernières années de son règne, lorsqu'il était déjà atteint de douloureuses infirmités (1).

François Iᵉʳ discutait les questions de politique extérieure avec un Conseil qui le suivait partout, et dont la composition a plusieurs fois varié. Mathieu Dandolo, qui revint de son ambassade vers la fin de 1542, en parle dans les termes suivants : « Sa Majesté a un Conseil secret, que l'on appelle le Conseil des » *affaires*. La sérénissime reine de Navarre en fait partie et est » obligée, pour ce motif, de se trouver partout où va le roi, ce » qui est aussi assujettissant et incommode que possible. Le

(1) Bibliothèque d'Aix, *Lettres de Messire Guillaume Pélissier*, Ms., p. 364.

» sérénissime roi de Navarre y assiste lorsqu'il se trouve à la
» cour, ainsi que monseigneur l'amiral, monseigneur d'Anne-
» baut, le révérendissime cardinal de Lorraine et monseigneur
» le dauphin. Il n'y a pas de secrétaire. Toutes les affaires,
» petites et grandes, y étaient traitées, pendant tout le temps de
» mon séjour en France, dans un si grand secret que je ne
» pourrais pas le croire, si je n'en avais fait l'épreuve (1). »

Quatre *secrétaires des finances* étaient chargés d'expédier
les affaires sous la direction de ce Conseil. Ils se partageaient
l'administration intérieure, et ce qu'on appela depuis le *département des affaires étrangères*. L'un d'eux avait *l'Écosse et
l'Angleterre;* le second, *la Savoie, l'Allemagne et les cantons
suisses;* le troisième, *l'Espagne et le Portugal;* le dernier, *le
Piémont, Rome, Venise et le Levant* (2).

C'est encore François I$^{er}$ qui organisa le personnel de la diplomatie française. Ses prédécesseurs se contentaient de se faire
représenter par six ou sept évêques, abbés ou magistrats, dans
les principales cours de l'Europe avec lesquelles ils avaient des
intérêts à démêler. François augmenta le nombre des ambassadeurs ordinaires et extraordinaires; il en envoya pour la
première fois à Constantinople, en Hongrie, en Pologne, en
Danemark et en Suède ; il en accrédita auprès des diètes de

---

(1) Albèri, *ibidem*, p. 33 et 34. — Il ne cite pas le cardinal de Tournon parmi les membres de ce Conseil. Cependant, ce prélat avait pris
en main la direction de la diplomatie après la disgrâce du connétable
de Montmorency, comme les correspondances des ambassadeurs et les
dépêches de Dandolo lui-même en font foi.

(2) De Flassan, *Histoire de la diplomatie française,* 1811, t. II, p. 21.

l'Empire et même dans les États de second ordre qu'il avait
intérêt à rallier à sa cause et qui pouvaient l'aider, soit de leurs
avis, soit du concours de leurs armées (1).

Ces diplomates étaient rarement des hommes d'épée, quelquefois des magistrats, presque toujours des gens d'Église, abbés,
évêques et même cardinaux. On ne vit jamais tant d'ecclésiastiques dans les hauts emplois que du temps de François Iᵉʳ.
Brantôme a décrit, avec sa verve habituelle et son style pitto-
resque, cette invasion des gens d'Église dans presque toutes les
fonctions publiques. « Le roy, dit-il, honnoroit les prélatz et les
» gens d'Église de charges honnorables, les uns employans aux
» ambassades, les autres aux affaires, les faisans conseilliers de
» son conseil privé.... Telz prélatz honnorables accomodoient
» bien une court, et y portoient grand argent et proffict. Je ne
» dis pas qu'il n'y ait heu des abus, et mesme un, en ce que les
» jeunes prothenotayres, bien qu'ilz fussent pourveus de quelques
» dignitez, estoient un peu trop muguetz, jusques à estre receus
» aux dances et près des dames dans une salle de bal, et s'estu-
» dioient de dancer aussi bien et baler qu'un gentilhomme (2) ».

Brantôme croit que ces manquements à la discipline ecclésiastique étaient choses de peu d'importance en regard des services
rendus par le clergé. Le roi était du même avis. Il trouvait plusieurs avantages à employer les gens d'Église dans les fonctions

---

(1) Garnier, *Histoire de France*, 1778, t. XXV, p. 511 et 512. — De
Flassan, *Hist. de la dipl. fr.*, t. I, p. 11.

(2) Brantôme, *OEuvres complètes*, édit. de la Société de l'*Hist. de
France*, t. III, p. 130-134.

publiques. D'un côté, il pouvait les récompenser sans trop surcharger le Trésor, puisqu'il avait, de par le Concordat, la faculté de leur conférer autant de bénéfices qu'il lui plaisait ; de l'autre, il avait en eux des serviteurs instruits et éclairés : car si les lumières avaient cessé d'être le monopole exclusif du clergé, elles étaient encore infiniment plus répandues dans cet ordre que dans les autres classes de la nation. François Ier n'avait même pas à s'occuper des liens qui rattachaient à Rome l'Église de France. Le caractère ecclésiastique de ces nouveaux serviteurs de l'État ne gênait ni ne diminuait leur dévouement pour la personne du roi et leur zèle pour le bien public. L'Église se ressentait de la révolution qui s'était opérée dans la politique. Au moment où les nationalités se constituaient, où les peuples étaient sous l'empire d'un sentiment nouveau, que nous appelons aujourd'hui le patriotisme national, le clergé trouvait naturel de tout subordonner à l'intérêt de la France, et mettait son honneur à se distinguer par son dévouement à la cause publique.

François Ier confia à ses membres les principaux postes de la diplomatie. Il n'eut pas sujet de le regretter. Nos évêques diplomates « avaient le regard ferme et sûr, la connaissance profonde » des hommes et une rare indépendance à l'égard du pouvoir » religieux dont ils relevaient. Il leur arriva souvent de se » trouver en opposition avec des intérêts qu'ils devaient être » portés, par leur état, à servir aux dépens de ceux de leur » pays (1). » — Ils n'hésitèrent jamais, et lorsque la patrie était

_____

(1) Charrière, *Négoc.*, t. I, p. XLIII.

en jeu, ils se prononcèrent toujours en faveur de la politique qui pouvait lui être le plus avantageuse.

Les cardinaux Jean du Bellay et Jean de Lorraine rendirent d'éminents services dans les missions qui leur furent confiées. Le cardinal de Tournon négocia la délivrance de François I<sup>er</sup>, en 1526, et fut chargé de correspondre avec les ambassadeurs après la disgrâce du connétable de Montmorency. Le chancelier du Prat, devenu cardinal, rédigea les instructions de La Forest, premier ambassadeur officiel de la France auprès de la Porte ottomane, et eut l'honneur de tracer le programme de la politique suivie dès lors par la France en Orient (1). La plupart des ambassadeurs ordinaires étaient des évêques (2).

Par contre, les envoyés du roi dans les pays lointains, en Pologne, en Hongrie, en Turquie, étaient presque tous des étrangers. L'Espagnol Antoine Rincon, après avoir quitté le service de Charles-Quint, parcourut pour François I<sup>er</sup> presque toute l'Europe orientale, et fut le véritable auteur de l'alliance franco-turque. Le polonais Jérôme Laszko fut tour à tour ambassadeur des rois de Pologne, de France et de Hongrie, de Charles-Quint et de Ferdinand ; il ne pouvait, comme le disait François I<sup>er</sup>, « servir un maitre sans en desservir un autre (3). » Tantôt revêtus du titre d'ambassadeur, tantôt employés comme agents secrets, ces *diplomates cosmopolites* nouèrent des rela-

(1) Charrière, *ibidem*, p. 255.
(2) *Ibidem*, p. XLIU.
(3) Arch. gen. di Ven., *Dispacci dell'amb. Matteo Dandolo al Re di Franza, 1540-1542*, Mss., Dispaccio di 17 gennaio di 1540.

tions avec les États orientaux et les firent entrer dans le concert européen.

Les ambassadeurs que le roi accréditait auprès des différentes cours de l'Europe, avaient sous leurs ordres un personnel aussi nombreux que varié (1). On voyait, à côté de la diplomatie officielle, une diplomatie secrète dont le centre était en Italie, et qui étendait ses ramifications sur toute l'Allemagne et la plupart des États soumis à Charles-Quint. Elle comprenait des évêques, des gentilshommes du rang le plus élevé, de grandes dames et d'obscurs aventuriers (2). Ces agents, que les ambassadeurs appelaient alors les « bons serviteurs du Roy », que l'on désigna plus tard sous le nom de pensionnaires secrets, et que l'on qualifie aujourd'hui d'espions politiques, rendirent les plus grands services à la diplomatie. François Ier, en les employant dans ses négociations, ne faisait qu'imiter son rival Charles-Quint, qui avait sous ses ordres un grand nombre de religieux, chargés de porter des messages secrets et de surveiller les princes d'Italie (3).

Les gouvernements ne cessèrent dès lors d'avoir recours à ces moyens occultes pour se procurer des informations sûres et

(1) La diplomatie avait un commencement d'organisation, mais elle n'avait pas encore de hiérarchie bien réglée. Quelquefois le roi accréditait auprès de la même cour deux ambassadeurs qui devaient suivre la même négociation. Lorsqu'il avait une affaire particulière à traiter avec un gouvernement, il en chargeait souvent un envoyé extraordinaire, qui venait s'adjoindre pour quelque temps au ministre résident.

(2) Voyez plus bas, chap. II, *passim.*

(3) Voyez plus bas, chap. II, *passim.*

rapides. Un publiciste du XVIII⁰ siècle, M. de Callières, apprécie dans les termes suivants le rôle de cette diplomatie secrète : « Il arrive d'ordinaire dans les négociations ce qui arrive dans » la guerre, que des espions bien choisis contribuent plus que » toutes choses au bon succès des grandes entreprises. Il n'y a » rien de plus capable de renverser un dessein important qu'un » secret éventé bien à propos... Il vaudrait beaucoup mieux » qu'un général eût un régiment de moins dans son armée, et » qu'il fût bien instruit de l'état et du nombre de l'armée ennemie » et de tous ses mouvements ; et qu'un ambassadeur retranchât » de ses dépenses superflues pour employer ce fonds à découvrir » ce qui se passe dans le Conseil du pays où il se trouve (1). »

Certes, on ne saurait nier l'utilité de la diplomatie secrète. Mais peut-on en dire autant de sa moralité ? C'est une question qu'il ne nous appartient pas de résoudre. Nous nous contenterons de faire remarquer, à la décharge de François I⁰ʳ, que les sujets de Charles-Quint, qui furent gagnés par la France, appartenaient presque tous à des contrées soumises par la force à la maison d'Autriche et n'aspirant qu'à recouvrer leur indépendance nationale. On ne pouvait leur contester le droit de se mettre au service du prince qui combattait l'oppresseur de leur patrie, et de défendre sa cause, qui était celle de tous les peuples menacés par la politique impériale.

Mais on ne saurait, dans tous les cas, approuver la conduite de certains ministres et ambassadeurs étrangers que le roi par-

---

(1) De Callières, *De la manière de négocier*, 1716, p. 44 et 45.

vint à gagner à ses intérêts. Quelques-uns d'entre eux acceptaient des présents d'une si grande valeur qu'on peut les accuser d'avoir aliéné leur indépendance. Un document, jusqu'ici peu connu, qui se trouve au cabinet des manuscrits de la Bibliothèque nationale, renferme de curieuses indications sur ce sujet : c'est un extrait des *Comptes des Trésoriers de l'Épargne*, concernant les relations de la France avec les pays étrangers, depuis 1526 jusqu'à 1543 (1). On y trouve les articles qui figuraient jadis dans nos budgets sous le titre de *Fonds secrets*. On y voit les sommes parfois très élevées que recevaient des ambassadeurs accrédités à la cour de France et de grands seigneurs des pays voisins.

Les Anglais paraissent s'être montrés le plus sensibles à ces sortes d'avances. L'Angleterre, alors en partie couverte de bois, ayant un sol ingrat et ne possédant encore aucune colonie, ne faisait qu'un commerce peu important, qui ne consistait guère que dans la vente de ses laines en Flandre et des produits de ses pêcheries. Aussi ses rois, dans presque tous les traités qu'ils signèrent avec la France, exigèrent des indemnités pécuniaires et des subsides. Le principal ministre de Henri VIII, le cardinal Wolsey, recevait à la fois des pensions de François Ier et de Charles-Quint, qu'il favorisait tour à tour : c'était ce qu'il appelait *tenir entre eux la balance* (2). Il ne faut donc point s'étonner de voir des membres du haut clergé, des seigneurs influents

---

(1) Biblioth. nat., *Fonds Clairambault*, Ms., nᵒ 1215, volume intitulé : *Ordre du Saint-Esprit*, p. 63-80ᵒ.

(2) De Flassan, *Hist. de la Dipl. fr.*, t. 1, p. 344 et 345.

devenir les pensionnaires du gouvernement français, et plusieurs ambassadeurs recevoir à leur départ des sommes considérables, comme celui à qui François I<sup>er</sup> fait, en 1540, un présent de 1350 livres tournois « afin qu'il se ressente de sa libéralité, et qu'à » son retour aud. Pays d'Angleterre il soit plus enclin à l'entre- » tènement de l'amitié et alliance entre les deux s<sup>grs</sup> Roys (1). »

Les sujets de l'empereur furent moins accessibles à la corruption. Néanmoins, l'ambassadeur Louis de Praët reçut, en 1529, la somme, énorme pour le temps, de 2,525 livres tournois (2). Un autre envoyé de Charles-Quint, don Diégo Hurtado de Mendoza, gagné par les présents du roi, passa à son service et fut chargé d'une mission auprès du duc de Clèves, en 1543 (3).

Nous ne parlerons pas ici des cadeaux que nos négociateurs

---

(1) Biblioth. nat., *F. Cl.*, Ms., 1215, p. 79. Voyez encore p. 78, 79° et 80. — Gardiner, évêque de Winchester, est mentionné, à deux reprises, parmi ceux qui étaient l'objet de la munificence intéressée du roi *(Ibidem,* p. 73 et 76).

(2) *Ibidem,* p. 69°.

(3) *Ibidem,* p. 76° et 80°. Ce gentilhomme appartenait à une très honorable et très nombreuse famille d'Espagne. L'ambassadeur impérial, accrédité à la même époque auprès de la Seigneurie de Venise, portait le même nom et les mêmes prénoms. Lorsque Mendoza fut envoyé auprès du duc de Clèves, il remplissait, à la cour de France, les fonctions d'écuyer tranchant (de Ruble, *Le mariage de Jeanne d'Albret,* 1877, p. 173). C'est ce gentilhomme qui fit aux docteurs de la Sorbonne, en 1547, la spirituelle réponse citée par de Thou. Pierre du Chastel, évêque de Mâcon, ayant dit, dans l'oraison funèbre de François I<sup>er</sup>, que l'âme de ce prince avait été reçue dans le ciel en sortant du corps, la Sorbonne l'accusait d'avoir nié l'existence du purgatoire. Mendoza, chargé de recevoir les députés de la compagnie, leur dit : « Je sais ce » qui vous amène. Vous êtes en dispute avec M. de Mâcon sur le lieu » où est à présent l'âme du feu roi, mon bon maître. Je peux vous as- » surer d'une chose, moi qui l'ai connu mieux que personne, c'est qu'il

auprès de la Porte ottomane devaient distribuer aux ministres du Grand Seigneur et au personnel si nombreux de sa cour. On pourrait les considérer comme un tribut déguisé, tant le nombre en était considérable et le chiffre élevé (1). L'évêque de Montpellier, Guillaume Pellicier, après avoir énuméré les qualités que devait réunir l'envoyé de la France en Orient, ajoute : « Surtout qu'il soit fort bien garni d'argent et de présens, car » aultrement il ne seroit pas le bien venu et se treuveroit bien » empesché... partant que du plus petit jusques au plus grand » faisoient dessain d'avoir force présens à sa venue (2). »

Les allocations extraordinaires, les dons de toutes sortes distribués aux ministres des différentes cours de l'Europe, les pensions accordées aux agents secrets formaient la plus grosse part des dépenses de notre diplomatie. Les ambassadeurs, qui, presque tous, étaient pourvus de charges ou de bénéfices, recevaient des honoraires relativement peu élevés. Le roi allouait dix livres par jour à ceux qui étaient accrédités auprès des petits États, tels que la Seigneurie de Venise ; ceux qui résidaient auprès du Saint-Siège, à la Cour impériale ou à la Porte ottomane, avaient le double de cette somme (3).

---

» n'était pas d'humeur à rester longtemps dans le même lieu, quelque » agréable qu'il pût être. Ainsi, messieurs, s'il est allé au purgatoire, » comptez qu'il n'y aura guère demeuré, et qu'il n'aura fait qu'y boire » le coup de l'étrier. » (de Thou, *Hist. univers.*, édit. de La Haye, 1740, t. 1, p. 240 et 241).

(1) Voyez plus bas chap. V, *passim*.

(2) Bibl. d'Aix, *L. de P.*, Ms., p. 784. Lettre au maréchal d'Annebaut, du 12 juillet 1541.

(3) Bibl. nat., *F. Cl.*, Ms., 1215, *passim*.

Néanmoins, les dépenses occasionnées par la nouvelle organisation de la diplomatie contribuèrent, pour une large part, à
augmenter les charges qui pesaient si lourdement sur le peuple.
Chaque fois que la France exerça une grande influence, ce fut
au prix des plus durs sacrifices.

La politique extérieure de François I<sup>er</sup> obéra le trésor, mais
elle sauva la France, et lui permit de conserver le rang auquel
sa situation et son passé lui donnaient le droit de prétendre. Grâce
à la diplomatie, la France put ajouter son influence morale à ses
forces militaires, devenues insuffisantes ; elle parvint à s'assurer
l'appui de tous les États dont les intérêts étaient identiques aux
siens : des rois de Suède et de Danemark, de Pologne et de Hongrie, menacés dans leur indépendance ; des princes protestants
d'Allemagne et du roi d'Angleterre, Henri VIII, menacés dans
leur conscience ; des Turcs ottomans, menacés dans leurs possessions occidentales.

La plupart des nations de l'Europe s'étaient affranchies et
étaient arrivées à l'unité pendant le XV<sup>e</sup> siècle. Mais, vers le
commencement du XVI<sup>e</sup> siècle, elles se virent exposées aux plus
graves périls. Tout à coup s'éleva une puissance, qui était aussi
redoutable pour l'indépendance des peuples que pour celle des
consciences, et qui, formée en haine de la France, n'était pas
moins menaçante pour l'Europe : nous voulons parler de la
maison d'Autriche, dans laquelle s'étaient confondues les principales dynasties de l'Europe, qui s'était prodigieusement accrue
grâce aux mariages conclus par ces puissantes familles pour
resserrer leur alliance contre la France, et qui avait fini par

2

n'être plus représentée que par Charles-Quint, le petit-fils de Maximilien de Habsbourg et de Marie de Bourgogne, de Ferdinand d'Aragon et d'Isabelle de Castille. Chef du saint Empire romain germanique, roi catholique des Espagnes, souverain des Pays-Bas, maître du royaume des Deux-Siciles et de presque toutes les îles de la Méditerranée, ce prince était à lui seul une coalition.

Une semblable puissance mettait en péril la liberté et la civilisation, aussi bien que l'équilibre européen. Car on ne saurait douter que, si la diplomatie n'était parvenue à la contenir, elle n'eût arrêté la Renaissance dans son essor, étouffé la Réforme dans son berceau, et fait reculer l'Europe jusqu'au milieu du moyen âge. Mais si le danger était grand pour toute l'Europe, il était imminent pour la France. Entourée de tous côtés par les immenses domaines de la maison de Habsbourg, elle était tellement inférieure à sa rivale en étendue, en population, en ressources de toute espèce, qu'elle semblait une proie destinée à la rapacité autrichienne.

Il est vrai que les Français avaient quelque peu provoqué, par une ambition prématurée, les coalitions d'où est sortie la puissance autrichienne, et que, pendant les guerres d'Italie, ils avaient déployé des qualités militaires et montré une ardeur de tempérament, héritage des Gaulois, leurs ancêtres, dont l'Europe eut quelque sujet de se défier.

Mais, quelle que soit l'origine de la situation périlleuse qui était faite à la France, quelle que soit sa part de responsabilité dans les causes qui dérangèrent l'équilibre européen, on ne peut nier l'opportunité, nous dirons plus, la légitimité de la politique suivie par François I<sup>er</sup>. Sans doute Charles VIII, Louis XII et François lui-même, au début de son règne, en envahissant le royaume de Naples et le duché de Milan, n'avaient d'autre but que de s'agrandir. Les guerres d'Italie furent d'abord offensives. Mais, dans la suite, les Français adoptèrent une politique différente. Ils songèrent moins à étendre ou même à conserver les provinces déjà conquises au delà des monts qu'à faire de la Péninsule une sorte de champ clos pour lutter contre Charles-Quint. Alors commença une nouvelle période des guerres d'Italie, celle qu'on pourrait appeler la période diplomatique, pendant laquelle nos rois comptaient plus encore sur leur influence morale et le concours de leurs alliés que sur leurs propres armées et les ressources de leurs États.

Grâce à sa diplomatie, François I<sup>er</sup> parvint à tenir en échec la puissance de Charles-Quint en Occident, et à exercer en Italie une influence hors de proportion avec ses possessions dans la Péninsule; il réussit à former la triple alliance de la Hongrie, de la Pologne et de l'Empire ottoman, qui arrêta l'expansion de la maison d'Autriche du côté de l'Orient, et lui enleva la domination de la Méditerranée.

L'acte le plus décisif, le plus hardi, et, dans un certain sens, le plus libéral de la diplomatie française, fut l'alliance qu'elle conclut avec la Sublime Porte. Le concours des États de l'Occident, dont François I<sup>er</sup> s'était ménagé l'alliance, n'aurait pas suffi à balancer les forces de son adversaire.

Seul, le padischah des Turcs, Souleyman, avec ses armées

si nombreuses et ses flottes devenues si redoutables sous la direction de Barberousse, pouvait tenir l'empereur en échec. François I<sup>er</sup>, ne trouvant, ni au nord, ni au centre, ni au midi de l'Europe, un contrepoids à la puissance autrichienne, n'hésita pas à le chercher en Orient, à s'appuyer sur le chef de l'Islam, à solliciter le concours de ses flottes et de ses troupes. On ne saurait lui en faire un reproche. Si l'on songe aux dangers dont la France était menacée, on ne peut s'empêcher d'approuver les raisons de cet écrivain du XVI° siècle, bon catholique, mais encore meilleur Français : « Tous les princes chréstiens qui sous-
» tenoient le parti de l'Empereur, faisoient grand cas de ce que
» le Roy, nostre maistre, avoit employé le Turc à son secours ;
» mais contre son ennemy on peult de touts bois fere flesches.
» Quant à moy, si je pouvois appeler tous les esprits des enfers
» pour rompre la teste à mon ennemy qui me veult rompre la
» mienne, je le ferois de bon cœur, Dieu me pardoint (1) ! »

Toutefois, il ne faudrait pas s'étonner qu'on eût reproché à François I<sup>er</sup> l'alliance contractée avec les infidèles. Elle était en opposition, non seulement avec les préjugés du temps, mais encore avec la tradition constante de la chrétienté. Dans un siècle qui vit tant de choses nouvelles et tant d'événements extraordinaires, elle fut regardée comme la plus hardie et la plus étrange des nouveautés. Elle excita un profond étonnement, scandalisa les faibles, irrita même les indifférents ; mais elle

---

(1) *Commentaires* de Monluc, édit. de la Société de l'*Hist. de France*, t. I, p. 143.

séduisit les politiques, et l'on vit, par une de ces contradictions dont l'histoire de la diplomatie offre maint exemple, les adversaires du roi, en hommes avisés et peu scrupuleux, alors qu'ils flétrissaient tout haut notre connivence avec le Grand Turc, faire tout bas les ouvertures les plus pressantes et les plus humiliantes pour l'attirer dans leur parti.

La diplomatie européenne ne se rendait pas exactement compte de ce que l'empire des Turcs possédait de force réelle et pouvait avoir de durée; mais elle entrevoyait vaguement ce que l'on comprit si bien plus tard, à savoir, que la puissance ottomane n'avait pas de profondes racines dans les contrées où elle était établie, qu'elle ne consistait que dans une armée recrutée par l'esclavage et sans attache avec la population, qu'il lui serait toujours difficile de se renouveler, qu'elle s'affaiblirait à mesure qu'elle s'étendrait, qu'elle avait bien pu triompher d'un empire vermoulu et de peuplades indisciplinées, mais qu'elle échouerait dans ses attaques contre les grands États de l'Europe récemment unifiés et réorganisés, qu'elle réussirait peut-être à ébranler la chrétienté, mais qu'elle ne parviendrait pas à l'envahir, en un mot, qu'après s'être déchaînée avec une force irrésistible, elle durerait ce que durent les ouragans. Car le peuple turc a dû sa faiblesse à ce qui avait fait sa force; il n'avait jamais été, il n'était alors, il n'est encore aujourd'hui qu'une armée campée en pays ennemi.

On comprend dès lors que des hommes politiques aient cherché à enrôler à leur service et, par suite, à régler cette force jusque-là désordonnée. La règle de conduite que François Ier

adopta à l'égard de la Porte ottomane, était si conforme aux
véritables intérêts de ses sujets, qu'elle fut, selon la remarque
d'un publiciste contemporain, un des rares principes de la politique, d'ailleurs si changeante, de la France, constamment
observés jusqu'à la fin de la monarchie (1).

Il est vrai que les Turcs n'étaient pas moins intéressés que
nous à entretenir ces bons rapports : une alliance n'est vraiment
solide que lorsqu'elle s'appuie sur la communauté d'intérêts des
contractants. Ils n'avaient pas moins que la France sujet de
redouter la monarchie universelle; car le prince qui serait parvenu à réunir dans ses mains toutes les forces de la chrétienté,
aurait été infailliblement amené à les tourner contre eux et à
tenter de les chasser de l'Europe pour se faire pardonner son
usurpation. Enfin, comme le nom du monarque des Francs avait
encore un grand prestige en Orient, le padischah comprenait
combien il lui était avantageux de pouvoir se présenter aux
nombreuses populations chrétiennes de son empire comme son
allié et son ami.

Souleyman n'était guère moins éclairé que François Ier. Il
avait aussi bien que lui l'intelligence de ses intérêts, et, comme
lui, il s'était en partie affranchi des préjugés de sa nation. La
plupart des historiens revendiquent pour le grand-vizir Ibrahim,
de Parga, le mérite exclusif de cette évolution politique. Ils nous
semblent accorder trop d'importance au rôle joué par ce minis-

_____

(1) Julian Klaczko, *Les évolutions du problème oriental* (*Revue des Deux-
Mondes*, 15 octobre 1878).

tre, et oublier que le sultan ne changea pas de ligne de conduite après sa mort. Toutefois, on ne saurait douter que le grand-vizir, dont les capacités et les lumières sont attestées par tous les ambassadeurs, n'eût contribué à ouvrir l'esprit de son maître aux idées du dehors, à l'initier à la politique européenne, à lui faire comprendre les périls dont le menaçait la puissance toujours croissante de Charles-Quint, et l'intérêt qu'il avait à soutenir la France.

Quoi qu'il en soit, Souleyman et Ibrahim engagèrent l'empire ottoman dans la voie qui devait le conduire de l'état de barbarie, où il était alors, à celui de demi-civilisation, où il est encore aujourd'hui. En lui assurant l'alliance de la France, ils lui firent donner *droit de cité* en Europe, régularisèrent son action au dehors, et légitimèrent son pouvoir à l'intérieur.

L'évolution opérée par la Porte, en même temps que par la diplomatie de François I<sup>er</sup>, eut la plus heureuse influence sur l'avenir de la Turquie et la grandeur de la France. Mais ce serait en diminuer la portée que de l'envisager seulement au point de vue des Ottomans, ou même à celui de leurs nouveaux alliés. Ce fut un événement essentiellement européen. Souleyman, en sortant de son farouche isolement, François I<sup>er</sup>, en bravant les préventions de ses contemporains, accomplirent une véritable révolution dans la politique de l'Europe. D'un côté, l'alliance de la France et de la Turquie arrêta l'essor menaçant de la maison d'Autriche, et rétablit l'équilibre, un instant rompu au grand préjudice de la civilisation ; de l'autre, elle devait peu à peu amortir le fanatisme religieux et guerrier des Osmanlis,

diminuer leur ardeur pour les combats et leur esprit de propa-
gande, leur opposer, en quelque sorte, une barrière morale, en
attendant qu'on pût leur imposer une barrière politique.

Ces résultats font le plus grand honneur à notre diplomatie.
L'auteur de l'*Histoire générale et raisonnée de la diplomatie
française*, M. de Flassan, avait sans doute en vue les nombreux
services du même genre que cette institution peut rendre à la
civilisation, lorsqu'il dit : « La diplomatie doit pourvoir à la
» sûreté et à l'harmonie des États ; elle doit tâcher, par des
» explications promptes et par des interventions amicales, de
» prévenir ou de terminer promptement les guerres ; elle doit
» faciliter les rapports des peuples par les avantages réciproques
» du commerce, et concourir, par des procédés libéraux, à les
» réunir dans une commune société de frères et d'amis (1). »

L'histoire est obligée de reconnaître que ce rôle ne fut pas
toujours celui des diplomates, qu'ils ont été presque aussi souvent employés à préparer la guerre qu'à négocier la paix, et
qu'on les a vus tour à tour lancer parmi les peuples le brandon
de la discorde et leur présenter le rameau d'olivier. Par une
piquante contradiction, M. de Flassan lui-même a composé son
ouvrage à la demande de Napoléon, qui a été, comme chacun
sait, le plus belliqueux des souverains de l'ère moderne.

Néanmoins, si l'on embrasse dans son ensemble l'œuvre de la
diplomatie, on reconnaît, tout en signalant de nombreuses
exceptions, qu'elle a fait œuvre de civilisation, qu'elle a contri-

(1) De Flassan, *Hist. de la dipl. fr.*, t. I, p. 12 et 13.

bué, dans une certaine mesure, à réunir les peuples et à pacifier
le monde.

Sous François Ier, elle sembla concourir, plus directement
encore que dans la suite, à favoriser le progrès. Les traités de
François Ier avec les Ottomans lui permirent de développer,
dans des proportions jusque-là inconnues, le commerce des
Occidentaux dans les mers du Levant, où, à l'exception des
bâtiments vénitiens, nul vaisseau ne naviguait, « si ce n'est
revêtu des fleurs de lys. » Ils le mirent à même de protéger le
culte et les prêtres des chrétiens d'Orient, dont les reliques et
les objets sacrés avaient également, selon l'expression d'un ambassadeur, « les enseignes des fleurs de lys, » c'est-à-dire,
étaient marqués aux armes de la France (1). Enfin, François Ier,
qui eut à un si haut degré le culte des lettres et des arts,
employa sa diplomatie à recueillir des livres et des manuscrits,
et s'en servit pour augmenter les richesses littéraires de son
royaume et y élever le niveau des études. Ses ambassadeurs,
outre leurs fonctions politiques, avaient à remplir une mission
scientifique. Ses agents, répandus en Orient et en Italie, étaient
autant de « rechercheurs, » selon l'expression de Brantôme,
chargés de découvrir et d'acquérir les chefs-d'œuvre de l'antiquité grecque et latine.

La diplomatie française réalisa et même combla, sur ce point,
les vœux de François Ier. Elle fit une abondante récolte de livres
et de manuscrits, et, selon le témoignage du savant éditeur ita-

_____

(1) Charrière, *Négoc.*, t. 1, p. 470.

lien Paul Manuzio, « cueillit la fleur de la littérature grecque (1). »

Mais, quel que soit le prix que l'on attache aux services rendus par la diplomatie à la science et aux lettres, on ne saurait les préférer aux avantages politiques que les peuples durent à son intervention. Il fallait, avant tout, assurer à l'Europe la liberté, qui est la source de tous les progrès, et la préserver de la tyrannie dont la menaçait la maison d'Autriche. Notre diplomatie, en se dévouant à cette tâche, a mérité la reconnaissance du monde civilisé.

C'est ainsi que la France, vaincue sur les champs de bataille d'Italie, se releva sur un autre théâtre, qu'elle recouvra par son habileté politique les avantages qu'elle avait perdus dans les combats, et qu'elle sauvegarda la liberté de l'Europe, en même temps que sa propre indépendance. Avant d'affranchir les individus, il était nécessaire d'affranchir les nations. Les guerres d'indépendance (nous nous servons à dessein de cette expression), qui remplirent presque tous les temps modernes, et qui eurent pour résultat d'assurer à chaque pays son autonomie, devaient précéder la révolution française, qui consacra la liberté des citoyens. La France eut l'honneur de préluder à ces deux grandes évolutions, les plus importantes de l'histoire moderne, qui transformèrent le gouvernement intérieur des États et leur politique extérieure. A trois siècles de distance, elle a proclamé et fait triompher l'équilibre européen et les *Droits de l'homme.*

_____

(1) *Lettere di Paolo Manuzio,* p. 259, Paris, chez Renouard, 1834.

# L'AMBASSADE DE VENISE

# CHAPITRE I

## L'AMBASSADE DE VENISE

Pendant la plus grande partie du seizième siècle, le gouvernement français fut occupé de deux grandes affaires, dans lesquelles se résume toute sa politique : la résistance à la maison d'Autriche et la répression du protestantisme. François I$^{er}$ et Henri II songèrent surtout à lutter contre la dynastie de Habsbourg, dans l'intérêt de l'indépendance nationale et de l'équilibre européen. Sous François II, Charles IX et Henri III, le principal et, pour ainsi dire, l'unique souci du gouvernement fut d'arrêter les progrès de la Réforme et de rétablir l'unité religieuse. Pour résister à l'ennemi du dehors, nos rois ne pouvaient se passer du concours des luthériens d'Allemagne, des États protestants du Nord, des souverains schismatiques d'Angleterre et du chef de la religion musulmane ; pour réprimer leurs sujets dissidents, ils avaient besoin de la neutralité, sinon de l'appui de la maison d'Autriche. Il y avait entre leur politique intérieure et leur politique extérieure une sorte de contradiction, qui gênait leurs mouvements et plus d'une fois paralysa leurs forces. Ils pensaient à arrêter l'essor du protestantisme en

France, quand ils auraient dû consacrer tous leurs soins à la guerre étrangère ; ils avaient des velléités d'attaquer l'Autriche, au moment même où ils étaient engagés dans une lutte à outrance contre les partisans de la Réforme. Cette double tendance se manifesta à plusieurs reprises, bien que la politique extérieure eût toujours été au premier plan pendant les guerres d'Italie, et la politique intérieure, pendant les guerres de religion. Elle ne fut peut-être jamais plus marquée que dans les années qui suivirent la trêve de Nice.

On vit alors François Ier se rapprocher de l'ennemi héréditaire de sa maison, déranger toutes les combinaisons de sa politique, et s'exposer à perdre les alliances que sa diplomatie avait réussi à former. Les trois souverains qui jouèrent un rôle dans les négociations de cette époque, obéirent à des mobiles religieux : le pape Paul III, toujours occupé du soin d'agrandir sa famille, songeait aussi à repousser les musulmans et à faire rentrer dans le giron de l'Église l'Angleterre et les autres États dissidents. Charles-Quint partageait ses vues par ambition politique autant que par zèle religieux. François Ier supportait impatiemment le mauvais renom que lui avait valu son alliance avec les infidèles et ne demandait pas mieux que d'entrer dans une ligue contre Henri VIII, devenu hostile à la France depuis qu'elle avait resserré par des mariages son antique alliance avec l'Écosse. Il est difficile de démêler, au milieu des témoignages contradictoires, les véritables

intentions de Charles et de François, qui avaient été
si longtemps ennemis, qui étaient toujours rivaux.
Des documents confidentiels, les lettres de Granvelle
à la gouvernante des Pays-Bas, Marie d'Autriche, le
testament que fit l'empereur avant de se rendre en
France, semblent prouver que ce prince désirait véritablement se réconcilier avec François I<sup>er</sup> (1); mais
on ne voit pas qu'il lui ait donné d'autre gage que le
traité par lequel il promettait de ne pas conclure
d'alliance avec l'Angleterre sans son assentiment (2).
La conduite du roi à l'égard de Charles-Quint, au sujet
de la révolte des Gantois, suffirait, quand même on
n'aurait pas d'autres preuves, à démontrer sa sincérité.
Toutefois, la réconciliation des deux princes ne reposait
que sur un malentendu. On le vit bien lorsque les
représentants de la France réclamèrent la restitution
du Milanais, qui seule pouvait rendre le rapprochement
durable. Charles répondit, le 24 mars 1540, en offrant
sa fille aînée au duc d'Orléans, second fils du roi, avec
les Pays-Bas pour dot, et en mettant à ce mariage des
conditions qui le rendaient inacceptable (3).

---

(1) Lettre de Granvelle à la reine de Hongrie, citée par G. de Leva,
d'après les archives de Vienne, *Storia documentata di Carlo V*, 1867, t. III,
p. 280. — Granvelle, *Papiers d'État*, t. II, p. 542 et suiv. *(Coll. des doc.
inéd.)* — Conf. Gachard, *Relation des troubles de Gand*, 1846, et Pail-
lard, *Le voyage de Charles-Quint en France (Revue des questions historiques*, 1<sup>er</sup> avril 1879).

(2) Du Mont, *Corps diplomatique*, t. IV, part. 2, p. 159.

(3) Granvelle, *Papiers d'État*, t. II, p. 561 et suiv.

Dès lors, l'union franco-autrichienne fut considérée comme rompue. Tout le monde comprit que les hostilités ne tarderaient pas à éclater. Le bruit s'en répandit jusque dans les vallées des Alpes, et l'ambassadeur du roi auprès des Ligues suisses écrivit que cette nouvelle avait fait éclater la plus vive allégresse parmi les populations belliqueuses et mercenaires de ces contrées : « Je ne sçay, disait-il, comme il en va de cette matière, » et si les choses sont telles ou non ; mais ce païs icy » se réjouit fort d'un costé et d'autre, pensant qu'il y » aura plus guerre que jamais s'il en est ainsi (1). »

François I<sup>er</sup>, heureusement pour lui, avait eu la prudence de ne pas rompre avec ses alliés et de continuer ses relations avec les protestants et les Turcs. Ses ambassadeurs qui, pour la plupart, n'avaient pas partagé ses illusions et désapprouvaient sa nouvelle politique, avaient travaillé avec autant de zèle que d'habileté à maintenir intacte la situation extérieure de la France. Cette époque, si critique pour la diplomatie, est celle qui fait le mieux ressortir le mérite des diplomates. Ils avaient déjà des principes politiques et des règles générales de conduite, qui leur permirent de prévenir les conséquences de l'erreur momentanée de leur souverain et de lui conserver les alliances que ses brusques variations avaient ébranlées.

---

(1) Ribier, *Lettres et mémoires d'Estat*, t. I, p. 519. Lettre de Bois-Rigaut au connétable de Montmorency, du 16 avril 1540.

C'est pendant cette période, l'une des plus intéressantes pour l'histoire de notre diplomatie, que l'évêque de Montpellier, Pellicier (1), remplit les fonctions d'ambassadeur auprès de la République vénitienne. Guillaume Pellicier était né, vers 1490, dans le bourg de Mauguio, près de Montpellier (2). Il fut élevé par les soins de son oncle, évêque de Maguelonne depuis 1498, et qui portait les mêmes noms que lui. On ne sait pas où il acquit les vastes connaissances qui lui firent prendre rang parmi les savants les plus renommés du XVIe siècle. Le cloître de Maguelonne, où il passa son enfance, n'offrait alors, pour les études, que de médiocres ressources (3). Il est probable que

---

(1) L'orthographe du nom de Pellicier a été souvent altérée par les historiens. La plupart de ses contemporains et de ses compatriotes écrivent *Pellicier* et non *Pélissier* ou *Pélicier*. C'est ainsi d'ailleurs que le nom de l'évêque de Montpellier est orthographié dans le catalogue de ses manuscrits grecs, qui a dû être rédigé sous ses yeux, sinon par lui-même (Biblioth. nat., *Fonds grec*, Ms., 3064, p. 33).

(2) P. Gariel, *Series Præsulum Magalonensium*, Tolosæ, 1664, p. 191-270; *Idée de la ville de Montpellier*, Montpellier, 1664, p. 1811; *L'origine, les changements et l'estat présent de l'église cathédrale de Montpelier*, Montpellier, 1634, p. 119-122. — De Grefeuille, *Histoire ecclésiastique de la ville de Montpellier*, Montpellier, 1739, p. 150-170; *Histoire de la ville de Montpellier*, Montpellier, 1734, p. 248-283. — Dom Vaissette, *Histoire générale du Languedoc*, 1744, t. V, liv. XXXVIII, p. 131-279. — A. Germain, *La Renaissance à Montpellier*, *Publications de la Société archéologique de Montpellier*, no 33, 1871, p. 9-25; *Maguelonne sous ses évêques et ses chanoines*, Montpellier, 1869, p. 143-171. — Th. de Bèze, *Histoire ecclésiastique des Églises réformées au royaume de France*, Anvers, 1580, p. 333. — *Gallia christiana*, 1739, t. VI, p. 807-808. — Fisquet, *La France pontificale*, Montpellier, 1re partie, p. 215-226.

(3) A. Germain, *La Renaissance à Montpellier*, p. 11 et 12.

Pellicier dut faire comme beaucoup de jeunes gens de
son temps, que l'on appelait les *pèlerins de la science*,
et qu'il fréquenta diverses écoles de la France et de
l'Italie (1). Quoi qu'il en soit, il parcourut le vaste
cercle des études qui constituaient l'érudition au
XVIᵉ siècle. Il apprit toutes les langues savantes que
l'on cultivait alors, c'est-à-dire, le latin, le grec, le
syriaque et l'hébreu (2). Joseph Scaliger dit qu'il passait, de son vivant, pour l'homme de France qui connaissait le mieux la langue latine (3). Cujas s'appuie
sur son témoignage pour l'explication d'un texte, et
le cite comme l'autorité la plus considérable qu'il
puisse invoquer (4). Turnèbe eut recours à ses lumières
pour restituer le sens de divers passages de Virgile et
d'autres auteurs latins ; il le considère comme le plus
érudit de ses contemporains, le plus habile dans l'interprétation de l'antiquité, le plus ardent pour rétablir
l'élégance des anciens textes, et le plus versé dans la

---

(1) A. Germain, *Les pèlerins de la science à Montpellier*, 1879. —
Fisquet, *La France pontificale*, Montpellier, 1ʳᵉ partie, p. 215. — Gariel,
*Series Præsulum Magalonensium*, p. 191.

(2) Dom Vaissette, *Histoire générale du Languedoc*, 1744, t. V, liv. 37,
p. 135.

(3) *Guillelmus Pelisserius, episcopus Magalonensis, vir totius Galliæ,
linguæ latinæ usque adeo peritus, ut veteres omnes Romanos facile supe-
raverit in exacta illius cognitione* (*Prima scaligeriana*, Groning, 1669,
p. 119).

(4) *Verius esse didici a viro ornatissimo et literatissimo D. Gulielmo
Pellicerio, Monspessuli Episcopo* (Cujas, *Opera*, Prati, 1836, *Observationes
et emendationes*, liv. II, chap. XVII, p. 61).

connaissance de l'histoire naturelle (1). A tous ces témoignages en faveur de l'érudition de Pellicier, on peut ajouter ceux du fameux médecin Jacques Dubois ou Sylvius d'Amiens (2), et de Jean Philippi, président de la *Cour des Aides* de Montpellier, qui, en lui dédiant un de ses ouvrages, ne craint pas de l'appeler une encyclopédie vivante, *eruditionis omnis encyclopædiam* (3).

Pellicier s'était surtout appliqué à l'étude de la nature, pour laquelle, à l'exemple du roi François Ier (4),

---

(1) *Ita me docuit esse in Marone legendum vir hujus memoriæ eruditissimus, antiquitatis omnis peritissimus, et restituendæ scriptorum elegantiæ studiosissimus, ad animalium, stirpium, metallorum, lapidum cognitionem revocandam, ac postliminio restituendam, natus, factus, institutus Gulielmus Pelisserius, Monspessuli episcopus* (Viri clarissimi Adriani Turnebi opera, Argentorati, sumptibus Lazari Zetzeneri, sans date, *tomus II*, p. 24). Conf., *ibid.*, t. I, p. 181-274. — La réputation de Pellicier s'est conservée parmi les latinistes jusqu'à nos jours. L'annotateur de l'histoire de Pline, de la collection Lemaire, le mentionne dans les termes suivants : *Hadrianus Turnebus suas in præfationem Plinii notas debere se viro cl. Guillelmo Pellicerio, Monspessuli episcopo, profitetur* (Lemaire, *Caii Plinii secundi Historiæ naturalis libri* XXXVII, legente Alexandre, *volumen I, præfatio* p. XX).

(2) *Gallia christiana*, 1739, t. VI, p. 811. — Gariel, *Series Præsulum Magalonensium*, p. 192.

(3) Jean Philippi, *Édits et ordonnances du Roy concernans l'autorité et juridiction des cours des aides de France sous le nom de celle de Montpellier,* 1560, d'après A. Germain, *La Renaissance à Montpellier,* p. 13.

(4) « François Ier, dit Scipion Dupleix, avoit faict un tel progrès aux » bonnes lettres, et singulièrement à l'histoire naturelle, qu'avec ce » qu'il estoit naturellement disert, et d'une mémoire très heureuse, » c'estoit chose merveilleuse de l'ouïr discourir de la nature *des animaux,* » *des plantes, des minéraux et des pierres,* qui se treuvent en toutes les » régions du monde : veu mesme qu'il avoit peu estudié en sa jeunesse, » mais il en avoit acquis la cognoissance par la lecture et conférence » avec les hommes doctes. » (*Histoire générale,* 1634, t. III, p. 458).

il avait une véritable passion. Dans un recueil de
poésies, imprimé à Lyon en 1538, Etienne Dolet lui
décerne des éloges que l'on aurait sans doute grand
tort de prendre à la lettre; mais, tout en tenant compte
des licences du langage poétique, on ne saurait s'empêcher de convenir que, si Pellicier n'eût été, dès cette
époque, renommé pour ses connaissances en histoire
naturelle, il n'aurait pu être célébré comme une incar-
nation d'Apollon, le dieu de la médecine (1). Guillaume
Rondellet, l'un des naturalistes les plus distingués de
son temps, le proclame son conseiller, son guide et son
maître, et reconnaît qu'il prit la plus grande part à la
composition de son traité sur les poissons (2). Pendant

---

(1) Stephani Doleti Galli Aurelii *Carmina*, *Libri quatuor*, Lugduni,
*anno* MDXXXVIII, p. 76.
*De Gulielmo Pellicerio, episcopo Montispessuli, Carmen XVI.*

   *Audiverat Apollo (suum inventum) herbarum*
   *Cognitionem non sat bene intelligi, ut olim*
   *Eam tradiderat : quod ferens ægre, Cœlum*
   *Liquit, latereque voluit subter pellem*
   *Pelliceri. Ab Apolline ergo latente fac credas*
   *Cognitionem herbarum accipere te, cum de illa*
   *Pellicerus, aut verba facit, aut docet scriptis.*
   *Apollo enim est, latens sub humana pelle.*

(2) *Primum omnium Gulielmum Pelicerium, Monspeliensem episcopum, in
honestissimarum et pulcherrimarum rerum cognitione præcellentem, non
solum piscium, sed etiam stirpium plantarumque ac multarum aliarum rerum
historiæ cognoscendæ suasorem, autorem atque præceptorem habui* (Gulielmi
Rondeletii, doctoris *medici*... Libri *de piscibus marinis*, Lugduni MDLIIII,
præfatio). — De Thou et S. de Sainte-Marthe vont jusqu'à accuser Rondellet de plagiat, et prétendent qu'il avait entièrement tiré son traité des
*Poissons* des commentaires de Pellicier sur Pline (*Histoire universelle*, trad.
fr., La Haye, 1740, t. V, liv. XXXVIII, p. 619. — *Éloges* de S. de Sainte-
Marthe, trad. Colletet, 1654, p. 79 et 80). Mais, comme le remarquent

toute sa vie, le savant évêque de Montpellier s'occupa
de l'histoire naturelle de Pline l'Ancien. Ce grand
ouvrage était devenu en quelque sorte son domaine.
André Morgæsius, qui en publia une édition en 1561,
s'excuse d'avoir eu l'audace de la dédier au savant
évêque : « Je dois avouer en toute sincérité, s'écrie-
» t-il, que c'est envoyer une chouette à Athènes,
» comme dit le proverbe : *Hoc quidem, ut 'ingenue*
» *fatear, perinde est, ac si* γλαῦκα εἰς Ἀθήνας, *ut est in*
» *proverbio, mittere velim.* » Morgæsius ajoute que
l'on attendait avec la plus grande impatience, dans le
monde lettré, les notes de l'évêque de Montpellier, qui
contenaient, non seulement des corrections, mais encore
des commentaires et des additions ; car, selon l'avis de
tous ceux qui avaient été à même d'apprécier sa vaste
intelligence, il s'était tellement pénétré de l'esprit du
grand naturaliste latin qu'il semblait être un autre
Pline (1). Ce savant faisait allusion au travail de Pelli-

---

Nicéron et La Croix du Maine, ce reproche tombe devant ce fait que
Rondellet a publié son livre du vivant de l'évêque de Montpellier, et qu'il
n'a pas dissimulé ce qu'il devait à sa collaboration (La Croix du Maine,
*Les Bibliothèques françaises*, 1779, t. I, p. 345). D'autre part, Tournefort,
qui a eu sous les yeux les commentaires de Pellicier sur Pline l'Ancien,
dit qu'il n'y a rien vu qui ressemblât au texte de Rondellet (*Institutiones
Rei Herbariæ*, édit. III, 1719, p. 31). Toutefois, s'il n'y eut pas plagiat,
il y eut collaboration. C'est ce que démontrent les paroles de Rondellet
lui-même, et les déclarations bien plus explicites de Bargeo, savant
italien, qui travailla à Venise avec Pellicier (V. plus loin, ch. III).

(1) *Exspectantur quotidie, Præsul doctissime, magno omnium doctorum
hominum desiderio tuæ in eam, non castigationes solum, verum etiam enar-
rationes, quibus affabre poliatur, suæque pristinæ restituatur dignitati, ac*

cier sur l'histoire naturelle, qui était autrefois conservé dans la bibliothèque des jésuites de Paris. La Bibliothèque nationale en possède une copie qui renferme la préface de Pline, le deuxième et le dixième livre de son ouvrage (1).

Pellicier avait obtenu de bonne heure des bénéfices ecclésiastiques qui lui avaient permis de satisfaire son goût pour l'étude. Son oncle, Guillaume Pellicier l'An-

---

*quicquid in ea abstrusum reconditumque fuerit, felicissime explicetur. Judicio namque omnium qui præstantissimas ingenii tui dotes perspectas aliquando habuere, ita Plinii mentem es assequutus, ut alter Plinius nobis esse videare* (Andreas Morgæsius, *Plinii secundi Historiæ Mundi libri XXXVII*, Lugduni, 1561, *Epistola dedicatoria*).

(1) *Fonds latin*, Ms., 6808, vol. de 170 feuillets, relié en maroquin rouge, aux armes royales (Voy. A. Germain, *La Renaissance à Montpellier*, p. 12, et le *Gallia christiana*, 1739, t. VI, p. 307 et suiv.). Tournefort rapporte que Peiresc, un savant bien connu de la ville d'Aix, possédait le travail de Pellicier. Il ajoute, d'après J. Hardouin, que l'évêque de Montpellier avait lui-même fait hommage aux jésuites du collège de Clermont, à Paris, de deux manuscrits écrits de sa propre main : l'un contenait de nombreuses variantes du texte de Pline, l'autre renfermait des notes explicatives sur les livres géographiques et sur le livre huitième qui traite de la nature des animaux *(Institutiones*, éd. III, p. 30). D'ailleurs, il devait y avoir, au XVIIᵉ siècle, un assez grand nombre de copies des notes de Pellicier sur Pline ; car le savant italien Ch. Dati, qui publia, en 1667, ses *Vite dei Pittori Antichi*, les mentionne à deux reprises (V. l'éd. de 1821, p. 118-120). Tournefort revendique pour Pellicier l'honneur d'avoir découvert plusieurs plantes, entre autres le *Teucrium Scordium* et une espèce d'*Antirrhinum* distinguée par le nom de *Pellicerianum (Institutiones*, passim). — Brothier, dans la préface de son édition de Tacite, dit qu'il s'est servi des notes de Pellicier sur l'historien romain *(Cornelii Taciti opera*, t. I, p. XXXII). Le P. Lelong attribue encore à l'évêque de Montpellier une traduction française de l'*Histoire des Albigeois* de Pierre de Vaulx-Cernay *(Biblioth. hist.*, 1768, t. I, p. 376). Il y a à la Bibliothèque nationale une traduction manuscrite de cet ouvrage, mais elle ne contient aucune indication qui vienne à l'appui de l'assertion du savant oratorien *(Fonds français*, Ms., 1913).

cien, l'avait nommé successivement chanoine de Maguelonne et doyen de l'église collégiale de la Trinité. En
1527, il se démit en faveur de son neveu de l'évéché de
Maguelonne, bien que celui-ci ne fût pas encore dans les
ordres sacrés. Mais le nouvel évéque ne voulut être que
le coadjuteur de son parent. Il lui laissa l'entier exercice de l'autorité épiscopale jusqu'à sa mort (1529) (1).

Maguelonne avait été détruite dès l'époque de
Charles-Martel. Ce n'était plus qu'un monastère fortifié,
habité par quelques ecclésiastiques et les serviteurs
attachés à leurs personnes. Le chapitre ne contenait
guère qu'une vingtaine de chanoines (2). Guillaume
Pellicier profita du crédit dont il jouissait à la cour
de France pour faire transférer son siège épiscopal
à Montpellier. Il avait obtenu, grâce à son érudition,
la protection de la sœur du roi, Marguerite d'Angoulême, reine de Navarre (3). En 1529, il avait fait partie
des prélats que le roi chargea d'accompagner Louise

(1) V. de Grefeuille, Gariel, Fisquet, *Gallia christiana*, aux pages
citées plus haut.

(2) A. Germain, *Maguelonne sous ses évéques et ses chanoines*, 1869,
p. 146.

(3) Th. de Bèze, *Histoire ecclésiastique*, p. 333. — La correspondance
de Pellicier renferme plusieurs lettres adressées à la célèbre reine de
Navarre. Elles expriment toutes la plus profonde gratitude et la plus
respectueuse déférence. L'extrait suivant suffira pour donner une idée
des rapports de l'évéque avec sa protectrice : « A la Reyne de Navarre,
» du X novembre 1541. Madame, encores que mon obligation envers
» vous soit si grande que à grant peyne seroit-il possible de vous pouvoir
» assés suffisamment remercier de tant de faveurs et bienfaicts que de
» longtemps et incessamment par vostre bénigne grâce j'ay receu de

de Savoie au congrès de Cambrai (1). François I⁰ʳ étant
venu visiter Montpellier en 1533, l'évêque le conduisit
à Maguelonne pour lui faire comprendre la nécessité
de la translation. Le roi y donna son assentiment, et
promit d'intervenir auprès de la curie romaine afin
d'obtenir celui du Saint-Père. Toutefois Guillaume
Pellicier résolut de suivre l'affaire lui-même. Il accompagna la cour à Marseille, où il vit Clément VII, et
assista au mariage de Catherine de Médicis avec le
second fils du roi. Il se rendit ensuite à Rome ; mais il
n'obtint qu'en 1536, du nouveau pape, Paul III, la bulle
de translation (2).

Pellicier, devenu évêque de Montpellier, resta longtemps sans s'occuper de ses fonctions épiscopales : il
avait plus de goût pour les lettres que pour le ministère. Dans sa volumineuse correspondance, il ne parle
de son diocèse qu'une seule fois, et c'est pour se plaindre
du préjudice que l'ordonnance de Villers-Cotterets avait
causé aux évêques, et de la diminution de leurs revenus,
qui avait été la conséquence de la restriction apportée

---

» vous, ce néantmoings ayant encores entendeu comme puis naguères,
» continuant tousjours en ce, avés teneu la main pour me faire asseurer
» et dépescher le bien qu'il a pleu au Roy me faire..., très humblement
» vous en remercie, vous suppliant qu'il vous plaise me maintenir tous-
» jours en vostre bonne protection et grâce, comme celluy qui est tout
» vostre très humble et très affectionné serviteur. » (Biblioth. d'Aix,
*Lettres de messire Guillaume Pelissier*, Ms., p. 933 et 934.)

(1) *Gallia christiana*, 1739, t. VI, p. 808.

(2) A. Germain, *Maguelonne sous ses évêques et ses chanoines*, 1869,
p. 147 et 151.

à leur juridiction (1). Pendant son séjour à Rome, qui
se prolongea de 1534 à 1537 (2), il consacra son temps
à l'étude de l'antiquité et au commerce des savants italiens. Le charme de ses manières, l'agrément de sa
conversation et sa bonté naturelle lui avaient conquis
de nombreux amis dans le monde des lettrés et des
érudits. Les relations qu'il avait su se créer dans la
Péninsule, lui furent d'une grande utilité lorsqu'il fut
appelé par François I<sup>er</sup> aux importantes fonctions d'ambassadeur à Venise. Les correspondants italiens de
Pellicier ne tarissent pas d'éloges sur son affabilité et
sa bienveillance. L'un d'eux déclare s'être épris d'une
profonde affection pour lui depuis qu'il a goûté le
charme de ses entretiens aussi suaves qu'érudits, *eruditissimis et suavissimis* (3) ; un autre apprécie d'autant
plus sa libéralité, qu'il sait la relever par l'urbanité de
sa conversation, *humanitate sermonis* (4). Le Vénitien

----

(1) « Ainsi que mes gens de Montpellier m'ont escript, par les ordon-
» nances quy ont esté faictes dernières sur la justice ecclésiastique,
» qu'elle ne se pourra plus empescher des choses layes, je viens bien à
» perdre la quarte partie du reveneu de mon évesché et, oultre ce, il me
» faut entretenir aussi bien les officiers. » Lettre à l'évèque de Tulle, du
19 août 1540 (Biblioth. d'Aix, L. de P., Ms., p. 101).

(2) De Grefeuille, *Hist. ecclés. de Montpellier*, p. 168 et 169. — D.
Vaissette, *Hist. du Languedoc*, t. V, p. 145.

(3) *Romulus Amasaeus Gulielmo Pellicerio. Epistolæ clarorum virorum,
tribus libris a* Joanne Michaele Bruto *comprehensæ*, Lugduni, 1561, lib. II,
p. 247.

(4) *M. Tullii Ciceronis epistolæ ad Atticum, ad M. Brutum, ad Quintum
fratrem... Auctore Manutio Aldi filio*, Venetiis, MDXLVIII, *Epistola dedicatoria*.

Doroteo, traducteur de plusieurs ouvrages grecs, prétend qu'il a dû à l'aménité de ses manières, à sa vaste érudition et à son goût éclairé, d'être chargé de l'importante ambassade de Venise (1). Les compatriotes de Pellicier étaient du même avis que les Italiens. Ils ne prisaient pas moins l'amabilité de son caractère, et savaient qu'elle avait contribué, autant que le prestige de ses talents littéraires et de ses vastes connaissances, à ses succès diplomatiques (2).

Désigné au choix du roi par les suffrages du monde savant et la faveur de la reine Marguerite, l'évêque de Montpellier, déjà revêtu du titre de conseiller du roi, fut nommé ambassadeur à Venise deux années après son retour, c'est-à-dire au commencement de 1539. On lit, en effet, dans l'extrait des livres du trésorier de l'*Épargne*, Guillaume Prudhomme, le passage suivant :
« A Guill^mo Pélissier *(sic)*, Évesque de Montpellier,
» Con^er du Roy, et par luy député pour aller son amb^our

_____

(1) *Sed tu maxime excitasti, quippe qui pro tua in omnes humanitate, comitate, præclaras ejus (Regis) animi excelsi partes ac benevolentiam in studiosos cum humanarum, tum etiam divinarum literarum mihi narrasti, cujus argumento potissimum hoc persuasus sum, quod te legatum virum eruditum, et optimis moribus præditum ad Venetos misit. Nam in Gallia, utpote ampla et hominum et divitiarum copia nunc maxime florente, opinor plerosque viros esse, qui ad hoc munus obeundum essent non minus parati quam idonei, te tamen unum elegit, qui de studiis bonarum literarum es optime meritus, atque judicio admodum polles in cumulandis optimis authoribus et administrandis rebus nationis tuæ* (Joannis Grammatici Alexandrei cognomento Philiponi *in libros priorum resolutivorum Aristotelis commentariæ annotationes*, Gulielmo Dorotheo interprete, Venetiis, 1541). V. dans Gesner (*Bibliotheca*, p. 302) les titres des ouvrages traduits en latin par Doroteo.

(2) *Éloges* de S. de Sainte-Marthe, trad. Colletet, 1654, p. 77, 78.

» devers la Sg^{rie} de Venise, 3750 l. t. par lettres à Fon-
» tainebleau, le 3 février 1538 (1539), pour son estat,
» vacation et despense en ladite charge de son amb^{our},
» durant 240 jours, commencez led. 3 février 1538, et
» finissans le d^{or} s^{bre} prochain, qu'il pourroit vacquer en
» lad. charge, à raison de 10 l. t. par jour (1) ».

Mais les préparatifs, le voyage et l'installation du
nouvel ambassadeur prirent un temps assez long ; car
son prédécesseur dut rester à Venise jusqu'au 31 juillet 1539, soit pour l'attendre, soit pour le mettre au
courant des affaires de sa charge. C'était un gentilhomme italien nommé Jean-Joachim Passano ; il avait
passé depuis longtemps au service de François I^{er}, qui
l'avait nommé seigneur de Vaux, maître d'hôtel de sa
maison, et lui avait déjà confié plusieurs missions importantes (2). Une lettre de Chantilly, à la date du
3 août 1539, lui alloue une somme de 1533 livres tournois « pour sa despense en la charge d'ambassadeur du
» Roy à Venise, durant 122 jours, commencez le 1^{er} avril
» et finissans le d^{or} juillet, jusques auquel jour il a
» vacqué ez affaires d'icelle charge, tant auparavant
» l'arrivée aud. Venise de l'Évesque de Montpellier, de
» présent y estant amb^{eur}, que depuis qu'il y est arrivé,
» afin de l'instruire et advertir d'yceux affaires, à raison
» de 10 l. t. par jour (3) ».

---

(1) Biblioth. nat., *F. Cl.*, Ms., 1215, p. 77.

(2) *Ibidem*, p. 66°, 67, 68 et 69°.

(3) Biblioth. nat., *F. Cl.*, Ms., 1215, p. 77°.

Jamais les fonctions d'ambassadeur n'avaient été plus difficiles et plus graves qu'au moment où l'évêque de Montpellier succéda au sieur de Vaux. La diplomatie avait pris une importance toute nouvelle depuis que la réconciliation de François et de Charles-Quint avait compromis les alliances de la France. L'évêque de Montpellier, arrivé à Venise au moment où l'entente paraissait complète, avait ordre de ménager les Impériaux, tout en s'efforçant de sauvegarder les intérêts de son pays. Mais la mésintelligence ayant recommencé entre les deux souverains dès le printemps de 1540, il ne tarda pas à recevoir de nouvelles instructions. Il dut travailler à détacher Venise de la ligue qu'elle avait conclue avec le pape et l'empereur, à la réconcilier avec la Porte ottomane, et à la décider à s'unir à la France, en dépit de ses engagements avec la maison d'Autriche. Il avait en même temps pour mission de surveiller les agissements des Impériaux en Italie, d'observer la conduite de Charles-Quint et de s'efforcer de pénétrer ses projets. Sa correspondance prouve qu'il s'acquitta avec autant de zèle que d'intelligence de cette tâche délicate. Dès le 19 avril 1540, il annonçait au connétable que l'empereur avait l'intention bien arrêtée de ne pas restituer le duché de Milan, et qu'il songeait à s'allier au roi d'Angleterre (1). Il ne cessa de transmettre à la cour les informations les plus utiles et les

_____

(1) Ribier, *Lettres et mémoires d'estat*, t. 1, p. 519 et 520.

plus exactes. Il contribua, plus qu'aucun autre ambassadeur, à dévoiler le double jeu de Charles-Quint, et l'un des historiens du diocèse de Montpellier, Pierre Gariel, a pu, sans exagération, lui attribuer l'honneur d'avoir déjoué les plans de la fallacieuse politique des Impériaux (1).

Venise, ville ouverte et neutre, accessible à tous les étrangers, ayant des relations commerciales avec toutes les contrées alors connues, vivant en paix avec tous les États de l'Europe, était le meilleur poste d'observation pour la diplomatie française. L'ambassadeur du roi pouvait de là surveiller l'Italie et l'Allemagne, recruter des partisans pour son maître dans la Péninsule et dans l'Empire. Il n'était pas moins bien placé pour entretenir des relations avec les contrées soumises aux Turcs. C'était lui qui, sous l'autorité du roi et de ses ministres, avait la direction des négociations avec la Porte ottomane. Enfin, nulle ville n'offrait plus de ressources que Venise pour les recherches savantes et les acquisitions de manuscrits. Les ambassadeurs du roi, qui avaient à remplir, outre leurs fonctions politiques, une sorte de mission scientifique, y trouvaient l'occasion de faire une abondante récolte d'ouvrages latins et grecs.

---

(1) *Regis quam expertus erat facilitatem, in ipsius perniciem solita calliditate versurus... rei Gallicæ plurimum apud Venetos (Carolus) incommodat, quod a Guillelmo nostro illuc ab Rege delegato, Venetis ipsis veteratoriam fraudem damnantibus, compertum est.* (Gariel, *Series Præsulum Magalonensium*, p. 951.)

Mais, pour comprendre le rôle que joua Pellicier et les services qu'il rendit pendant son ambassade, il est nécessaire de bien se rendre compte de la nature de ses rapports avec le gouvernement vénitien et des changements qui s'opérèrent, pendant son séjour à Venise, dans les institutions de la République.

Saint-Disdier, Amelot de la Houssaie et la plupart des historiens qui ont parlé de l'ambassade de Venise, nous laissent supposer que les représentants des puissances n'avaient de rapports officiels qu'avec le Collège (1). Composé du doge, de ses six conseillers, des trois chefs de la *Quarantie* criminelle et des seize Sages, ce corps était, en effet, l'organe habituel du gouvernement de la République ; mais, en réalité, le siège du pouvoir était ailleurs. Depuis le commencement du XVIe siècle, le Conseil des Dix avait pris en main la direction de l'État, et s'était érigé en une sorte de *Comité de salut public*.

L'historien Romanin, M. Léop. de Ranke, M. Armand Baschet et les écrivains qui ont étudié les archives de la République, n'ont pas eu de peine à prouver que les Dix avaient alors la haute main sur la diplomatie. M. Baschet affirme même que ce terrible tribunal usurpa presque toute l'autorité dans les temps difficiles que Venise eut à traverser, depuis la ligue de Cambrai

---

(1) Saint-Disdier, *La Ville et la République de Venise*, 1680, p. 243. — Amelot de la Houssaie, *Histoire du gouvernement de Venise*, 1676, t. I, p. 60.

(1508) jusqu'à l'abdication de Charles-Quint (1556). Comme il le fait observer, la loi du 28 septembre 1468, qui réglait les attributions du Conseil des Dix, était assez large et assez vague pour légitimer un pouvoir aussi extraordinaire. « Il informera sur les trahisons, » sur les conspirations, sur les sectes. Il connaîtra des » actes qui sont de nature à troubler la paix de l'État, » des conventions et pratiques, soit à l'extérieur, soit à » l'intérieur, pour surprendre et livrer une partie du » territoire, de toutes choses, en un mot, qui exigent » d'être traitées dans le plus grand secret (1). »

La correspondance de Pellicier confirme et complète ces indications. Elle nous apprend en outre que les ambassadeurs entraient en relation avec les véritables dépositaires du pouvoir. Ils s'adressaient d'abord au *Collège;* mais, pour les affaires importantes, ils se mettaient en communication directe avec les *Dix.* « Sire, écrit Pellicier, à la date du 10 avril 1542, » M$^r$ le capp$^{ne}$ Polin et moy sommes allez vers ces seig$^{rs}$ » en Collège, ausquelz, après avoir demandé audience » secrète, qui est le Conseil en Diexe, et qu'ilz ont eu » faict retirer ceulx qui estoient audict Collège n'estans » dudict Conseil, ay présenté les lettres de créance de » V. M. (2). »

---

(1) Romanin, *Storia documentata di Venezia*, 1858, t. VI, p. 57. — A. Baschet, *Les archives de Venise*, 1870, p. 553 et 557. — L. de Ranke, *Zur Venezianischen Geschichte*, 1878, ch. II, p. 45 et 50.

(2) Charrière, *Négociations de la France dans le Levant*, t. I, p. 539.

Une autre dépêche résume en quelques mots le jeu
compliqué du gouvernement vénitien dans ses rapports
avec les souverains étrangers. « Sire, j'ay esté adverty
» comme ces seigneurs, après avoir gardé longtemps
» les lettres du Grant Seigneur, et les avoir bien mâ-
» chées et ruminées en leur Conseil de Diexe, enfin les
» ont mises au Collège pour puis après les exposer et
» faire entendre en leur Pregay et y en déterminer la
» résolution (1). » On avait soin de retrancher dans les
copies communiquées au Sénat les passages les plus
compromettants. Les registres du Conseil renferment
plusieurs délibérations sur ce sujet, et témoignent du
soin jaloux avec lequel les Dix se réservaient le monopole des secrets de l'État.

Le doge et ses six conseillers, qui étaient les chefs du
gouvernement, et que l'on désignait sous le nom de
*Sérénissime Seigneurie*, assistaient aux séances du
Conseil et y avaient voix délibérative (2). Dans les circonstances graves, les Dix devaient demander l'adjonc-
tion de vingt ou de vingt-cinq membres, que le Sénat
avait désignés d'avance, et qu'on appelait la *Zonta* (3).
Assisté de la Seigneurie et de la *Zonta,* le Conseil des
Dix s'était subordonné tous les autres pouvoirs. « De
» nos jours, dit un des écrivains les plus autorisés du
» XVIᵉ siècle, Gaspard Contarini, l'autorité des Dé-

---

(1) Biblioth. d'Aix, *L. de P.*, Ms., p. 759.
(2) A. Baschet, *Les archives de Venise*, 1870, p. 525.
(3) *Ibidem*.

» cemvirs s'est beaucoup étendue ; car tous les secrets
» qui intéressent l'État, leur sont déférés. »

Il est vrai que Contarini ajoute : « Ils ne décident
» rien d'important sans l'avis de tout le Sénat (1). » La
suite de ce travail montrera que cette règle n'était pas
toujours observée ; mais, dans la plupart des cas, les
Dix, par l'intermédiaire du Collège, soumettaient leurs
résolutions à ce grand corps de l'État. Les membres
du Sénat ou *Pregay* étaient au nombre de 120 ; presque tous les magistrats y avaient voix délibérative, et
l'on peut estimer à 220 le chiffre des personnes qui
prenaient part à ses débats (2).

Les séances de cette assemblée étaient quelquefois
très agitées, car elle se composait d'éléments fort divers
et parfois discordants, d'hommes souvent passionnés et
presque toujours divisés d'intérêts : ce qui ne laissait
pas de surprendre et de déconcerter quelque peu des
ambassadeurs habitués au gouvernement d'un prince
qui décidait de tout et n'était pas même tenu de consulter ses ministres. « En une République faicte de tant
» de pièces comme ceste-cy, écrit Pellicier, les voulloirs
» sont si divers et variables que la meilleure et la plus

---

(1) Gaspard Contarini, *De magistratibus Venetorum*, Paris, 1543, p. 63.
*Sed nostris temporibus decemvirum authoritas latius serpsit. Nam tum multa
maxime arcana quæ pertinent ad gubernationem reip. ad decemviros defe-
runtur, licet nihil decernant quod majoris momenti sit, nisi e sententia totius
senatus : tum pleræque res pecuniariæ ab his administrantur.*

(2) *Ibidem*, p. 54.

» saine partye ne l'emporte pas le plus souvent (1) ; car
» la balotte d'ung chascun d'eulx vault aultant que du
» plus grant et saige (2). »

Pour avoir de l'influence sur un semblable gouvernement, l'ambassadeur français devait faire des études
nouvelles pour lui, et déployer des aptitudes qu'il n'a-
vait pas eu l'occasion d'exercer dans son pays. Il était
tenu d'apprendre ce que nous appelons aujourd'hui *la
stratégie parlementaire;* il avait à s'initier à l'art de
préparer les scrutins avant les séances. Chaque ambassadeur avait ses partisans dans les Conseils ; il correspondait avec eux par de discrets intermédiaires, et
dictait leurs votes. Avant d'aller avec le capitaine Polin
faire une démarche importante auprès du gouvernement vénitien, Pellicier commence par préparer le
terrain : « Sire, écrit-il au roi, il a semblé à vos meil-
» leurs serviteurs qui sont en ceste ville, debvoir at-
» tendre quelques jours devant que d'aller devers ces
» seign^{rs}, affin que cependant veissions de faire parler
» particulièrement à ceulx qu'on cognoist plus affec-
» tionnés à vostre party, pour parvenir mieulx aux fins
» que nous recherchons; ce que avons faict le plus dili-
» gemment qu'il nous a esté possible (3). »

L'ambassadeur, qui avait la légitime ambition de
bien servir les intérêts de son pays et de répondre aux

---

(1) Charrière, *Négoc.*, t. I, p. 432.
(2) *Ibidem,* p. 431.
(3) Biblioth. nat., *F. Cl.*, Ms. 570, p. 239.

désirs de son roi, devait donc résoudre un double et difficile problème : arriver à pénétrer les secrets du Conseil des Dix, qui était le pouvoir dirigeant, et à influencer les votes du Sénat, qui était le pouvoir délibérant. S'il voulait connaître les affaires de la République et celles du monde, être informé des mobiles, des intentions, des projets et des actes de ce gouvernement mystérieux, faire profiter son maître des renseignements que Venise recevait de tous les points du globe, il était nécessaire qu'il se ménageât des intelligences et des appuis dans les Conseils, qu'il gagnât des agents pour lui révéler les secrets, des partisans pour lui assurer des votes.

Aucun gouvernement n'a pris des précautions plus minutieuses et de plus sévères mesures que celui de Venise, afin de prévenir ou de réprimer les indiscrétions de ceux qui avaient part à ses affaires. Les ambassadeurs étaient tout particulièrement visés par ces lois préventives, dont la République se montra toujours prodigue, et qui lui ont permis d'assurer, pendant de longues années, la tranquillité au dedans et la sécurité au dehors. Elle les avait mis, en quelque sorte, hors des relations sociales, et avait tracé autour d'eux un véritable *cordon sanitaire*.

La loi défendait aux nobles vénitiens, sous les peines les plus graves, d'avoir aucune relation avec les représentants des puissances. Dès le 12 juillet 1481, le Conseil des Dix déclarait que tout gentilhomme ou tout

citoyen qui s'entretiendrait des affaires de l'État avec
un ambassadeur ou un autre étranger, encourrait le
bannissement et une amende de deux mille ducats (1).
Le 23 octobre de la même année, il prononçait la peine
de mort contre les révélateurs (2).

C'est précisémént au moment où Pellicier venait
d'arriver à Venise, c'est pour lui dérober les détails des
négociations entamées avec le Grand Seigneur, l'empêcher de pénétrer le secret des instructions du plénipotentiaire de la République à Constantinople, et d'en
profiter dans l'intérêt de la France, que fut établi le redoutable tribunal des inquisiteurs d'État, plus célèbre
encore par les exagérations des romanciers que par les
récits des historiens, dont tout le monde a parlé, mais
que presque personne n'a bien connu (3).

Le secret profond dont les trois inquisiteurs entou-
raient leurs actes, a fait planer sur eux une sorte de
terreur qui n'a pas été sans influence sur les jugements
des historiens. En réalité, ils avaient pour principale et
presque pour unique mission de prévenir ou de réprimer la divulgation des secrets de l'État. On les appelait
les inquisiteurs des secrets, *inquisitori de' secreti* (4).

---

(1) Romanin, *Stor. doc.*, 1858, t. VI, p. 116.

(2) *Ibidem*, p. 118.

(3) G. Cappelletti, *Storia della Republica di Venezia*, 1852, t. VIII,
liv. XXX, p. 154. — L. de Ranke, *Zur Venezianischen Geschichte*, 1878,
ch. IV, p. 87 et 94.

(4) Romanin, *Stor. doc.*, t. VI, p. 123.

Ils devaient surtout être attentifs aux relations que les Vénitiens avaient avec les représentants des puissances, et les empêcher de leur faire des révélations compromettantes.

Comme à l'époque où ils furent établis, l'affaire la plus importante de Venise était le traité de paix avec la Porte ottomane ; comme de tous les résidents étrangers, l'ambassadeur de François I<sup>er</sup> était le plus intéressé à intervenir dans cette négociation, et celui qui avait les moyens les plus efficaces pour la faire aboutir dans le sens des intérêts de son maître, c'est contre lui que fut tout d'abord créé et organisé le tribunal des inquisiteurs d'État (1). « On établit un tribunal, sous le » nom d'*inquisiteurs contre les révélateurs des secrets* » (*inquisitori contro i propalatori del secreto*), dit l'his- » torien G. Cappelletti, à l'occasion des événements » survenus en 1539, lorsque la République, désirant » conclure une bonne paix avec le sultan, envoya à » Constantinople Aloyse Badoer (2). » Le Conseil des Dix en décida la création le 20 septembre 1539, et l'organisa le 25 octobre de la même année (3). Mais il semble n'avoir été tout d'abord qu'une magistrature exception-

---

(1) Le nom d'inquisiteurs d'État apparaît pour la première fois, en 1592, dans une lettre adressée d'Ancône à ce tribunal. Il ne fut d'un usage régulier et constant qu'à partir de 1600. (G. Cappelletti, *Stor. di Venez.*, t. VII, p. 153. — L. de Ranke, *Zur Venezianischen Geschichte*, p. 98.)

(2) G. Cappelletti, *Stor. di Venez.*, t. VII, liv. XXX, p. 154.

(3) Romanin, *Stor. doc.*, t. VI, p. 122 et 123.

nelle et transitoire. Ce ne fut que lorsque le gouvernement vénitien apprit que Pellicier avait été informé
des instructions de son plénipotentiaire, qu'on en fit une
institution définitive et permanente (1).

Un érudit vénitien, M. R. Fulin, dans un travail sur
*cette institution si peu connue,* l'a dégagée des obscu-
rités dont elle avait été environnée jusqu'à ce jour (2).
Après avoir signalé l'erreur des historiens qui ont con-
fondu les inquisiteurs des Dix avec les trois inquisiteurs
d'État, l'auteur rappelle que les premiers furent ins-
titués en 1310, en même temps que le tribunal auprès
duquel ils remplissaient les fonctions de juges d'instruction. Il prouve qu'ils n'avaient rien de commun
avec les inquisiteurs d'État, élus pour la première fois
en 1539, et investis de fonctions distinctes et indépen-
dantes (3). Il ajoute que ce qui a trompé la plupart des
historiens, c'est qu'on avait, à plusieurs reprises, confié
aux deux inquisiteurs des Dix la mission de veiller à ce
qu'on ne violât pas les secrets (4). Enfin, M. Fulin
démontre qu'après avoir négligé d'élire les inquisiteurs
d'État en 1541, les Dix les rétablirent en 1542, après

---

(1) G. Cappelletti, *Stor. di Venez.*, t. VIII, liv. XXX, p. 154.

(2) Rinaldo Fulin, *Di una antica istituzione mal nota*, Venezia, 1875.

(3) *Ibidem*, p. 6. — M. R. Fulin apporte, à l'appui de ses assertions,
une preuve irréfutable. Il cite (p. 36, 37 et 38) les noms des deux
inquisiteurs des Dix qui ont été élus, de mois en mois, en 1539, en 1540
et en 1542, et qui ont exercé leurs fonctions pendant que siégeaient
les inquisiteurs des secrets élus en 1539, en 1540 et en 1542.

(4) *Ibidem*, p. 35.

le retour d'Aloyse Badoer (1), et qu'à partir de cette
époque, ils ne cessèrent, sauf de rares exceptions, de
les nommer tous les ans, jusqu'à la chute de la République (2).

L'histoire de l'organisation de ce tribunal, telle que
l'a résumée M. Fulin, correspond à l'époque de l'ambassade de l'évêque de Montpellier ; les différents votes
du Conseil des Dix, concernant les inquisiteurs, se rap-
portent aux démarches et aux actes de l'ambassadeur,
dont ils furent la conséquence. Il semble difficile de
mettre en doute que les intelligences que Pellicier avait
su se ménager dans les Conseils de la République,
n'aient contribué, pour la plus large part, à l'établissement de cette célèbre institution.

Les dépêches de l'ambassadeur, en nous faisant connaître les circonstances qui amenèrent l'établissement
des trois inquisiteurs, nous montrent que ce tribunal,
de même que celui des Dix, avait un caractère pure-
ment défensif, et qu'il ne fut institué que pour prévenir
les périls qui menaçaient les possessions et même
l'existence de la République. La constitution de Venise
fut l'œuvre du temps et de la nécessité ; elle n'a pas
d'analogie avec celles que nous connaissons, parce que
la situation de la Seigneurie était sans exemple ; elle a
été sagement combinée pour assurer la durée de cette

----

(1) *Ibidem*, p. 38.

(2) Les inquisiteurs des secrets étaient nommés, pour une année, par
le Conseil des Dix. Ils pouvaient être réélus.

République, en butte à la jalousie de tous les États de la Péninsule, isolée au milieu des monarchies de l'Europe, placée entre les maisons de France et d'Autriche, entre la chrétienté et le monde musulman. On peut dire que le gouvernement vénitien n'a existé qu'à force de sagesse. Dans une lettre remarquable, adressée à Jean de Monluc, successeur de Pellicier, le célèbre P. Manuzio fait observer que la République n'avait grandi et ne s'était maintenue que parce qu'elle avait toujours compté dans son sein un grand nombre de citoyens éminents par leur sagesse : *Nisi sapientissimorum civium copia floreret, semperque floruisset, profecto neque tanta nunc esset, cum olim minima fuerit, neque tamdiu staret, cum cæteræ Respublicæ suorum civium temeritate conciderint* (1).

Les institutions de Venise, en dépit de leur caractère aristocratique et quelque peu mystérieux, étaient beaucoup plus libérales que celles qui régissaient la plupart des États de l'Europe. Ces magistrats si redoutés étaient élus et renouvelables, et par conséquent responsables; la plupart de leurs décisions étaient soumises à la discussion préalable du Sénat; presque tous leurs actes étaient déférés à sa sanction. Pellicier, qui était habitué à voir le roi décider de toutes les affaires, et ne connaissait d'autre régime que celui du *bon plaisir*, devait être fort embarrassé en présence de ce gouvernement

_____

(1) Pauli Manutii *Epistolæ*, Lugduni, 1552, p. 358 et 359.

auquel prenaient part un si grand nombre de personnes. Ce qui l'étonnait, ce n'étaient pas, comme on pourrait le croire, les institutions aristocratiques de Venise, mais bien l'esprit libéral et la multiplicité des rouages de cette République, « faicte de tant de pièces, et où les » voulloirs estoient si divers et si variables ».

# LA DIPLOMATIE SECRÈTE

# CHAPITRE II

## LA DIPLOMATIE SECRÈTE

Les mesures préventives contre les étrangers étaient d'autant plus nécessaires, à Venise, que la constitution était plus libérale. Plus le nombre des personnes associées au gouvernement de la République était considérable, plus il était facile aux ambassadeurs d'être informés de ses affaires. Quelques-uns d'entre eux surent se ménager des intelligences dans ses Conseils, et parvinrent à organiser une diplomatie secrète, qui étendit son action bien au delà du territoire de la République. Georges de Selves, évêque de Lavaur, et Georges d'Armagnac, évêque de Rodez, qui résidèrent à Venise, le premier de 1533 à 1536, le second de 1536 à 1538, en avaient recruté le personnel, avec le concours de César Fregoso (1). Il comprenait des fonctionnaires du rang le plus modeste et de hauts dignitaires de l'État, d'obscurs aventuriers et de puissants seigneurs, des prêtres, des évêques, et même des dames de l'aristocratie. Pellicier trouva cette diplomatie déjà organisée, mais il lui donna une importance toute nouvelle et en fit le principal ressort de la politique française en Italie.

_____

(1) Biblioth. nat., _F. Cl._, Ms., 1213, _passim._

Parmi ces agents, que l'ambassadeur appelle « les bons serviteurs du Roy », quelques-uns appartenaient à l'ordre des *secrétaires*, et étaient initiés à tous les secrets de la République. Les secrétaires faisaient partie des *citoyens originaires*, qui formaient comme une seconde noblesse dans l'État. Les uns étaient accrédités, avec le titre de résidents, auprès des cours où l'on n'envoyait pas d'ambassadeurs. Les autres étaient attachés, soit aux ambassadeurs, soit aux différents corps constitués. tels que le Sénat et le Conseil des Dix, dont ils rédigeaient les décrets et les dépêches. Par la nature même de leurs fonctions, ils étaient mieux au courant des affaires que la plupart des nobles; et se trouvaient être les dépositaires des secrets de l'État (1).

Deux d'entre eux, Nicolas Cavazza, secrétaire du Sénat, et son frère, Constantin Cavazza, qui remplissait les mêmes fonctions auprès du Conseil des Dix, s'étaient mis au service du roi de France. Ils recevaient une solde annuelle de François I$^{er}$, et communiquaient à son représentant les affaires les plus importantes de la République (2).

Un certain Augustin Abondio était l'intermédiaire habituel entre Pellicier et les secrétaires. Arrêté plus

---

(1) A. Baschet, *Les archives de Venise*, 1870, p. 133.

(2) Paruta, *Historia vinetiana*, 1703, part. I, lib. X, p. 450. — Maurocenus (Morosini), *Historia veneta*, 1623, lib. VI, p. 233. — Conf. Sagredo, lib. V; P. Justinianus, lib. XIII; Paul Jove, trad. D. Sauvage, lib. XXXIX, t. II, p. 444; Belcarius, lib. XXII.

tard et mis à la torture, il confessa qu'il avait conduit
l'un des Cavazza dans l'église de Saint-Christophe de
Murano, qu'il lui avait donné mille ducats et lui avait
fait promettre de révéler les secrets du Conseil des
Dix (1).

Abondio, beau-frère du capitaine Turchetto qui contribua plus tard à la prise de Marano, avait autrefois
fait partie de la maison de César Fregoso (2). Il était
devenu l'homme d'affaires de l'ambassade française,
entretenait de fréquentes relations avec les seigneurs
italiens qui étaient dans la clientèle de François Iᵉʳ, et
les logeait dans sa maison, lorsqu'ils venaient à Venise (3). L'évêque de Montpellier faisait le plus grand
éloge de son zèle et le plus grand cas de ses services :
« C'est luy, dit-il, qui nous a donné les meilleurs et
» plus certains advis que mandons ordinairement à
» Vostre Majesté, pour avoir fort grans intelligences
» et amitiez à pluzieurs de ceste République, de sorte
» que ne se traicte pas grant choze que nous n'en
» soyons incontinant adverty par luy (4). »

Mais pour nouer des intelligences dans l'ordre de la
noblesse, l'ambassadeur se servait surtout d'un ecclé-

---

(1) Biblioth. de Saint-Marc, *Avvisi notabili del mundo*, Mss., cl. VII,
codex 1279, p. 256ᵒ.

(2) Bibl. nat., *F. Cl.*, 570, Ms., p. 206.

(3) P. Aretino, *Il secundo libro delle lettere*, 1609, p. 305, 305ᵒ et
310ᵒ.

(4) Biblioth. d'Aix, *L. de P.*, Ms., p. 1173.

siastique, qui semble avoir été très répandu dans la société vénitienne, Jean-François Valier, abbé de Saint-Pierre-le-Vif, fils bâtard d'un gentilhomme de la célèbre maison de ce nom (1). C'était, dit une relation anonyme de la bibliothèque de Saint-Marc, un homme d'esprit, de manières distinguées, d'un caractère généreux, d'une grande amabilité (2). Pellicier le cite au premier rang de ceux qu'il appelle « nos meilleurs et affectionnés serviteurs » (3). Le roi l'avait récompensé en lui donnant des bénéfices ecclésiastiques dans ses États (4).

L'abbé Valier, qui allait de temps en temps à la cour de France, obtint une audience du Sénat, au retour d'un de ses voyages, vers le milieu d'octobre 1539. Il se dit chargé de déclarer confidentiellement à cette assemblée que le roi était disposé à rappeler Cantelmo, son ambassadeur à Constantinople, si la Seigneurie le demandait ou même le désirait (5). Le duc d'Urbin, qui négociait avec François Ier, lui donna, en 1542, une mission de confiance auprès de ce prince (6).

---

(1) Paruta, l. X, p. 450; Paul Jove, *Histoire,* trad. D. Sauvage, 1581, t. II, p. 444.

(2) Biblioth. de Saint-Marc, *Avvisi,* Mss., cl. VII, codex 1279, p. 263.

(3) Biblioth. nat., *F. Cl.,* Ms., 570, p. 206; Biblioth. d'Aix, *L. de P.,* Ms., p. 996.

(4) Paruta, l. X, p. 450.

(5) Maurocenus (Morosini), l. VI, p. 223 et 224.

(6) Biblioth. nat., *F. Cl.,* Ms., 570, p. 226; Biblioth. d'Aix, *Lettres de P.,* Ms., p. 1092. Le passage suivant d'une lettre de l'évêque de Rodez, du 19 septembre 1536, ne peut se rapporter qu'à l'abbé Valier : « Il nous

Vers la fin de 1540, l'évêque de Montpellier, demandant de nouvelles allocations pour entretenir le zèle « d'aulcuns bons serviteurs du Roy », parle d'un gentilhomme auquel, du temps de l'évêque de Rodez, on avait donné neuf cents écus, et qui était « aussy bon » instrument au service de Sa Majesté qu'homme qui » feust en ceste Italye » (1). Ce bon serviteur, que l'on avait négligé de payer, était alors fort refroidi. Son zèle ne s'était pas encore ranimé au mois de mai 1541 ; car l'abbé Valier s'étant adressé à lui pour un renseignement important, il fit la sourde oreille, et répondit qu'il ne pouvait quitter Padoue, à cause de la maladie de sa femme (2).

Il ne semble pas douteux que ce gentilhomme ne soit Maffio Lion, qui se réfugia dans cette ville lorsqu'on voulut le faire arrêter, en 1542 (3), et que les historiens de Venise désignent comme complice des Cavazza. Lion avait rempli les fonctions d'*avogador*. Il fut nommé, en 1542, Sage de Terre-Ferme (4). Il paraît avoir joui d'une grande considération à Venise, car P. Manuzio

---

» a esté recordé par nostre principal médiateur icy, qui est personne
« ecclésiastique et callifyée, qu'il n'y a riens qui puisse tant servir pour
» avoir vostre intencion du costé de deça que de faire que le Turcq
» envoyast ambassadeurs devers ces seigneurs... » (Charrière, *Négoc.*,
t. I, p. 317.)

(1) Bibl. nat., *F. Cl.*, Ms., 570, p. 66 ; Bibl. d'Aix, *Lettres de P.*,
Ms., p. 229 et 230.

(2) Bibl. nat., *ibidem*, p. 142 ; Bibl. d'Aix, *ibidem*. p. 656.

(3) Maurocenus, lib. VI, p. 233.

(4) Maurocenus, *ibidem* ; Paruta, lib. X, p. 540.

5

lui dédia, en 1540, une nouvelle édition des *Lettres familières* de Cicéron (1).

Les services rendus par Maffio Lion étaient de telle nature que l'on comprend qu'il ne soit pas nommé dans la correspondance de l'ambassadeur. Il n'en est pas de même d'autres gentilshommes, dont les noms reviennent plusieurs fois, et à la tête desquels il convient de placer Vincent Grimani, ancien ambassadeur en France, récemment élevé à l'éminente dignité de procurateur (2).

L'auteur de la relation anonyme de la bibliothèque de Saint-Marc parle même d'une dame célèbre, la signora Camilla Pallavicina, qui voyait souvent Pellicier sous prétexte de dévotion, *sotto coperta di santità,* et dont les rapports avec l'ambassade éveillèrent les soupçons du gouvernement (3).

Le représentant de la France pouvait également compter sur le concours de plusieurs étrangers de distinction qui séjournaient souvent à Venise. L'évêque de Lodi, Jean Simonetta (4), avait été obligé de quitter son diocèse à cause de ses sentiments français. Il avait des intelligences dans différentes ambassades, jouissait d'un grand crédit à la cour de Rome, et entretenait dans le duché de Milan des relations qui pouvaient être

---

(1) Renouard, *Annales de l'imprimerie des Alde*, 1825, t. I, p. 286.

(2) Biblioth. nat., *F. Cl.*, Ms., 570, p. 35 et 97; Biblioth. d'Aix, *L. de P.*, Ms., p. 118 et 273.

(3) Biblioth. de Saint-Marc, *Avvisi*, Mss., cl. VII, codex 1279, p. 263.

(4) Ughelli, *Italia sacra*, t. IV, p. 683.

très utiles à la France (1). « Tout le temps qu'il a esté
» icy », écrit Pellicier à d'Annebaut, le 23 avril 1542,
« il m'a donné de si bonnes adresses et certains advis
» que nul aultre, et mesmement en certains tracas et
» entreprinses qu'on vouloit faire d'Hesdin et Marseille...
» et de présent, luy estant à Rome, il ne fault de me
» faire entendre tant amplement et par le menu des
» nouvelles et occurances de delà, et faire, comme je suis
» très bien adverty, si bons offices pour Sa Majesté que,
» s'il estoit pour Sa dicte Majesté, n'en pourroit estre
» plus soigneux, ne faire mieux... Toutes ces choses
» avecques le bon moïen, sçavoir et crédict qu'il a pour
» ayder aux choses de Milan, et la grant coustume en
» quoy je l'ay tousjours treuvé tant affectionné et bon
» serviteur du Roy que, pour tenir son party et la foy
» audict sieur, n'a refuzé d'estre chassé de son éves-
» ché, me invitent grandement et font prendre la har-
» diesse vous escripre si affectionnément, et supplie
» l'avoir pour recommandé soubz vostre meilleure pro-
» tection et grâce... » (2).

Mais l'ambassadeur était surtout secondé par deux
grandes familles italiennes établies à Venise : les Fregosi, bannis de Gênes, et les Strozzi, bannis de Florence. C'était aux premiers que nous devions les services de la plupart des agents, qui furent de si utiles

(1) Biblioth. d'Aix, L. de P., Ms., p. 103, 104 et 105.
(2) Biblioth. d'Aix, L. de P., Ms., p. 595, 596 et 597.

auxiliaires de notre diplomatie (1). Établis depuis de longues années sur le territoire de la République, les Fregosi avaient servi avec éclat dans ses armées. Ils avaient acquis de l'influence dans le pays vénitien, et y possédaient de grandes propriétés (2). Le chef de la famille, Jean ou Janus Fregoso, exilé de Gênes en 1513, avait commandé, en 1527, les troupes de la Seigneurie dans le Milanais (3).

Martin du Bellay rapporte que, vers 1528, son fils aîné, César, passa du service des Vénitiens à celui du roi (4). Mais il ne le fit, sans doute, qu'avec l'autorisation de la Seigneurie, alors l'alliée de la France, et conserva les engagements qu'il avait contractés. On ne s'expliquerait pas autrement qu'il eût été condamné à la peine du bannissement, en 1536, pour avoir accepté un commandement dans l'armée française, sans y être autorisé. Il ne tarda pas, d'ailleurs, à recevoir la permission de rentrer sur les terres de la République, conformément à la promesse qui avait été faite à l'ambassadeur de France, Georges d'Armagnac (5), et ne

(1) *Archivio secreto dell'Eccelso Consiglio di X, Registri criminali*, 1535-1542, Ms., p. 166-176. — *Avvisi*, Biblioth. de Saint-Marc, Mss., cl. VII, codex 1279, p. 263°. — Correspondance de Pellicier citée plus haut, p. 37.

(2) Archives du Conseil des Dix, *ibidem*.

(3) Guichardin, *Histoire des guerres d'Italie*, trad. franç., Londres, 1738, t. II, l. VI, p. 334 et t. III, l. XVIII, p. 329.

(4) *Mémoires* de du Bellay, édit. du *Panthéon litt.*, p. 423.

(5) Charrière, *Négoc.*, t. I, p. 315.

quitta, selon toutes les probabilités, le service des Vénitiens que vers l'époque de l'arrivée de Pellicier.

Mais un de ses frères, Alexandre Fregoso, était resté à la solde de la Seigneurie en qualité de commandant de la grosse cavalerie (1). Hercule, le troisième, résidait également dans les États vénitiens (2). Malgré les attaches officielles qu'ils avaient avec le gouvernement, les Fregosi étaient ouvertement du parti de la France. Hercule et Alexandre descendaient dans la maison d'Abondio lorsqu'ils venaient dans la capitale (3), et entretenaient des rapports suivis avec leur frère César (4).

Les Strozzi, qui venaient de se fixer à Venise, n'y avaient pas autant de relations que les Fregosi ; mais leur richesse leur acquit bientôt une influence considérable. Philippe Strozzi (5), leur père, s'était donné la mort dans la prison, où il avait été jeté à la suite d'une tentative pour surprendre Florence (1533). Il laissa quatre fils : Pierre, qui devint maréchal de France ; Léon, connu sous le titre de prieur de Capoue, qui commanda les galères de François Ier ; Laurent, qui fut cardinal et archevêque d'Aix ; enfin, Robert, qui se chargea d'administrer l'immense fortune de la

---

(1) Maurocenus, l. VI, p. 233.

(2) Archives du Conseil des Dix, *Registre criminel de 1535 à 1542*, Ms., *passim*.

(3) P. Aretino, *Il secondo libro delle lettere*, Parigi, 1609, p. 305⁰.

(4) Biblioth. nat., *F. Cl.*, Ms., 570, p. 166⁰.

(5) Il s'appelait en réalité Jean-Baptiste, mais il n'était connu que sous le nom de Philippe.

famille. Pierre Strozzi se distingua entre tous les capitaines italiens qui s'étaient mis au service de la France :
comme le dit P. Aretino, il fut « l'âme et le bras des
projets et des entreprises du roi très chrétien » dans la
Péninsule (1). Son frère Robert avait des goûts plus
sédentaires, mais il ne rendit pas de moindres services.
C'est lui qui dirigeait la maison de banque que sa
famille avait fondée à Venise (2). Il faisait le commerce
dans les provinces de l'empire ottoman, sous la protection de la France (3), et témoigna sa reconnaissance au
roi en venant plusieurs fois en aide à son ambassadeur,
dont les ressources étaient fort limitées et très irrégu-
lières (4).

Robert Strozzi faisait partie du groupe de partisans
dévoués et influents qui composaient le Conseil de
l'ambassadeur. L'évêque de Montpellier, fort embarrassé
de l'attitude qu'il convenait de prendre dans l'affaire de
Marano, écrivit à François Ier, lorsqu'il reçut la nouvelle de la prise de cette ville : « Parquoy me sembla
» faire mon debvoir envoyer chercher tous vos meil-
» leurs et affectionnez serviteurs qui sont icy et, entre
» aultres, Mgr de Lode, plein d'aussy bon conseil que

_____

(1) P. Aretino, _Il secondo libro delle lettere_, Parigi, 1609, p. 252°.

(2) Brantôme, _OEuvres complètes_, édit. de la _Soc. de l'Hist. de France_,
t. II, p. 270.

(3) Biblioth. d'Aix, _L. de P._, Ms., p. 379.

(4) Biblioth. d'Aix, _ibidem_, p. 635; Biblioth. nat., _F. Cl._, Ms., 570,
p. 119 et 215.

» nul aultre, et le sieur Robert Strocy, frère du sieur
» Pierre, avec le sieur Vallerio, abbé de Saint-Pierre-le-
» Vif, pour consulter et adviser avec eulx, comme chose
» de plus grant importance qui me soit arrivée despuis
» que suis icy, comme j'avois à me gouverner » (1).

La correspondance de Pellicier mentionne, à plusieurs
reprises, deux grands seigneurs italiens : Ludovic
Rangone, frère du célèbre Guido, et Pierre-Marie Rosso,
comte de San Secondo. Tous deux offrirent leurs services au roi pendant son ambassade (2). Le premier,
dont la sœur avait épousé César Fregoso, avait une
maison à Venise (3); le second semble y avoir fait de
fréquents séjours (4). Ils assistaient le représentant de
la France de leurs conseils et de leur influence ; mais
ils s'employèrent plus utilement encore dans le recrutement et le commandement des troupes italiennes
soldées par François Ier (5).

Toutefois, la France n'avait pas, sur le territoire
vénitien, de partisan plus utile, soit pour les informations en temps de paix, soit pour les coups de main en
temps de guerre, que François-Beltrame Sachia, d'une
origine beaucoup plus modeste que les précédents,

---

(1) Biblioth. nat., F. Cl., Ms., 570, p. 206º.

(2) Biblioth. d'Aix, L. de P., Ms., p. 452.

(3) P. Aretino, Il secondo libro delle lettere, Parigi, 1609, p. 305.

(4) Archives du Conseil des Dix, Registre criminel de 1535 à 1542, Ms.,
passim.

(5) V. ch. XI.

mais qui, à force d'activité, parvint à rendre d'éminents services. Sachia était d'une famille bourgeoise d'Udine, qui s'enrichit dans le commerce au milieu du seizième siècle et s'unit par les liens de la parenté avec la noblesse du pays (1). Il était déjà entré dans la clientèle de la France du temps des évêques de Lavaur et de Rodez (2). Il paraît avoir redoublé d'ardeur et d'activité pendant l'ambassade de Pellicier. Le 12 novembre 1540, l'évêque de Montpellier écrivait au connétable : « Le sieur Beltrame ne fault d'employer, avec sa » peyne et le temps de luy et de ses amys, beaulcoup du » sien, afin d'entretenir ceulx de qui il peut tenir ces » advertissements, car il a bien la puissance de ce faire, » n'ayant besoin de cent ou deux cens escus, et la » récompense qu'il cherche avoir de Sa Majesté, tend » plus à l'honneur qu'au proufit, et luy suffit qu'il peut » se apparoir à ses amys et ennemys qu'on l'a en » mémoire et estime ses services (3). »

Ce zélé serviteur venait alors de donner de précieux renseignements sur les négociations du pape et de l'empereur (4). Il avait autant de relations que personne en Italie, et pouvait procurer à l'ambassadeur « beaul- » coup de bons advertissements et aultres commo- » dités, et mesmement en temps de guerre, pour avoir

(1) *Archeografo triestino*, vol. V, avril 1877, p. 114.
(2) Biblioth. nat., *F. Cl.*, Ms., 570, p. 181º.
(3) *Ibidem*, p. 98º et 99.
(4) *Ibidem*.

» grans praticques et menées avecques gros person-
» naiges » (1). Il avait noué des intelligences jusqu'en
Allemagne, où il fit plusieurs voyages pour le service
de François Iᵉʳ, et informa plus d'une fois Pellicier de
ce qui se passait dans les Conseils de Charles-Quint (2).

Mais, pour les affaires de l'Empire, la France avait,
dans la Haute-Italie, un agent spécial qui correspondait
régulièrement avec l'ambassadeur de Venise et le gouverneur du Piémont. Il se nommait Tassin et habitait
à Lonato ou Luna, non loin du lac de Garde, sur la
route de Trente et du col de Brenner. Tassin de Luna
entretenait des relations suivies avec un seigneur qui
semble avoir occupé un certain rang dans l'Empire.
Ayant appris que Charles-Quint levait douze mille lansquenets, il écrivit à Pellicier, le 31 mai 1541, « que
» pour s'asseurer encore mieulx de tous costés de ceste
» affaire, il avoit mandé ung homme vers le personnaige
» qui ordinairement luy faict entendre nouvelles d'Alle-
» maigne. Mais ledict messager n'avoit treuvé ledict
» personnaige, tant seulement sa femme qui luy avoit
» dict que l'Empereur avoit mandé son mary en poste
» aux confins de Hongrye, lequel luy avoit escript que
» de brief seroit de retour à son chasteau » (3). Tassin
avait ordre de faire « bon guet et escoutte » pour être

---

(1) Biblioth. d'Aix, *L. de P.*, Ms., p. 915.

(2) *Ibidem*, p. 302.

(3) Biblioth. d'Aix, *L. de P.*, Ms., p. 605 et 606; Biblioth. nat.,
*F. Cl.*, Ms., 570, p. 145 et 145°.

informé des levées que l'on faisait en Allemagne et de
la destination qu'on leur assignerait. Car les Impériaux
de Venise gardaient un silence obstiné ; ils ne souf-
flaient mot, « pas mesme ceulx du fonds des Tudesques,
» qui ne faillent, quand ilz n'ont poinct de nouvelles
» advantageuses pour l'Empereur, en treuver de toute
» fresches » (1).

Cet agent fidèle ne se contentait pas de renseigner
l'ambassadeur ; il s'efforçait encore de gagner les seigneurs allemands à la cause de François Iᵉʳ. Mais il
mettait la plus grande prudence dans ses négociations
pour ne pas les compromettre. Pellicier devait prendre
connaissance de leurs lettres, en faire passer une copie
à la cour, et les renvoyer à Lonato. « On m'a faict très
» grant instance, disait-il au sujet d'une de ces impor-
» tantes communications, de désirer incontinant l'ori-
» ginal. Pour le grant danger auquel pourroit estre
» ledict personnaige, si la lettre venoit à tumber, par
» disgrâce, par les chemins ou aultrement, en quelques
» mains qui cognoissent escripture, m'a semblé deb-
» voir envoyer ung double de mot à mot, et par icelle
» Vostre Majesté pourra voir les desseings et bonne
» volonté de ceulx y nommés » (2). Il arriva même
quelquefois à Tassin de charger un messager de confiance de transmettre ses informations de vive voix, afin

(1) Biblioth. d'Aix, *L. de P.*, Ms., p. 681.

(2) *Ibidem*, p. 736.

d'être plus assuré de ne pas compromettre ses correspondants (1).

L'évêque de Montpellier attachait le plus grand prix
aux informations de cet agent. Il échangeait des présents avec lui, le traitait en ami, et lui parlait sur le
ton d'une aimable familiarité. Un jour il lui envoya,
outre l'indemnité qui lui était due, « quatre des plus
» belles peaux qui se sont peu trouver... Ce ne sont pas,
» dit-il, peaux communes du pays, mais marroquins de
» Turquie, fort beaux comme pourrés voir ». En retour,
il termine sa lettre « par ung petit mot du vin qu'il désire
» grandement et bien tost... car, ajoute-t-il, je le boiray
» d'aussy bon cueur que je me recommande à vostre
» bonne grâce » (2).

Le zèle de ces partisans dévoués et de ces agents de
toute sorte permettait à l'ambassadeur de donner à son
maître les avis les plus prompts et les plus utiles. Il
l'informait, au jour le jour, des délibérations et des
actes du gouvernement vénitien, des relations et des
rapports de ses ambassadeurs et de ses autres envoyés ;
il le tenait au courant des démarches de l'empereur,
des menées du pape, des dispositions des princes italiens. On ne levait pas une compagnie en Allemagne
sans qu'il le prévînt ; on ne nouait pas une intrigue en
Italie sans qu'il l'avertît. Pellicier envoyait le même

---

(1) Biblioth. nat., F. Cl., Ms., 570, p. 172.
(2) Biblioth. d'Aix, L. de P., Ms., p. 683 et 684.

jour au connétable de Montmorency une demi-douzaine
de lettres pour lui faire connaître « les dispositions et
» humeurs des principaulx de ce monde » (1).

Les renseignements qu'il recevait, étaient si nombreux
et de sources si diverses, qu'il lui arrivait quelquefois
d'en oublier la provenance, et qu'il s'imaginait, lorsque
l'événement avait vérifié ses prévisions, être doué d'une
sorte de prescience diplomatique. Au sujet de la défaite
de Bude et de la catastrophe d'Alger qu'il avait annon-
cées avant qu'elles se fussent accomplies, il semble
insinuer que les diplomates ont le don de la divination
et que c'est chez eux une grâce d'état. « Je ne sçaurois
» dire d'où cela procède, s'écrie-t-il, si ce n'est que
» Dieu ne veult moings daigner les hommes de pré-
» voir telles affaires que les vaultours et aultres
» oyseaux de rapine, prédisant souvent la grant occi-
» sion et boucherie d'ung camp, le suivant et voltigeant
» par grans troupeaux, quand il doibt advenir telle
» clade » (2).

Mais c'était surtout pour trouver la piste des agents
impériaux et découvrir leurs intrigues que Pellicier se
mettait en frais de suppositions et de recherches. Il lui
était revenu que l'empereur avait été informé, à plusieurs reprises, des délibérations du Conseil du roi, et
que ses propres rapports avaient été, plus d'une fois,

---

(1) Biblioth. d'Aix, *L. de P.*, Ms., p. 190.
(2) Biblioth. nat., *F. Cl.*, Ms. 570, p. 179°.

révélés à la Seigneurie (1). Il en avertit François Iᵉʳ, et le supplie de se tenir sur ses gardes.

Enfin, le 14 juillet 1541, il croit être en mesure de lui indiquer l'auteur de ces coupables indiscrétions. Mais il le fait avec d'infinies circonlocutions et toutes sortes de ménagements, tant le rang élevé du personnage l'intimide. « Tassin, dit-il, lui escript qu'ung de ses amis » d'Allemaigne luy a mandé à dire de bouche que » celluy Italien, lequel il désigne par telles enseignes » estre disciple du prophète, qui réfère tout ce qui se » faict à l'ambassadeur de l'Empereur, est monsieur le » cardinal de Ferrare » (2). L'évêque de Montpellier, après avoir prononcé ce nom, paraît effrayé de son audace. « Il m'a semblé, s'écrie-t-il, en s'adressant à la » prudence et à la générosité du roi, pour le debvoir,

---

(1) Biblioth. d'Aix, *Lettres de P.*, Ms., p. 186.

(2) Hippolyte d'Este, dit *le cardinal de Ferrare*, archevêque de Milan, d'Auch, d'Arles et de Lyon, évêque d'Autun, abbé de Flavigny, etc., était le fils d'Alphonse Iᵉʳ, duc de Ferrare, et de Lucrèce Borgia. Il résidait depuis plusieurs années auprès de François Iᵉʳ, qui avait obtenu pour lui le chapeau de cardinal (5 mars 1538). Il est difficile de se prononcer sur la valeur des accusations de Pellicier. Ce qui est certain, c'est qu'elles ne paraissent pas avoir diminué la faveur dont le cardinal jouissait à la cour de France. La lettre de l'ambassadeur est du 14 juillet 1541. Or, Mathieu Dandolo, dans la relation qu'il prononça, le 20 août 1542, cite, parmi les membres du Conseil étroit, le révérend et illustrissime cardinal de Ferrare, le seul Italien qui y ait été admis depuis J. Trivulzio (Albèri, *Relazioni*, s. I, t. IV, p. 33). Hippolyte d'Este qui, d'après de Thou, était dans la confidence la plus intime de François Iᵉʳ, fut employé dans les plus grandes affaires, sous le règne de ce prince et sous ceux de Henri II et de Charles IX (De Thou, *Histoire universelle*, trad. française, la Haye, 1740, t. IV, p. 714).

» subjection et fidélité que j'ay à vostre service, ne
» debvoir oublier ne diférer à vous en advertir, sans
» respect quelconque, vous suppliant, Sire, prendre
» l'advertissement de ce personnaige, à moy donné, en
» telle part que la grandeur du debvoir de ma servitude
» le requiert, et me pardonner s'il y a chose qui ne soit
» selon vostre meilleur et infaillible jugement » (1).

En Italie, l'empereur employait comme espions des
hommes que leur vocation semblait avoir destinés à de
tout autres fonctions. L'évêque de Montpellier en parle
sur un ton bien différent de celui de sa lettre au sujet
du cardinal de Ferrare. On dirait qu'il s'est inspiré de
la verve satirique de Rabelais, avec qui il était alors en
correspondance.

Le général des Frères Mineurs de l'Observance,
Vincent Lunello, qui était sujet de Charles-Quint, servait
avec un zèle peu discret les intérêts de son souverain (2). Plusieurs de ses religieux étaient des agents
impériaux.

--------

(1) Biblioth. d'Aix, *Lettres de P.*, Ms., p. 782 et 783.

(2) Vincent Lunello *(Lunellus)*, originaire d'Espagne, fut général de
l'ordre des Frères Mineurs, de 1536 à 1541. Lorsqu'il passa à Venise,
il revenait d'Allemagne, où Paul III l'avait envoyé pour négocier avec
l'empereur (Waddingus, *Annales Minorum*, édit. II, 1736, t. XVI, p. 446).
La faveur dont Lunello jouissait auprès de Charles-Quint, suffirait, à
défaut d'autres preuves, pour justifier les soupçons de Pellicier. Après
avoir été remplacé, en 1541, dans les fonctions de général, il reçut plusieurs missions du gouvernement impérial; il fut envoyé en Murcie,
en 1546, pour apaiser des troubles qui avaient éclaté dans cette province,
et fut délégué, en qualité de théologien, auprès du concile de Trente
*(Annales Minorum*, t. XVIII, p. 115).

Ces moines, qui pouvaient pénétrer partout, à l'abri de leur robe, attirèrent de bonne heure l'attention de l'ambassadeur. Dès le 5 août 1540, il signale, dans une lettre à son collègue de Rome, le passage à Venise du général des Observantins. Lunello, qui paraît avoir été peu circonspect, se vantait de gagner le pape aux vues de l'empereur, et de faire rompre le mariage projeté entre le duc d'Aumale et la signora Victoria, petite-fille de Paul III. L'évêque de Montpellier ne cite ces propos que pour mémoire : « car sçavés, ajoute-t-il, » combien il se faut du tout attendre à ce qui sort de » tels chaperons, mesmement en choses d'Estat, les-» quelles, comme ne leur appartient, ne s'en doibvent » mesler, pour n'estre de leur gibier » (1).

Mais Lunello avait en même temps parlé de certaines entreprises contre la France, dont Pellicier s'empressa de prévenir le marquis de Langey, gouverneur du Pié-mont, par une dépêche datée du 26 août 1540 (2). Frère Léonard, qui accompagnait son supérieur, se proposait d'aller prochainement, avec un de ses confrères, dans cette province, où il était né (3). L'évêque de Montpellier ne craint pas de formuler contre lui les plus graves

(1) Biblioth. d'Aix, *L. de P.*, Ms., p. 69 et 70.

(2) *Ibidem*, p. 81.

(3) Léonard Publicius était un des membres influents de l'ordre de Saint-François. Il fut successivement gardien de la province de Gênes, vicaire général de l'ordre et commissaire général de la famille cismontane (*Annales Minorum*, t. XVI, p. 273 et 395).

accusations. Il prétend tenir de « très bon lieu » que,
quand l'empereur envahit la Provence, Frère Léonard
vint trouver la duchesse de Savoie, dont il était le
confesseur, « luy annonçant qu'avant que feust la feste
» de Nostre-Dame de la my-aoust ensuyvant, il n'y
» auroit de la stirpe du Roy, ne luy, ne aulcun de ses
» enfants survivants (ce que ladicte duchesse, pour sa
» bonne taciturnité, non seulement le creut volontiers,
» mais en fit part à plusieurs, qui leur feut à plaisir et
» à aulcuns à desplaisir), dont s'ensuivit, peu de temps
» après, la pitoyable et cruelle mort de M$^{gr}$ le Dauphin ».
» Pellicier, après avoir donné ces détails à Langey,
» ajoute : « Je ne désespérerois pas, si Dieu le vouloit,
» que ce bon Frère qui a accoustumé confesser les
» aultres, feust confessé de cestuy-cy, pour adjouster
» sa confession avec celle du comte de Montecu-
» cullo » (1). Il terminait sa lettre par ces mots : « Je
» verray d'entendre le nom de cet aultre Frère *frappart*
» qui doibt venir de brief, et ne fauldray vous en ad-
» vertir de tout ce que j'entendray » (2).

Quinze jours après (10 septembre 1540), l'ambassadeur écrivait au gouverneur qu'on avait vu, à Venise,

---

(1) Les bruits dont Pellicier se fait l'écho, sont un curieux témoignage
de la persistance des soupçons qu'avait fait naître dans l'entourage de
François I$^{er}$ la mort subite de son fils aîné. Ils montrent en même temps
que les menaces et les paroles imprudentes des partisans de l'empereur
ont pu donner quelque vraisemblance aux accusations portées contre
lui.

(2) Biblioth. nat., *F. Cl.*, Ms., 570, p. 38 et 39°.

un nommé Frère Jean, du Piémont. Ce religieux disait avoir reçu des Impériaux la mission de faire sauter les poudres de la place de Turin. Il devait passer par Milan pour s'entendre avec le marquis del Vasto (1). Pellicier, inquiet, ne tarde pas à adresser à Langey une seconde dépêche pour lui demander des nouvelles des bons Frères : « Je désirerois fort, dit-il, que telles menées » feussent apertement et par effect découvertes et tou- » chées au doigt, et que ces maistres *Fratres* peussent » estre happés. Parquoy vous prye faire prendre bonne » garde, pour quelque temps, à ceulx qui entrent, non » pas seulement à Thurin, mais encores en toutes les » villes de vostre gouvernement; car eulx estans bien » advertis du doubte et soupçon que l'on a sur ceulx de » leur profession, ils seront bien gens pour changer » leur robbe et prendre aultre habit, soit de aultre reli- » gion, ou du tout déguisés : dont estes requis faire bon » guet et ne laisser entrer en ville de vostre charge » homme qui ne soit bien défublé et visitté de tous » costés, car s'ils pouvoient une fois estre surprins, ils » découvriroient bien leur po aux roses (2). »

Pellicier ne tarda pas à s'apercevoir qu'il était dan- gereux, même pour un évêque, de s'attaquer à une congrégation religieuse. Il fut dénoncé à Rome par un ancien Observantin, Jean Fabri, devenu coadjuteur de

(1) *Ibidem*, p. 49.

(2) Biblioth. d'Aix, *Lettres de P.*, Ms., p. 194.

Nicolas de Gaddi, évêque de Sarlat, et qui était attaché à la cour de France (1). Vers la fin de novembre, l'ambassadeur apprend que « le seigneur général le menace » du costé du Pape, de l'Empereur et du Roy ». Il écrit aussitôt une longue lettre au connétable de Montmorency. Il affirme qu'il a été averti « par ung personnaige, » lequel, non seulement de son temps, mais encores de » ses prédécesseurs, avoit accoustumé de donner tels » advertissements ». Il se défend de tout sentiment d'hostilité à l'égard de l'ordre de Saint-François et du *seigneur général*. « Je prieray tousjours à Dieu, s'écrie- » t-il, ne me laisser vivre que je sois ainsi délaissé de » sa grâce que je vinsse à calomnier ne dénigrer, contre » le debvoir, homme du monde, tant moings ung chef » de tel ordre. » Mais Pellicier ne peut se retenir d'épancher sa mauvaise humeur contre son indiscret accusateur : « Ce néantmoings vous entendés trop » mieulx s'il appert à ung domestique de court et homme » de tel degré, comme est Frère Jean Fabri, Évesque » d'Aurie (2), de non seulement réveller les secrets du » Conseil du Roy, mais les donner à entendre aultre- » ment et plus graves que, en vérité, ils n'ont esté » escripts (3). »

---

(1) *Annales Minorum*, t. XVI, p. 471 ; *Gallia christiana*, 1739, t. II, p. 1525.

(2) Jean Fabri était évêque *in partibus d'Auria* ou *Aureipolis* dans la province d'Éphèse *(Annales Minorum*, t. XVI, p. 471).

(3) Biblioth. d'Aix, *L. de P.*, Ms., p. 360, 361 et 362.

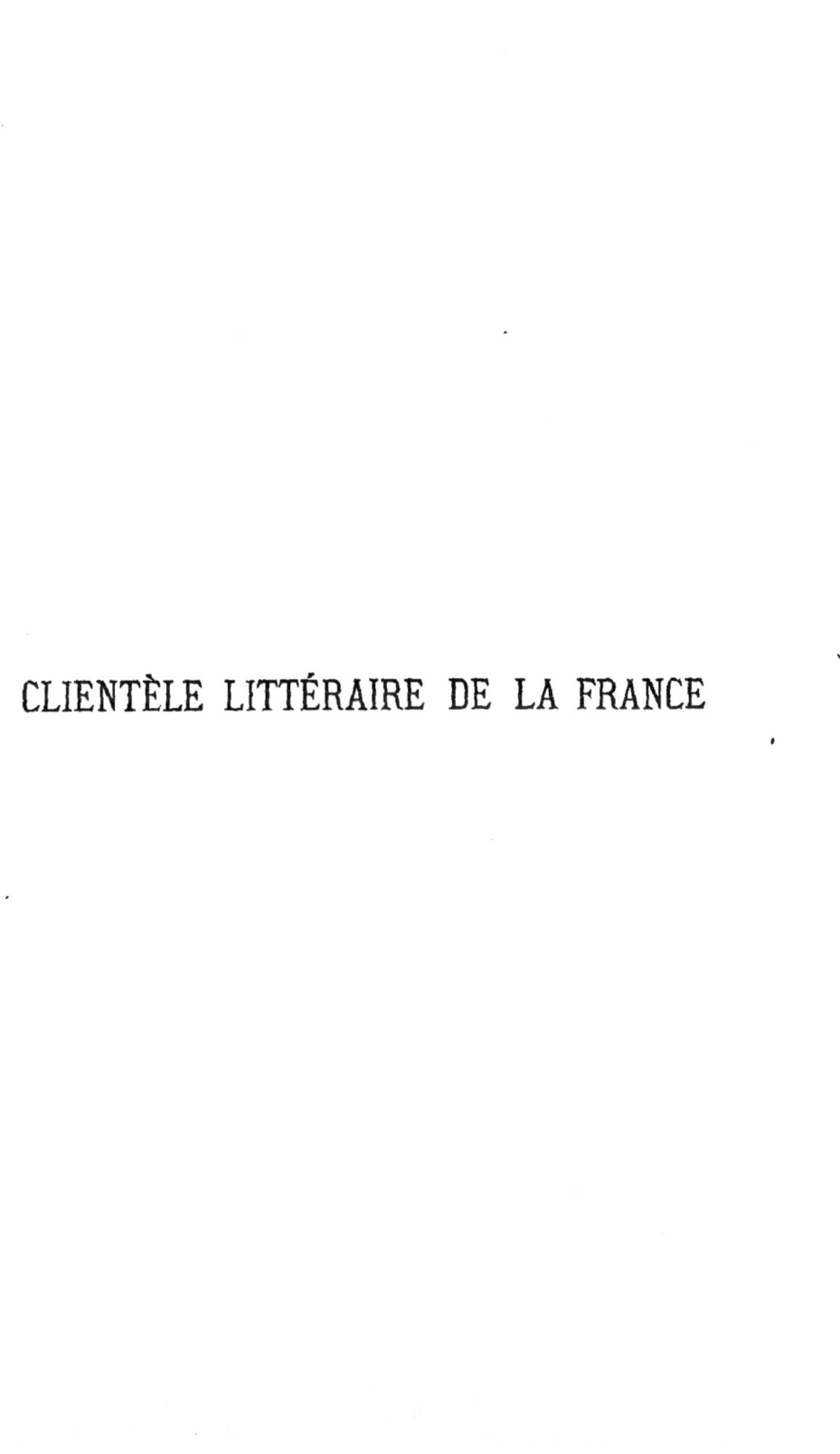

# CLIENTÈLE LITTÉRAIRE DE LA FRANCE

# CHAPITRE III

## CLIENTÈLE LITTÉRAIRE DE LA FRANCE

Pendant la première période de son ambassade, qui correspond aux années 1539 et 1540, Pellicier s'occupa surtout à rallier et à renforcer le parti français en Italie. Il compléta l'organisation de cette diplomatie secrète dont il devait tirer un si grand parti, et se mit en mesure de jouer le rôle le plus actif dans la période militante qui allait s'ouvrir. Mais, comme la politique lui laissait des loisirs, il en profita pour se concilier les suffrages des lettrés italiens et enrichir son pays des chefs-d'œuvre de l'antiquité classique, si répandus dans la Péninsule.

Les ambassadeurs français, à Venise, n'étaient pas seulement investis de fonctions politiques : ils étaient encore chargés de recueillir des manuscrits latins ou grecs, avec l'aide d'envoyés spéciaux que le roi leur adjoignait (1). Ces *missions scientifiques* avaient été

_____

(1) Parmi les prédécesseurs de Pellicier, Jean de Pins, évêque de Rieux, et Georges de Selve, évêque de Lavaur, semblent s'être montrés les plus empressés à seconder les vues du roi. Le premier, qui représenta François Iᵉʳ, à Venise, de 1517 à 1519, lui procura un grand nombre de manuscrits, dont la bibliothèque de Fontainebleau devait plus tard s'enrichir. Le second, qui fut chargé des mêmes fonctions

dirigées, de 1522 à 1540, par Guillaume Budé, *maître de la librairie du roi*. A partir de 1540, elles le furent par Pierre du Chastel, évêque de Tulle, successeur de Budé, qui occupait un rang non moins distingué parmi les savants du XVI° siècle.

Le nouveau *maître de la librairie* avait lui-même parcouru les contrées devenues le théâtre des missions scientifiques, et avait enseigné, pendant près de deux ans, le latin et même le grec dans l'île de Chypre. Il était plus compétent que personne pour diriger les « rechercheurs » que le roi envoyait en Italie et dans les provinces ottomanes (1), et les dépêches de Pellicier témoignent du dévouement avec lequel il s'acquitta de ses fonctions (2).

Le zèle des ministres du roi était encore stimulé par la concurrence que leur faisaient les envoyés impériaux. La rivalité des maisons de France et d'Autriche se poursuivait jusque dans le pacifique domaine des lettres et des arts. Charles-Quint et François I<sup>er</sup> se disputaient

---

de 1533 à 1537, se fit aider dans ses recherches par le savant hel-
léniste Pierre Danès. Mais son successeur, Georges d'Armagnac, évêque
de Rodez, absorbé par les négociations épineuses qu'il eut à conduire,
ne paraît pas avoir déployé le même zèle pour l'acquisition des manuscrits. Il est vrai qu'il prit sa revanche à Rome, où il remplit les fonctions
d'ambassadeur pendant que Pellicier était à Venise (V. L. Delisle, *Le Cabinet des Manuscrits de la Bibliothèque impériale*, 1868, t. I, p. 152 et 153)

(1) Galland, *Petri Castellani vita*, 1674, p. 28-52. Du Chastel avait été
nommé évêque de Tulle en 1537. Il devint évêque de Mâcon en 1544,
grand-aumônier en 1547, et enfin évêque d'Orléans en 1551.

(2) Biblioth. d'Aix, *L. de P.*, Ms., *passim*.

avec non moins d'empressement la clientèle des savants
que l'alliance des princes, les livres et les manuscrits
que les capitaines et les « souldars » italiens. Diego
Hurtado de Mendoza, qui représentait l'empereur à
Venise pendant l'ambassade de l'évêque de Montpellier,
était aussi renommé pour son érudition et ses goûts
littéraires que pour ses talents diplomatiques. Il
savait le latin, le grec et l'arabe ; il composa des ouvrages d'histoire, des traités de philosophie et des
poésies dont les Espagnols font le plus grand éloge ;
il correspondait avec les savants les plus célèbres de
l'Italie ; il montra autant de zèle que Pellicier pour les
études grecques, et rechercha avec une égale ardeur
les livres et les manuscrits (1).

L'évêque de Montpellier n'avait pas à redouter la

---

(1) N. Antonio, *Bibliotheca hispana*, 1783, t. I, p. 290-292. — M. Foscarini, *Letteratura veneziana*, 1854, p. 75-79. — On peut juger de la
faveur dont Mendoza jouissait auprès des savants italiens, par les dédi-
caces que lui adressèrent le célèbre éditeur P. Manuzio, le professeur
Jean-Bernard Feliciano et le mathématicien Jean-Marie Memo (V. Renouard, *Annales de l'imprimerie des Alde*, 1825, t. I, p. 290 et 291, et
Cicogna, *Delle Inscrizioni veneziane*, 1834, t. IV, p. 208 et 505). Vers le
temps où Ange Vergecios partait pour la France, l'ambassadeur impérial
était parvenu à s'attacher un copiste grec d'une habileté non moins
grande, le savant Nicolas Sophianos, de Corfou (V. L. Delisle, *Le Cab.
des Mss.*, p. 153 ; Gesner, *Bibliotheca*, 1574, p. 633 ; Sathas, Νεοελληνική
Φιλολογία, Athènes, 1868, p. 141-143). Mendoza était assisté d'un
savant allemand, nommé Arnold Arlen, qui jouissait d'une grande réputation en Italie, et dirigea plus tard l'imprimerie de Torrentino à Florence (V. Gesner, *Bibliotheca*, p. 80 ; Tiraboschi, *Storia della letteratura
italiana*, 1809, t. VII, p. 216 et 217). Il recueillit un grand nombre de manuscrits en Italie, et en fit venir, à grands frais, de l'Orient (V. *Lettere
di Paolo Manuzio*, chez Renouard, 1834, p. 290 et 291). Il montra une

comparaison avec l'ambassadeur de Charles-Quint :
Pellicier passait déjà pour l'un des prélats les plus
distingués de son siècle, lorsqu'il fut chargé de représenter François Iᵉʳ à Venise. Il jouissait d'une grande
réputation dans la Péninsule, où il avait séjourné pendant près de trois ans, et s'y était concilié l'amitié de
plusieurs savants qui vinrent bientôt grossir la clientèle
littéraire de la France.

Entre tous les illustres *clients* que François Iᵉʳ dut au
zèle et à l'habileté de son ambassadeur, le plus célèbre
est sans contredit l'imprimeur P. Manuzio. Pellicier,
qui l'avait autrefois connu à Rome (1), ne tarda pas à
le mettre en relation avec le roi et ses ministres. Le fils
d'Alde l'Ancien travaillait alors à ses éditions des
œuvres de Cicéron, qui lui ont valu une véritable gloire
et ont attaché son nom à celui du grand orateur latin.
Un de ses contemporains a pu dire que *l'on était en
droit de se demander lequel des deux, de Cicéron ou de
son éditeur, était le plus redevable à l'autre* (2).

L'évêque de Montpellier prêta au savant imprimeur

---

telle passion pour les livres grecs qu'on le soupçonna d'en avoir dérobé
plusieurs à la bibliothèque de Bessarion. Mais M. Foscarini démontre
que l'ambassadeur impérial n'a pu commettre les larcins qui lui furent
imputés, attendu que tous les ouvrages indiqués dans le catalogue du
célèbre cardinal se trouvaient, de son temps, dans la bibliothèque de
Saint-Marc *(Letteratura,* p. 76).

(1) P. Manuzio avait fait, en 1535, un assez long séjour à Rome
(Tiraboschi, t. VII, p. 204).

(2) *De quo vivo merito dubitari potest, plus ne ipse Ciceroni, an ipsi Cicero
debeat* (Muretus, *Variar. Lect.* lib. I, c. 6).

le concours de sa vaste érudition (1), et ne cessa de lui témoigner le plus bienveillant intérêt. Il eut bientôt l'occasion de lui rendre un service signalé. Peu de temps après l'arrivée à Venise de l'évêque de Montpellier, les fils d'Alde avaient rompu avec leurs oncles, François et Frédéric Torresani d'Asola (2). Paul Manuzio, chargé de la direction de l'imprimerie paternelle, comptait sur la collaboration de ses deux frères. Mais l'aîné, Manuzio de'Manuzii, indolent et insouciant, se fit donner un canonicat, et passa presque toute sa vie, à Asola, dans le domaine héréditaire de la famille. Antoine, le second, qui ne manquait ni de talent ni d'activité, avait un caractère emporté et une conduite peu régulière (3) : il fut banni de Venise pour une affaire dont on ignore les détails, et que P. Manuzio appelle une erreur de jeunesse, *juventutis erratum* (4). L'évêque de Montpellier, grâce au crédit dont il jouissait auprès de la Seigneurie, lui fit accorder un sauf-conduit de cinq ans (5).

---

(1) *Beneficium autem illud est, quod mihi ad restituendos Veterum libros omnia, quæ in te sunt, quæ intelligo esse maxima, et polliceris et defers* (V. plus loin la dédicace de P. Manuzio).

(2) C'est en 1540 que fut dissoute l'association des fils d'Alde avec ceux d'André Torresano, surnommé André d'Asola (V. Renouard, *Annales de l'imprimerie des Alde*, t. I, p. 232, et Tiraboschi, t. VII, p. 203 et 204).

(3) Renouard, *ibidem*, t. III, p. 167. — A. F. Didot, *Alde Manuce*, 1875, p. 39.

(4) Renouard, t. III, p. 141. — Tiraboschi, t. VII, p. 268 et 269.

(5) Biblioth. nat., *F. Cl.*, Ms., 570, p. 134°. A. Manuzio était chargé du matériel et de la partie technique de l'entreprise ; il faisait, dit Pellicier, « toute leur manufacture et œuvre d'imprimerie ».

P. Manuzio témoigna sa reconnaissance à Pellicier
en plaçant sous son patronage la première édition des
*Lettres de Cicéron à Atticus*, et en célébrant, dans sa
préface, les qualités qui avaient valu à l'ambassadeur la
plus grande faveur, non seulement dans le monde des
érudits, mais encore dans la société aristocratique de
Venise (1).

Sur la demande de l'évêque de Montpellier, il dédia
le second volume des *Discours de Cicéron* à Guillaume
du Bellay, seigneur de Langey, gouverneur du Piémont, et lieutenant du roi de France en Italie (2). Rabelais était alors attaché, en qualité de médecin, au

---

(1) *M. Tullii Ciceronis Epistolæ ad Atticum, ad M. Brutum, ad Quintum
fratrem*, apud Aldi filios, Venetiis MDXL, *mense Augusto*, in-8°. Une
seconde édition parut en 1548. Elle reproduit l'épître dédicatoire
adressée à Pellicier. Voici la partie de cette dédicace, où il est question
des sympathies que l'ambassadeur avait su se concilier à Venise : *Fac-
tum est, ut non ego solum, sed omnis hæc te civitas mirifice diligat. Nam
de doctrina tua, de probitate quis erat qui jam antea non audisset? Quæ
quanquam ejusmodi sint, ut ipsa per se benevolentiam et gratiam conci-
lient : tamen, cum hæc orationis comitas accedit, multo pluris æstimantur.
Itaque in hoc legationis munere fungendo qui majorem aut gratiam a nostris
hominibus iniverit aut virtutis opinionem tulerit, arbitror fuisse neminem.*

(2) *M. Tullii Ciceronis Orationes*, apud Aldi filios, Venetiis, 3 v.
in-8°. *Volumen primum, MDXL, mense octobri. Volumen secundum, MDXLI,
mense februario. Volumen tertium, MDXLI, mense martio.* P. Manuzio
nous apprend que c'est Pellicier qui l'a mis en relation avec Langey :
*Non est credibile quantum ad illam ipsam animi erga te mei voluntatem
addiderit Gulielmi Pellicerii, Oratoris in hac urbe Regii, hominis præstan-
tissimi, prædicatio. Cujus multi et egregii de tua laude sermones me jam
antea commotum impulerunt, ut ex orationibus Ciceronis, cujus tu libros e
manibus dimittere non soles, alteram partem cum tui nominis inscriptione
divulgarem.*

service du seigneur de Langey (1). C'est à lui que Pellicier s'adressa pour faire agréer la dédicace de P. Manuzio. La lettre que l'ambassadeur écrivit quelque temps après au gouverneur témoigne de son estime pour le célèbre imprimeur, et du désir qu'il avait de le faire entrer dans la clientèle de François Iᵉʳ :

« A Monsieur de Langey, du trois avril 1541.

« Je pense qu'avés entendeu par Mʳ Rabellais comme » Mʳ Paulo Manutio, filz de Mʳ Alde, homme d'immor- » telle mémoire, désirant, pour les rares quallitez et » vertus qui sont en vous, obtenir vostre gratieuse pro- » tection et amityé, faisant imprimer toutes les œuvres » de Cicero, vous en vouloit desdier partie des orai- » sons, et à cet effect recherchoit de trouver l'écusson

<hr />

(1) *OEuvres de Rabelais*, édit. Jannet-Lemerre, 1874, t. VII, p. 25. — A. Germain, *La Renaissance à Montpellier*, 1871, p. 25 et 26. — Le passage suivant d'une lettre de Pellicier à Guillaume du Bellay, montre le crédit qu'avait auprès de lui son illustre médecin : « Monsieur, j'ay esté adverty » par Monsʳ Rabellais de l'amyable et gratieuse responce que luy avés » faicte touchant ung personnaige duquel luy avois escript pour estre » employé au service du Roy.... Pour ce que j'escris plus amplement de » ses quallités et affaires à Monsʳ Rabellais, de peur de vous ennuyer » trop, ne vous en diray aultre » (Biblioth. nat., F. Cl., Ms., 570, p. 49ᵒ. Lettre du 10 septembre 1540). Le manuscrit d'Aix renferme trois lettres adressées à Rabelais, le 23 juillet 1540, le 17 octobre 1540 et le 20 mai 1541. Elles ont été publiées par l'abbé Verlaque dans la *Revue des sociétés savantes* (t. X, p. 460 et suiv.), et reproduites dans l'édition Jannet-Lemerre (t. VII, p. LI et LV). L'évêque de Montpellier a dû écrire à Rabelais d'autres lettres encore, car le manuscrit de la bibliothèque nationale en mentionne qui ne se trouvent pas dans l'autre recueil. On y lit, en effet, p. 48ᵒ et 55ᵒ : « *Nota qu'il a esté escript, à* » *ceste dépesche du dixiesme jour de septembre 1540, à messire le docteur* » *Rabellais. — Nota que le dict jour (XXIIIIᵒ de septembre 1540) fut escript* » *à M. Rabellais.* »

» de vos armes qu'il a faict parachever, et m'a baillé le
» tome des oraisons, à vous desdié, pour vous le faire
» tenir, me priant toutesfois plus recommander la bonne
» volonté qu'il a en meilleures choses de vous faire
» service et honneur, que ce petit présent. Surquoy, M^r,
» je vous prie croire qu'il est homme digne d'ung tel
» protecteur et patron que vous, dont vous supplie le
» voulloir mettre au nombre de vos plus familiers et
» serviteurs, comme il est de tous les gens de bien et
» sçavoir, qui sont en ceste Italie et ailleurs, qui le co-
» gnoissent, vous asseurant pour beaulcoup de choses,
» veoir pour le service du Roy, que ce ne sera petit
» instrument que luy, pour les cognoissances et dexté-
» rités qu'il a. Et combien qu'il soit desjà beaulcoup
» affectionné au party du Roy et de toute la nation, ce
» néantmoings je n'ay laissé ne laisse occasion de le
» concilier davantaige à ceste dévotion, dont, ces jours
» passés, estant banny d'icy pour quelque cas ung frère
» sien, qui faict toute leur manufacture et œuvre d'im-
» primerie, ay obteneu son sauf-conduict pour cinq ans,
» qui est le plus qu'il se puisse estre obteneu de ceste
» Seig^rie, et de rechef vous supplie, M^r, le voulloir avoir
» en vostre bonne recommandation et prendre la dédi-
» cation a plaisir et gré (1). »

Langey recommanda P. Manuzio à François I^er, et

_____

(1) Biblioth. nat., *F. Cl.*, Ms., 570, p. 134. — P. Manuzio a dédié
d'autres ouvrages aux successeurs de Pellicier : le *De Oratore* de Cicéron,
1546, à Jean de Monluc (Renouard, t. I, p. 323), et une traduction

envoya lui-même à la cour plusieurs de ses ouvrages, entre autres les *Lettres familières de Cicéron* (1). Il le remercia « fort affectionnémment », et lui fit dire « que » bientost il auroit de ses nouvelles plus amplement ». Mais Manuzio, ne voyant rien venir, s'enquit auprès de l'ambassadeur s'il n'avait « rien entendeu aultre chose ».

— « Je n'ay sçeu que respondre, dit Pellicier, sinon que » ay excusé que l'indisposition que a eue mon dict sieur » de Langey et grans affaires qu'il a ordinairement, » ont esté cause que, à mon advis, n'a eu loisir de le » faire, mais que j'espérois bien que ne pourroit guières » tarder que ne eussions de ses nouvelles quant à cest » affaire (2). »

Tout en cultivant l'amitié de P. Manuzio, Pellicier se gardait bien de négliger François et Frédéric d'Asola (3). François d'Asola fournit au roi un grand

---

latine des *Philippiques* de Démosthènes, 1549, à Jean de Morvillier (Ibidem, t. I, p. 344). Il est vrai qu'en même temps il adressait à l'ambassadeur impérial à Venise, dom Diego Hurtado de Mendoza, la première partie de la *Philosophie de Cicéron*, 1541 (Ibidem, t. I, p. 291).

(1) Biblioth. nat., *F. Cl.*, Ms. 570, p. 49°.

(2) *OEuvres de Rabelais*, éd. Jannet-Lemerre, 1874, t. VII, p. LIII et LIV. Lettre au docteur Rabelais, du 20 mai 1541.

(3) Pellicier termine sa lettre, du 3 avril 1541, à Langey, par quelques mots sur François d'Asola : « J'ay envoyé aujourd'huy, dit-il, appeler » le sieur Asilanus pour disner avecques moy, auquel n'ay failly faire » entendre ce qu'il vous a pleu m'escripre des jumans que lui en- » voyerés, comme il avoit demandé, et la charrette, aussy force plantes » là où me faictes sçavoir qu'il y en aura pour moy » (Biblioth. d'Aix, *L. de P.*, Ms., p. 592). — Dans sa lettre, du 20 mai 1541, à Rabelais, l'évêque de Montpellier dit que François d'Asola attend toujours la charrette et les jumens (Ibidem, p. 679). MM. l'abbé Verlaque et P. Jannet ont donné, par erreur, à cette lettre la date du 20 mars.

nombre de manuscrits, qui se trouvent aujourd'hui à la
Bibliothèque nationale, avec sa signature (1). Il consentit même à se rendre en France, au commencement
de 1542, et fut chaudement recommandé à du Chastel
par l'évêque de Montpellier :

« Monseigneur, écrit Pellicier, encores que sois bien
» asseuré que n'est besoing vous recommander aul-
» cunement le sieur Asilanus pour luy estre aultant
» affectionné que moy, ce néantmoings m'a semblé
» debvoir porter tesmoignage des bons services qu'il
» faict ordinairement au Roy, voyre d'aussy bon cueur
» que s'il estoit stipendié de Sa Majesté, mesmement en
» ceste négociation de libvres, desquels vous puis bien
» asseurer a jà faict grant amas (2). »

L'ambassadeur entretenait des relations suivies avec
un grand nombre d'autres savants. Il ne manquait aucune occasion de se concilier les écrivains qui tenaient
en Italie la trompette de la Renommée et pouvaient
contribuer à augmenter, au delà des monts, le prestige
du nom français. Il combla de présents P. Aretino,
et obtint une lettre des plus élogieuses (3). Il accabla
de prévenances Romolo Amaseo (4), le célèbre profes-

---

(1) L. Delisle, *Le Cab. des Mss.*, p. 158.

(2) Biblioth. d'Aix, *L. de P.*, Ms., p. 1053. Lettre du 25 février 1542.

(3) V. plus bas, ch. XII.

(4) Amaseo passait pour l'orateur le plus disert d'Italie, avec les professeurs Beroaldo, de Rome, et Buonamici, de Padoue (Tiraboschi,
t. VII, p. 1480 et suiv.). V. dans Nicéron (*Mémoires*, t. XXXII, p. 1-8)
la liste complète de ses ouvrages.

seur d'éloquence de Bologne, et lui envoya un saphir
du plus grand prix, monté sur une bague (1). Amaseo
recommanda un de ses élèves les plus distingués,
Pierre Angelio, de Barga, à l'ambassadeur français, qui
l'employa, pendant trois années, à la révision des manuscrits grecs et à divers travaux d'érudition (2).

---

(1) Amaseo adressa à Pellicier une lettre de remerciement, que nous
croyons devoir reproduire :

*Romulus Amasœus Gulielmo Pellicerio, Christianissimi Regis apud Venetos
Legato, patrono suo*

**S. P. D.**

*Quantum virtus tua ex aliorum jampridem, paulo ante vero ex tuis ipsius
eruditissimis, ac suavissimis sermonibus mihi perspecta me tibi devinxerit,
graviore cupio, et authoritatis pleniore, quam unius epistolœ testimonio de-
clarare. Illud certe nunc tibi affirmo, tanto me istinc tui amore incensum
discessisse, ut inter multas, et minime fortasse leves curas meas, eam mihi
sentiam esse præcipuam atque antiquissimam, ut neque fictæ, neque simulatæ,
sed a tui observatissimo animo profectæ, et expressæ benevolentiæ tibi dem
significationem. Et profecto nisi operam dedero, atque elaboraro, ut pro
summa erga me tua non humanitate tantum, sed etiam liberalitate minime vul-
gari, pro facultate mea gratiam tibi referre videar voluisse : ipse me neque
gratum, aut memorem, neque tua tanti viri gratia dignum duxero. Quare
quid conari, quid consequi possim, mox videro. Ac brevi quidem spero aliquid
mihi in mentem venturum, ex quo facile intelligas me de quo bene sentires,
cuique benigne facere inciperes, non indignissimum omnino fuisse. Interea
annulum, quem luculentissimo sapphiro insignem mihi dono dedisti, quasi
sponsorem tui in me studii et voluntatis, ac meæ erga te observantiæ moni-
torem perpetuum habebo. Oris vero tui effigiem patroni optimi, ac præstan-
tissimi, et humanissimæ orationis sonum assidue in oculis et auribus feram.
Vale. Bononia, IX cal. Novembris MDXLI (Epistolæ clarorum virorum,
tribus libris a* Joanne Michaele Bruto *comprehensæ*, lib. II, p. 247 et 248,
Lugduni, apud Hæredes Seb. Gryphii, 1561).

(2) Pierre Angelio, plus connu sous le nom de Bargeo, eut l'une des
existences les plus extraordinaires de ce siècle si agité. Obligé de quitter
la ville de Bologne, où il avait encouru la peine capitale pour des vers
satiriques à l'adresse d'un mari trop complaisant, mais très influent, il
se réfugia à Venise, vers 1539, et y fut recueilli par Pellicier. Il suivit
plus tard le capitaine Polin à Constantinople, accompagna avec lui la

Mais c'étaient surtout les savants grecs, réfugiés à Venise, qui étaient l'objet des attentions et des sollicitations de Pellicier. Il y avait dans cette ville toute une colonie de professeurs et de copistes, venus du Levant. Grâce aux livres qu'ils avaient apportés et à ceux qu'ils trouvaient dans la bibliothèque du cardinal Bessarion, ils en avaient fait le principal foyer des études grecques en Occident (1). On y voyait, non seulement les Grecs qui avaient fui la tyrannie des Turcs, mais encore ceux des contrées qui étaient restées sous la domination de la Seigneurie. En retenant sous ses lois les îles de Crète, de Corfou, de Chypre, et quelques petites villes

---

flotte ottomane, dut se réfugier auprès du marquis del Vasto pour avoir assassiné un Français qui avait insulté les Italiens, et finit par être professeur de belles-lettres à l'Université de Pise. Bargeo a lui-même écrit la curieuse histoire de sa vie, qui a été publiée par Salvino Salvini dans les *Fasti consolari dell'Academia Fiorentina* (Firenze, 1717, p. 289 et suiv.).

Voici le passage qui a trait aux relations de l'aventureux écrivain avec l'évêque de Montpellier : « *Venetias concessit. Ibique, cum se suo partim* » *sumptu, partim amicorum liberalitate sustentaret, a Gulielmo Pellicerio,* » *Monspessulanensi Episcopo, ac Francisci Gallorum Regis apud Venetos* » *Oratore, inter familiares suos cooptatus est. Apud quem tres ipsos annos* » *commoratus, in emendandis, corrigendisque Græcis Codicibus, quos plurimos,* » *et vetustissimos ad Bibliothecam Regiam in Gallia conficiendam Pellicerius* » *sumptu, atque impensa Francisci Regis describi curabat, assiduam operam* » *impendit. Ac Pellicerium ipsum in Piscium historia conscribenda occupatum* » *mirabiliter adjuvit. Quæ quidem lucubrationes a Gulielmo Pellicerio cum* » *postea Rondeletio, et linguarum, et rerum scientia perillustri Medico, donatæ* » *essent, magno illi usui fuerunt ad libros absolvendos, quos ipse de Piscibus* » *perfectissimos, ac doctissimos in lucem edidit.* » Angelio Bargeo est l'auteur d'un poème sur la *Chasse à courre,* intitulé le *Cynegeticon,* et de plusieurs autres ouvrages (V. Tiraboschi, t. VII, p. 1453-1455).

(1) *Venezia e sue lagune,* 1847, t. I, p. 11. — L. Delisle, *Le Cab. des Mss.,* t. I, p. 152.

de la Grèce, la République vénitienne avait empêché *cette mère nourricière des grands génies et des nobles études de périr tout entière :* elle eut l'honneur de recueillir les épaves de la civilisation hellénique et d'assurer à ses derniers représentants un asile aussi sûr qu'honorable (1).

Les ambassadeurs, accrédités par le roi auprès de la Seigneurie, l'étaient également auprès des savants qu'elle avait pris sous sa protection. Jean Lascaris, qui fut pendant de longues années au service de la France, avait mis François I<sup>er</sup> en relation avec les exilés de la Grèce (2). Un Italien, nommé Jérôme Fondulo, avait été envoyé en mission dans la Péninsule pour leur acheter les manuscrits qu'ils avaient apportés, et était parvenu à réunir environ soixante volumes, qui furent placés à la bibliothèque de Fontainebleau, et paraissent avoir été le premier fonds de ce dépôt, si célèbre plus tard sous le nom de Bibliothèque royale (3). On a cru généralement que Fondulo était l'un de ces réfugiés grecs que l'on trouvait en si grand nombre dans la Péninsule ; c'est une erreur : Fondulo était né à Crémone. Il accompagna en France le cardinal Salviati, vers 1527, et parvint à gagner les bonnes grâces de François I<sup>er</sup>, qui lui confia l'instruction de son fils

---

(1) Lilii Gyraldi *Duorum dialogorum de poetis suorum temporum tomus secundus*, Lugduni, 1696, p. 554.

(2) H. Vast, *De vita et operibus Jani Lascaris*, 1878, p. 89 et 101.

(3) L. Delisle, *Le Cab. des Mss.*, t. I, p. 152.

Henri. Il connaissait le latin, le grec et l'hébreu, menait de front le culte des muses et l'étude des sciences, et était en correspondance avec le cardinal Bembo, le célèbre Christophe de Longueil et les savants les plus illustres du XVIe siècle. Etienne Dolet termine par ces mots l'épigramme qu'il lui adressa :

> .... Virtus id facit,
> Mi Fondule, qua totus celebris
> Non solum es hac ætate, sed qua etiam Postera
> Te Secla jure suspicient (1).

Cette prédiction ne devait pas se réaliser. Le nom de Fondulo ne tarda pas à tomber dans l'oubli. Les historiens de la Bibliothèque nationale, qui en ont parlé, ignoraient son origine, et les auteurs italiens lui ont à peine consacré quelques lignes (2).

---

(1) Stephani Doleti Aurelii *Carmina*, *Libri quatuor*, Lugduni, 1538, p. 74 et 75.

(2) Franciscus Arisius, *Cremona literata*, Parmæ, 1706, t. II, p. 139 et 140. — Je crois qu'il ne sera pas inutile de reproduire les principaux passages de l'article que l'Arisi a consacré à la biographie de ce personnage, si peu connu jusqu'à présent, qui fut l'un des principaux et peut-être le premier fondateur de la Bibliothèque nationale :

*Hieronymus Fundulus, latinis, hebraicis, græcisve literis affatim eruditus, Musis adnatus, et scientiarum omnium inextinguibile lumen, fuit a secretis celeberrimi cardinalis Salviati, nec non acceptissimus Francisco Galliarum Regi, et Henrico ejusdem successori, ad quem erudiendum Lutetias vocatus est. Scripsit ibi, tum græce, tum latine.... Leguntur et duo Funduli Epigrammata subjuncta libello Andreæ Guarnæ de Bello grammaticali, et geminæ ipsius Epistolæ italicæ in Literis ludicris collectis ab Dionysio Athanasio, et editis Venetiis, 1561, pag. 341, et sequ. Memoratur a Vida in orationibus, a Campo in historia, a Cavitello in Annalibus... nec non a Jacopo Gadio in hist. m. s., ad annum 1535... Magno sibi duxit honori Christophorus Longolius Macliniensis Funduli amicitiam, ut liquet ex ipsius Epistolis ad eum datis, quæ extant, lib. I, Epistol. VII et XXIII, ac lib. II, Epistol. IV. Quin et*

Fondulo, qui était probablement encore à Venise au moment de l'arrivée de l'évêque de Montpellier, s'était mis en relation avec l'un des membres les plus distingués de la colonie hellénique de cette ville. Antoine Eparchos était considéré par ses compatriotes comme leur représentant le plus autorisé. Il avait, dans un poème en vers élégiaques, déploré la destruction de la Grèce ; il adressa, au nom des Grecs opprimés, un touchant appel aux protestants et aux catholiques pour les adjurer de mettre un terme à leurs dissensions et de se réunir contre l'ennemi commun de la civilisation et de la chrétienté. Retiré à Venise, il y professa, de 1535 à 1547, la langue et la littérature grecques (1).

---

*eum commemorat, lib. I, Epistol. VIII, ad Petrum Brissoum communem amicum. De eodem Petrus Bembus in Epistol. Doletus in carminibus, p. 74.*

L'Arisi prétend que Fondulo a laissé en manuscrit des discours, des épigrammes et d'autres morceaux, qui se trouvaient à la Bibliothèque royale, enfin une comédie en latin, dans le genre de Plaute, intitulée *Lucia*, dont il possédait une copie, et dont il vante fort le style. Le même auteur cite les vers suivants, par lesquels François Berni, le poète satirique, le recommande au cardinal Salviati :

> *Mà è più dotto poi, che Cicerone.*
> *Dice le cose, che non par suo fatto,*
> *Sà Greco, sà Hebraico, ma io*
> *So che lo conoscete, et sono un matto.*

Il ajoute que Bourbon, Macrin, Lascaris l'ont célébré dans leurs poésies, et que Lambin en fait un grand éloge dans son épître dédicatoire au cardinal de Tournon, à la tête de sa traduction des Morales d'Aristote (V. encore Cicogna, *Inscrizioni veneziane*, t. IV, p. 209, et Tiraboschi, t. VII, p. 1459). Il mourut à Paris, le 12 mars 1540 (L. Delisle, *Le Cab. des Mss.*, p. 152).

(1) Eparchos était né à Corfou, vers 1491. Voyez : G. Giraldus, *Duorum Dialogorum l. secundus*, 1696, p. 553 ; Gesner, *Bibliotheca*, 1574, p. 49 et 50 ; M. Crusius, *Turco-Græcia*, p. 94 et 95 ; de Montfaucon,

Eparchos possédait un grand nombre de livres, que sa pauvreté l'obligea à mettre en vente (1). Fondulo qui aurait voulu les acquérir pour la bibliothèque de Fontainebleau, ne put s'entendre avec lui. Pellicier, plus heureux ou plus habile, le décida à s'en rapporter à la générosité du roi, et à lui faire présent de ses manuscrits. Ce conseil fut suivi par Eparchos, qui n'eut pas sujet de s'en repentir ; car il ne tarda pas à recevoir, par l'intermédiaire de l'ambassadeur, la somme de mille écus d'or, qui dépassait de beaucoup ses espérances. Cette libéralité inattendue fit le meilleur effet à Venise, et eut un grand retentissement dans le monde des réfugiés grecs. Pellicier s'empressa de remercier le roi : « Sire, j'estime que par M. de Tulles aurés esté

---

Palæographia græca, 1738, p. 82, 90 et 95; Lami, Deliciæ eruditorum, 1740, p. 105 et suiv.; Fabricius, Bibliotheca græca, 1755, t. V, p. 5 et 20, t. X, p. 477; Hodius, De Græcis illustribus, 1742, p. 323 et 324; Bœrnerius, De doctis hominibus græcis, 1750, p. 208; Sathas, Νεοελληνικὴ Φιλολογία, 1868, p. 160-168; Tiraboschi, Letteratura, 1809, t. VII, p. 1054; Cicogna, Inscrizioni veneziane, 1827, t. II, p. 241 ; L. Delisle, Le Cab. des Mss., p. 157; Gardthausen, Griechische Palæographie, 1879, p. 314.

(1) Le cardinal Bembo, dans une lettre qu'il lui écrivit en janvier 1538, dépeint la triste situation de l'exilé à Venise : « Quæ vero earumdem litterarum tuarum pars illatam tibi proximo bello Thracio a fortuna tam insignem injuriam continuit ; ut a solo patrio fugiens nihil inde tuarum rerum tecum abstuleris, præter nudos liberos : ad quos quidem nutriendos et tuendos, teque una cum illis sustinendum, coactus fueris ludum litterarum Venetiis aperuisse : ea mihi porro ægritudini ac dolori magno fuit. Angi enim te ac perturbari curis animi atque laboribus hominem ad scribendum et ad posteritatem natum, tuaque studia durissimis vitæ difficultatibus impediri; quis est tam illiberali porro ingenio, cui non id permolestum esse ac plane miserum debeat ? » (Petri Bembi Epist. familiarium lib. VI, Coloniæ, 1582.)

» adverty de la délivrance de mil escus, qu'il a pleu à
» Vostre Majesté ordonner à ce gentilhomme grec,
» dont il remercie très humblement Vostre Majesté
» d'ung si très grant bienfaict que luy et les siens seront
» à tout jamais teneus et obligés prier Dieu pour
» vous ; car, à dire la vérité, les avés tirés d'une grant
» nécessité. Il n'a failly semer la fame et réputation en
» ceste ville de telle vostre libéralité, de sorte que,
» pour ce qu'il y est bien cogneu et aymé, ung chascun
» en a eu très grant plaisir, et a esté estimé beaulcoup
» de tout le monde (1). »

Eparchos donna de sa reconnaissance la preuve qui
pouvait être le plus sensible à François Iᵒʳ et à son
représentant : il fournit plus de livres qu'il n'en avait
promis, et s'engagea à aller dans sa patrie en recueillir
un grand nombre d'autres. Il « m'a faict apporter,
» écrivait l'évêque de Montpellier à du Chastel, tout le
» reste des libvres conteneus au catalogue que vous ay-
» envoyé et davantaige ; car je treuve beaulcoup de
» volumes n'ayant qu'une intitulation seulement, où il
» y en a plusieurs aultres incérés dedans… Et si a ledict
» gentilhomme très grant vouloir mettre à exécution
» sa délibération et offres que il a faictes, d'en recouvrer
» encore d'aultres, toutesfois et quantes qu'il plaira au
» Roy, mais pour ce faire plus aisément et pour avoir

(1) Lettre de Pellicier à François Iᵉʳ, du 19 août 1540, reproduite
par A. Germain (*La Renaissance à Montpellier*, p. 15 et 16), et L. Delisle
(*Le Cab. des Mss.*, t. 1, p. 154).

» plus de faveur et crédict luy seroit besoing avoir
» expresse commission de Sa Majesté, en oultre que, ne
» pouvant vacquer pour tous les lieux où il sçait qu'il
» s'en pourra recouvrer, peut, soubz ladicte commis-
» sion, commettre aultres personnaiges qu'il verra estre
» idoines et suffisants pour ce faire, et pour ce que la
» plus grant part des dicts libvres se doibvent recou-
» vrer des pays du Grant Seigneur, où il en sçait
» nomméement grant quantité, comme verrés par les
» mémoires que je vous en envoye présentement, afin
» que plus seurement et avec plus grant apport il
» puisse en cherchant pérégriner et recouvrer lesdicts
» libvres, desireroit grandement qu'il pleust à Sa Majesté
» escripre à son ambassadeur qui est à Constantinople,
» qu'il impetrast un sauf-conduict (1). »

L'évêque de Montpellier venait à peine d'acquérir les
livres d'Antoine Eparchos, qu'il reçut la visite de Démé-

---

(1) Biblioth. d'Aix, *L. de P.*, Ms., p. 13. Lettre à l'évêque de Tulle, du 10 juillet 1540. « Entre les manuscrits que nous sçavons certaine-
» ment, dit Boivin, avoir fait partie de la Bibliothèque de Fontaine-
» bleau, nous en voyons plus de trente où Eparque déclare qu'il les
» donne au roi par reconnaissance. » (Passage cité par L. Delisle, *Le Cab. des Mss.*, p. 157.) La bibliothèque de Vienne possède le catalogue des livres que ce savant grec mit en vente. On y lit le titre suivant : *Volumina ista græca sunt Venetiis apud Ant. Eparchum, quæ ille vel simul omnia vel singula propter rerum penuriam venum exponit* (Hodius, *De Græcis illustribus*, p. 223). François Ier n'acquit pas tous les livres d'Antoine Eparchos ; car Fabricius rapporte que la bibliothèque d'Augs-bourg acheta plusieurs de ses manuscrits *(Bibliotheca græca,* t. XIII, p. 543), et le P. de Montfaucon mentionne un manuscrit de la bibliothèque Laurentienne de Florence copié par Eparchos lui-même (*Palæographia*, p. 90 et 95).

trios Zenos, de l'île de Zante (1). Chargé par Fondulo
de recueillir des manuscrits dans les îles de Corfou, de
Zante et autres lieux circonvoisins, Zenos apportait
« quarante pièces de libvres ». Pellicier lui fit un excellent accueil, et s'empressa de le recommander à Pierre
du Chastel. « Il m'a semblé, dit-il, que ne pouvois
» adresser mieulx ledict affaire que à Vostre Révé-
» rance... Il y a aulcuns libvres qui sont idem numero
» que ceulx qui se treuvent au catalogue de ceulx qui
» ont esté présentés par M. Eparcho, comme bien verrés
» par celluy que je vous envoye de ceulx dudict Zeno.
» Mais vous jugerés trop mieulx *si ung tel trésor se*
» *doibt estimer riche pour n'avoir qu'une seule pierre*
» *précieuse de chascune espèce*, et certes il y a grant
» différence le plus souvent, de volume à volume, de ces
» mesmes libvres (2). » La réponse du roi se fit attendre;
mais enfin, le 11 novembre 1540, l'ambassadeur put
remercier l'évêque de Tulle « pour la bonne provision »

_____

(1) Démétrios Zenos est l'auteur de deux ouvrages bien connus des
bibliophiles : il a publié une traduction, en grec moderne, de la *Batra-
chomyomachie* d'Homère, et une *Vie d'Alexandre le Grand* en vers rimés,
dans la même langue. Les auteurs de *Venezia e sue Lagune* disent qu'il fut
professeur public d'éloquence à Venise, en même temps qu'Eparchos et
Sophianos (t. I, part. II, p. 97). V. sur Zenos : M. Crusius, *Turco-Græcia*,
p. 493; le P. de Montfaucon, *Palæographia græca*, p. 513; Fabricius,
*Bibliotheca græca*, t. I, p. 265 et 296, t. VI, p. 684 et 685; Brunet,
*Manuel du Libraire*, 1860, t. I, p. 465; Gardthausen, *Griechische Palæographie*, 1879, p. 320.

(2) Biblioth. d'Aix, *L. de P.*, Ms., p. 14. Lettre à l'évêque de Tulle,
du 10 juillet 1540. (V. encore p. 35, lettre au même, du 22 juillet 1540;
p. 100, lettre au même, du 19 avril 1540.)

qu'il avait obtenue en faveur de Démétrios Zenos (1).

La libéralité avec laquelle avaient été récompensés A. Eparchos et D. Zenos, donna l'éveil à la cupidité des Grecs. Ils affluèrent à la maison de l'ambassadeur, offrant les ouvrages qu'ils possédaient, et même ceux qu'ils n'avaient pas. « L'on ne pourroit penser, s'écriait » Pellicier, combien la libéralité du Roy, qu'il a faicte » à ce gentilhomme des mil escus, est pour servir à » faire sortir libvres, que l'on ne pourroit croire » qu'ilz se treuvassent, de ce temps icy, en tout le » monde. »

Il vit arriver chez lui un Grec, qui prétendait avoir en sa possession « la grant robe et despouille de toute » la librairie des Empereurs Paléologues ». Cette fois, l'ambassadeur eut des doutes et craignit que ce ne fût un « traict de foy grecque ». « Je vous ay bien vouleu, » écrit-il à l'évêque de Tulle, envoyer ung catalogue de » deux cens vingt pièces, lesquelles je ne craindray pas » de dire que, si nous les pouvons recouvrer, pourrons » dire avoir treuvé la fleur et perligon *(sic)* des libvres » du monde. J'ay doubté, pour la singularité d'iceulx, » que ce feust une peyne joyeuse que on me voulsist » donner. Parquoy ay prié celluy qui le m'avoit donné, » me vouloir dire, à bon esciant, s'il sçavoit bien que » ledict catalogue contenoit vérité et que lesdicts libvres » feussent en estre et pouvoir de la main d'ung homme.

_____

(1) Biblioth. d'Aix, *L. de P.*, Ms., p. 371.

» Lequel m'a asseuré et promis estre tout certain et
» vray, et que, si je voulois, il en feroit apparoir par
» effect, et m'esmerveillant encores de ce, luy ay de-
» mandé comment faire que au pouvoir d'ung homme
» s'en trouvast si grant nombre, non ailleurs sçeus ne
» attendeus, m'a respondeu en somme que c'est la
» grant robe et despouille des Empereurs Paléologues.
» Je ne vous oze bailler encores, avecques tout cecy, ceste
» chose pour certaine, doubtant que ce ne soit un traict
» de foy grecque, mais se peut-il qu'il en soit quelque
» chose. Nous verrons de faire, s'il est possible, quelque
» service de cecy, et ne fauldrons vous en advertir de
» jour en jour (1). »

Il est probable que l'évêque de Montpellier n'eut
jamais que le catalogue de cette merveilleuse collection.
Il n'en parle plus qu'une seule fois. Dans une lettre du
11 novembre 1541, il dit à du Chastel qu'il entretient
« l'affaire et le personnaige », et qu'il a été informé
« que les dicts libvres sont bien avant en la Natolie et,
» comme par adventure, jusques dedans la *Galatia,* qui
» est bon, s'il plaist à Dieu, de espérer qu'ils deussent
·» venir en la meilleure Galatia » (2).

En attendant qu'il lui fût possible de faire venir des
manuscrits de si loin, Pellicier tâchait d'en trouver à
Constantinople. Il écrivait à Rincon pour lui demander

---

(1) Biblioth. d'Aix, *L. de P.*, Ms., p. 244. Lettre à l'évêque de Tulle,
du 8 octobre 1540.

(2) Biblioth. d'Aix, *L. de P.*, Ms., p. 370 et 371.

des renseignements sur un certain Marmoretti, dont il avait vu le frère à Venise, et qui prétendait posséder « soixante ou quatre-vingts pièces de fort bons et rares » libvres » (1). Il l'avertissait, en même temps, de ne pas trop se presser de conclure ; car, depuis que le roi avait donné mille écus à Eparchos, les Grecs, qui croyaient avoir trouvé la poule aux œufs d'or, faisaient des prix fort exagérés. « Il suffict, ajoutait l'ambassadeur, que « cecy a faict descouvrir seulement les lieux où ils » estoyent ; car doresnavant on en pourra avoir à meil- » leur marché (2). » Pellicier se trompait : les livres, si recherchés, devinrent de plus en plus chers. Un savant allemand, envoyé en mission à Constantinople, en 1576, écrivait qu'on ne pouvait les obtenir qu'à grand'peine et à des prix très élevés ; que les libraires de Constantinople étaient très peu nombreux et très peu complaisants, *quod librarios Græci paucissimos, eosque rudes habeant ;* qu'ils ne consentaient pas à prêter leurs manuscrits, et ne permettaient pas qu'on en prît des copies (3).

A Raguse, sur la route de Venise à Constantinople, l'évêque de Montpellier avait pour correspondant un Grec, originaire de Corfou comme A. Eparchos, et nommé Nicolas Petros. Ce savant, qui maniait aussi

---

(1) Biblioth. d'Aix, *L. de P.*, Ms., p. 328. Lettre à Rincon, du 12 novembre 1540.

(2) *Ibidem,* reprod. par Charrière, t. I, p. 440 et 441.

(3) M. Crusius, *Turco-Græcia,* p. 498. Lettre de Gerlach, du 15 mai 1576.

habilement la langue latine que la langue grecque, est
l'auteur d'un grand nombre de traductions. Pellicier
s'était lié d'amitié avec lui pendant son séjour à Rome.
« Ung mien amy, écrit-il à l'évêque de Tulle, qui se tient
» à Raguse, nommé messire Nicolao Petre, fort docte
» en lettres grecques, lequel pour la grant cognois-
» sance et amityé qui de longue main est entre nous
» deux, mesmement du temps que j'estois à Rome, m'a
» escript, despuis peu de jours, qu'il en fera toute dili-
» gence, et selon qu'il en treuvera, me le fera sçavoir (1). »

Mais c'est surtout dans l'Italie méridionale, dans la
*Grande Grèce*, comme il l'appelait, que l'ambassadeur
comptait faire une riche moisson. Les Hellènes étaient
encore en grand nombre dans la Calabre, au XVIᵉ siècle.
Les habitants des villes du littoral parlaient aussi cou-
ramment le grec que l'italien. On y écrivait dans cette
langue des ouvrages destinés au grand public, et des
professeurs, venus de la Grèce, y enseignaient dans
l'idiome de leur patrie (2). Pellicier saisit toutes les
occasions de nouer des relations dans ce pays qui était

---

(1) Biblioth. d'Aix, *L. de P.*, Ms., p. 36. Lettre à l'évêque de Tulle,
du 22 juillet 1540. V. sur N. Petros : Gesner, *Bibliotheca*, p. 523; Hodius,
p. 323; Sathas, p. 299.

(2) *Dicebat in locis Calabriæ littoralibus adhuc habitare Græcos : et in
oppidis ibi linguæ Græciæ Italiæque usum esse ; Abbattem Messanæ, Franciscum Syracusanum, Græce descripsisse res Siculas ; docere ex Euclide hominem Græcum Chium, nomine Patrem Joannem* (Lettre d'un correspondant
de M. Crusius, qu'il appelle le P. Gabriel, à la date du 13 octobre 1580,
*Turco-Græcia*, p. 525). Conf. A. F. Didot, *Alde Manuce* ou *l'Hellénisme à
Venise*, 1875, p. 16, 17 et 18; Gardthausen, *Griechische Palæographie*,
1879, p. 114-117.

resté si fortement imprégné de la culture hellénique. Il
profita du passage à Venise d'un prieur des Chartreux,
qui, comme N. Petros, était un des nombreux amis
qu'il avait connus à Rome. Ce religieux demeurait « en
» Calabre, voisin de la *Magna Græcia...*, et avoit apprins
» son grec audict pays ». Il affirma à l'évêque de Montpellier qu'on y trouvait encore un grand nombre de livres
grecs « et qu'il s'en pourroit recouvrer d'aussy rares et
» en aussy grant abondance que en quelque aultre pays
» que ce feust ». En même temps, il offre « de faire son
» debvoir d'en recouvrer, » et apprend à l'ambassadeur
« qu'entre aultres il y a ung gentilhomme en ce pays-là,
» fort grant serviteur de Sa Majesté, qui en est très
» bien fourny, lequel apprenant que le Roy a plaisir en
» telles choses, ne fauldra luy en mander des meilleurs
» et en assés bonne quantité » (1).

---

(1) Biblioth. d'Aix, *L. de P.*, Ms., p. 36. Lettre à l'évêque de Tulle,
du 22 juillet 1540.

# LA BIBLIOTHÈQUE DE FONTAINEBLEAU

ET

# LES BIBLIOTHÈQUES DE VENISE

# CHAPITRE IV

## LA BIBLIOTHÈQUE DE FONTAINEBLEAU
## ET LES BIBLIOTHÈQUES DE VENISE

L'évêque de Montpellier, en cultivant l'amitié des savants italiens, en attirant dans sa maison les Grecs exilés, en étendant ses recherches jusqu'au fond de l'Asie-Mineure, ne faisait qu'exécuter les ordres de son maître, le roi François I<sup>er</sup>.

Le 25 août 1541, Pellicier écrivait à son collègue de Constantinople, Antoine Rincon : « Le Ròy est après » pour fonder ung collège à Paris, qui sera aussy » excellent que feut à l'adventure jamais aultre ; car il » sera occasion de faire venir à l'Université toutes les » bonnes lettres, qui commencent aultant à floryr en » France qu'en nul aultre lieu et pays, et pour ce qu'on » ne le pourroit mieulx douer que d'une bonne librairie, » faict chercher libvres de tous costés, mesmement » grecs, et quand je prins congé de luy pour venir par » deça, m'en donna charge d'aussy grant affection que » pour ses aultres affaires d'Estat » (1).

---

(1) A. Germain, *La Renaissance à Montpellier*, p. 17 et 18. — L. Delisle, *Le Cab. des Mss.*, t. I, p. 156. — Charrière, *Négoc.*, t. I, p. 440. — François I<sup>er</sup>, qui avait créé, en 1530, le Collège de France, voulait lui adjoindre deux institutions nouvelles, destinées à se compléter l'une

Cette passion désintéressée pour le progrès ét la dif-
fusion des lumières fait le plus grand honneur à
François I<sup>er</sup>, et montre qu'il fut un prince *libéral* dans
la véritable acception du mot. Il attachait la plus grande
importance à la création de ce nouveau collège, et le
considérait comme le couronnement de sa carrière :
c'était le dernier legs que le *Père des lettres* avait
l'ambition de laisser à son peuple.

« Il ne fault passer en silence, s'écrie un de ses pané-
» gyristes, que ce Roy, voulant suyvre la façon d'un
» bon poëte qui faict la fin de sa comédie beaulcoup
» plus agréable que tout le discours précédent, avoit
» destiné une place fort spacieuse viz-à-viz son chasteau
» du Louvre, de l'aultre costé de la rivière de la Seine,
» où son plaisir estoit édifier un collège, le plus singu-
» lier de tous aultres, au dire mesme de tous ceulx qui
» en avoient ouï tenir propos ; et vouloit que ce feust
» comme une foyre franche où n'y auroit que trafique
» des lettres.... En premier lieu, il y avoit pour l'édifice
» deux cens mil escus d'or soleil et trente mil pour la
» rente annuelle, dont debvoient estre nourrys et en-
» tretenuz le principal, les régens, les prestres, et plus
» de six cens enfans élevez en l'exercice des lettres » (1).

François I<sup>er</sup> avait déjà commencé à mettre à exécution ce généreux projet, et avait rendu, le 19 décembre

l'autre : un immense établissement d'instruction publique pour la jeunesse, et une bibliothèque, qui fût la plus riche de l'Europe.

(1) Galland, *Oraison sur le trespas du Roy François*, 1547, p. 9° et 10.

1539, une ordonnance pour le bâtiment qu'il voulait faire « en l'hostel de Nesle » (1).

Quant à « la librairie », qu'il avait l'intention d'adjoindre au collège, il travaillait à la former, depuis le commencement de son règne, dans son château de Fontainebleau ; il parvint à l'enrichir d'un très grand nombre de manuscrits grecs, et à lui donner une importance qui lui fit prendre rang à côté des bibliothèques les plus renommées du XVIᵉ siècle : celles du Vatican, à Rome ; du cardinal Bessarion ou de Saint-Marc, à Venise ; des Médicis, à Florence (2). Grâce au zèle de ses ambassadeurs et aux relations qu'il avait su se ménager dans les pays du Levant, François Iᵉʳ parvint à réunir un nombre considérable d'ouvrages, et

----

(1) *Idem, Castellani vita*, Parisiis, apud Franciscum Muguet, 1674, *Notæ Baluzii*, p. 154. — Galland revient sur ce projet dans sa vie de Pierre du Chastel (p. 50). Baluze cite, parmi les auteurs qui en ont parlé : du Chastel, dans son panégyrique de François Iᵉʳ ; Sleidan (livre XIX), et Belleforest, à l'année 1547. Voici le passage de ce dernier, auquel il fait allusion : « Ce grand Roy avoit entrepris, si la mort ne » l'eust si tost assailly, de dresser un collège où toutes les sciences et » les langues eussent esté gratuitement enseignées, et auquel il eust » donné 50,000 escus de revenu annuel, pour la nourriture de six cens » escoliers et entretien des professeurs lisans ordinairement en ce col- » lège, choisis d'entre les plus doctes hommes qu'on eust sçeu trouver » en chrestienté (François de Belleforest, *Les grandes Annales et Histoire générale de France*, Paris, 1579, p. 1537).

(2) Conrad Gesner, dans son épître dédicatoire des œuvres d'Élien, parle, dans les termes suivants, des bibliothèques les plus considérables de l'Europe : « *Insignis est hodie Vaticana Romæ, Bessarionis Venetiis,* » *Medicea Florentiæ, et in Gallia quam Rex Franciscus instituit* » (Abel de Sainte-Marthe, *Discours au Roy sur le rétablissement de la Bibliothèque royale de Fontainebleau*, 1673, p. 5).

à cueillir, selon l'expression de P. Manuzio, la fleur
des livres grecs (1). Mais il n'ignorait pas que le meilleur moyen d'enrichir sa *librairie* était de faire copier
dans les collections publiques ou privées les ouvrages
qu'on ne pouvait acquérir.

Pellicier donne, dans sa correspondance, d'intéressants renseignements sur les bibliothèques d'Italie et sur
les recherches qu'il y entreprit pour le compte du roi.
Du Chastel lui ayant recommandé de faire transcrire,
« quoiqu'ilz coustent », les livres qui ne se trouvaient
pas à la bibliothèque de Fontainebleau (2), l'ambassadeur répond, le 19 août 1540 : « Je vous diray que la
» chose du monde que je désire le plus, c'est de luy
» faire service en toutes choses, et d'aultant plus à
» ceste-icy, qui est, non pas honnorable seulement,
» mais tant profitable à ung chascun, que, à tout jamais,
» ce sera ung bien incomparable et de mémoire perpé-
» tuelle (3). » Dans une autre lettre au connétable, il
ajoute qu'il a employé jusqu'alors à ce travail « quatre
ou cinq personnes à gros frais, » mais que, sur les ins-

---

(1) *Ho inteso come nella libraria del Re di Francia ne furono portati
assai, et de'eletti, et de'migliori; perché il Re Francesco in compagnia
de suoi Ambasciatori, che venivano a Constantinopoli, soleva studiosamente
mandar persone letterate che potevano far buona scelta di libri, et n'hanno
colto il fiore... Di Ragugia a XXVII de Febraio nel MDLXI (Lettere di
Paolo Manuzio,* Paris, 1834, chez Renouard).

(2) Biblioth. d'Aix, *L. de P.,* Ms., p. 3. Lettre à l'évêque de Tulle,
du 22 juillet 1540.

(3) *Ibidem,* p. 100.

tances de l'évêque de Tulle, il en a « mis après jusques
à douze pour gaigner temps ». Il supplie qu'on lui envoie
les fonds nécessaires, afin de pouvoir rétribuer ces
copistes à gages, lesquels, « pour estre pouvres gens
» grecs hors de leur pays, ne peuvent attendre d'estre
» payés, sinon au jour la journée » (1).

En même temps, Pellicier chargeait les savants qui
lui avaient procuré des manuscrits, de les collationner
avec ceux qui se trouvaient dans les bibliothèques publiques ou privées. Eparchos l'aidait à corriger les ouvrages qu'il avait donnés au roi, « au moyen des libvres
» de ces seigneurs particuliers avecques lesquels il avoit
» très bonne praticque et crédict » (2). Démétrios Zenos
et plusieurs autres étaient journellement occupés au
même travail, dans la maison même de l'ambassadeur.
« J'ay retiré, écrivait Pellicier, ledict Démétrio en ma
» maison avecques ung sien nepveu, lesquels, ensemble
» ung aultre grec doctissime et M. Martin, tous suffizans
» à meilleures entreprinses, sont journellement à ra-
» coutrer et corriger bons auteurs grecs, avecques le
» plus d'exemplaires que l'on peut treuver » (3).

---

(1) *Ibidem*, p. 188 et 189. Lettre au connétable, du 12 septembre 1540.

(2) *Ibidem*, p. 243.

(3) *Ibidem*, p. 371 et 372. Lettre à l'évêque de Tulle, du 11 novembre 1540. — Le *Grec doctissime*, dont parle Pellicier, est sans doute
Nicolas Sophianos, de Corfou, dont il a été question dans le chapitre
précédent (p. 87), et qui, bien qu'attaché à l'ambassadeur impérial, n'en
fit pas moins des copies pour François Iᵉʳ (V. L. Delisle, *Le Cab. des
Mss.*, t. 1, p. 153). Quant à *messire* Martin, il semble plus difficile

C'est dans la bibliothèque, fondée au couvent de San-Antonio-di-Castello par le cardinal Dominique Grimani, que l'évêque de Montpellier fit les plus précieuses découvertes. « Ladicte librairie, dit-il, est douée, non » seulement de bons libvres grecs, mais aussy de très » rares en hébrieu et encores en latin, de tels que, pour » leur antiquité, l'on peut amender beaulcoup de bons » lieux ès meilleurs et plus anciens auteurs (1). »

Le cardinal Grimani, grâce à ses relations avec les savants les plus illustres de la Renaissance, entre autres Poliziano et Jean Pico, de la Mirandole, avait réuni une collection, qui passait pour l'une des plus riches du XVI° siècle (2). Par un testament, en date du 16 août 1523, il la légua aux chanoines réguliers du Saint-Sauveur, du monastère de Saint-Antoine : « Je laisse, » disait le testateur, tous mes livres en parchemin qui » ont cette inscription : *Hic est liber mei Dominici Gri-* » *mani,* au monastère de Saint-Antoine, de Venise, et » de même tous mes livres grecs, arméniens et hé-

---

d'établir son identité. Dans une autre lettre, l'évêque de Montpellier dit qu'il travaille, avec le même Martin, à reconstituer le texte de Galien : ce qui permet de supposer qu'il s'agit peut-être de Martin *Akakia* ou *Sans-Malice,* célèbre médecin, professeur au Collège de France, qui publia le *De curandi ratione,* de Galien, à Paris, en 1538, et à Venise, en 1547, et l'*Art Médical,* du même auteur, à Paris, en 1543, et à Lyon, en 1548.

(1) Biblioth. d'Aix, *L. de P.,* Ms., p. 369.

(2) Dominique Grimani, fils du doge Antoine Grimani, était né à Venise, en 1498. Après avoir rempli d'importantes fonctions politiques, il entra dans les ordres, fut promu au cardinalat, en 1493, et nommé patriarche d'Aquilée, en 1498.

» breux, arabes et chaldéens, qu'ils soient en parchemin
» ou non, qu'ils aient l'inscription susdite ou non (1). »

Cette bibliothèque comprenait huit mille volumes (2),
qui, d'après Sansovino, avaient, pour la plupart, appar-
tenu au fameux Pico, de la Mirandole (3), et dont
Tomasini a publié un catalogue complet, en 1650 (4).
Comme le cardinal Grimani avait, par son testament,
formellement interdit de laisser sortir un seul de ses

_____

(1) Le testament de Dominique Grimani est conservé dans les archives
de Saint-Antoine, de Padoue. Après avoir légué à son neveu, le cardinal
Marin Grimani, tous ses objets d'art et son fameux *bréviaire*, à condition qu'il les laisserait, à sa mort, à la Seigneurie de Venise, il ajoute :
*Item relinquo omnes libros meos latinos in membranis qui habent istam
inscriptionem : hic est liber mei Dominici Grimani, Monasterio Sancti-
Antonii de Venetiis, et similiter omnes libros græcos, armenos, arabicos et
caldeos, sive sint in membranis, sive non, sive habeant præfatam inscriptionem, sive non, relinquo eidem Monasterio.... Non intelligantur tamen in
hoc legato comprehensi libri, qui sunt in Monasterio Sanctæ Clavis de
Muriano, nec similiter tredecim capsæ librorum ligatæ et positæ abstrusæ
qui reperiuntur penes Dominum Johannem Baptistam de Rubeis in Muriano,
qui omnes libri sint plenò jure Domino Patriarchæ, de quibus, si opus erit,
debeant solvi debita mea. Fratres autem Monasterii S. Antonii non possint
nec debeant aliquem ex dictis libris vel aliquam partem ipsorum vel trans-
portare aut transportari permittere de dicta bibliotheca. Romæ, in palatio
meo sancti Marci, die 16 Augusti 1523, Pontificatus Sanctissimi Domini
nostri Clementis præfati anno primo. (Archives de Saint-Antoine,* Padoue,
t. X, p. 54). — On lisait, sur la porte de la bibliothèque de Saint-
Antoine, de Venise, l'inscription suivante, qui se trouve aujourd'hui au
musée de la ville : DOMINICUS CARDINALIS GRIMANUS ANTONII PRINCIPIS FILIUS
BIBLIOTHECAM PUBLICÆ POSUIT COMMODITATI.

(2) Ciaconius, *Vitæ pontificum et cardinalium, Alexander VI,* 1077, t. III,
p. 180.

(3) Sansovino, *Venetia città nobilissima,* 1581, p. 138.

(4) Tomasini, *Bibliothecæ venetæ manuscriptæ publicæ et privatæ,* Utini,
1650, p. 1-20.

livres, le trésor qu'il avait légué au monastère de Saint-Antoine était encore peu connu.

Pellicier eut la bonne fortune de pouvoir y faire copier des manuscrits par un religieux dont il avait fait la connaissance à Rome. « Nous continuons tousjours,
» disait-il à l'évêque de Tulle, l'œuvre à faire escripre,
» et avons, entre aultres escripvains, dedans S$^t$-Anthoine
» mesme, ung religieux, lequel je cognois despuis que
» estois à Rome, pour m'avoir escript quelques pièces
» de libvres, lequel painct aussy bien et aussy correct
» que nul aultre que soit icy, qui, pour gouverner la
» librairie dudict S$^t$-Anthoine, plus aisément nous peut
» servir de ce que vouldrons faire transcripre d'icelle
» que tout aultre (1). »

Mais, pour avoir les moyens de consulter plus librement les livres du monastère, l'ambassadeur fit prier le roi d'écrire au neveu de Dominique Grimani, le cardinal Marin Grimani (2), protecteur de Saint-Antoine, qui avait lui-même enrichi la bibliothèque d'un grand nombre d'ouvrages (3), et passait pour être très dévoué

---

(1) Biblioth. d'Aix, *L. de P.*, Ms., p. 368 et 369.

(2) Marin Grimani publia, pendant le séjour de Pellicier à Venise, un ouvrage intitulé : *Commentarii in Epistolas Pauli ad Romanos et Galatas, Venetiis, apud Aldi filios*, 1542, *mense martio, in-4°*. Il fut, comme son oncle, patriarche d'Aquilée, et joua un rôle encore plus considérable. Paul III lui avait confié le commandement de la flotte pontificale dans la dernière guerre contre les Turcs, et le chargea de missions importantes auprès de François I$^{er}$ et de Charles-Quint (Maurocenus, 1623, lib. VI, p. 609. — Paruta, 1703, lib. IX, p. 418).

(3) Ce fait est attesté par Steuco dans la dédicace qu'il fit à Marin

à la France. Il en parla au *maître de la librairie,* le
2 novembre 1540 : « Il n'y a ordre de déchaisner et
» tirer libvres d'icelle, si ce n'est par la licence et com-
» mandement de Monsieur le Révérendissime Cardinal
» Grimani, lequel est à Rome. Parquoy, s'il vous sem-
» bloit bon et vous plaisoit luy en faire escripre par le
» Roy une bonne lettre et la m'envoyer icy, je suis
» asseuré que, pour la dévotion qu'il porte à Sa Majesté,
» nous serons patrons de ladicte librairie.... et, en
» oultre, par ce moïen, l'on pourroit à l'adventure
» recouvrer de trop plus excellens et rares libvres grecs
» que, comme j'entends, ledict Sieur Cardinal a contre
» soy (1). »

La bibliothèque de Saint-Antoine était la plus importante de Venise après la *Marciana,* fondée par le cardinal Bessarion, et avec celle de *Saint-Georges-Majeur,*
enrichie par Cosme de Médicis (2). Sansovino mentionne
encore les bibliothèques des monastères de *Saint-Jean
et Saint-Paul,* de *Saint-François,* des *Frères Mineurs,* de *Saint-Étienne,* des *Serrites,* de *Saint-
Dominique,* et de *Saint-Samuel.* Il cite plus de vingt

---

Grimani de son *Commentaire sur le Pentateuque* (Tiraboschi, t. XII,
p. 274).

(1) Biblioth. d'Aix, *L. de P.,* Ms., p. 369. — Les détails que Pellicier donne sur les livres de Saint-Antoine, sont d'autant plus précieux
que ce monastère a été détruit par un incendie, au commencement du
XVII<sup>e</sup> siècle.

(2) P. Giovanni degli Agostini, *Notizie degli scrittori veneziani,* 1754,
prefazione, p. XXXIV.

personnages qui avaient amassé un grand nombre de
livres rares, en diverses langues et sur toutes les sciences (1). L'évêque de Montpellier, comme nous l'avons
déjà dit, ne manqua point de puiser dans les collections
de « ces seigneurs particuliers ».

Mais il ne faisait ordinairement que par intermédiaire
ses acquisitions chez les libraires proprement dits; car
les marchands, qui connaissaient sa passion pour les
livres, en abusaient, et lui demandaient des prix fort exagérés : « C'est une joye tant précieuse que ledict libvre,
» écrivait-il à la duchesse de Ferrare, que ceulx qui
» l'ont entre mains, voyant que l'on ayt si grant envie
» de l'avoir, ils le vouldront survendre si très cher qu'il
» n'y aura poinct d'ordre, et mesmement s'ilz enten-
» dent que je m'en mesle, dont ay advisé estre le meil-
» leur mener cest affaire par tierce personne et avec le
» temps, sans faire démonstration d'en avoir si grant
» envie (2). »

Tout en fouillant les collections privées et publiques
de Venise, l'ambassadeur se gardait bien de négliger
celles des autres villes de la Péninsule. Il se procurait les catalogues des bibliothèques les plus célèbres
d'Italie. Il envoyait à l'évêque de Tulle, outre « l'inventaire » de Saint-Marc, celui de Florence, qui n'était
« desgarny de assés bons libvres », celui d'Urbin, et

---

(1) Sansovino, *Venetia città nobilissima*, 1581, p. 137° et 138.
(2) Biblioth. d'Aix, *L. de P.*, Ms., p. 389. Lettre à la duchesse de
Ferrare, du 11 décembre 1540.

celui de Rome, mis en ordre par « Monsieur le biblio-
» thécaire du Pape, son singulier frère et amy » (1).

Ce serait une tâche difficile, pour ne pas dire impossible, que de retrouver tous les ouvrages que l'évêque
de Montpellier parvint à se procurer, et dont il dota la
bibliothèque de Fontainebleau; mais on ne saurait
douter qu'il n'eût recueilli une précieuse et abondante
moisson. Il parle, dans une lettre à du Chastel, de quatre
copistes, « qui recouvrent Pline avecques troys bien
» anciens exemplaires dudict Pline » (2). Il écrit à
Rabelais : « Martin et moy, avecques quatre aultres col-
» lateurs, sommes tous les soirs après à recouvrer libvres
» grecs, et mesmement les œuvres de Galien, les meil-
» leures, comme vous ferai entendre (3) ». Enfin, dans
sa lettre, du 2 novembre, au bibliothécaire du roi, Pel-

---

(1) Biblioth. d'Aix, *L. de P.*, Ms., p. 370 et 389. — La bibliothèque
d'Urbin avait été réunie par le duc Frédéric de Montefeltro (Guichardin,
liv. XIII, trad. fr., t. II, Londres, 1738, p. 491). Ce prince avait acheté
un grand nombre d'excellents ouvrages hébreux, grecs et latins, qu'il
fit garnir d'ornements d'or et d'argent (Dumesnil, *Histoire des plus
célèbres amateurs italiens*, Paris, 1855, p. 16). La bibliothèque de Florence,
beaucoup plus célèbre et plus riche, avait eu pour fondateurs Cosme et
Laurent de Médicis (Tiraboschi, t. VII, p. 225 et 226). Ce furent les
papes Sixte IV, Jules II, Léon X et Paul III, qui contribuèrent le plus à
former la bibliothèque du Vatican. Elle était, depuis 1538, confiée à la
garde d'Augustin Steuco, de la congrégation des chanoines réguliers du
Saint-Sauveur, qui était très lié avec Pellicier, et avait été auparavant
bibliothécaire de Saint-Antoine, de Venise (Tiraboschi, t. VII, p. 221
et 225).

(2) Biblioth. d'Aix, *L. de P.*, Ms., p. 372. Voir plus haut, ch. I,
p. 35-38, les travaux de Pellicier sur l'*Histoire naturelle* de Pline.

(3) Biblioth. d'Aix, *L. de P.*, p. 263. — *Œuvres de Rabelais*, éd.
Jannet-Lemerre, t. VII, p. LIII.

licier énumère plusieurs autres ouvrages qu'il a eu
l'heureuse fortune de retrouver : « J'ay recouvert ce
» beau monument d'antiquité de Justinus, philosophus
» et martir (1). Ces commentateurs grecs que j'attendois
» de Milan sur les *Proverbes ecclésiastiques et Job,* ne
» sont poinct encores arrivés icy. Mais cependant, en
» son lieu, j'ay recouvert Eustatius sur la *Odissée,* es-
» cript de la main de Monsieur l'Archevesque de Mal-
» voisie, lequel j'estime que aurés cogneu, et, pour sa
» suffizance, pouvés juger la bonté et correction du-

------

(1) L'ouvrage envoyé par Pellicier est certainement le volume de la
Bibliothèque nationale, coté n° 450, *Fonds grec,* Mss., qui renferme les
œuvres complètes de saint Justin, et qui répond de tous points à la
description donnée dans le catalogue des Mss. de Pellicier (V. ce catalogue dans le Ms. grec, n° 3064, p. 37). Le Ms. coté n° 450 est précisément celui dont Robert Estienne s'est servi pour l'édition *princeps* des
œuvres de ce Père de l'Église, qui parut, en 1551, sous ce titre : *Sancti
Justini Philosophi et Martyris opera, grœce, ex Bibliotheca regia, ex officina
Roberti Stephani typographi regii, regiis typis, in-fol.* Ce manuscrit, écrit
en Orient l'an du monde 6872 (qui répond à l'an 1364 de notre ère),
mérite le nom de « beau monument d'antiquité » que lui donne Pellicier *(Note* de M. Wescher, conservateur au cabinet des manuscrits de la
Bibliothèque nationale). Voyez encore Otto, *Justini Philosophi et Martyris
Opera,* Jenæ, édit. II, 1876, préface.
L'édition de Robert Estienne ne contenait pas les deux ouvrages suivants : *Justini Epistola ad Diognetem, Oratio ad Grecos,* qui, d'ailleurs,
ont été attribués à tort à saint Justin, et qui ne furent imprimés qu'en
1592, à Genève, par son fils Henri (V. Brunet, *Manuel du libraire,* 1860,
édit. V, t. III, p. 623). Avant 1551, on n'avait publié que les deux
apologies de saint Justin, qui parurent à Rome (V. *S. P. M. Justini
Opera,* par un religieux de la congrégation de Saint-Maur, 1742, *préface).* M. Egger dit qu'après les Alde, il restait à imprimer, pour la
première fois, bien des livres d'une haute importance, parmi lesquels il
mentionne les œuvres de saint Justin, martyr (V. *l'Hellénisme en France,*
1869, t. I, p. 201).

» dict libvre. J'ay aussy achepté quatre libvres de
» l'*Iliade*, et en fais escripre jusques à neuf (1). C'est
» aultant que jusques à présent s'en treuve en ceste
» ville, mais j'espère les faire parachever d'une mesme
» main à Boulogne où elle est, comme j'entends, tout
» entière.... (2). Avons treuvé certains commentaires
» sur Aristote, de Joannes grammaticus : *De partibus*

---

(1) Les quatre livres de l'*Iliade* que Pellicier dit avoir achetés, sont probablement identiques au Ms. grec n° 2698 de la Bibliothèque nationale, copié par l'archevêque de Malvoisie, ainsi que l'atteste une note italienne inscrite sur l'un des feuillets de garde du volume. Quant au commentaire d'Eustathe sur l'*Odyssée* « escript de la main de Monsieur l'Archevesque de Malvoisie », c'est sans doute le Ms. grec n° 2703, qui renferme effectivement le commentaire d'Eustathe sur l'*Odyssée*, et qui paraît avoir été écrit de la même main que le précédent. Ces deux Mss. sont reliés l'un et l'autre au chiffre et aux armes de François Ier *(Note de M. Wescher).*
Arsène Apostolès, archevêque de Malvoisie ou Monembasie, était fils de Michel Apostolès, qui se réfugia en Occident après la prise de Constantinople. Il a transcrit lui-même plusieurs livres grecs (V. de Montfaucon, *Palæographia græca*, p. 82, 87, 88, 95 et 111). Humfred Hodius cite les éditions qu'il a données d'un certain nombre d'œuvres de la littérature grecque (V. *De Græcis illustribus*, p. 318 et 319). Jean Lami a publié, dans le 9e volume de ses *Deliciæ eruditorum* (Florence, 1740, p. 105 et suiv.), deux lettres d'Antoine Eparchos à Arsène et une réponse de celui-ci à Antoine, toutes trois en grec. Enfin, on possède encore d'Arsène Apostolès quelques épîtres aux papes Léon X, Clément VII et Paul III. *Conf.* L. Gyraldus, *De poetis suor. tempor.*, t. II; — M. Crusius, *Turco-Græcia*, p. 146 et suiv.; — Lequien, *Oriens Christianus*, t. II, p. 219 et suiv.; — Sathas, Νεοελληνικὴ Φιλολογία, p. 126-130 ; — Gardthausen, *Griechische Palæographie*, 1879, p. 315.
(2) Au moment où Pellicier recueillait, pour les envoyer à Fontainebleau, les commentaires d'Eustathe sur l'*Iliade* et l'*Odyssée*, on préparait, à Rome, l'édition *princeps* de cet ouvrage. Eustathe a été publié pour la première fois dans ce qu'on appelle l'édition romaine d'Homère (*Romæ*, Ant. Bladius, 1542 et 1550). Le P. de Montfaucon signale la présence à la Bibliothèque royale d'un grand nombre de copies des

» *animalium, sua Parva Naturalia,* jurant son auteur
» qu'ils estoient de Philoponus, aultrement Joannes
» grammaticus, lesquels, sauf *De generatione,* l'on
» tenoit pour totalement perdeus, et désirés de tous
» ceulx qui cognoissent l'excellence dudict (1). Nous
» verrons, tant de ceulx que aultres, les baptiser et
» restituer en leur entier, afin qu'ilz peussent compa-
» roir estre dignes d'ung si grant prince (2). »

L'évêque de Montpellier faisait transporter ses manuscrits avec le plus grand soin « pour éviter qu'ilz
» feussent perdeus, et les conserver des eaux et aultres

---

commentaires d'Eustathe (*Bibliotheca bibliothecarum manuscriptarum nova,*
p. 726). Parmi ces manuscrits, il en est un qui répond exactement à
l'indication donnée par Pellicier. L'ambassadeur dit qu'il fit copier les
neuf premiers livres de cet ouvrage. Or, le Ms n° 2216, cité par le
P. de Montfaucon, porte le titre suivant : *Eustathii in novem priores
libros Iliadis.* M. Wescher est d'avis que le Ms d'Eustathe, renfermant
le commentaire sur les neuf premiers livres de l'*Iliade* mentionné par
le P. de Montfaucon, est celui qui porte aujourd'hui, dans le *Fonds grec,*
le n° 2695. C'est un manuscrit du XIVe siècle, qui n'est autre probablement que l'original même de la copie que Pellicier avait fait exécuter.
(V. sur Eustathe : Egger, l'*Hellénisme en France,* 1869, t. I, p. 98 et
99, et A. Pierron, l'*Iliade d'Homère,* chez Hachette, 1869, *Introduction).*

(1) Les commentaires de Jean le grammairien sur le *De generatione*
d'Aristote avaient été imprimés à Venise, dès 1526, par les frères de
Sabio (V. Hoffman, *Lexicon bibliographicum,* 1833, t. II, p. 584). Aucun
bibliographe ne parle des commentaires du même auteur sur les *Parva
Naturalia* et le *De partibus animalium.* Pellicier avait été induit en erreur
au sujet de l'auteur de ces deux ouvrages. Les commentaires sur le
traité d'Aristote, *De partibus animalium* et sur les *Parva Naturalia* sont,
non pas de Jean Philoponus, mais bien de Michel d'Éphèse. Il y a longtemps qu'ils ont été reconnus et imprimés : le premier à Florence, chez
Junta, en 1548 ; l'autre à Venise, chez Alde, en 1527 *(Note* de M. Wescher).

(2) Biblioth. d'Aix, L. de P., Ms., p. 369, 370 et 371. Lettre à
l'évêque de Tulle, du 11 novembre 1540.

» accidents du chemin ». Lorsqu'il eut acquis les livres
d'Eparchos, il voulut les confier à Mathieu Dandolo,
que le gouvernement vénitien venait de nommer ambassadeur en France. Ce gentilhomme, qui se trouvait
être le propriétaire de la maison où logeaient les envoyés du roi (1), passait lui-même pour un bibliophile
distingué, et Pellicier recommandait au secrétaire
d'État Villandry de « le faire entretenir par gens de
» lettres et de sçavoir », parce qu'il s'était « de tout
» temps plus adonné aux lettres philosophiques que en
» aultre chose » (2). Mais Dandolo fut obligé de préci-
piter son départ, par ordre du Sénat, qui le menaçait
d'une amende (3), et ne put se charger des livres de
Pellicier. L'ambassadeur dut les envoyer par un de ses
serviteurs, Jean Privat, de Moulières, à qui François Ier,
par une lettre patente du 2 octobre 1541, assigna la
somme de 225 livres tournois « pour le récompenser
» des fraiz et despences qu'il avoit faictes, à cause de
» la voiture et conduicte de quatre caisses de libvres
» escriptz en grec, qu'il a faict amener et conduire
» depuis Venise jusques au lieu de Chevaignes » (4).

L'achat, la copie et le transport des manuscrits im-

---

(1) *Ibidem*, p. 99. Lettre à l'évêque de Tulle, du 19 août 1540.

(2) *Ibidem*, p. 364. Lettre à Villandry, du 24 novembre 1540.

(3) *Ibidem*, p. 372. Lettre à l'évêque de Tulle, du 11 novembre 1540.

(4) Biblioth. nat., Mss., *Chartes royales*, 26, François Ier, 1539-1542, p. 677. Cette lettre est citée par M. L. Delisle (*Le Cab. des Mss.*, t. I, p. 159).

posaient à l'évêque de Montpellier des frais considérables, qui s'élevaient à la moitié de sa dépense
totale (1). Il s'en plaint amèrement dans ses lettres à
du Chastel et au connétable, et va jusqu'à parler d'engager sa crosse pastorale, « si aultrement faire ne se
peut » (2). Il affirme qu'il est dans l'impossibilité de
supporter une telle charge, surtout depuis que l'ordonnance de Villers-Cotterets a porté une si rude atteinte
à ses revenus (3).

On fit droit à sa requête, car les extraits des comptes
du trésorier de l'*Épargne* contiennent l'indication des
sommes qui lui furent allouées, à plusieurs reprises,
tant pour l'achat des manuscrits que pour la rétribution
des copistes (4).

Pellicier, non content de procurer des livres au roi,
se chargeait encore d'en fournir aux grands personnages qui lui en demandaient. Il en achetait pour la

---

(1) Biblioth. d'Aix, *L. de P.*, Ms., p. 264. Lettre à Rabelais, du 7 octobre 1540.

(2) *Ibidem*, p. 100, 101 et 189.

(3) *Ibidem*, p. 101.

(4) Voyez Biblioth. nat., *F. Cl.*, Ms., 1215, 79°, le passage suivant :
« A Jean-Joachim de Passan, Conseiller et Maistre d'hostel du Roy,
» 900 l. t. par lettres à Fontainebleau, le 8 février 1540, pour pareille
» somme qu'il a fait fournir comptant, au mois de novembre dernier,
» en la ville de Venise, ez mains de Mr Guillaume Pélissier, Évesque de
» Montpellier, Ambassadeur du Roy, pour employer au paiement de cer-
» tains livres et choses antiques par luy retenus pour le Roy. *Item* 675 l.
» t., par lettres à Blois, du 5 mars suivant, pour semblable cause, et
» pour le salaire et payement de six personnages, employez par ledit
» Ambassadeur à escrire certains livres que le Roy désire avoir. » *Conf.*
L. Delisle, *Le Cab. des Mss.*, p. 155.

duchesse de Ferrare, Renée de France, et s'ingéniait, lorsqu'ils étaient rares et chers, « à les recouvrer le plus dextrement » qu'il lui était possible. Les commandes de cette princesse n'étaient pas toujours dictées par une érudition très sûre. Il lui arriva, un jour, de demander le texte grec de l'*Art militaire* de Végèce. L'évêque de Montpellier lui fit remarquer son erreur avec une respectueuse déférence, qui n'était pas exempte d'ironie : « Madame, j'ay receu la lettre qu'il » vous a pleu m'escripre touchant ung libvre de Végèce » en grec. Sur quoy je vous diray que, combien que je » me sois estudié tant que j'ay peu, pour sçavoir les » noms des auteurs et libvres grecs, n'ay jamais peu en- » tendre que celluy que demandés s'y soit treuvé en » ceste langue-là, mais bien en la latine, en laquelle est » imprimé et facile à recouvrer. Il est vray qu'il se » treuve ung Grec qui traicte fort diligemment des » mesmes matières (1). »

Mais, tout en s'occupant avec la plus louable ardeur de pourvoir la bibliothèque royale et les bibliothèques princières, Pellicier ne négligeait pas la sienne, qui devint l'une des plus riches du temps. Le catalogue de ses livres grecs a été conservé. Il y en a deux exemplaires

---

(1) Biblioth. d'Aix, *L. de P.*, Ms., p. 1040 et 1041. Lettre à la duchesse de Ferrare, du 8 février 1541. — Les auteurs grecs qui ont traité de matières militaires, sont Æneas tacticus, Elien et Polyen. C'est probablement au dernier, à qui l'on doit les *Stratagèmes*, que l'ambassadeur fait allusion.

à la Bibliothèque nationale (1). Le P. de Montfaucon l'a
publié dans sa *Bibliotheca Bibliothecarum manuscriptarum nova* (2), où il a résumé en latin le titre des vo-
lumes, qui sont au nombre de deux cents, et comprennent onze cent quatre articles, c'est-à-dire onze cent
quatre ouvrages grecs (3).

L'évêque de Montpellier possédait, en outre, un grand
nombre de livres latins, qu'il s'était procurés un peu
partout. En 1571, Cujas écrivait à Pierre Pithou, à la
suite d'un voyage qu'il avait entrepris dans le midi de
la France pour y rechercher des livres latins : « Au
» resté, j'ay trouvé, en Provence, que feu Monseigneur
» de Montpellier avoit tout ravagé » (4).

C'étaient surtout les manuscrits grecs qui donnaient
du prix à la bibliothèque de Pellicier. On ne peut s'empêcher de trouver prodigieux le chiffre des ouvrages
qu'elle contenait dans cette langue, surtout si l'on songe
qu'en 1545, il n'y en avait que deux cent soixante dans
la bibliothèque du roi (5). On pourrait même se demander
si Pellicier n'avait pas détourné à son profit une partie
des livres achetés aux frais de l'État (6). Mais il nous

---

(1) *Fonds grec*, Mss., 3064 et 3068.

(2) T. I, p. 1198-1202.

(3) A. Germain, *La Renaissance à Montpellier*, p. 20 et suiv.

(4) Mortreuil, *L'ancienne bibliothèque de l'abbaye de Saint-Victor*, Marseille, 1854, p. 26-28. *Conf.* Germain, p. 20, et L. Delisle, *Le Cab. des
Mss.*, t. I, p. 162.

(5) L. Delisle, *Le Cab. des Mss.*, t. I, p. 157.

(6) *Ibidem*, p. 154.

semble plus équitable de supposer que l'évêque de
Montpellier avait fait prendre des copies des manuscrits
envoyés à François I$^{er}$; car on trouve dans le catalogue
de sa bibliothèque un grand nombre d'ouvrages qui
faisaient également partie de celle de Fontainebleau (1).

Quoi qu'il en soit, Pellicier est l'un de ceux qui contribuèrent le plus à enrichir « la librairie » du roi. Son
nom est inscrit parmi ceux des fondateurs de cette célèbre collection, à la suite du catalogue des ouvrages
grecs, dressé par le copiste Vergecios ou Vergèce (2).
Ce que nous avons dit des recherches et des découvertes
de l'évêque de Montpellier, nous dispense de rappeler
les services qui lui ont valu de figurer sur cette liste
d'honneur.

Nous nous contenterons de faire remarquer qu'il

---

(1) La riche bibliothèque de Pellicier a été dispersée, sans qu'on puisse
dire à quelle époque ni dans quelles circonstances. Le P. de Montfaucon
prétend qu'au moment où il écrivait, c'est-à-dire en 1739, elle se trouvait encore au palais épiscopal de Montpellier (*Biblioth.*, t. II, p. 119).
Si cette assertion était exacte, on devrait en conclure que les livres de
l'ambassadeur de François I$^{er}$, dont on n'entendit plus parler dans la
suite, furent vendus, en 1741, avec ceux de l'évêque Joachim Colbert
de Croissy. Mais comment admettre que ce dernier ait disposé d'une
bibliothèque qui était la propriété de l'évêché? M. Germain, à qui nous
empruntons cet argument, soupçonne qu'elle aura été la proie des dévas-
tations protestantes, vers 1568 (*La Renaissance à Montpellier*, p. 21 et
22). De Grefeuille, qui est d'accord avec M. Germain sur la date de la
dispersion des livres de l'évêque de Montpellier, l'attribue à d'autres
causes, et nous paraît plus près de la vérité. Il prétend que « par suite
du dérangement des affaires de Pellicier », sa riche bibliothèque fut
mise au pillage immédiatement après sa mort, c'est-à-dire au commencement de 1568 (*Histoire ecclésiastique de Montpellier*, part. II, p. 170).

(2) Le catalogue de la bibliothèque de Fontainebleau occupe les

semble résulter de ce document que la bibliothèque de Fontainebleau a dû ses principales acquisitions aux ambassadeurs de François I$^{er}$ à Venise et aux savants grecs ou italiens qui les ont secondés dans leurs recherches. La plupart des critiques les ont attribuées jusqu'à présent aux voyageurs que le roi avait envoyés enOrient.

----

14 premières pages du volume 3064 du *Fonds Grec* du *Cabinet des Manuscrits*. Il est suivi (p. 15) d'une note ainsi conçue :

Bibliotheca Blesiana
Hier. Fondulus
Georg. Silva episcop. Vaurensis
Ant. Eparchus
Jo. Pinus episcop.
Paulinus
Pellicerius episcop. Monspesul.
Galdus Carolus
Fr. Asulanus
Ea sunt nomina illorum
Quorum codices græci in
Bibliothecam regiam
Illati sunt.

Le nom de la bibliothèque de Blois est placé en tête de cette liste parce que cette collection fut réunie à celle de Fontainebleau. Nous avons déjà mentionné la plupart des personnages qui y sont nommés : Jérôme Fondulo, Antoine Eparchos, François d'Asola, Jean de Pins, évêque de Rieux, Georges de Selve, évêque de Lavaur. Charles Galdi était le doyen de la Chambre apostolique, et s'est rendu célèbre par les encouragements qu'il donna aux savants grecs. Il est très difficile de dire à qui se rapporte le nom de Paulinus. M. L. Delisle croit que ce pourrait bien être *Joannes Sanellius Paulinus*, que le poète Macrin a célébré dans quelques-unes de ses poésies lyriques. Nous inclinerions plutôt à supposer qu'il s'agit du capitaine Polin. Ce n'est pas que nous ayons des raisons pour attribuer des goûts littéraires au successeur de Rincon ; mais, comme il se fit accompagner, dans sa seconde ambassade, par le célèbre savant italien Pierre Angelio Bargeo, il a bien pu le charger de recueillir des manuscrits grecs, dont il aurait fait lui-même hommage au roi (Salvino Salvini, *Fasti Consolari dell' Academia Fiorentina*, 1717, p. 293-304).

Thevet, Abel de Sainte-Marthe, La Croix du Maine
et de Thou prétendent que les manuscrits les plus
précieux de la bibliothèque de Fontainebleau ont été
apportés par Guillaume Postel, Pierre Gilles et Juste
Tenelle (1). S'il en est ainsi, d'où vient que Guillaume
Postel, qui visita une première fois l'Orient en 1530,
n'est pas cité dans la liste de Vergèce, ni dans aucun
catalogue postérieur? Comment expliquer qu'aucun
manuscrit ne porte sa signature ni celle des autres
voyageurs? Ne sait-on pas, d'ailleurs, que Guillaume
Postel avait engagé, pour deux cents écus, ses ou-

_____

(1) Les voyages de Pierre Gilles et de Guillaume Postel sont très
connus, soit par leurs propres relations, soit par les récits des contemporains. Voyez : Guillaume Postel, *De la République des Turcs*, 1560 ;
Geuffroy, *Briefve description de la court du Grant Turc*, 1546 ; Pierre Gilles,
*De Bosphoro Thracio libri tres*, 1561, et *De Topographia Constantinopoleos
libri IV*, 1561 ; Pierre Belon du Mans, *Les observations de plusieurs singularitez et choses mémorables trouvées en Grèce, Asie, Egypte, Arabie*,
1553 ; Nicolas de Nicolay, *Les navigations, pérégrinations et voyages faits
en Turquie*, Anvers, 1576 ; *Pièces fugitives pour servir à l'histoire de
France*, 1759, t. I, part. I, *Voyage de Paris à Constantinople*..... L'auteur
de ce dernier ouvrage, Jehan Chesneau, donne de curieux détails sur
Pierre Gilles et Guillaume Postel, qu'il trouva à Jérusalem, en 1549.
« Nous arrivâmes audit Jérusalem pour la seconde fois le 9 novem-
» bre, où trouvâmes maistre Guillaume Postel, qui y estoit venu dès ce
» mois d'Aoust, avec les pèlerins, dans la navire de Venise, homme
» docte et de grands lettres, disant à l'ambassadeur qu'il estoit demouré
» exprès, afin que par son moyen il pust recouvrer quelques vieux livres
» du païs. A quoy s'opposa Petrus Gillieus, aussi fort docte, qui avoit
» fait le voyage avec nous, lequel le feu roy François I<sup>er</sup> avoit envoyé
» ez païs de Levant, pour y retirer des livres, principalement des lan-
» gues Grecque et Hébraïque, des plus anciens qu'il y pourroit trouver.
» Luy et ledit Postel, qui revint en Constantinople avec nous, entroient
» souvent en dispute ; et avoit-on quelquesfois bien affaire à les mettre
» d'accord » (P. 52 et 53).

vrages hébreux et arabes au duc de Bavière (1), et que
Pierre Gilles laissa la plupart de ses manuscrits à son
protecteur, Georges d'Armagnac (2) ?

Ce fut la gloire de la diplomatie de François I⁰ʳ d'avoir
contribué aux progrès de la science en même temps
qu'à la sécurité de l'État. Les contemporains semblent
lui avoir été particulièrement reconnaissants des services qu'elle a rendus à la république des lettres, et,
dans les éloges qu'ils lui décernent, c'est sur ce sujet
qu'ils aiment à insister. C'est l'érudition de l'évêque de
Montpellier qui l'a rendu célèbre au XVIᵉ siècle; c'est
comme l'un des promoteurs de la Renaissance qu'il a
été renommé dans les siècles suivants. « Guillaume Pel-
» licier, dit Ribier, estoit homme de grand esprit, si bien
» versé dans les Langues Grecque, Hébraïque et Sy-
» riaque, que tous l'ont tenu pour le Père des Lettres,
» et le plus docte de son temps. Et le Roy mesme luy
» donna commission de luy faire recouvrer quantité de
» Livres curieux pour garnir sa Bibliothèque, à quoy il
» s'employa très dignement : car, non seulement il en

_____

(1) « Et sont les exemplaires avec plusieurs autheurs escrits en ladicte
» langue Arabicque (ainsi que ledict Postel m'a luy-mesme asseuré) en la
» Bibliothèque du duc de Bavière, Otto Heinrich, auquel il les engagea
» pour 200 escuz, en l'an 1549. » (Nicolas de Nicolay, *Les Pérégrinations*,
préface). M. L. Delisle affirme que, quand même les manuscrits orientaux de la bibliothèque de Fontainebleau auraient été apportés du
Levant par Guillaume Postel, ce serait bien peu de chose; car il ne
croit pas que, même sous Henri II, il y en eût plus de quarante (*Le Cab.
des Mss.*, t. 1, p. 161).

(2) Dom Vaissette, *Histoire du Languedoc*, t. V, p. 158.

» fit copier grande quantité de Grecs, Hébreux et Sy-
» riaques, mais il envoya au Levant un Gentilhomme
» Grec pour en avoir des plus curieux » (1).

Mais le témoignage le plus explicite peut-être qui ait
été décerné à l'évêque de Montpellier, se trouve dans
les registres du Parlement de Paris. Pellicier ayant eu
à soutenir un procès devant cette cour, son avocat rappela, en termes éloquents, la part glorieuse qu'il avait
prise à la renaissance des lettres en France :

« De la Vergne, plaidant pour ledict Évesque, dit qu'il
» y avoit trente ans passez qu'il avoit esté pourveu dudict
» évesché par résignation de son déffunt oncle, et que
» le *Placet* de la résignation qui luy en fut faicte, fut
» octroyé par le Roy le jour qu'il entra en France au
» retour d'Espagne : que ledict Pélissier, pour sa suffi-
» sance et fidélité, fut faict Ambassadeur à Venise, où il
» demoura l'espace de quatre ans, et fut aussi Maistre
» des Requestes. Qu'outre sa charge principale d'Ambas-
» sadeur, il s'employa au bien public de la République
» littéraire, fit venir de toutes parts, mesme de la Grèce,
» Livres rares et excellens, et qu'ayant recouvert les
» exemplaires des anciens Livres, il en fit tirer des
» copies, ayant pour cet effect à ses dépens dix ou douze
» Grecs naturels chassez de leur païs, pour les trans-
» crire, et fit assembler plusieurs gens doctes pour les
» conférer et collationner : que ledict Pélissier peut estre

_____

(1) Ribier, *Lettres et Mémoires d'Estat*, t. I, p. 184.

» dict par ce moyen l'un des premiers instaurateurs et
» réparateurs du Trésor incomparable et inestimable
» en la Librairie du Roy à Fontainebleau, dont est veneu
» et procède par chascun jour un fruict infiny de tant de
» Livres, imprimez par le commandement du Roy,
» depuis traduicts en latin. A l'imitation de quoy, Rome,
» Florence, Venise et autres Villes célèbres dont les
» Seigneurs et Princes avoient assemblé et réservé
» leurs Librairies, ont jetté ce qu'ils avoient de Livres
» singuliers pour les publier et imprimer, bien et ri-
» chesse inestimable et à nous auparavant incon-
» nue.... » (1).

Pellicier ne se contenta point d'enrichir la bibliothèque royale : il s'occupa avec non moins de zèle de
doter la pépinière de Fontainebleau des plantes précieuses de l'Orient. Il savait que c'était un des moyens
les plus sûrs de gagner la faveur de François I⁰ʳ, qui
s'appliquait avec une égale ardeur à toutes les branches
des connaissances humaines, et avait conçu une véritable passion pour l'histoire naturelle (2). Les études
antérieures de l'évêque de Montpellier le rendaient

---

(1) Extrait des Registres du Parlement, *Registre des matinées,* coté 191,
p. 222⁰. Du 31 may 1547. Dans une cause d'audience pour Maistre
Guillaume Pélissier, Évesque de Montpellier, appelant contre Maistre
François Berthelemy, Maistre des Requestes, et quelques autres. — Ce
document est cité par Abel de Sainte-Marthe, *Discours au Roy sur le
rétablissement de la Bibliothèque royale de Fontainebleau* (2⁰ édition).

(2) V. le passage de Scipion Dupleix cité ch. I, p. 35.

éminemment propre à satisfaire les goûts du roi (1).

Non content d'entretenir dans toute l'Italie des correspondants chargés de lui envoyer des plantes rares (2), il s'adressait aux commerçants et aux voyageurs qui affluaient dans la cité des lagunes. Il usait largement des abondantes ressources que Venise elle-même offrait aux naturalistes, grâce à ses nombreux jardins, entretenus avec le plus grand soin, et où l'on s'efforçait d'acclimater les produits de la riche végétation de l'Orient (3).

Pellicier y avait lui-même établi un de ces jardins d'acclimatation, dont les plantations lui inspiraient un enthousiasme presque aussi grand que les manuscrits grecs : « Je attends en grant dévotion, écrivait-il à
» Rabelais, des racines de la *Nardus Celtica* (4) et de
» l'*Anthora* (5), avecques leurs terres dedans de petites
» boetes, pour, s'il est possible, les faire aliminées et
» citoiennes en nostre jardin de ceste ville, et avecques

_____

(1) V. ch. I, p. 35-38.

(2) On rencontrait, à cette époque, dit Nicolas de Nicolay, un grand nombre de personnes ayant « peragré les terres loingtaines pour avoir
» planière cognoissance des païs, régions, gens, mœurs, bestes, plantes
» et fruicts estranges, dont ilz ont rapporté, à grand gloire, propre
» plaisir et profit commun, les histoires et descriptions en diverses
» langues » (*Les Navigations*, 1576, préface).

(3) Sansovino, *Venetia città nobilissima*, 1581, p. 237.

(4) Le *Nardus Celtica* est la racine du *Valeriana Celtica*. Cette plante était employée comme parfum au XVIe siècle, et sert encore au même usage aujourd'hui.

(5) L'*Anthora* se nomme maintenant *Aconitum Anthora*. C'est une renonculacée des hautes régions montagneuses, que l'on trouve, chez nous, dans les chaînes du Jura, des Pyrénées et des Alpes.

» ce des aultres telles pour la médecine, comme avés
» mandé vouloir faire » (1). Dans une autre lettre, après
lui avoir rappelé ses promesses, il s'engageait, de son
côté, à lui « envoyer les nouveautés de deçà », quand
il lui en viendrait entre les mains, comme il avait fait
naguère pour l'*Amomum* et l'*Origanum Heracleaticum*
de Candie (2). Les essais que l'on faisait dans le jardin
de l'ambassade, devaient contribuer à enrichir l'agriculture française et à orner les jardins de Fontainebleau
et des autres résidences royales. L'évêque de Montpellier parvint à introduire dans sa patrie le *Colocasia*,
qu'il avait cultivé avec succès à Venise, et les plants de
vigne de *Malvoisie de Candie*, qui passaient pour les
meilleurs de l'Orient (3).

---

(1) Biblioth. d'Aix, *L. de P.*, Ms., p. 264. Lettre à Rabelais, du
17 octobre 1540. L'abbé Verlaque, qui a publié cette lettre dans les
*Mémoires des Sociétés savantes* (décembre 1869, t. X), et l'éditeur du
*Rabelais* de la *collection Lemerre* (t. VII, p. LII et LIII) ont omis ce
passage, qui n'est pas sans importance pour l'histoire de la botanique.

(2) *Œuvres de Rabelais*, édit. Jannet-Lemerre, t. VII, p. LIV. Lettre à
Rabelais, du 20 mars 1541. — Il est impossible de savoir quelle est la
plante désignée par Pellicier sous le nom d'*Amomum*. Les botanistes de
la Renaissance avaient trouvé dans les auteurs grecs un végétal appelé
Ἄμωμον. Mais rien, ni dans sa description, ni dans ses usages, ne leur
permettait de savoir exactement la plante que ces derniers avaient en
vue. Dans leur embarras, ils donnèrent ce nom aux végétaux les plus
divers. Il est évident que l'évêque de Montpellier avait cru trouver le
mot de l'énigme, et qu'il avait envoyé à son ami Rabelais une plante
qu'il prenait pour l'*Amomum*. Quant à l'*Origanum Heracleaticum*, il est
bien connu. Cette plante, autrefois employée en médecine à cause de
ses propriétés irritantes et toniques, entrait, au moyen âge, dans la
composition des philtres, et joua un grand rôle dans la sorcellerie.

(3) « Pour ce que je cognois que Sa Majesté a plaisir de voir et cognoistre

C'est par des envois de ce genre que l'ambassadeur aimait à témoigner sa reconnaissance à François I<sup>er</sup> : « Sire, lui écrivait-il un jour, j'ay entendeu par le » s<sup>r</sup> Polin la bonne souvenance qu'il plaist à V<sup>tre</sup> Majesté » avoir d'ung si bas et si petit serviteur que luy suis...

---

» toutes choses nouvelles et rares, mesmement des arbres et herbes,
» treuvant la commodité, n'ay failly donner charge à aulcuns marchans
» qui alloient en Candie, Sirye et Alexandrie d'Égipte, qui sont mes
» amys, les pryant m'en envoyer de toutes sortes qui se treuvent en ce
» pays-là, dont la pluspart leur ay baillé mémoire. Et jà pour expéri-
» menter s'ilz pourroient venir en ce pays de deçà, j'ay faict planter
» plusieurs simples en mon petit jardin comme de la *Colocasia* et aultres,
» lesquels, à force d'arrozer et cultiver, non seullement ont prins, mais
» se treuvent très bien, et aussy des plants de Malvoisie et aultres sin-
» gulières espèces de vignes, qui jusques icy se portent bien, de sorte
» que, si l'automne ne leur faict non plus de dommage qu'ilz ont eu jus-
» ques à présent, ilz se pourront conserver; et en feray apporter
» davantaige qui seront prins de la meilleure et plus parfaicte Malvoisie
» de Candie. Car vous qui cognoissés la nature de ce terroir, n'estes-
» vous poinct d'opinion que toutes ces choses ne peussent aussy bien
» prendre et fructifier en pays du Roy, et en plus grant partye, et, avec-
» ques le temps par adventure, le tout que icy? Vous verrés, si le treuvés
» bon, d'en tenir quelque propos au Roy, et de tout ce que dessus je
» vous supplye me faire responce afin de persévérer si Sa Majesté l'a
» aggréable, car, oultre la principale charge pour laquelle je suis icy, je
» m'efforce de treuver tous moïens de luy aggréer et donner plaisir. »
Biblioth. d'Aix, *L. de P.*, Ms. Lettre à l'évêque de Tulle, du 22 juillet 1540. — Le *Colocasia*, de la famille des *Aroïdées,* est employé
comme plante d'ornement. Il est surtout cultivé dans la vallée du Nil;
mais on le trouve également dans d'autres terres méditerranéennes,
dans le midi de l'Espagne par exemple, où il croît presque naturellement. — Les vins de France avaient déjà une grande réputation, et
passaient pour être de meilleure qualité que ceux d'Italie. Pellicier prétend que l'ambassadeur vénitien Grimani tomba malade pour en avoir
abusé : « Chascun estime que cela a esté cause de sa maladie... mesme-
» ment des bons vins qu'il a treuvés tant chers qu'il n'en a point beu
» d'aultres que de celluy de Sa Majesté, qu'il a faict durer jusques à
» Bresse. » (Biblioth. d'Aix, *L. de P.*, Ms., p. 61 et 62.)

» dont très humblement en remercie V^tre Majesté, espé-
» rant, puisqu'il y a lieu icy si à propos pour jardinaige,
» le faire bien garnir de toutes les bonnes et rares
» choses qui se pourront recouvrer et entretenir audict
» lieu, qui pourra servir de pépinière à vostre très
» beau sans comparaison Fontainebleau » (1).

Par une coïncidence remarquable, l'évêque de Montpellier, qui avait tant contribué à embellir la pépinière
et à enrichir la bibliothèque de Fontainebleau, eut la
bonne fortune de pouvoir attirer en France Sébastien
Serlio, l'un des principaux architectes de cette célèbre
résidence.

Pellicier était un homme universel, *universalissimo*,
comme disaient les Italiens (2). A la connaissance des
sciences physiques, à celle de toutes les langues savantes que l'on cultivait de son temps, il unissait le
goût le plus éclairé pour les arts. Il était aussi bon juge
en architecture qu'en littérature grecque ou latine,
aussi savant en archéologie que dans les différentes
parties de l'histoire naturelle. On ne doit donc point

---

(1) Biblioth. nat., *F. Cl.*, Ms., 570, p. 182⁰; Biblioth. d'Aix, *L. de P.*,
Ms., p. 919. — C'est précisément vers ce temps que François I^er s'occupa
des plantations de sa résidence de prédilection. On lit dans les comptes
des dépenses de ce prince : « Septembre 1538. A Jehan Gaffroy, arbo-
» riste, en don et pour faire ung voyaige de Provence jusques à Fontai-
» nebleau, y portant certaines quantités d'arbres dudict païs, de diverses
» sortes de fruicts, pour les faire planter au jardin dudict Fontaine-
» bleau, 46 livres. » (Cimber et Danjou, *Archives curieuses*, 1835,
1^re série, t. III, p. 92.)

(2) Serlio, *Il terzo libro d'Architettura*, Venezia, 1559, p. 151.

ET LES BIBLIOTHÈQUES DE VENISE.

s'étonner qu'il se soit attaché à faire entrer dans la clientèle du roi de France les artistes non moïns que les hommes de lettres. Sébastien Serlio, de Bologne (1), était un architecte d'une grande réputation, plus célèbre encore par ses écrits que par ses œuvres d'art. A une époque où l'érudition s'étendait à toutes les branches des connaissances humaines, Serlio eut la gloire de mettre en lumière les monuments de l'antiquité et de vulgariser une science nouvelle, l'archéologie. Il fit connaître à ses contemporains les règles tracées par Vitruve, les initia à l'architecture des anciens, et publia, le premier, un recueil des édifices élevés autrefois par les Romains, dont l'Italie possédait encore de si nombreux et si importants vestiges. On peut dire qu'il fut un maître dans ce genre, et que ses écrits servirent de modèle aux archéologues des âges suivants (2).

Serlio s'était formé à Rome, sous la direction de Balthazar Peruzzi. On lui a reproché d'avoir dérobé les travaux de son maître après la mort de celui-ci, et de s'en être servi pour composer son troisième livre sur l'architecture et son quatrième livre sur les antiquités de Rome. Cette accusation, avancée par Vasari, a été reproduite par Benvenuto Cellini (3) ; mais elle est en

---

(1) Il était né en 1475.

(2) Maffei, *Verona illustrata*, 1731, part. IV, p. 93.

(3) Vasari, *Vies des meilleurs peintres, sculpteurs et architectes*, trad. fr., 1840.—Benvenuto Cellini, *Œuvres complètes*, trad. fr., 1847, t. II, p. 417.

contradiction avec la conduite de Serlio, qui exprime
plus d'une fois sa reconnaissance affectueuse à l'égard
de son maître, et ne manque pas de lui rapporter l'honneur de tout ce qu'il a écrit dans son quatrième livre.
Vasari lui-même constate, dans un autre passage, que
la plus grande partie des manuscrits de Peruzzi resta
entre les mains de l'architecte Melighino, qui fut
chargé, dans la suite, de diriger les constructions du
pape Paul III (1).

Après avoir étudié, mesuré et dessiné la plupart des
monuments antiques de l'Italie et de la Dalmatie, Sébastien Serlio s'était retiré à Venise. Il y séjourna de
1537 à 1540, y tint une école d'architecture, fut chargé
par le doge André Gritti de faire le plan de la librairie de Saint-Marc (2), et se lia avec le Titien et
P. Aretino (3). Parmi ses élèves se trouvait un Français,
Guillaume Philander, qui se fit connaître plus tard par
ses *Commentaires sur Vitruve* (4). Ce dernier le mit en

(1) G. Fantuzzi, *Notizie degli scrittori Bolognesi,* 1781-1794, t. VIII,
p. 393.

(2) Fantuzzi, *Ibidem,* p. 402. Les livres de la bibliothèque de Saint-
Marc ont été transportés au palais ducal, en 1812. La *Libreria Vecchia*
est aujourd'hui une dépendance du Palais-Royal. Cicogna (*Delle inscrizioni veneziane,* t. IV, p. 130) dit que l'on a attribué sans preuve à Serlio
le plan de l'église Saint-Sébastien, de Venise, et qu'il ne reste aucune
trace de la part qu'il aurait prise à la construction de ce monument.

(3) P. Aretino, *Il secundo libro delle lettere,* 1609, p. 261°.

(4) Fantuzzi, *Ibidem,* p. 402. Voyez la biographie de Guillaume Philander, de Châtillon-sur-Seine, dans Scévole de Sainte-Marthe, *Éloges,*
trad. Colletet, 1644, liv. II, p. 161 et 162.

relation avec Georges d'Armagnac, évêque de Rodez, alors ambassadeur de France auprès de la Seigneurie. L'évêque de Rodez paraît avoir beaucoup apprécié le talent de Serlio (1). Il envoya en France son quatrième livre de l'architecture, qui venait de paraître (2), et obtint du roi qu'il prît l'auteur sous son patronage. François Ier fit remettre trois cents écus à Serlio, qui lui dédia un nouveau livre (le troisième), consacré à la description des monuments de l'antiquité en Italie et hors de la Péninsule (3). Il avait promis de lui envoyer plus tard une somme égale à la première; mais cette allocation se fit longtemps attendre. L'évêque de Montpellier écrivit, à cette occasion, à la reine de Navarre une longue lettre, qui montre le cas qu'il faisait de Serlio, et dépeint la situation précaire de cet artiste :

« Au demourant, Madame, il y a icy ung nommé » messire Sébastiano, de Bouloigne, architecte, de qui » ne m'estandray vous faire aultre description, me con-

---

(1) *Epistolarum laconicarum ac selectarum Farrago altera*, Basileæ, 1554, p. 4-6.

(2) Apostolo Zeno, *Bibliotheca di Fontanini*, 1804, t. II, p. 439. Le quatrième livre de Serlio, le premier qu'il mit au jour, parut à Venise, chez Marcolini, en 1537. Il avait pour titre : *Libro quarto (che contiene) regole generali di architettura.*

(3) Apostolo Zeno, *Ibidem*, p. 440. *Libro terzo, nel quale si figurano, et descrivono le antichità di Roma, e le altre, che sono in Italia, e fuori d'Italia. In Venezia presso il Marcolini*, 1540. Dans sa préface, Serlio regrette de ne pouvoir décrire les monuments antiques du midi de la France, dont il fait l'énumération d'après les indications de l'évêque de Montpellier.

» fiant qu'avés esté très bien informée de luy et de ses
» bonnes qualités par Monsieur de Rhodes, lequel, estant
» en ceste ville, le invita faire quelques libvres de archi-
» tecture, où il a bien employé le temps, et enfin, les a
» parachevés et desdiés à Sa Majesté, laquelle, par sa
» libéralité et sa magnanimité, ordonna que luy feus-
» sent deslivrés trois cens escus ; mais jamais ne luy a
» esté possible en pouvoir recouvrer ung denier. Par
» quoy, ne sçachant à qui mieulx avoir recours qu'à
» vostre clémence et bonté, comme conservatoire de
» tous gens de bien et de bonnes mœurs et vertus, se
» retreuvant à présent en très grant nécessité pour la
» grant cherté de vivres qu'il y a heu icy ceste année,
» se met à genoux devant vous, vous supplyant qu'il
» vous plaise avoir pitié et compassion de luy, remè-
» morant à Sa Majesté qu'il luy plaise faire mectre à
» exécution sa bonne volonté. Il a mis sa chevance et
» son temps sy très avant à faire imprimer lesdicts
» libvres que, se retreuvant despourveu de tous aultres
» ayde et support, a esté contrainct, pour grant indi-
» gence, laisser son travail et labeur entre les mains de
» l'imprimeur, sans jamais en avoir eu aulcun profict. Ilz
» luy ont esté présentés plusieurs partys ; mais, pour la
» grant dévotion qu'il a d'estre au service de Sa Ma-
» jesté et de vous, n'en a encores vouleu accepter pas
» ung que premièrement il ne soit résoleu de ce que
» plairra au Roy estre faict en cest endroict. Je puis
» bien tesmoigner qu'il a esté recherché de Monsieur

» le Marquis du Gouast (1), luy estant icy, et pareille-
» ment de la Reyne de Poulogne, tant à cause que sa
» femme est vue de ses filles de chambre que aussy
» pour ses dictes qualités, luy voulant donner très bon
» party (2). Toutesfois, il m'a dict qu'il aymeroit mieulx
» estre au service de Sa Majesté et de vous pour la
» pagnotte seullement, que à nuls aultres princes, ayant
» bien gros estat. Vous supplyant, Madame, me par-
» donner, si je vous ay faict si long propos, mais la
» bonté et vertu du personnaige me le faict faire, me
» confiant aussy que ne le prendrés que en bonne part,
» et, si voyés que bien soit, vous supplye me en faire
» responce (3). »

La démarche de Pellicier fut couronnée de succès.
Il put bientôt annoncer à l'évêque de Rodez, alors
ambassadeur à Rome, que, grâce à la généreuse intervention de Marguerite, le roi avait envoyé à Serlio
trois cents écus, et l'avait invité à s'établir dans ses
États ; qu'il s'était engagé à lui donner une maison et
une pension de deux cents écus, sans compter d'autres
avantages et une allocation de cent écus promise par
la reine de Navarre (4). Le protégé de Pellicier se ren-

---

(1) Serlio dédia plus tard à del Vasto la troisième édition de son
quatrième livre (V. A. Zeno, *Biblioth. di Fontanini*, p. 440).

(2) Bonne Sforza, seconde femme du roi de Pologne, Sigismond,
fit de fréquents voyages en Italie, sa patrie d'origine.

(3) Biblioth. d'Aix, *L. de P.*, Ms., p. 10-12. Lettre du 10 juillet 1540.

(4) *Ibidem*, p. 116 et 117. Lettre à l'évêque de Rodez, du 3 août 1540.

dit en France dans le courant de l'année 1541 (1), et y
resta jusqu'à sa mort qui arriva vers 1552 (2). Il témoigna sa reconnaissance à la reine Marguerite, en lui
dédiant son *Cinquième livre d'architecture*, consacré
aux édifices religieux chez les anciens et les modernes,
et rendit d'éminents services à François Iᵉʳ, en dirigeant
les travaux des résidences royales (3). Nommé architecte du roi, Serlio surveilla les constructions de Fon-

---

(1) *Ibidem*, p. 402. Lettre à la reine de Navarre, du 13 décembre 1541.
— Apostolo Zeno, *Bibliotheca*, t. II, p. 440.

(2) Apostolo Zeno, *Ibidem*, t. II, p. 443.

(3) Deux documents, déjà connus depuis plusieurs années, attestent
l'exécution des promesses faites à Serlio. M. le comte de La Borde a
publié une lettre adressée par François Iᵉʳ à maistre Nicolas Picart, commis
à tenir les comptes et faire le paiement des édifices royaux : « Nous vou-
» lons et vous mandons que payiez doresnavant, par chascun an, à nostre
» cher et bien aimé Bastiannet Serlio, painctre et architecteur ordinaire
» au faict de nosdicts édifices et bastimens audict Fontainebleau, la somme
» de 400 livres, et oultre ce et pardessus iceulx gages, luy payiez les
» journées qu'il pourra vacquer à la visitation de nos aultres édifices et
» bastimens, que nous luy avons verballement commandé visiter aulcunes
» fois, à raison de 20 sous par jour, que nous luy avons teneus et tenons
» par les présentes. Donné à Fontainebleau, le 27 décembre 1541 »
*(La Renaissance des arts à la cour de France*, 1850, t. I, p. 204, 205,
406 et 407). D'autre part, M. le comte de la Ferrière-Percy a reproduit
le passage suivant du *Livre de dépenses* de Marguerite d'Angoulême :
« Le sixiesme jour de décembre 1541, dépesché à Fontainebleau un
» mandement, adressant au trésorier du Berry, de payer à Sébastiano
» Serelio *(sic)*, de Boullongne, architecteur du Roy, la somme de cent
» écus d'or ordonnés par la dicte dame par chascun an, à commencer
» du premier jour de janvier MDXL » *(Marguerite d'Angoulême*, 1862,
p. 47). — Voici, d'après Apostolo Zeno *(Bibliotheca*, p. 440-442), la
liste des ouvrages de Serlio qui furent publiés à partir de son arrivée
en France : *Il primo e secondo libro d'architettura* (en italien et en français), à Paris, chez Jean Barbé, 1545 ; *Quinto libro d'architettura*, à
Paris, chez Michel Vascosan, 1547 ; *Estraordinario libro d'architettura*, à

tainebleau et du Louvre, inspecta les divers édifices qui appartenaient au domaine, et publia plusieurs ouvrages, grâce aux secours qu'il dut à la munificence de François I<sup>er</sup>.

---

Lyon, chez Jean de Tournes, 1551 ; *Il settimo libro d'architettura,* ex musæo Jacobi d e Strada, Francofurti ad Mœnum, ex officina typographica Andreæ Wecheli, 1575. Serlio, réduit à la plus grande détresse après la mort de François I<sup>er</sup> et de Marguerite, avait vendu ce dernier ouvrage à un antiquaire italien, Jacques de Strada, dont il avait fait la connaissance à Lyon.

# L'ORIENT RÉVÉLÉ PAR LA DIPLOMATIE

# CHAPITRE V

## L'ORIENT RÉVÉLÉ PAR LA DIPLOMATIE

Au XVIᵉ siècle, la ville de Venise, selon les expressions d'un écrivain du temps, était « l'œil de tout
» l'Occident, *oculus totius Occidentis* ; on y voyait des
» représentants de toutes les nations et des commer-
» çants de tous les pays ; on y trouvait réuni, comme
» dans un abrégé de l'univers, ce que l'on admirait en
» détail dans les divers lieux du globe » (1).

Les relations de la République avec le Levant contribuèrent beaucoup à faciliter les communications entre la France et la Turquie ; les hommes d'État vénitiens, que de continuelles négociations avaient familiarisés avec les usages de la Porte ottomane, initièrent les nôtres à la politique orientale.

Du jour où François Iᵉʳ entretint des rapports réguliers avec les Turcs, son ambassadeur à Venise y prit une part importante, et joua le rôle de ministre diri-

---

(1) *Venetiis dies aliquot substitit (Castellanus), laudare solitus in ea urbe augustum ante omnia senatum, quodque optimis legibus et magistratibus ita effloresceret ut merito oculus totius Occidentis dici posset. Satis extollere non poterat quod ea tot legationibus exterarum gentium commerciisque ita frequentaretur, ut mundi cujusdam instar universa repræsentare posset quæ alibi diversis in locis singula magna admiratione spectantur* (Galland, *Petri Castellani vita*, 1674, p. 28).

geant vis-à-vis le représentant de la France auprès du sultan (1). Il recevait les dépêches de son collègue de Constantinople, lui envoyait les instructions du roi, y ajoutait ses propres observations et les renseignements, toujours abondants, qu'il avait recueillis à Venise, lui procurait des correspondants sur la route qui conduisait de la côte de l'Adriatique à la capitale de l'Empire, surveillait et protégeait ses courriers, et lui expédiait l'argent qui lui était nécessaire (2).

Aussi la correspondance de Pellicier abonde en détails curieux sur l'administration et la cour de Sou-

---

(1) Baguenault de Puchesse, *Jean de Morviller*, 1870, p. 19 et 20. — L'archevêque de Raguse était le principal intermédiaire entre l'ambassadeur français de Venise et celui de Constantinople. Il correspondait avec l'un et avec l'autre, procurait au second des escortes et des chevaux, choisissait et dirigeait les messagers qui portaient les dépêches à travers le territoire ottoman. Raguse, située au sud-ouest de la Dalmatie, sur les bords de l'Adriatique, entre les possessions de l'Autriche, de la République vénitienne et de l'Empire ottoman, avait su conserver son indépendance. Elle s'était donné un gouvernement aristocratique à l'image de celui de Venise, et s'administrait comme elle l'entendait, à condition de payer aux Turcs un léger tribut de 1,200 ducats (V. *Voyage de Paris à Constantinople*, par Jehan Chesneau, dans les *Pièces fugitives pour servir à l'histoire de France*, Paris, 1759, p. 11; Jacques Gassot, *Voyage de Venise à Constantinople*, Paris, 1606, p. 6 et 6°; Thevet, *Cosmographie du Levant*, Lyon, 1556, p. 32). Il y a dans la correspondance de Pellicier plusieurs dépêches adressées à Philippe Trivulzi, qui occupait alors le siège archiépiscopal de cette ville (V. Biblioth. d'Aix, *L. de P.*, Ms., p. 21 et *passim*).

(2) Pour les envois d'argent, l'ambassadeur se contentait le plus souvent de faire passer à Constantinople les lettres de banque expédiées de France; les grandes maisons de Venise et de Florence les faisaient solder par leurs représentants, moyennant une remise relativement modérée, qui ne paraît pas avoir dépassé quatre pour cent. Mais ce mode de transfert, déjà en usage dans tout l'Occident, ne pouvait pas

leyman, non moins qu'en renseignements sur la politique de François I^er à l'égard de l'Orient.

De grands changements s'étaient accomplis, depuis
quelques années, dans l'esprit et les allures du gouvernement ottoman. Souleyman avait opéré, en Orient,
une révolution semblable à celle qui fut due, en Occident, à la diplomatie française.

On pourrait, à la rigueur, tenter un parallèle entre
le Grand Seigneur et François I^er, car il y avait quelque
analogie entre les caractères de ces deux princes; mais,
pour observer les lois de la perspective, on devrait
mettre entre eux toute la distance qui sépare l'Orient
de l'Occident. Quelle différence, en effet, entre ce roi-
gentilhomme, qui résout les affaires les plus graves
dans l'intervalle de deux parties de chasse, qui est sans
cesse à courir les champs, suivi de sa meute et des
ambassadeurs étrangers, et le grave, le mélancolique
padischah, que les envoyés des princes chrétiens entre-
voyaient à peine, qui, dans ses protocoles, s'intitulait :
*le sultan des sultans, le souverain des souverains, le
distributeur des couronnes aux monarques de la surface
du globe, l'ombre de Dieu sur la terre* (1).

Les Occidentaux ont surnommé Souleyman le *Grand*

---

toujours être employé en Orient; car les relations commerciales de
l'Italie avec Constantinople, bien que fort importantes, n'étaient ni
régulières, ni permanentes (V. Biblioth. nat., *F. Cl.*, Ms., 570, p. 203°
et 204).

(1) Charrière, *Négoc.*, t. I, p. 116.

et le *Magnifique*. Ses sujets lui ont décerné le titre de *Législateur*, plus modeste, mais plus juste ; car, malgré ses campagnes triomphantes et ses nombreuses conquêtes, il a dû plus de gloire à ses travaux législatifs qu'à ses succès militaires. Sans parler du goût des lettres et des arts, que Souleyman avait à un degré peu commun, il se distinguait par un esprit de justice qui n'est pas rare , il est vrai, en Orient, et, en même temps, par une sensibilité qui semblait, chez un Turc, une étrange nouveauté, presque une contradiction. Car il ne faut pas oublier que le fanatisme guerrier était alors le caractère principal de la religion musulmane, au moins dans la forme que lui avaient donnée les Tatars du Turkestan, et que, pour un Turc, avoir et professer des sentiments humains, c'était une manière d'être libre-penseur (1).

Ces qualités n'étaient pas, comme on le pense bien, celles qui plaisaient le plus aux sujets de Souleyman ;

-----

(1) Néanmoins ce prince, qui interprétait le Coran avec un esprit si large et si libéral, tomba, vers la fin de sa vie, dans les minuties de la dévotion et les excès du fanatisme. Sa conversion (c'est le nom que les envoyés chrétiens donnèrent au changement qui s'opéra alors dans les idées et les habitudes du sultan) ne laissa pas d'avoir de grands inconvénients pour les ambassadeurs. Souleyman alla jusqu'à interdire l'usage du vin à tous ses sujets, sans acception de religion, et à défendre à qui que ce fût d'en faire entrer à Constantinople. Cette prohibition et d'autres ordonnances relatives aux prières publiques causèrent une émotion assez vive pour que l'ambassadeur de Charles IX crût pouvoir la comparer à l'agitation religieuse à laquelle était alors en proie le royaume de France (V. Charrière, *Négoc.*, t. III, p. 631, et les *Lettres de Busbek*, trad. De Foy, 1718, t. II, p. 262-265).

mais les Occidentaux en furent aussi surpris que char-
més. Dans les portraits que les auteurs européens nous
ont laissés de ce prince, c'est sur ce côté de son caractère qu'ils aiment à insister. « Il est réputé, dit l'un
» d'eux, Antoine Geuffroy, dans un ouvrage publié en
» 1546, vertueux et homme de bien envers les siens,
» bien gardant sa loy, attrempé et modéré, aymant la
» paix et repoz plus que nul de ses prédécesseurs, ce
» que les Turcs luy imputent à pusillanimité et faulte
» de couraige. Il est estimé doulx et humain, gardant
» sa foy et parolle quoy qu'il promette, et qui facilement
» pardonne à ceulx qui l'ont offencé. Son passe-temps
» est de lire ès livres de Philosophie, et de sa Loy » (1).
Guillaume Postel s'exprime, pour ainsi dire, dans les
mêmes termes : « De Sultan Suleyman qui est à pré-
» sent, dit-il, je ne veus pas parler, car ses faicts ne
» sont accomplis, et ne se peut encores louer, sauf que
» pour son *Humanité, Justice et Fidélité* » (2).

Les autres écrivains chrétiens et les historiens musulmans sont d'accord avec ces auteurs pour célébrer les
vertus de Souleyman ; mais, bien qu'il y ait sur ce
point, en Orient comme en Occident, une remarquable
unanimité, les éloges décernés à ce padischah n'en ont

---

(1) F. Antoine Geuffroy, chevalier de l'ordre de Saint-Jehan-de-Jéru-
salem, *Briefve description de la court du Grant Turc*, 1546 (sans pagination).

(2) Guillaume Postel, *De la République des Turcs*, 1560, *la Tierce partie*,
p. 86.

pas moins besoin d'explication ; car l'humanité et la
justice sont, chez les Osmanlis, des vertus tout à fait
relatives, et ces mots n'ont pas le même sens en turc
qu'en français.

On a loué Souleyman, et non sans raison, d'avoir
cultivé l'amitié plus qu'aucun homme de sa race, et
d'avoir montré à son grand-vizir Ibrahim (qui, soit dit
en passant, a été considéré comme l'inspirateur de sa
politique et le grand homme du règne) une affection
dont il n'y a pas d'autre exemple dans l'histoire des
sultans ottomans ; mais il ne l'en a pas moins fait étrangler, en sa présence, par les muets du sérail.

Enfin, ce qu'il y eut de plus extraordinaire aux yeux
de ses contemporains, ce qui parut aux Turcs une faiblesse indigne du rang souverain, il ne cessa de témoigner, pendant toute sa vie, un amour, aussi passionné
que durable, à son épouse, la sultane Roxolane. Mais
cette passion, bien que légitime, eut des conséquences
tout orientales ; elle engendra de redoutables orages
et de terribles catastrophes. Ce serait peut-être le cas
de rappeler que, si le contemporain et l'allié de Souleyman, François I[or], a été, lui aussi, plus sensible que de
raison, ses aventures n'ont inspiré que des madrigaux,
tandis que l'amour conjugal du sultan a été un sujet de
tragédie.

L'historien Antoine Geuffroy a fait le portrait phy-
sique de ce prince vers le temps de l'ambassade de
Guillaume Pellicier : « Le dict Roy Seleyman, dit-il,

» peult estre à présent de l'aage de cinquante ans,
» ou environ, et est, ainsi que j'ay entendeu, long de
» corps, de menuz ossemens, maigre et mal propor-
» tionné : le visaige brun et bazanné : la teste rasée,
» fors un touppet de cheveulx au sommet, ainsi que
» ont tous les Turcs, pour mieulx asseoir leur talopan,
» qui est un accoutrement de linge. Il a le front élevé
» et large, les yeux gros et noirs, le nez hault et un
» peu courbe ou aquilin, les moustaches longs et roux :
» le menton rez au ciseau, et non au rasouer, le col
» long, graisle, et pendant : mélancholique, peu par-
» lant, et peu riant, mais fort cholère, assez lourt et
» maladroict, et qui ne prent plaisir à aulcun exer-
» cice » (1).

Jusqu'en 1536, Souleyman avait paru dominé par le
grand-vizir Ibrahim (2). Cet esclave chrétien, que la fa-

(1) *Briefve description de la court du Grant Turc,* 1546. *Conf.* Albèri, *Relazioni,* s. III, t. I, p. 28. *Relazione di Daniello de'Ludovisi, di 1534.* — Souleyman, d'après le baron de Busbek, n'était pas exempt de vanité, et semblait beaucoup trop se préoccuper de l'effet produit par sa personne. Le visage du padischah, naturellement très pâle, était devenu presque jaune lorsqu'il fut d'un âge avancé. « Mais il savoit aussi bien
» que les femmes, dit l'ambassadeur autrichien, réparer cette injure du
» temps : il se mettoit du rouge ; il prenoit ce soin surtout les jours
» qu'il congédioit quelque ambassadeur, afin qu'il rendît compte de
» l'embonpoint et de la bonne santé dont les couleurs de son visage
» sembloient annoncer qu'il jouissoit » *(Lettres du baron de Busbek,* trad. De Foy, t. I, p. 192).

(2) Antoine Geuffroy cite, à propos d'Ibrahim, un fait qui nous montre à quels étonnants contrastes donnaient lieu ces fortunes si rapides, dues, le plus souvent, aux caprices des sultans. « Ibrahym Bacha, de la
» Parga, Albanoys, pour avoir esté nourry jeune au Saray avec ledict

veur du padischah avait élevé au faîte du pouvoir, est,
sans contredit, l'un des hommes les plus distingués qui
aient pris part au gouvernement de la Turquie. Sans
parler de son talent pour la musique, qui fut l'origine
de sa fortune, il excellait dans les genres les plus
divers, était à la fois poète et jurisconsulte, parlait le
turc, le grec, le persan et l'italien. Il avait beaucoup
lu, et les connaissances qu'il avait acquises, jointes aux
renseignements fournis par les nombreux marchands
établis à Constantinople, lui avaient permis de se rendre
compte de la situation et des relations des États de
l'Occident. Il se montra également propre au gouvernement, à la guerre, à la politique, et cachait, sous la
solennité asiatique, l'esprit souple et délié d'un Italien (1).

Mais ce ministre eut le tort et l'imprudence d'oublier
ce qu'il devait à son maître, et de l'éclipser à ce point
qu'on douta du génie politique de Souleyman. Un
envoyé vénitien va jusqu'à dire que le sultan passait
pour n'avoir que peu d'intelligence et d'activité, et

---

» Grant Turc, estoit parvenu à si grant crédict et autorité, qu'il com-
» mandoit absolument et disposoit de toutes choses, sans que ledict
» Grant Turc s'en meslast, et avoit son père chrestien en Constanti-
» nople, homme de rien et inutile, tavernier, yvrogne, et couchant par
» les rues comme les bestes, et ne fut oncques possible audict Ibrahym
» de le retirer, et luy faire vestir un bon habillement, combien qu'il y
» mist toute la peyne et diligence à luy possibles. » *(Briefve description
de la court du Grant Turc.)*

(1) De Hammer, *Hist. de l'Emp. ottoman*, trad. Hellert, 1836, t. V,
p. 74.

qu'il manquait de la prudence et de la fermeté nécessaires au chef d'un si grand État. « Cela ressort avec
» évidence, ajoute-t-il, non-seulement des rapports qu'on
» a pu avoir avec lui, mais encore de ce fait, que Sa
» Majesté a remis le gouvernement de l'Empire entre
» les mains d'un autre, de sorte que le sultan ne prend
» aucune délibération importante sans Ibrahim, et
» qu'Ibrahim seul décide de tout sans le sultan et sans
» le conseil d'aucun homme (1). »

Les usurpations de cet orgueilleux vizir, sans parler
de ses concussions, suffisent pour expliquer sa chute.

---

(1) Albèri, *Relazioni*, s. III, t. I, p. 28. *Relazione di Daniello de' Ludovisi, di 1534.* — Le rapport de cet ambassadeur vénitien concorde, d'une
manière frappante, avec les propos orgueilleux que le grand-vizir tint,
en 1533, aux envoyés autrichiens, Jérôme de Zara et Cornelius Duplicius
Schepper : « Je conduis mon maître, le grand empereur, avec le bâton
» de la vérité et de la justice... S'il ordonne quelque chose que je désap-
» prouve, sa volonté reste sans effet; si, au contraire, c'est moi qui
» ordonne et lui qui désapprouve, mes dispositions s'exécutent et non
» les siennes. La paix et la guerre sont entre mes mains; je dispose des
» trésors de l'empire » (De Hammer, *Hist. de l'empire ottoman*, t. V,
p. 189 et 190). Ibrahim, qui avait la faculté de voir son maître à toute
heure, était parvenu à usurper, en quelque sorte, le pouvoir suprême,
grâce à l'isolement dans lequel l'étiquette de la Porte ottomane tenait
le sultan. Il s'était également approprié, avec le concours du célèbre
Aloyse Gritti et de son frère Georges, le monopole du commerce du
Levant. « Le grand-vizir Ibrahim, écrit Guillaume Postel, s'entendit
» avec Alvigi et Georgio Gritti, bastards d'Andrea Gritti... Toutes mar-
» chandises qui viennent du Levant, comme espiceries, pierreries, musc,
» soyes, bled, tout passoit par leurs mains ou de leurs facteurs... et a
» esté une chose inestimable des richesses qui ont esté portées par trois
» jours, sans cesse, de son logis à cil du Prince; si bien que le Prince
» s'est congneu pouvre auprès de luy » (Guillaume Postel, *De la République des Turcs, La Tierce partie*, p. 49 et 61).

et s'il y a quelque chose qui doive étonner, c'est son châtiment si tardif.

Souleyman montra, après la mort d'Ibrahim, qu'il possédait les qualités qu'on lui avait contestées. Sa politique à l'égard des princes chrétiens resta la même ; il déploya autant d'habileté et de fermeté qu'auparavant, et ne remporta pas moins de succès militaires et diplomatiques. Mais, comme il était dans la nature du padischah de subir l'ascendant de quelqu'un de son entourage, l'influence de la sultane Roxolane succéda à celle d'Ibrahim.

L'ambassadeur vénitien, Bernard Navagero, nous donne d'intéressants détails sur l'origine de la faveur de Roxolane. Il nous la montre maltraitée par la première favorite du sultan, se présentant à lui la figure déchirée et la chevelure en désordre. Elle toucha le cœur sensible de Souleyman par la compassion, s'y fit une place de plus en plus grande dès qu'elle y eut pénétré, et finit par le dominer entièrement. Roxolane était Russe d'origine. Modeste et agréable, elle connaissait à fond le caractère du Grand Seigneur, et l'amena à l'épouser, contrairement à la coutume de ses ancêtres. « Elle fut si chérie de Sa Majesté, dit Nava- » gero, que jamais, dans la maison ottomane, il n'y eut » une femme qui ait exercé une semblable autorité » (1).

---

(1) Albèri, *Relazioni*, s. III, t. I, p. 73 et 75. *Conf.* A. Baschet, *La Diplomatie vénitienne*, 1862, p. 224 et 225.

Il est vrai que Souleyman, en contractant ce mariage, ne renonça pas à ses habitudes d'incontinence, également autorisées par sa religion et par les mœurs de sa nation. Il conserva son harem. Il ne cessa d'avoir des femmes préférées avec lesquelles l'épouse légitime dut partager ses faveurs, bien qu'il eût toujours réservé à celle-ci les honneurs et l'influence (1).

Le pouvoir de Roxolane, si grand qu'il fût, ne pouvait être qu'indirect. La vie retirée et presque mystérieuse que lui imposaient les mœurs ottomanes, la tenait forcément en dehors du courant des affaires. Les murs du harem la dérobaient aux regards des ambassadeurs et même des ministres. Les envoyés chrétiens nous ont donné les plus amples détails sur Ibrahim, avec lequel ils avaient des rapports continuels ; mais ils ne parlent que très peu de la sultane, car son pouvoir, qui pesait sur le gouvernement tout entier, ne se traduisait par aucun acte ostensible.

Ils la jugent, d'ordinaire, avec beaucoup de sévérité. Le baron de Busbek ne reconnaît à Souleyman d'autre défaut que sa faiblesse pour Roxolane : « Le seul re- » proche qu'on peut lui faire, dit-il, est d'avoir aimé trop

---

(1) C'est ce qui ressort de ce passage d'une lettre de Pellicier, du 21 mars 1541 : « Le XXVIIᵉ du mois de janvier, le serrail vieil, où » estoyent les dames du G. S. s'estoit bruslé avecques la valleur dedans de » plus d'ung million d'or et demy en joyes et aultres choses, et à la soul- » tane estoit bruslé tout le plus beau et le meilleur qu'elle eust, et à » une juifve nommée *Stranhilla*, favorie du G. S., s'estoit bruslé pour » plus XXVᵐ ducatz » (Charrière, *Négoc.*, t. I, p. 470).

» aveuglément l'Impératrice, sa femme, qui ne le mé-
» ritoit guère, et d'avoir, par là, acquiescé trop légère-
» ment, pour plaire à cette tigresse, à la mort de
» Mustapha, son fils » (1).

Un historien allemand, M. Léop. de Ranke, a cru
pouvoir faire dater la décadence de la puissance ottomane du mariage de Souleyman, attendu que le sultan,
tombé sous la domination d'une femme, n'était plus le
chef qu'il fallait à un peuple d'esclaves et de soldats.
En effet, l'institution du harem se liait intimement à
l'organisation sociale et politique de la Turquie. La
passion exclusive pour une femme était incompatible
avec le despotisme militaire qui était la base du gouvernement; elle tendait à inspirer des goûts sédentaires
et devenait l'occasion d'influences dangereuses. Or,
« autant le despotisme a besoin d'esclaves, autant les
» esclaves ont, à leur tour, besoin d'un maître » (2).

La puissance de Roxolane, en opposition avec les
mœurs et les institutions du pays, n'en fut que plus
violente, comme tous les pouvoirs illégitimes. Tout le
monde connaît la fin tragique de son beau-fils, Mustapha, les révoltes et le supplice de son fils, Bayesid.
L'influence de la sultane se fit moins sentir dans la politique extérieure que dans la politique intérieure; mais

___

(1) *Lettres de Busbek*, trad. De Foy, t. I, p. 191. Voyez aussi la lettre
de l'ambassadeur français Codignac, *Lettere de' Principi*, liv. III, p. 141.

(2) Léopold Ranke, *Les Osmanlis et la monarchie espagnole pendant les
XVIe et XVIIe siècles*, trad. fr., 1873, p. 56 et 67.

elle y intervint d'une manière indirecte, en dictant le choix des grands-vizirs qui en avaient la direction.

Le Conseil de Souleyman se composait de quatre pachas, qui portaient le titre de vizirs. « Les Bachaz, » dit Geuffroy, entrent en la chambre du Grant Turc, » délibèrent et disposent de toutes choses concernans » l'Estat et gouvernement de ses affaires (1). » Mais il y en avait toujours un qui, sous le nom de grand-vizir ou de premier pacha, avait la haute main dans le gouvernement (2).

Après la mort d'Ibrahim, cette charge fut exercée par Ayas-Pacha, qui eut lui-même pour successeur, en 1539, Loutfi ou Lotfy-Pacha. Ce dernier avait épousé, comme Ibrahim, une sœur du Grand Seigneur. Il fut disgracié, au bout de trois ans, pour un motif qui, en d'autres temps, aurait paru bien futile, et qui montre l'importance toute nouvelle de l'élément féminin, à la Sublime-Porte, sous le règne de la sultane Roxolane. Loutfi eut le tort de mécontenter sa femme, et commit la faute, plus grave encore, de la battre. Pellicier ra-

---

(1) *Briefve description de la court du Grant Turc.* — Guillaume Postel dit de même : « Ces quatre personnages ont la superintendance des » choses du Royaume et de la Justice en sentence diffinitive. » *(De la République des Turcs, La Tierce partie,* p. 63.)

(2) Jehan Chesneau définit, dans les termes suivants, le pouvoir du premier pacha ou grand-vizir : « Il y a quatre ou cinq bassas.... *Le* » *premier fait presque tout;* et n'y a que luy qui réfère au Grand Sei- » gneur les causes tant de son État que du peuple, et qui prend ses » responses. Les autres bassas ne parlent point à luy s'il ne les fait » apeller. » *(Pièces fugitives,* t. I, p. 21.)

conte, avec sa finesse habituelle, la scène de ménage qui causa la disgrâce du grand-vizir. « Le s<sup>r</sup> Vincenzo » Magi escript que à Lotfy, premier bassa, le vi mai » (1541) fut osté l'anneau... pour ce que ledict Lotfy » estoit coutumier de ne faire bonne compagnie à sa » femme, et praticquoit avecques une sienne esclave, » de quoy se prenant garde, sa femme n'a esté con- » tente, et s'en voullant ressentir, se mist en parolles » fascheuses avecques luy, de sorte qu'elle l'induyst en » telle collère qu'il commença à la battre et tirer par les » cheveulx. » Loutfi était loin de prévoir les consé- quences de sa violence, et pensait apparemment n'avoir fait qu'user de ses droits de mari et de musulman. « Quoy faict, le dict bassa monta à cheval pour aller à » l'esbat, et soubdain qu'il fut parti », l'épouse outragée « monta en ung chariot et alla au G. S. ainsi mal- » traictée ». L'imprudent vizir ne tarda pas à apprendre, à ses dépens, que Souleyman entendait imposer à son entourage la soumission conjugale dont lui-même don- nait l'exemple. Il perdit sa place, et dut s'estimer très heureux que « la teste luy feust demourée sur les » espaules » (1).

Pellicier, après avoir fait le récit de la disgrâce de Loutfi, ajoute : « Rostan est demouré premier bassa,

---

(1) Charrière, *Négoc.*, t. 1, p. 496-500. Lettres du 20 juin et du 4 juillet 1541. — D'après de Hammer, Loutfi fut interné à Démotica, et y écrivit un grand nombre d'ouvrages, entre autres une histoire de l'Empire des Turcs Osmanlis *(Hist. de l'Emp. ott.*, t. V, p. 305).

» qui est de l'eaige de XXXII ans, mais monstre, à son
» parler, estre très bien rassis et tellement traictable
» qu'il donne espoir que, à la venue dudict s<sup>r</sup> Rincon, on
» ne fauldra de l'avoir favorable et amy (1). » L'évêque
de Montpellier se trompe sur un point : ce fut l'eunuque
Souleyman-Pacha, ancien gouverneur de l'Egypte, qui
obtint la dignité de grand-vizir. Mais Roustem, qui
avait épousé la fille de Roxolane, et dont la sultane
comptait faire l'instrument de ses desseins, n'en exerça
pas moins, dès cette époque, une influence prépondérante dans le gouvernement, bien qu'il n'eût obtenu le
titre de premier pacha qu'en 1544 (2).

Roustem se montra digne de sa haute fortune par ses
talents d'administrateur et sa fermeté, qui allait parfois
jusqu'à la rudesse ; mais on lui a reproché, à juste titre,
sa passion pour l'argent. On l'a blâmé, non sans raison, d'avoir autorisé, en établissant la vénalité des
charges, les concussions des fonctionnaires ottomans,
qui n'étaient déjà que trop célèbres par leur avarice.

---

(1) Charrière, *Négoc.*, t. 1, p. 500.

(2) Le baron de Busbek fait le portrait suivant de ce ministre :
« Roustem avoit l'esprit chagrin et l'humeur altière ; il vouloit que l'on
respectât ses idées comme des lois. Il étoit cependant *grand politique*, et
sçavoit tout ce qu'exigeoient les différens temps et les circonstances
critiques. Il connaissoit à fond les intérêts de son Maître, et étoit de la
dernière attention à ne lui présenter que des objets rians, de peur de
lui donner des soins que ses vieux jours ne lui auroient pas permis de
prendre. Peut-être auroit-il été plus facile s'il n'eût appréhendé qu'on
attribuât à son avarice la douceur qu'il auroit fait paraître dans sa
conduite ; il sçavoit que ce vice l'avoit rendu extrêmement suspect à son
maître. » *(Lettres de Busbek, trad. De Foy, t. II, p. 284.)*

L'argent jouait un grand rôle dans les négociations avec les Osmanlis, et était depuis longtemps recommandé aux envoyés chrétiens comme le talisman qui ouvrait la Sublime-Porte. L'ambassadeur qui voulait y avoir accès, devait, au préalable, envoyer des bourses remplies de sequins et de ducats au nombreux personnel de la cour, des robes de satin, d'écarlate, de velours, de soie et d'or aux pachas, et des présents de la nature de ceux que Pellicier appelle des choses « mangeatives » aux simples tschaousch ou messagers d'État (1).

Si l'on veut être édifié sur ce sujet, on n'a qu'à consulter les comptes de Rincon dans la *Collection des documents inédits*. A Loutfi, premier pacha, l'envoyé français donne, « en diverses sortes de robes, tant de » drap d'or que de soye, jusques à la somme de trois » cens escuz d'or, pour gaigner de plus en plus sa » faveur et affection devers les affaires du Roy et l'en- » dormir sur le passaige de l'Empereur par France ». Roustem, gendre du Grand Seigneur et son dernier pacha, reçoit, dans le même but, des robes pour la valeur de cent cinquante écus. Enfin, l'ambassadeur offre au grand chancelier, « pour luy refreschir l'affec- » tion envers le service et affaires du Roy, deux robes, » une de satin cramoysi et une de damas, revenant » toutes deux à soixante escuz ». Il fallait ensuite en-

---

(1) Albèri, *Relazioni*, s. III, t. III, p. XV. — Charrière, *Négoc.*, t. I, p. 519.

voyer des étrennes à ces hauts dignitaires ainsi qu'aux autres fonctionnaires de la Porte, à toutes les fêtes de la religion musulmane, aux grandes Pâques, aux petites Pâques ; il fallait donner des pourboires, à tout propos, à l'innombrable domesticité et à la garde du sérail, aux serviteurs du Grand Seigneur qui mettaient l'escabeau, à ceux qui versaient à boire, au commun des janissaires. Nous ne parlons pas des truchements, que l'on devait traiter comme des pachas, et des portiers de la cour, qui étaient au moins aussi exigeants que les nôtres.

Les officiers turcs avaient trouvé un moyen très ingénieux pour lever des contributions sur les ambassadeurs : ils les conviaient à leurs noces et à celles de leurs enfants, et l'on sait que, dans tous les pays du monde, ces invitations coûtent fort cher. Chaque mois Rincon distribuait, à titre d'invité, quantité de robes de damas, de velours et de soie (1), dont il devait avoir soin de bien assortir les couleurs. Les Turcs avaient, sur ce sujet, des goûts qui leur étaient particuliers : ils regardaient le noir comme une couleur vile et de mauvais augure ; ils estimaient le pourpre, mais ne le portaient que rarement, et y voyaient un présage de guerre ; le blanc, le jaune, le bleu, le violet et le petit gris étaient, au contraire, à leurs yeux, des symboles de paix et de félicité (2).

---

(1) Charrière, *Négoc.*, t. I, p. 474-485. *Comptes de l'ambassade de Rincon.*

(2) Busbek, *Lettres*, tr. De Foy, t. I, p. 156 et 157.

Le padischah n'ignorait pas ces exigences et en comprenait les inconvénients ; mais la vénalité était une habitude si enracinée à la cour ottomane, que sa volonté souveraine aurait été réduite à l'impuissance, s'il avait voulu y porter remède. A la suite de la paix signée avec les Vénitiens, en 1540, il se plaignit au premier interprète de la Porte, Janus ou Younis-Bey, de ce que la République n'avait encore payé que cent mille sequins. « Et lors Janus-Bey respondist que ces » seig<sup>rs</sup> n'estoient obligez à en bailler pour le présent » davantaige, et cinquante mil à la fin de l'an. Sur » quoy ledict G. S. feist responce : J'ay entendeu qu'ilz » les ont tous mandez, mais qu'ilz ont esté baillez aux » ungs et aux aultres. » L'interprète fut bien obligé d'avouer qu'ils avaient « mandé aulcune petite somme » d'aspres à ses féaulx serviteurs », et ajouta : « Ta » Majesté doibt entendre que, quant se feist l'aultre paix » avecques les Véniciens, ilz mandèrent donner à » chascun de tes bassatz xv<sup>m</sup> ducatz chequins. Et lors » ledict G. S. se souzbrist, et ainsi pour lors les choses » se passèrent (1). »

En dehors des dons pour ainsi dire réglementaires, tous les personnages de la cour, depuis le grand-vizir jusqu'aux simples truchements, s'adressaient aux ambassadeurs pour se procurer les produits des industries

––––––––––

(1) Charrière, *Négoc.*, t. I, p. 471 et 472. Lettre de Pellicier, du 31 mars 1541.

européennes, alors très appréciés à Constantinople.
Ceux-ci qui savaient que les petits présents entretien-
nent l'amitié, prenaient presque toujours les commandes
à leur compte. Les correspondances des ambassadeurs
vénitiens renferment les détails les plus curieux sur ce
sujet. Un jour, le grand-vizir demande au *baile* Marc-
Antoine Barbaro de lui envoyer un jeu d'orgues ; un
autre jour, l'aga des janissaires, qui bâtit une maison,
désire qu'on lui commande, à Murano, des vitraux dont
il donne la forme et les dimensions ; enfin, le drogman
en chef voudrait avoir des cuirs d'or dans le genre dit
*de Cordoue,* de beaux cuirs gaufrés qu'il faut faire
fabriquer selon ses indications (1). Les représentants
de la France étaient assaillis de demandes de la même
nature. Ils n'étaient pas seulement chargés des achats,
mais encore des réparations. Pellicier renvoyant à
Rincon une horloge qui appartenait au premier drogman, Younis-Bey, lui dit : « Elle a esté si bien racou-
» trée que cela pourra luy tourner à proufict d'avoir
» esté gastée » (2).

Les horloges avaient pour les hauts fonctionnaires
de l'empire ottoman l'attrait du fruit défendu. On n'en
fabriquait pas à Constantinople. Les Turcs prétendaient,
au dire du baron de Busbek, « qu'elles diminueroient
» le crédit de leurs muezzins, qui ne seroient plus

---

(1) Ch. Yriarte, *La vie d'un patricien de Venise,* 1874, p. 185.
(2) Biblioth. d'Aix, *L. de P.,* Ms., p. 139.

» chargés d'avertir les fidèles du temps marqué pour » se rendre à la mosquée » (1). Toutefois, sous le règne de Souleyman, il y eut au moins un représentant de cette industrie, à Constantinople, pour remonter les horloges de l'Empire. Dans une lettre du 1ᵉʳ décembre 1540, Pellicier écrit à Rincon qu'il lui envoie « maistre Guilhaume, horloger » (2). Plus de vingt ans après, le padischah chargeait l'ambassadeur français, de Pétremol, d'avoir recours au roi pour qu'il décidât « maistre Jehan le Coustançois, horloger, qui seul estoit » de son art », à consentir à prolonger son séjour à Constantinople (3).

Les Turcs ne recherchaient pas moins les instruments de cosmographie que l'on commençait à fabriquer en Europe. Souleyman, ayant refusé d'accueillir les ouvertures que le roi des Romains lui fit vers la fin de 1541,

---

(1) *Lettres*, trad. De Foy, t. II, p. 111.

(2) Biblioth. d'Aix, *L. de P.*, Ms., p. 347. Cet ouvrier se trouvait encore à Constantinople en 1547; car Jehan Chesneau parle de « maistre » Guillaume, horloger, qui racoultroit les horloges du Grand Turc » (*Pièces fugitives*, t. I, part. I, p. 14).

(3) Charrière, *Négoc.*, t. II, p. 766. En 1547, d'Aramon offrit au Grand Seigneur, outre divers produits de l'industrie européenne, tels que « toiles d'Hollande, et draps d'écarlate de Paris, un grand horro » loge faict à Lyon, où y avoit une fontaine qui tiroit, par l'espace de » douze heures, de l'eau qu'on y mettoit, qui estoit un chef-d'œuvre et » de haut prix » (*Pièces fug.*, t. I, p. 13 ; *Négoc.*, t. II, p. 16). Ces présents rappellent ceux que le kalife Haroun-al-Raschid faisait à Charlemagne. Comme on le voit, les Orientaux étaient bien déchus depuis le moyen âge. Les Européens avaient tellement profité de leurs leçons qu'ils étaient devenus leurs maîtres. Ils les étonnaient, à leur tour, par les résultats qu'ils obtenaient, en imitant les musulmans du temps des Abbassides, c'est-à-dire, en appliquant la science à l'industrie.

ne voulut pas accepter la plupart des présents de son
ambassadeur ; mais il garda « une machine des astres
» et mouvement du ciel, à mode d'orloge, ainsi belle
» et parfaicte, voullant ce néantmoings la payer troys
» fois aultant qu'elle pouvoit valloir » (1). Pendant sa
dernière ambassade, Rincon offrit à Loutfi, pour le
« confirmer en faveur du Roy, ung mappamondy faict
» en sphera, fort beau et riche, lequel icelluy Rincon
» avoit faict faire exprès à Venise, et faict apporter
» jusques à Constantinople avecques ung libvre conte-
» nant l'interprétation d'icelluy instrument, ayant
» cousté, tant ledict mappamondy que ledict libvre,
» quatre-vingt et dix escuz, et estoient estimés plus de
» cent et cinquante » (2).

Ces détails peuvent donner une idée des dépenses
auxquelles étaient condamnés nos ambassadeurs à
Constantinople, et expliquent comment François I⁰ʳ fut
obligé d'envoyer, en une seule fois, au capitaine Polin,
la somme, vraiment énorme pour cette époque, de
67,500 livres (3),

---

(1) Charrière, *Négoc.*, t. I, p. 528. Lettre de Pellicier, du 31 décembre 1541.

(2) *Ibidem*, p. 479. *Comptes de l'ambassade de Rincon.*

(3) Biblioth. nat., *F. Cl.*, 1215, Ms., p. 79⁰. — Outre le traitement
et les allocations extraordinaires que le roi accordait à ses ambassadeurs
auprès de la Porte, ceux-ci perçurent encore, dans la suite, des droits sur
le commerce qu'ils protégeaient. « Les Échelles du Levant, dit La
» Magdeleine, sont pleines de chrétiens qui y font le commerce, pour le
» maintien desquels les Roys et Princes d'Europe tiennent des ambassa-
» deurs à la Porte ottomane. Celuy de Sa M. très-chrétienne est le plus
» considéré ; il est le protecteur des Églises et des chrétiens d'Orient ; il

Mais ces moyens ne suffisaient pas toujours pour prévenir ou contenir les emportements des pachas. La défiance que leur inspiraient les chrétiens les portait à toutes sortes de violences. Ils s'imaginaient que les ambassadeurs européens ne cherchaient qu'à les tromper, qu'ils dissimulaient leurs instructions pour obtenir des conditions plus avantageuses, et qu'ils ne cédaient qu'à la peur. Quand ils avaient affaire aux représentants des nations avec lesquelles ils étaient en guerre et dont ils redoutaient les attaques, ils tâchaient de les épouvanter, les enfermaient dans le château des Sept-Tours, et les menaçaient des traitements les plus odieux. Le baron de Busbek fut retenu prisonnier pendant une grande partie de sa première ambassade, et conçut, à un moment donné, des craintes sérieuses pour son nez et ses oreilles (1).

Les correspondances des ambassadeurs autrichiens abondent en détails de ce genre (2); mais on n'en trouve point dans les dépêches des envoyés de François Ier, qui est, d'ailleurs, le seul souverain de cette époque à qui les Turcs aient consenti à donner le nom de padischah (3).

---

» a 12,000 escus de la couronne, et environ 6,000 du commerce de » Marseille, outre quelques consulats et des droits sur les vaisseaux qui » arrivent à Constantinople » (*Le Miroir ottoman*, 1679, p. 253).

(1) Busbek, *Lettres*, trad. De Foy, t. I, p. 224 et 225; t. II, p. 122 et 123.

(2) Julian Klaczko, *Les évolutions du problème oriental* (*Revue des Deux-Mondes*, 15 octobre 1878).

(3) La Magdeleine, *Le Miroir ottoman*, p. 256.

Ses ambassadeurs furent l'objet d'attentions et d'honneurs qui font contraste avec les mauvais procédés dont se plaignaient les représentants des autres puissances chrétiennes. Rincon avait gagné à ce point la faveur de Souleyman, que le sultan oublia pour lui l'étiquette de la Porte, et lui donna, ce qui ne s'était encore jamais vu, une audience de deux ou trois heures. « Le dict Grant Seigneur l'avoit vestu fort » richement et faict signe de bien grant bénivollence, » et, entre aultres démonstracions, l'avoit teneu à parle- » ment avecques luy environ de deux à troys grosses » heures, chose qu'il n'avoit jamais faicte à homme du » monde, fust chrestien ou de sa Loy (1). »

. Les représentants de François I⁰ʳ ne se plaignent pas davantage des procédés de la population de Constantinople, dont les ambassadeurs des autres nations paraissent avoir été peu satisfaits. Ils avaient obtenu, de même que les *bailes* de Venise, l'autorisation de résider dans le faubourg de Péra, qui était alors, comme aujourd'hui, habité par les Occidentaux et les négociants. Ils se trouvaient ainsi au centre de la colonie étrangère de Constantinople, déjà fort nombreuse au XVI⁰ siècle. « La ville, dit Jehan Chesneau, est habitée princi- » palement de Turcs ; puis de Juifs infinis, c'est assa- » voir, des Marots qui ont esté chassés d'Espagne, » Portugal, et Allemagne, lesquels ont enseigné aux

---

(1) Charrière, *Négoc.*, t. I, p. 462. Lettres de Pellicier, du 3 et du 11 janvier 1541.

» Turcs tout artifice de main : et la pluspart des bou-
» tiques sont des Juifs. Aussi y a force Grecs du païs,
» et plusieurs chrétiens marchands étrangers, qui
» trafiquent par tout le païs du Levant, c'est assavoir,
» Vénitiens, Florentins, Ragusois, Chiots, bien peu de
» François, et plusieurs autres, lesquels habitent tous
» en une petite ville qu'ils appellent Galatas, dit Péra,
» loing de Constantinople environ de deux traits
» d'arc » (1).

---

(1) *Pièces fugitives,* t. I, p. 17. Comme on le voit, beaucoup de juifs
expulsés d'Espagne s'étaient réfugiés en Turquie, et avaient rendu à leur
nouvelle patrie des services analogues à ceux que certains États de l'Europe reçurent des protestants français. Ce furent eux qui renseignèrent
Ibrahim sur les différentes nations de l'Europe et en particulier sur
l'Espagne. Il ne faut donc pas trop s'étonner que le grand-vizir ait pu
adresser aux envoyés autrichiens des questions dans le genre de celle-ci :
« Pourquoi l'Espagne n'est-elle pas aussi bien cultivée que la France ? »
(De Hammer, *Hist. de l'Emp. ott.*, t. V, p. 189).

# PAIX DE VENISE AVEC LES TURCS

# CHAPITRE VI

## PAIX DE VENISE AVEC LES TURCS

Lorsque Guillaume Pellicier entra en fonction, vers la fin de 1539, l'alliance franco-turque semblait sérieusement compromise. Les hésitations de François I$^{er}$, pendant la campagne de 1537, l'avaient fort ébranlée ; la trêve de Nice, l'entrevue d'Aigues-Mortes, le passage de l'empereur en France faillirent la rompre. Il fallut que la diplomatie française fît des prodiges d'habileté pour la maintenir, tant que la situation resta indécise, et pour la resserrer, lorsque François, déçu dans ses espérances et obligé de recommencer la guerre contre la maison d'Autriche, eut de nouveau recours aux flottes et aux armées de Souleyman (1).

C'est à l'évêque de Montpellier et à son collègue de Constantinople, Antoine Rincon, que le roi de France dut de conserver cette précieuse alliance, dont paraissait dépendre sa fortune. Le second parvint, par son habileté et ses largesses, à calmer l'irritation des pachas ; le premier réussit à les convaincre de la sincérité du gouvernement français, en leur révélant les instructions du plénipotentiaire de Venise, et en leur procurant les

_____

(1) Voyez, pour ce chapitre, Zinkeisen, *Geschichte des osmanischen Reiches*, 1854, t. II, liv. III, ch. III, p. 786-808.

moyens de conclure une paix avantageuse avec la Seigneurie.

A la nouvelle de la réconciliation inattendue de Charles-Quint et de François Ier, il y avait eu une véritable panique parmi les Français et les autres Occidentaux établis à Constantinople. Ils craignirent, un moment, que la sourde colère des Turcs ne fît explosion et ne se traduisît par une de ces scènes de violence et de pillage, si fréquentes dans la capitale de l'Empire ottoman (1).

Les Impériaux n'oubliaient rien pour attiser le feu. Ils répandaient le bruit que « l'appoinctement » entre François Ier et Charles-Quint s'était fait directement « en conspiration de la ruine du Grant Seigneur ». Un habitant de Messine, fait prisonnier par les Turcs, avait raconté que « par tout le royaulme de Naples, » Pouille, Calabre et Sicile, l'on avoit célébré des feux » de joye en congratulation de la générale paix arrestée » entre les deux susdicts princes », que le roi, l'empereur et le pape « avecques le commun suffrage de tous

---

(1) Maurocenus (Morosini), *Historia veneta*, 1623, liv. V, p. 203. Morosini ajoute que les résidents français, dans leur effroi, appelèrent à Constantinople le baron de Saint-Blancard, dont l'escadre croisait alors dans l'Archipel. Ce fait est confirmé par une lettre de l'évêque de Rodez, du 23 avril 1538. D'après cette dépêche, Marillac, chargé de l'*intérim* de l'ambassade de Constantinople, avait reçu un avis, du 15 décembre de l'année précédente, lui enjoignant de renvoyer l'escadre à Marseille, et s'était empressé de l'expédier à Chio, où elle avait établi ses quartiers d'hiver ; mais il apprit alors que le baron venait de partir pour la capitale de l'Empire (Charrière, *Négoc.*, t. I, p. 370).

» les aultres princes et potentats de la chrestienté »,
devaient se réunir à Naples, y proclamer François empereur d'Orient, et s'en aller conquérir les provinces
ottomanes d'Europe. « Bien que ces propos, disait
» l'ambassadeur français à Constantinople, ne soient
» vrais ne vraysemblables, ce nonobstant ces seigneurs
» ne sont pas si bien informez du contraire que tous-
» jours il ne leur demoure au cueur quelque racine
» de doubte et soupçon, laquelle, comme ilz sont
» muables de pensement, selon la voix du peuple,
» croist et décroist (1). »

Antoine Rincon, qui rapporte ces faits, avait remplacé,
au commencement de 1538, Charles de Marillac, chargé
de l'*intérim* de l'ambassade depuis la mort de La Forest,
c'est-à-dire, depuis le mois de septembre de l'année
précédente (2). Parti de Paris en janvier 1538 (3),

(1) Charrière, *Négoc.*, t. I, p. 390 et 391. Lettre d'Antoine Rincon,
du 7 février 1539. *Conf.* Zinkeisen, *Osm. Reich*, t. II, p. 789-792.

(2) Voyez la lettre de l'évêque de Mâcon, en date du 28 septembre 1537,
qui mentionne la mort de La Forest (Charrière, *Négoc.*, t. I, p. 340), et
celle de Rincon, en date du 15 juin 1538, qui renferme une apprécia-
tion des services de Marillac (*Ibidem*, p. 384 et 385).

(3) Rincon était arrivé à Raguse le 16 mars 1538, comme nous l'apprend une lettre de l'évêque de Rodez, en date du 29 du même mois
(Charrière, *Négoc.*, t. I, p. 368). Les extraits suivants des comptes du
trésorier de l'*Épargne*, Jean du Val, nous font connaître combien de
temps dura la dernière ambassade de Rincon :
« A Antoine de Rincon, Coner et Chambellan du Roy, et son Ambeur
» ès pays du Levant 10476 l. t. 2 s. 6 d., par lettres à Evreux, le
» 1er may 1540, tant pour le parfait de son estat, vacation et despense
» en lad. charge d'ambeur, durant deux années entières, commencées le
» 5 janvier 1537 (1538), et finies le 4 janvier 1539 (1540), durant lequel

12

Rincon n'avait pu prévoir le rapprochement de François I<sup>er</sup> et de Charles-Quint. Cet événement le surprit et le déconcerta, de même que ses collègues, les ambassadeurs du roi auprès de la Seigneurie vénitienne et du Saint-Siège.

Tous les envoyés de la France en Italie et en Orient, qui étaient restés sur le véritable théâtre de la lutte entre les deux couronnes, comprirent les dangers de la trêve de Nice : ils furent les premiers à faire observer que le roi s'isolait sans isoler l'empereur, et qu'il s'exposait à perdre ses alliés, tandis que son rival avait tout loisir de s'affermir en Allemagne, en Hongrie et en Italie (1).

La position de Rincon, à Constantinople, était particulièrement difficile. Malgré les prières et les supplications qu'il renouvelait dans presque toutes ses dépêches, il n'avait pas reçu d'instructions précises (2) ; mais son

---

» temps il a continuellement vacqué en icelle charge, à raison de 20 l. t.
» par jour, que pour plus<sup>rs</sup> autres despenses extraordinaires. *Item*
» 4500 l. t., par autres lettres du 1<sup>er</sup> may 1540, pour son estat, vacation
» et despense en lad. charge, durant 225 jours, commencez le 5 janvier
» 1539 (1540), et finissans le 16 aoust suivant.

« A M. Antoine de Rincon, Ch<sup>lier</sup>, Conseiller, Chambellan du Roy,
» M<sup>e</sup> d'hostel ord<sup>e</sup>, naguères Ambeur en Levant 17920 l. t. 10 s.,
» par lettres à Amboise, le 18 avril 1541, pour son estat, vacation et
» despense en lad. charge, durant 220 jours, finis le 5 mars dernier
» qu'il fut de retour devers le Roy, en la ville de Blois » (Biblioth. nat.,
F. Cl., Ms. 1215, p. 78° et 79°).

(1) Voy., dans Charrière (*Négoc.*, t. I, p. 369, 425 et 426), la lettre de l'évêque de Rodez, du 5 avril 1538, et celle de Rincon, du 20 février 1540.

(2) Charrière, *ibidem*, p. 386-391. Dans sa lettre du 27 mars 1539,

sens politique et sa haine pour son ancien maître
y suppléèrent. Nous avons déjà vu ce qu'il avait
dépensé « en diverses sortes de robes, tant de drap que
» de soye », pour endormir Loutfi, premier pacha, sur
le passage de l'empereur; pour entretenir Mohammed,
troisième pacha, dans la même illusion, et pour faire
d'autant mieux accepter les excuses du susdit passage
à Roustem, gendre du Grand Seigneur et son dernier
pacha (1). Toutefois, il eut surtout recours à un procédé
dont le succès est d'autant plus assuré qu'il est d'un
usage moins fréquent dans la diplomatie : il dit la
vérité; il communiqua au divan les nouvelles de France
à mesure qu'il les reçut, et le tint au courant de toutes
les démarches du roi, de toutes ses négociations avec
l'empereur.

Par ordre de François Ier, l'ambassadeur écrivit, dès
le mois d'octobre 1538, au Grand Seigneur, « en la
» meilleure forme et plus expédiente voye » qu'il put
imaginer, pour lui faire entendre « tout le succès et res-
» sort de l'entreveue du Roy avecques l'Empereur, faicte
» tant à Nice, comme un peu après en Ayguemortes » (2).

----

après avoir dit au roi qu'il était parvenu à dissiper les soupçons des pachas, Rincon s'écriait, dans son langage, moitié français, moitié latin :
« J'y procéderois encores plus confidemment si j'avois une seule *scintille*
» de vostre bon vouloir, laquelle je suis attendant d'heure en heure, afin
» de pouvoir tirer droit au plus près de vostre intention, chose qu'en
» ceste perplexité je ne puis bonnement prévoir » (*Ibidem,* p. 396).

(1) *Ibidem* p. 474 et 475.

(2) *Ibidem* p. 386-388. Lettre de Péra, du 28 octobre 1538.

Le 21 avril 1540, il alla porter à Loutfi « les nouvelles
» receues par lettres de monseig<sup>r</sup> de Montpellier sur
» le partement de l'Empereur, de France allant en
» Flandres » (1). Naturellement, il mit encore plus
d'empressement à informer le divan des difficultés auxquelles venait se heurter la réconciliation entre les
deux rivaux, et, le 28 mai, il courut chez le grand-
vizir « luy narrer les nouvelles » qu'il avait reçues du
même ambassadeur, « touchant les excuses que l'Em-
» pereur commençoit à produire de non povoir restituer
» le duché de Millan au Roy » (2).

Rincon se mettait en peine, selon ses propres expressions, « de temporiser et entretenir tousjours en
» amytié ledict Grant Seigneur par tous les meilleurs
» moyens et persuasions » dont il se put « recorder » (3).
Il y réussit au delà de ses espérances ; il acquit, à la

_____

(1) *Ibidem*, p. 476.

(2) *Ibidem*, p. 476 et 477. — En même temps, Rincon s'efforçait de protéger les intérêts français en Orient. La capitulation de La Forest, devenue
la *Charte commerciale du Levant*, fut étendue et améliorée *(Ibidem*, p. 386,
388, 413 et 416). Coursin, seigneur d'Andros, descendant des croisés
français, ayant été dépouillé de son domaine par Barberousse, fut rétabli
dans ses droits (*Histoire Négrepontique et des anciens ducs de l'Archipel*,
p. 331, citée par Charrière, t. I, p. 416 et 417). Enfin, il est probable
que l'ambassadeur, sous la direction de son savant collègue de Venise,
s'occupait déjà de rechercher les manuscrits grecs auxquels le roi attachait tant de prix. Le passage suivant d'une lettre de Pellicier à Rincon
semblerait prouver que ce dernier avait, lui aussi, le goût de l'étude et
des livres : « Je vous envoye ung petit libvre que verrés quand serés
» de loysir, lequel, si l'eusse peu treuver imprimé, n'eusse failly plus-
» tost vous l'envoyer » (Biblioth. nat., F. Cl., Ms., 570. p. 66).

(3) Charrière, *Négoc.*, t. I, p. 387.

Porte, un crédit qui ne fit que croître avec le temps, et dont il se servit, en plus d'une occasion, pour peser sur les décisions du divan. « Grâces à Dieu, écrivait-il au » connétable de Montmorency, je jouis assés bien de » Lotfy, premier bascha, lequel m'offre à la conduicte » de nos affaires toute l'assistance et faveur qui luy est » possible; le semblable faict aussy Mahomet, second » bascha (1). »

Cependant, le crédit, l'habileté et les largesses de Rincon n'eussent pas suffi pour rassurer Souleyman et ses conseillers, s'ils n'avaient eu la preuve certaine des bonnes dispositions de François Ier. Les ministres ottomans n'étaient pas hommes à se contenter de vaines paroles : ils voulaient des gages. Or, le représentant de la France leur en donna, en leur communiquant les informations que l'évêque de Montpellier parvint à lui procurer pendant la négociation du traité de paix de 1540.

---

(1) *Ibidem*, p. 415. Lettre du 20 septembre 1539. — Dès le 26 décembre 1538, Rincon écrivait : « J'ay faict et dict tout ce que ma petite capacité » et ardent zèle vers le service de Sa Majesté m'ayent peu conseiller et » mectre avant, ayant en effect tellement labouré, tant par lettres, estant » le Grant Seigneur au camp en Vallachie, comme de bouche avecques Ayax » et Lotfy Bassaz, qu'ilz en démonstrent estre contens et satisfaicts de » tout ce qui jusques icy a esté passé et traicté de par delà » (*Ibidem*, p. 389). Le 27 mars 1539, il disait : « Et vray est que jusqu'à main- » tenant tout a esté guidé avecques telle modération et si deue remons- » trance, que les affaires se treuvent encores en aussy bon terme que » jamais » (*Ibidem*, p. 396). Enfin, le 20 février 1540, il pouvait ajou- ter : « Les affaires de nostre maistre en ces cartiers, nonobstant que » le passaige de l'Empereur par la France les a ung peu altérées, jus- » ques à présent sont icy en bonne disposition, grâces à Dieu » (*Ibidem*, p. 425).

Des conflits survenus dans le Golfe entre des navires vénitiens et des galères ottomanes, les intrigues d'André Doria, qui s'arrangea de façon à faire tomber entre les mains des Turcs des lettres compromettantes, avaient amené, à la fin de 1537, Souleyman à commencer les hostilités contre la République, qui crut devoir, pour mieux se défendre, conclure une ligue avec le pape et l'empereur, dès le commencement de 1538.

La guerre n'avait pas été heureuse pour les Vénitiens, qui s'étaient vu enlever la plupart de leurs îles de l'Archipel, et les villes de Nadin et de Laurana, en Dalmatie. La levée du siège de Corfou par Souleyman, la résistance victorieuse de Malvoisie et de Napoli de Romanie, la conquête de Scardona, la prise de Castelnovo n'étaient pas des compensations suffisantes. Pour surcroît de malheur, Barberousse avait remporté le 28 septembre 1538, en vue du golfe d'Arta, une victoire navale qui pouvait avoir de fatales conséquences (1). La Seigneurie attribuait ce désastre à la mauvaise volonté et à la lenteur calculée d'André Doria, et commençait à soupçonner que Charles-Quint n'avait d'autre but que de l'affaiblir pour l'obliger de se mettre à sa discrétion (2); elle croyait que Barberousse avait été gagné par les ministres impériaux, et que l'inaction

<hr/>

(1) Zinkeisen, *Osm. Reich*, t. II, p. 765-784.

(2) Paruta, *Historia vinetiana*, 1703, part. I, lib. IX, p. 426 et 427. — Sagredo, *Histoire de l'Empire ottoman*, trad. Laurent, 1730, t. III, p. 82 et

de Doria n'avait d'autre motif que sa connivence avec l'amiral ottoman.

Les Vénitiens, toujours si bien servis par leurs agents, avaient sans doute pénétré les trames secrètes de Doria et de Barberousse, que des documents, récemment mis au jour, nous ont révélées. Un historien espagnol, M. Lafuente, a publié, il y a quelques années, une curieuse correspondance entre Charles-Quint et le capitaine Alarcon. Cet agent y rend compte d'une négociation, ouverte avec Barberousse en septembre 1538, continuée en 1539 et poursuivie jusqu'en 1540. L'empereur s'engageait à remettre entre les mains du roi d'Alger, d'abord Bone et Tlemcen, possessions espagnoles, ensuite Tripoli et Tunis, bien qu'il eût lui-même donné la première de ces deux villes aux che-

---

89. — L'historien français Michel Beaudier est d'accord avec les auteurs vénitiens pour accuser les Impériaux de trahison : « André Doria, dit-il,
» qui n'estoit monté sur mer que pour engager les Vénitiens à la guerre
» contre le Turc, voyant son dessein effectué, il s'en voulut retourner
» en Italie, car, par ce moyen, les Vénitiens ne pouvant seuls résister au
» Turc, ils seroient obligés de recercher l'Empereur pour avoir du
» secours » (*Inventaire de l'Histoire des Turcs*, 1640, p. 226). Paul Jove,
que l'on a accusé de partialité pour l'empereur, est du même avis :
« Davantage il s'estoit publié par franches paroles que l'Empereur avec
» un naturel fort hautain et très ambitieux, mais finement agencé à
» toute feintise de modestie, affectoit la Signeurie de toute Italie et
» finalement d'Europe mesme et qu'il ne restoit aucunement que les
» Vénitiens seuls qui l'empeschassent... de sorte que attendoit de ceste
» tant griève guerre, certes non sans bonne apparence, que les Vénitiens,
» ayans dépendu leurs deniers communs et particuliers, et ceux de cha-
» cune des villes de leur Signeurie, devinssent souffreteux, pauvres et
» sugets à recevoir injure (*Histoire*, trad. de Denys Sauvage, 1581, t. II,
p. 440).

valiers de Saint-Jean, et la seconde à son vassal Muley-Hassan (1).

Ces pourparlers n'échappèrent pas à la diplomatie française, comme on peut le voir par une dépêche de Pellicier, datée du 30 mars 1540. « Le sieur Rincon,
» par lettre du 20 du passé, me faict entendre l'arrivée
» de Jean Galiego vers Barberousse, qui l'a envoyé
» quérir jusques en l'isle de Chio avecques une fuste,
» feignant mander pour lymons et oranges, et le tient
» le plus secrètement qu'il est possible dedans sa
» chambre ; de sorte qu'ainsi que m'escript ledict sᵣ Rin-
» con, il n'y a bascha ne ministre de la part du G. S.
» qui en sçache rien, qui est bien pour confirmer la
» nouvelle praticque que ledict Galiego, le jeune Larcon,
» et despuis ung trésorier de l'Empᵣ fisrent avecques
» ledict Barberousse après la prinse de Castelnove, tant à
» Tarente qu'à la Prévésa, comme je l'ay escript au Roy
» plusieurs fois, mesmement par mes lettres du 18
» octobre et 4 novembre (2). »

La conduite des Impériaux n'était pas de nature à

---

(1) Rosseeuw Saint-Hilaire, *Histoire d'Espagne*, 1858, t. VII, p. 252.

(2) Charrière, *Négoc.*, t. I, p. 426 et 427. On trouve dans les comptes de Rincon (*ibidem*, p. 482) la note suivante sur sa lettre à Pellicier : « A Rado Bayano, aussy courrier ordinaire, dépesché par le sᵣ Rincon à » Raguse, avecques lettres au Roy du xxᵉ de febvrier mil cinq cens » trente neuf, contenans, entre aultres choses, la veneue de Jehan » Galiego, ministre de l'Empereur, devers Barberousse : payé pour la » moitié de son sallaire, sept escuz. » — La *Coleccion de documentos ineditos*, de dom Martin Fernandez Navarette, renferme trois lettres de Charles-Quint concernant ces négociations : la première, à André Doria

encourager les Vénitiens à continuer une lutte si préju-
diciable à leurs véritables intérêts. Se croyant relevés
de leurs engagements par la trahison de leurs alliés, ils
résolurent de répondre aux avances que la Porte venait
de leur faire, par l'intermédiaire d'un obscur agent, et le
Conseil des Dix dépêcha auprès du Grand Seigneur, dès
le commencement de 1539, Laurent Gritti, fils naturel
du doge (1).

L'envoyé vénitien ne fut pas admis en présence du
sultan, sous prétexte qu'il n'avait point d'instructions
pour conclure la paix : il ne vit que le grand-vizir, et dut
s'en retourner sans avoir obtenu autre chose qu'une
trêve de trois mois (2).

Néanmoins, Charles-Quint, prévenu de la démarche
de la République, craignit que la paix ne se fît sans lui

---

et à Fernand Gonzague, vice-roi de Sicile, pour les autoriser à traiter
avec l'amiral ottoman ; la seconde, à dom François de Tovar, alcade et
capitaine de la Goulette, pour lui enjoindre de se conformer aux ordres
de Doria et de Gonzague ; la troisième, adressée à Barberousse lui-même
(t. I, p. 209, 210 et suiv.). Elles ont été toutes trois écrites à Gand, en
date du 3 mars 1540, et sont suivies d'une pièce, qui en fut la conséquence, et porte le titre suivant : *Instruccion dada por el principe Juan-
Andres Doria y D. Fernando Gonzaga a Juan Gallego, contador de las
armadas de S. M., sobre lo que habia de tratar con Barboroja. Genova,
10 de abril 1540* (t. I, p. 216 et suiv.).

(1) Charrière, *Négoc.*, t. I, p. 394, 399 et 401. — Paruta, *Historia
vinetiana*, 1703, part. I, lib. X, p. 432. — Laurent Gritti devait se
rendre en Turquie, sous prétexte de régler des affaires d'intérêt. Un de
ses frères, Aloyse Gritti, avait joué, quelque temps auparavant, un rôle
considérable à la cour ottomane. L'autre, Georges, s'était également
établi à Constantinople, et venait d'y mourir.

(2) Charrière, *Négoc.*, t. I, p. 395 et 398.

et peut-être contre lui, et se vit à la veille d'être obligé
de soutenir, à lui seul et avec une flotte insuffisante, la
guerre maritime dont il voulait faire supporter tout le
poids à Venise. D'accord avec le pape Paul III, il demanda à être compris dans la négociation, et sollicita
l'intervention de François Ier. Le roi s'empressa d'accueillir sa requête. Un gentilhomme napolitain, César
Cantelmo, réfugié à la cour de France, fut envoyé à
Constantinople, et reçut la mission de solliciter une
trêve générale pour toute la chrétienté (1).

La Seigneurie fit l'accueil le plus sympathique à l'envoyé de François Ier, lors de son passage à Venise, et
le Sénat, qui venait de prendre en main la direction des
pourparlers avec la Porte, enjoignit à Laurent Gritti,
chargé d'une nouvelle mission en Turquie, d'appuyer
la demande du gouvernement français (2).

Mais les démarches du roi n'eurent pas plus de
succès que celles de la République vénitienne. Souleyman opposa une fin de non-recevoir aux ambassa-

___

(1) César Cantelmo appartenait à une famille d'origine française qui
s'était fixée dans le royaume de Naples, à la suite de l'expédition de
Charles d'Anjou (Tettoni e Saladini, *Teatro araldico*, t. II). Le pape et
Venise firent des objections au choix de ce gentilhomme, parce qu'il
avait été banni de Naples et qu'on pouvait le soupçonner d'être peu
favorable à l'empereur. Le gouvernement français répondit que Cantelmo
déploierait d'autant plus de zèle qu'il pouvait espérer, s'il réussissait,
être rétabli dans ses biens (Charrière, t. I, p. 410, et Maurocenus,
*Historia veneta*, lib. VI, p. 223 et 224).

(2) Arch. gener. di Venezia. *Senato, Deliberazioni secrete*, t. 75. *Commission donnée à Laurent Gritti, le 14 avril 1539*, Ms.

deurs chrétiens. On a conservé la lettre qu'il écrivit à
François I⁻ᵉʳ. Le padischah donne à son allié le titre de
« *pacificateur et médiateur de tous les actes et gestes de*
» *la nation des Nazaréens* », et lui indique les conditions auxquelles il consentirait à accorder une trêve
à Charles-Quint : « Puisque Charles, Roy d'Espagne,
» dit-il, désire que luy soit octroyée ma impériale
» trêve, et que cela vous fera plaisir, il faut qu'il
» vous restitue et délivre en vos mains toutes les pro-
» vinces, païs, lieux et facultez que par cy-devant il
» vous a enlevés, et jusques à présent vous détient et
» occupe ; et dès qu'il aura faict ce que dessus, il vous
» plaira incontinent le faire entendre à ma excelse et
» félice Porte, et puis il sera faict ce qu'il vous plaira ;
» advisant et déclarant qu'accomply ce que dessus, la
» mienne excelse et félice Porte sera ouverte à ung
» chascun (1). »

Charles-Quint fut persuadé, et non sans apparence
de raison, que cette réponse avait été suggérée aux
pachas par le représentant de la France ; mais il jugea
à propos de dissimuler, et remercia François I⁻ᵉʳ de la
peine qu'il s'était donnée « de moyenner la trêve »,
ajoutant qu'il savait bien que le roi ne tenait pas le
Turc « en sa manche » (2).

Les Vénitiens furent moins réservés : Gritti attribua à

(1) Cette lettre est datée du mois de mai 1539 (Charrière, *Négoc.*,
t. I, p. 408 et 409).
(2) Charrière, *Négoc.*, t. I, p. 410.

l'ambassadeur français l'échec de la négociation, et ses accusations eurent un grand retentissement dans la cité des lagunes. A cette nouvelle, François I<sup>er</sup> se plaignit de l'ingratitude de la Seigneurie, et fit d'amers reproches à l'ambassadeur de Venise, Christophe Capello : « Dieu » pardonne à ce pauvre Laurent Gritti (s'il est mort), » qui m'a rendu un si mauvais service, ayant écrit des » choses qui ne sont ni vraies ni vraisemblables. En » effet, bien que je sois l'ami du Turc, je ne le tiens » pas dans mes mains ; je ne puis le faire agir à ma » guise, l'arrêter ni le pousser comme je veux. Si je le » pouvais, je me serais servi de son argent et de ses » vaisseaux pendant que je faisais la guerre à l'Em- » pereur, et non maintenant que je suis en paix avec » lui. Mais j'ai pris la chose en bonne part, et je ne » laisse pas de porter à la Seigneurie la même affection » qu'auparavant. » Informé de ces propos, le gouvernement vénitien se confondit en protestations, prétendit qu'il n'y avait rien de vrai dans ce qu'on avait rapporté au roi, et affirma que Gritti n'avait cessé de parler des bons offices des ministres de Sa Majesté (1).

_____

(1) Arch. gener. di Venezia. *Inquisitori di Stato, Dispacci di Franza* (1516-1560), Mss. — La lettre de Capello, datée du 21 septembre 1539, était adressée au chef du Conseil des Dix. L'ambassadeur n'avait pas voulu communiquer ces détails au Sénat, comme le prouve le passage suivant : « Il ne répondit pas autre chose, mais continua à parler » comme je le dis dans mes lettres publiques. » On voit que les dépêches destinées à être lues au Sénat étaient considérées comme des lettres *officielles* ou *publiques*, et que celles qui étaient envoyées aux Dix avaient un caractère *confidentiel*.

Quoi qu'il en soit, Thomas Contarini, chargé de remplacer Laurent Gritti qui venait de mourir, se heurta à des difficultés non moins grandes. Souleyman lui fit un accueil des plus froids, et le grand-vizir lui déclara que son maître refuserait de traiter, à moins que Venise ne lui cédât, outre les quatorze îles déjà conquises par Barberousse, les forteresses de Napoli de Romanie et de Malvoisie, et généralement tout ce que Venise possédait sur les côtes de l'Empire, depuis Castelnovo jusqu'à Constantinople. L'ambassadeur ayant répondu qu'il était venu pour négocier la paix et non pour céder les Etats de la République, les pachas l'engagèrent à retourner auprès de la Seigneurie et à lui demander de plus amples pouvoirs (1).

L'échec de la mission de Contarini mit le gouvernement de la République dans un cruel embarras. Les Turcs n'avaient même pas respecté la trêve qu'ils lui avaient accordée : ils avaient pris d'assaut la forteresse de Castelnovo, sous prétexte qu'elle était occupée par les Impériaux, et avaient assailli le port de Cattaro, qui ne dut son salut qu'à l'énergie de son gouverneur, Mathieu Bembo.

Pour comble de malheur, Venise, privée du blé de la Grèce et de la Macédoine, n'avait pu s'approvisionner en Italie. Une crise financière vint s'ajouter à la disette :

---

(1) Sagredo, *Histoire de l'Empire ottoman*, trad. Laurent, 1730, t. III, p. 99 et 101.

le commerce était anéanti, les négociants se trouvaient dans l'impossibilité de faire honneur à leurs engagements, et la ruine des particuliers semblait devoir entraîner celle de l'État (1).

La Seigneurie apprenait, coup sur coup, que François Ier l'abandonnait, que Charles-Quint l'accusait de trahison, que le grand-vizir Ayas-Pacha était mort et avait été remplacé par le beau-frère du sultan, Loutfi-Pacha, qui passait pour être moins favorable aux chrétiens (2).

« Ces seigneurs, écrivait Pellicier le 18 octobre 1539, » estoient en branle, et ne sçavoient bonnement quel » party tenir. » Les ambassadeurs du pape et de l'empereur, voyant les difficultés que rencontrait « leur » appoinctement avecques le Turc », s'efforçaient de leur persuader de conclure une nouvelle ligue avec leurs gouvernements, « leur promettans en somme jusques » aux clefs et thiarre papale et la couronne de l'Empire, » usans de ces propres termes, s'ilz vouloient inconti-» nent armer contre le Turc » (3). D'un autre côté, Cantelmo, envoyé une seconde fois à Constantinople

---

(1) P. Jove, *Histoire*, trad. D. Sauvage, t. II, p. 440.

(2) François Ier lui-même faisait dire à Charles-Quint que les Vénitiens étaient d'accord avec le Turc : « Et ce qui peut confirmer ceste opinion, » écrivait-il, est que, passant l'Armée de Mer du Turc auprès des Ports » de ladicte Seigneurie, il a esté usé de chaque costé de signes d'amitié » et d'allégresse, qui donnent grant apparence qu'il y a desjà quelque » chose d'arresté » (*Instruction à l'Eleu d'Avranches*, Ribier, t. I, p. 467).

(3) Charrière, *Négoc.*, t. I, p. 418-420.

pour tenter encore d'obtenir une trêve générale, leur
déclarait qu'il avait ordre, s'il ne pouvait y réussir, de
travailler à leur paix particulière (1). « Nous avons
» faict, ajoutait l'évêque de Montpellier, ledict s' César
» et moy, ce qui nous a esté possible pour garder qu'ilz
» ne se révoltassent encores une aultre fois, sans toutes-
» fois avoir faict ne dict aultre chose que personne
» doibve calomnier ne prendre en mauvaise part. »

Les séances du Sénat se succédaient, la question
était mise et remise en discussion, et les pères conscrits
se séparaient « chascune fois sans rien faire, tout
» confuz ». Dans leur embarras, ils invoquèrent les lumières d'en haut, et distribuèrent « jusques à quatre ou
» cinq cens escuz aux religions de la ville pour prier
» Dieu qu'il leur fist la grâce qu'ilz se peussent résoudre
» et prendre la meilleure voye » (2).

En fin de compte, ils ne prirent aucune décision. La
Seigneurie se contenta de déclarer à Cantelmo qu'elle
acceptait ses bons offices, et le laissa partir sans lui
donner d'instructions (3). Elle n'envoya pas d'ordres à
Contarini, son ambassadeur, qui avait voyagé avec une
lenteur toute diplomatique, et qui, n'ayant rien vu
venir, se décida à regagner Venise.

C'est alors que Charles-Quint imagina de frapper un

---

(1) Arch. gener. di Venezia. *Senato, Deliberazioni secrete*, v. 76, Mss.

(2) Charrière, *Négoc.*, t. I, p. 419.

(3) Cantelmo reçut de la République, à chacun de ses voyages, la
somme de 500 écus d'or ((G. de Leva, *Carlo V*, t. III, p. 277).

de ces coups de théâtre dont il avait le secret. François Iᵉʳ venait de l'autoriser à passer par ses États à l'occasion de la révolte des Gantois. L'Empereur persuada au roi de s'entendre avec lui pour envoyer à la République une commune et solennelle ambassade : il pensait arriver ainsi à faire croire à la Seigneurie que la bonne intelligence était définitivement rétablie entre son gouvernement et celui de François Iᵉʳ, qu'il pourrait dorénavant consacrer toutes ses forces à la guerre contre les Turcs, et que son nouvel allié lui-même était disposé à y prendre part. En conséquence, le marquis del Vasto gouverneur du Milanais, et le maréchal d'Annebaut, gouverneur du Piémont, reçurent l'ordre de se rendre à Venise.

Ils y arrivèrent le 10 décembre 1539. Le doge, la Seigneurie et un grand nombre de sénateurs allèrent au-devant d'eux avec le *Bucentaure* et sept autres galères, et le gouvernement décida qu'ils seraient logés dans un des principaux palais de la ville et défrayés au compte de la République. On leur donna une première audience dans la salle du Grand Conseil, au milieu d'une nombreuse assistance. Les deux envoyés se bornèrent, dans cette séance, à faire connaître l'objet de leur mission; mais ils furent reçus quelques jours après par le Collège, en audience secrète. Le marquis del Vasto déclara qu'il était venu, au nom de l'empereur, pour entretenir la Seigneurie, comme il convenait de le faire avec de bons et fidèles amis, des entrevues que Sa Majesté

allait avoir en France avec le roi très chrétien, et en
Flandre avec le roi des Romains, son frère, et la reine de
Hongrie, sa sœur, gouvernante des Pays-Bas. Il ajouta
que Charles, étant sur le point d'attaquer les Turcs avec
de très grandes forces, désirait savoir quelles étaient les
intentions du Sénat, afin de mieux combiner ses plans.
La paix avec François I<sup>er</sup> devait être considérée
comme définitive, bien que tout ne fût pas encore réglé.
On pouvait affirmer que les deux princes, affranchis
désormais de toute autre préoccupation, étaient résolus
à travailler avec toutes leurs forces à la ruine des infidèles. Le maréchal d'Annebaut parla ensuite dans le
même sens, attestant la bonne volonté du roi et les vœux
qu'il faisait pour la paix et le repos de la chrétienté (1).

La Seigneurie demanda quinze jours pour délibérer
et réfléchir. Pendant ce temps, Contarini était revenu
et avait pu renseigner le Sénat sur les périls auxquels
il s'exposait en continuant la lutte ; le *secrétaire fidèle* (2),
attaché à del Vasto, avait sondé ce personnage et appris
que l'accord de l'empereur et du roi était loin d'être
complet ; d'Annebaut avait déclaré qu'il ne savait rien
de certain sur la cession du Milanais à la France, sans
laquelle tout le monde était persuadé que la paix serait
toujours précaire (3).

(1) Paruta, *Historia vinetiana*, part. I, lib. X, p. 445 et 446.

(2) On donnait ce titre à un citadin, de l'ordre des secrétaires, qui
remplissait les fonctions de *résident* à Milan.

(3) Maurocenus (Morosini), *Historia veneta*, lib. VI, p. 226. — Paul
Jove, *Histoire*, trad. D. Sauvage, t. II, p. 442.

C'est alors seulement que les envoyés extraordinaires de François I<sup>er</sup> et de Charles-Quint reçurent une réponse. La Seigneurie, après les compliments d'usage, dit que ses actes faisaient assez connaître ses intentions ; que, pendant trois ans, elle avait supporté tout le faix de la guerre, et qu'à l'heure présente, elle était encore la première sur la brèche, mais qu'elle ne serait pas en état de soutenir longtemps encore l'effort d'un aussi redoutable adversaire. On savait ses embarras, on n'ignorait pas que Barberousse était dans le Golfe avec quatre-vingts voiles, et qu'il avait l'intention d'y passer l'hiver ; on devait prévoir à quels périls la République serait exposée, si l'on ne s'empressait de l'éloigner. Il convenait de regarder à toutes ces choses afin d'y apporter un prompt remède (1).

L'historien Paruta, à qui nous avons emprunté le récit de cette ambassade, s'empresse d'ajouter qu'il ne fut pas difficile aux Vénitiens de voir où tendait la politique de Charles-Quint. L'empereur voulait, d'une part, entretenir les Français dans le vain espoir de recouvrer le Milanais, de l'autre, amener les Vénitiens à abandonner leurs projets de négociation et à faire de grands préparatifs militaires, sans être le moins du monde résolu à agir lui-même, sans avoir seulement cherché à s'assurer la coopération ou au moins les subsides de son nouvel allié.

_____

(1) Paruta, *Historia vinetiana*, lib. X, p. 447.

Du Bellay et la plupart des historiens français sont
du même avis en ce qui concerne François I$^{er}$, et croient
que ce prince fut joué par son allié (1). Mais une
étude approfondie des documents et l'examen des circonstances permettent d'affirmer que le roi de France
ne fut pas aussi dupe qu'on l'a dit, ou, du moins, que
le trompeur fut trompé à son tour. Paul Jove prétend
que d'Annebaut « avoit presté sa personne à telle Am-
» bassade seulement par contenance, et qu'il persuada
» secrettement paix et amitié avec Solyman, par Guil-
» laume Pellicier, Ambassadeur de France » (2). Cette
assertion est conforme aux renseignements fournis par
les pièces diplomatiques. A la fin d'octobre 1539,
l'évêque de Montpellier faisait tout ce qui était en son
pouvoir pour engager les Vénitiens à conclure une paix
séparée, sans toutefois rien faire ni dire « que personne
» peust calomnier ne prendre en mauvaise part » (3).
Au mois d'avril 1540, conformément à une lettre que
le même ambassadeur avait dû lui envoyer vers la
fin de janvier, Rincon va rendre visite aux pachas
« pour leur suader la réconciliation de la Seigneurie

---

(1) *Mémoires* de du Bellay, édit. du *Panthéon littéraire*, p. 692.

(2) Paul Jove, *Histoire*, trad. D. Sauvage, t. II, p. 444. — Sleidan est
du même avis : « Aucuns veulent dire que les François les eussent exhor-
» tés, de mesme que l'ambassadeur de l'Empereur ; toutesfois ils leur
» avoyent soufflé à l'aureille de pourvoir à leur affaire » (Édition Crespin,
1557, p. 195).

(3) Voyez plus haut, p. 191.

» de Venize avecques le Grant Seigneur » (1). Il est difficile d'admettre que le gouvernement français ait été d'un avis différent au mois de décembre 1539, lorsqu'il chargea le maréchal d'Annebaut de s'associer à la démarche du marquis del Vasto.

On peut donc affirmer, en toute assurance, que, s'il est probable que le roi se prêta de bonne foi aux diverses tentatives de réconciliation qui eurent lieu à cette époque, il est certain qu'en attendant, il ne négligea rien pour retenir Souleyman dans son alliance, ni pour détacher Venise de celle de Charles-Quint (2).

Quant à la République, elle conclut de la solennelle ambassade de l'empereur et de François Ier, que ces deux princes ne songeaient qu'à leurs intérêts et qu'ils voulaient, dans des vues entièrement différentes, il est vrai, la tromper et non la secourir. Elle n'en fut que plus pressée de s'accorder avec le Turc, et se décida à subir les conditions onéreuses qu'il voulait lui imposer. Aloyse Badoer (3), l'un des sénateurs les plus estimés,

---

(1) Charrière, *Négoc.*, t. I, p. 476.

(2) Belleforest attribue aux instances de Pellicier la détermination que les Vénitiens prirent enfin de faire leur paix avec la Porte : « Les » Vénitiens, dit-il, oyans les plaintes de l'évesque de Mompelier, em- » bassadeur pour le Roy vers leur Sénat, de ce que l'Empereur ne luy » tenoit rien de ses promesses, s'estoient aussi accordés avec le Turc, » afin que s'appuyans aux forces impériales et fraudez de secours, ilz ne » se veissent accablez par le prince Mahometiste » (*Les grandes annales*, 1579, liv. VI, p. 517°).

(3) Ulloa, *Carlo V*, 1575, p. 159 : « *Luigi Badoero, huomo di rarissima* » *eloquenza, et ottimo senatore.* »

l'un des plus renommés pour son éloquence, fut envoyé
à Constantinople, en janvier 1540, avec les pouvoirs
nécessaires pour conclure. Cet ambassadeur reçut de
doubles instructions : celles du Sénat, lui enjoignant
d'offrir aux pachas une forte somme d'argent au lieu
des deux villes qu'ils réclamaient ; celles des Dix, l'au-
torisant à céder, à la dernière extrémité, Napoli de
Romanie et Malvoisie (1). C'est ainsi que le Conseil
prenait sous sa responsabilité la décision qui devait
terminer cette longue négociation, comme il avait pris
l'initiative de la démarche qui l'avait ouverte. Il le
faisait en vertu des pouvoirs que lui conférait la Constitution et que lui reconnaissaient les autres corps de
l'État. Les Dix avaient alors pour eux l'opinion publique. A l'occasion des premières négociations de
Laurent Gritti, Joachim Passano, seigneur de Vaux,
écrivait au connétable de Montmorency : « Ces seig.rs
» mettront la chose en délibération au Conseil des
» Dix, chose fort agréable généralement à toute la ville,
» principalement à ceulx qui sont de bon jugement, car,
» comme on dict, *ubi multitudo, ibi confusio* » (2).

Le plénipotentiaire de la République, arrivé à desti-

---

(1) La première est datée du 7 janvier, et la seconde, du 15 janvier
1540. Romanin donne une partie du texte de cette dernière. Il cite
également une lettre du Sénat, écrite après la signature des préliminaires, d'où il résulte que cette assemblée donna son assentiment à la
décision du Conseil des Dix (Romanin, *Storia Documentata*, t. VI, p. 56-
59).

(2) Charrière, *Négoc.*, t. I, p. 399. Lettre du 24 avril 1539.

nation, voulut d'abord s'en tenir aux termes de la
commission du Sénat; mais il ne tarda pas à s'apercevoir que les pachas connaissaient les instructions que
lui avait données le Conseil des Dix. Il crut qu'une résistance plus longue ne pourrait qu'augmenter leur irritation, sans bénéfice pour sa patrie, et consentit à
abandonner les deux villes réclamées par Souleyman (1).
Cette concession, qui équivalait à la signature de la paix,
causa une douloureuse surprise à Venise. On fut surtout frappé de la rapidité avec laquelle la négociation
avait été conduite. Badoer était arrivé à Constantinople
le 15 avril 1539; il fut admis à l'audience du sultan le
25 avril, et entra le même jour en pourparlers avec les
pachas. Le 4 mai, la paix fut décidée, sinon définitivement conclue (2). On crut généralement, à Venise, que
Pellicier avait connu la décision du Conseil des Dix, qu'il
l'avait transmise à Rincon et que celui-ci l'avait com-

---

(1) Le récit de Paul Jove concernant cette négociation a été reproduit
par presque tous les historiens. Voici comment il a été traduit par
Denys Sauvage : « Il avint que quand Badoaro, estant arrivé à Constan-
» tinople, promit, au lieu des villes, certain argent pour impétrer la
» paix, Solyman le tansa comme impudent, pour ce que, se tenant tout
» certain de l'ordonnance des Dix, monstroit par lettres qu'ils avoyent
» donné puissance de transiger de ceste chose à leur Ambassadeur. A
» cause de quoy Badoaro, repris avec honte... fut contraint de recevoir
» paix sous ces conditions » (*Histoire*, trad. D. Sauvage, t. II, p. 444).
— Voyez encore Ulloa, *Ferdinando Primo*, p. 111, et *Carlo Quinto*, p. 159.

(2) La première de ces dates nous est fournie par Laugier (*Histoire de
Venise*, t. IX, p. 577). Les autres se trouvent dans une lettre de César
Fregoso, qui était, comme nous l'avons vu, en relation avec les secré-
taires infidèles. Voici le début de ce document, tel qu'il est reproduit

muniquée à la Porte. Tous les historiens ont reproduit
cette accusation, qui est confirmée par les témoignages
des contemporains.

C'est un fait incontestable et qui était de notoriété
publique au XVIᵉ siècle (1), que les pachas avaient été
informés des instructions secrètes de Badoer. Or, de
tous les souverains d'alors, François Iᵉʳ était seul intéressé à révéler la décision des Dix. Il était en mesure

---

par Ribier (t. I, p. 543) : « *A li XVI del passato il sʳ Turco quinse in
» Constantinopoli, et a li XXV il sʳ Aloise Badoero, Ambasciator Venetiano,
» hebbe audientia du lui, et fu remesso a'li Bassa. Cosi cominciarono à
» negociare gli affari de la Pace tra loro. Onde a li quattro di questo fu
» conclusa la Pace tra il sʳ Turco et sʳⁱ Venetiani..... Da Castel-Giffredo
» al'ultimo di Maggio MDXL.* »

(1) Cet incident fit époque dans l'histoire de la diplomatie orientale.
On en parla très longtemps, et l'on crut qu'il avait beaucoup contribué
à augmenter la défiance des Turcs à l'égard des chrétiens et qu'il exerça
une grande influence sur leur manière de négocier. Il y a, dans les *Lettres*
du baron de Busbek, un curieux passage sur la négociation de Badoer.
L'ambassadeur autrichien altère quelque peu les faits, mais son récit n'en
montre pas moins la sensation que le traité de 1540 avait causée dans
le monde diplomatique : « Il n'est pas de Nation, dit-il, qui soit plus
» défiante que l'est celle des Turcs ; ils sont intimément persuadés que
» les Ambassadeurs des Princes Chrétiens sont plus politiques que ceux
» des autres Princes, qu'ils ont des ordres et des propositions pour toute
» espèce d'événement qu'ils ne mettent au jour que dans leur tems.
» Mais pour éviter toute la suite de cette politique, voici le parti que les
» Turcs prennent : d'abord ils cherchent à épouvanter les Ambassadeurs ;
» ensuite ils les mettent dans des cachots, et tâchent, à force de tor-
» tures, d'arracher leur secret, et de voir tous les ordres dont ils sont
» chargés. *Plusieurs personnes m'ont assuré que c'étoit un Ambassadeur de
» la République de Venise qui leur avoit fait naître cette façon de penser,
» lorsqu'après la guerre entre ces deux Nations, il fut question de rendre
» aux Turcs la Ville de Napoli : cet Ambassadeur avoit eu ordre du Sénat
» d'attendre jusqu'à la dernière extrémité, pour y consentir... Ces ordres ne
» furent pas assez secrets ; un certain Vénitien les sçut, et alla en instruire
» les Bachas. L'Ambassadeur arriva à la Porte soupçonnant peu cette trahi-*

de le faire, puisqu'il connaissait, grâce à ses émissaires, tout ce qui se passait dans les Conseils de la République. Enfin, les documents que nous possédons montrent que ses ambassadeurs intervinrent, à plusieurs reprises, dans la négociation d'Aloyse Badoer.

Le plus précis et le plus important de ces documents est le *Compte des dépenses de l'ambassade de Rincon,* qui contient l'indication et l'ordre de toutes les démarches de cet ambassadeur auprès de la Porte, et de toutes les dépêches qu'il reçut de Venise. On y voit que Pellicier lui annonça « la création du nouveau ambassadeur pour » la Seigneurie de Venize au Grant Seigneur, » dès le 8 janvier 1540, c'est-à-dire le lendemain du jour où la commission de Badoer fut votée par le Sénat, et qu'il lui envoya une seconde dépêche le 25 janvier. On y trouve l'énumération des visites que Rincon fit aux pachas au moment même où Badoer était en négociation avec eux. Quatre jours avant la première audience de cet ambassadeur, c'est-à-dire le 21 avril, il alla parler à Loutfi-Pacha pour « luy référer les nouvelles » receues par lettres de monseig[r] de Montpellier, et luy » suader la réconciliation de la Seig[rie] de Venize avecques

---

» son. *Dans les premières conférences qu'il devoit avoir avec les Ministres, il*
» *se préparoit à les sonder... Les Bachas irrités lui dirent qu'ils n'ignoroient*
» *pas les dispositions dans lesquelles le Sénat étoit actuellement, et les*
» *ordres qu'il lui avoit donnés, et les lui rapportèrent, pour ainsi dire, mot*
» *à mot. L'Ambassadeur fut effrayé, et avoua tout le sujet de sa commission* »
(*Lettres,* trad. De Foy, 1718, t. II, p. 122-126). *Conf.* Zinkeisen, *Osman.*
*Reich,* t. II, p. 800-806.

» le Gr. Seig<sup>r</sup> ». Le 28 avril, il eut une nouvelle entrevue avec le grand-vizir « *sur le faict de la réconci-*
» *liation vénitienne* ». Enfin, le jour suivant, il alla
parler « à tous les aultres troys bachas, l'ung après
» l'aultre », touchant la même affaire (1).

La correspondance de Pellicier nous manque pour
cette période intéressante. Elle nous fournirait, sans
doute, de précieux indices ; mais il est probable qu'on
n'y trouverait pas l'aveu de la révélation qu'il fit à la
Porte ottomane. L'évêque de Montpellier était trop intéressé à dissimuler son rôle dans cette affaire pour
n'en pas faire disparaître toutes les traces. Il le nia
plus tard, mais dans des termes qui ne sont pas de nature à infirmer les témoignages que nous avons cités.
C'est dans ses lettres au connétable et à Rincon que
Pellicier parle des accusations portées contre lui. On
sera peut-être curieux de voir comment il s'en
explique avec le second, qui devait être, mieux que
personne, au courant de l'affaire : « Le secrétaire
» fidèle de ces seig<sup>rs</sup> leur escript que le marquis
» du Guast et dom Loppès (2) luy avoient dict qu'il ne
» se falloit poinct esmerveiller si ces seig<sup>rs</sup> avoient

---

(1) *Comptes de l'ambassade de Rincon en Turquie* (Charrière, *Négoc.*,
t. I, p. 474-486). — Les quatre vizirs ou pachas qui formaient le Conseil
de Souleyman, étaient alors : Loutfi, grand-vizir ; l'eunuque Souleyman,
le conquérant de l'Arabie ; Sophi-Mohammed, et Roustem (de Hammer,
trad. fr., t. V, p. 306).

(2) Dom Diego Lopez, qui remplissait les fonctions de trésorier impérial dans le duché de Milan, résidait souvent à Venise et secondait

» esté contrainctz à faire paix avecques le G. S. si très
» désadvantageuse, car ilz estoient certains que, avant
» que le s$^r$ amb$^r$ Badouare feust arrivé à Const$^{ple}$, je vous
» avois advisé entièrement de toute la puissance qu'il
» avoit pour sa commission, de quoy n'aviés failly
» advertir les baschatz, qui avoit esté cause qu'ilz
» avoient teneu telle roydeur en faisant ladicte paix :
» chose que les Impériaulx ont mise avant industrieu-
» sement et à poste, cuydant par là eslongner tousjours
» ces seig$^{rs}$ de l'amytié qu'ilz ont à S. M. et les divertyr
» de la recognoissance qu'ilz ont à vous de tant de bons
» offices que avés tousjours faictz, au grant bien et
» commodité de ceste République ; mais j'ay bonne
» confiance que vous, par vostre dextérité, y sçaurés
» très bien obvier, leur donnant à cognoistre le con-
» traire (1). »

Les récriminations des Impériaux, qui n'étaient
d'ailleurs que trop justifiées par la conduite des représentants de la France, témoignent du dépit que l'empereur ressentait de l'accord de Venise avec la Porte.
Charles-Quint s'était décidé à négocier directement la
tréve qu'il avait d'abord sollicitée par l'intermédiaire
de la France. Il avait, d'accord avec son frère Ferdi·

---

l'ambassadeur ordinaire de Charles-Quint dans ses négociations. C'est
pourquoi il est quelquefois désigné, dans les documents manuscrits et
imprimés, sous le titre d'ambassadeur de l'empereur.

(1) Biblioth. nat., F. Cl., Ms. 570, p. 67 et suiv. — Charrière,
Négoc., t. I, p. 445. Lettre du 25 septembre 1540.

nand, envoyé à Constantinople l'Italien Tranquillo et
le Polonais Jérôme Laszko, récemment passés à son
service (1). Ces ambassadeurs avaient obtenu une sus-
pension d'armes de six mois, que la Porte consentit plus
tard à prolonger de deux mois (2). Mais l'évêque de
Montpellier prétend que Laszko et Tranquillo, « n'es-
» toient poinct tant allez à Constantinople pour obtenir
» la trefve que pour empescher la paix de ces seig^rs,
» offrant au G. S. que toutes fois et quantes qu'il voul-
» droyt entreprendre contre eulx, qu'il luy bailleroyt
» vivres et passaige par le Friol et ailleurs, et qu'il y
» pourroit faire trop meilleur acquest que contre nul
» aultre prince de la chrestienté » (3).

(1) César Cantelmo avait quitté Constantinople le 13 janvier 1540.
Nous n'avons trouvé que peu de renseignements sur sa seconde mission.
Il est probable qu'il n'a guère fait, comme le dit M. Charrière, que
l'office d'un messager diplomatique.

(2) Le passage suivant des comptes de Rincon permet de fixer la date
de cette seconde trève : « A Rado de Radue, messaigier de Raguze,
» dépesché de par le sr Rincon avecques lettres au Roy, du 11 de juing
» 1540, contenans, entre plusieurs aultres nouvelles, la dépesche et
» renvoy de Tranquillo, secrétaire de Ferdinand, avecques prolongation
» de tresve pour deux moys, oultre le premier terme de six moys que
» le G. S. avoit octroyé à son ambassadeur Lasqui. » (Charrière, t. I,
p. 483.)

(3) Charrière, Négoc., t. I, p. 435. Lettre de Pellicier à Rincon, du 1er
août 1540. — D'autre part, dans une lettre à l'évêque de Rodez, en date
du 5 janvier 1540, Pellicier prétend que l'empereur offrit aux Vénitiens,
pour les retenir dans son alliance, les places du Frioul : Marano, Trieste,
Goritz, « passaige des Allemaignes », Gradisca, et même les ports de la
Pouille, « moïennant toutesfois prix raisonnable ; sur quoy ces seig^rs
» ont faict responce n'avoir poinct d'argent ». (Biblioth. d'Aix, L. de P.,
Ms., p. 153.)

Comme il est facile de le présumer, les représentants de la France ne négligèrent aucune occasion
d'appeler l'attention du gouvernement vénitien sur les
agissements des Impériaux. Ils s'efforcèrent de dissiper
les soupçons légitimes que la Seigneurie avait conçus
contre eux ; ils tâchèrent d'adoucir les conditions de la
paix qu'ils avaient, pour ainsi dire, imposée à la République, et de lui faire oublier par beaucoup de petits
services le grand préjudice qu'ils lui avaient causé.
L'ancien ambassadeur de France à Venise, Joachim
Passano, seigneur de Vaux, avait été envoyé en mission
extraordinaire à Constantinople, où il séjourna pendant
le mois de juillet 1540 : c'est lui qui obtint la délivrance
des gentilshommes encore retenus prisonniers, et la
promesse de la restitution des navires et des marchandises saisis (1). De son côté, Rincon fit accorder aux
Vénitiens un article qu'ils regardaient, avec raison,
comme le plus important après ceux qui concernaient les
cessions de territoire, et « qu'ilz avoient de long temps
plus travaillé à obtenyr » : l'exemption des décimes
pour les marchandises de Syrie (2). Il décida, en outre,
les pachas à ne pas réclamer la ville de Parga ; mais fut

---

(1) Charrière, *Négoc.*, t. I, p. 477 et 478.

(2) « Les dicts s^r Rincon et amb^r Badouare ont gaigné ce poinct que
» ces seig^rs avoient de long temps plus travaillé à obtenyr, c'est qu'ilz
» seront doresnavant quictes de ne payer les décymes de toutes les mar-
» chandises que le G. S. prant en la Surye. » (Charrière, *Négoc.*, t. I,
p. 436. Lettre de Pellicier à François I^er, du 29 août 1540). — Souleyman
s'était attribué le monopole du commerce de la Syrie que le grand-vizir

moins heureux dans les efforts qu'il tenta pour déterminer la Porte à laisser à la Seigneurie Nadin et
Laurana (1).

Par ces bons procédés, l'évêque de Montpellier
comptait qu'on amènerait peu à peu les Vénitiens à
trouver moins « rude et indigestible la demande et
» condition à eulx proposées de l'amy de l'amy et
» ennemy de l'ennemy », c'est-à-dire l'engagement,
qu'on voulait leur imposer, de conclure avec la France
une alliance offensive et défensive. Aussi, lorsqu'il voit
approcher le moment de la signature de la paix, il
presse Rincon « d'user d'une honneste contraincte »,
pour les obliger, sinon à s'allier avec le roi, du moins
à se détacher de l'empereur. « Vous ne devés plus
» différer de remonstrer au G. S., si faict ne l'avés, quel
» moïen et advantaige il laisse à l'Emp" pour le faire.

---

Ibrahim avait autrefois établi pour son profit particulier (Guillaume
Postel, *La République des Turcs*, p. 49), et faisait passer par Constantinople toutes les marchandises de ce pays (Daru, *Histoire de Venise*, 1826,
t. V, p. 46). On voit combien était précieux pour les Vénitiens l'avantage qu'ils avaient obtenu, grâce à l'intervention de Rincon.

(1) Biblioth. d'Aix, *L. de P.*, Ms., p. 157. Lettre au connétable, du
10 septembre 1540. — Charrière, *Négoc.*, t. I, p. 439. Lettre à François Ier, du même jour. — Un passage de cette dernière dépêche montre à
quel point Pellicier était bien informé des décisions du Conseil des Dix,
et confirme ce que nous avons dit de ses révélations à la Porte ottomane : « Ces seigrs se sont résoluz que quant à Nadin, Laurana et la
» Parga, ont escript à leur ambr qu'il ne face aucune démonstracion de
» y voulloir consentir ; néantmoings le Conseil des Diexe secrètement
» luy a mandé et donné povoir que si, à faulte de ce, veoit ne povoir
» obtenyr ladicte paix, veullent plus tost qu'il passe oultre et accorde le
» tout. »

» tousjours plus grant, s'il laisse ces seig<sup>rs</sup> avecques luy
» en ligue, et qu'ilz luy donnent telz secours, mesme-
» ment contre le Roy, son meilleur amy, contre lequel et
» aussy contre ledict G. S. l'Empereur entreprend jour-
» nellement (1). »

Le représentant de la France à Constantinople ne
négligea rien pour arriver à ce résultat, et multiplia
les démarches auprès du divan. Les pachas lui firent
des promesses, mais se bornèrent à rappeler à Badoer
les services que François I<sup>er</sup> avait rendus à Venise, et
à lui dire qu'ils comptaient bien que la République s'uni-
rait à la France. Ils lui déclarèrent que « Sa Majesté,
» ayant faict tant de continuelz offices pour ceste paix
» et estant icelle frère de leur Seigneur, ilz désiroient
» que ladicte Seigneurie feust conjoincte avecques
» elle » (2). En somme, les conditions de la paix furent
arrêtées, sans que la question de l'alliance vénitienne
eût été résolue, et les ministres ottomans, tout en promettant d'en faire l'objet de négociations ultérieures,
signèrent le traité définitif, le 2 octobre 1540.

On en fut informé à Venise dans les premiers jours
de novembre. L'évêque de Montpellier apprit qu'à l'issue
de la séance du Grand Conseil, quelques membres du

---

(1) Charrière, *Négoc.*, t. I, p. 438 et 439. Lettre de Pellicier, du
1<sup>er</sup> septembre 1540.

(2) Charrière, *Négoc.*, t. I, p. 446 et 447. Lettre de Pellicier à François I<sup>er</sup>, du 8 octobre 1540. Voyez encore *(ibidem*, p. 451 et 454) une
lettre de l'évêque de Montpellier, du 12 novembre 1540.

gouvernement s'étaient réunis en un lieu fort secret, qu'ils avaient fait retirer tous les secrétaires et même ceux d'entre eux qui n'étaient pas du Conseil des Dix, qu'ils étaient restés ensemble jusqu'à trois heures de la nuit, et qu'au moment de leur départ, « ils avoient l'air fort joyeux et allègre » (1).

Telles étaient les habitudes de ce gouvernement mystérieux ! C'est sous le sceau du secret et dans l'ombre de la nuit que ses membres se communiquent et commentent un si grand événement. Il est probable que, cette nuit-là, ils se félicitèrent tout particulièrement d'être parvenus à sauvegarder leur neutralité ; car ils étaient réduits à une telle extrémité, qu'ils auraient fini, dit César Fregoso, par se résigner, pour obtenir la paix, à se jeter dans les bras de la France (2).

La République cédait les châteaux de Nadin et de Laurana ou Urana, sur la côte de la Dalmatie, conquis par les Osmanlis pendant la guerre ; les îles de l'Archipel dont Barberousse s'était emparé, telles que Egine, Skyros, Pathmos, Paros, Antiparos, Nios, Stampalia, etc., enfin, les places fortes de Napoli de Romanie et de Malvoisie, qui avaient opposé une résistance victorieuse à toutes les attaques des troupes de Souleyman. Elle s'engageait à payer une indemnité de guerre de trois cent mille ducats. Mais, en retour, la Porte confirmait

_____

(1) Biblioth. nat., F. Cl., Ms., 570, p. 81. Passage de la lettre précédente, qui ne se trouve pas dans Charrière.

(2) V. la lettre de César Fregoso, citée plus haut, p. 199.

les capitulations précédemment conclues avec la Seigneurie, et y ajoutait plusieurs stipulations très avantageuses pour Venise, entre autres celles qui concernaient son commerce avec l'Asie-Mineure et la Syrie (1).

Sous le rapport politique, ce traité était désastreux
pour la République, qui perdait deux places importantes de la Dalmatie, ses dernières possessions dans
le Péloponèse, et la plupart des îles de l'Archipel. La
Seigneurie ne l'avait signé que sous le coup de la plus
impérieuse des nécessités, et elle en garda un amer
ressentiment contre la France, bien qu'elle ait cru
devoir lui témoigner officiellement sa reconnaissance.

L'Empereur n'avait pas attendu la conclusion de la
paix pour exprimer ses sentiments : « J'ay cogneu,
» avait-il dit à l'ambassadeur vénitien, et cognois ta
» Seig$^{rie}$ avoir trop creu aux parolles et persuasions
» françoises, et nommément pour donner ces deux terres
» qui sont lieux de telle importance que se debvoient
» tenir et déffendre avec le propre sang, car moïennant

---

(1) Le texte original du traité se trouve aux Archives de Venise
(*Archivio secreto della Cancellaria Ducale*). Le Cabinet des Manuscrits de
la Biblioth. nat. (Fonds de Béthune, 8980) et les Archives de Vienne
en possèdent des copies. Il est reproduit dans Lunig (*Codex ital. diplom.*,
t. IV, sect. VI, p. 1865), et dans Du Mont (*Corps diplom.*, t. IV, par. II,
p. 397), où il est daté, par erreur, du 20 octobre. — De Hammer
(*Histoire de l'Emp. Ottom.* tr. Hellert, t. V, p. 536) dit que les Archives
de Vienne renferment plusieurs autres documents concernant les négociations de 1540, entre autres une lettre de Souleyman au doge de
Venise, en date du 28 février 1540, pour lui recommander d'entretenir
des relations amicales avec la France.

» icelles d'heure en heure le Turcq se pourra faire sei-
» gneur de toute la Candie et venir jusques en Itallye
» sans aultre contraste, en façon que ta Seig<sup>rio</sup> en pour-
» roit porter grant dommaige, ensemble les aultres
» seigneurs de la chrestienté (1). »

Le pape gémit et leva les yeux au ciel, tout en reconnaissant que la République n'était pas en situation
de continuer la guerre, et en approuvant la médiation
de la France. « Quant au propos de la paix des Véni-
» tiens, écrivait au roi son ambassadeur auprès du
» Saint-Siège, S. S. m'en parla de telle sorte, que je
» peus bien comprendre qu'elle luy estoit fort désa-
» gréable ; elle me dist toutesfois qu'en cela vous aviés
» faict œuvre et office qui témoignoit tousjours vostre
» grant bonté et charité envers le monde, et que sans
» vous il ne voyoit pas que la Seigneurie eust peu par-
» venir à ceste paix, bien que les conditions en feussent
» estranges et trop importantes à la chrestienté. Sur
» laquelle parole, il leva les yeux au ciel, disant avec-
» ques regret : Dieu pardoint à qui est cause du mal
» qui en est adveneu et en adviendra, voulant de l'Em-
» pereur parler, ou pour avoir mis la Seigneurie en
» picque contre le Grant Seigneur, ou pour ne leur
» avoir teneu main, comme il devoit, à l'entretènement
« de la guerre turquesque (2). »

_____

(1) Charrière, *Négoc.*, t. I, p. 449. Lettre de Pellicier à Montmorency,
du 26 octobre 1540.

(2) Ribier, t. I, p. 525. Lettre de l'évèque de Rodez au roi, du
10 juin 1540.

En réalité, François I<sup>er</sup> fut le seul souvérain à qui le
traité de 1540 causa une joie sans mélange. Sa diplomatie avait atteint un double but : elle avait affaibli
Venise dans l'Archipel, de manière à ce qu'en cas
d'alliance avec Charles-Quint, elle ne dominât plus la
Méditerranée ; elle la forçait à se rapprocher de la
France, de laquelle dépendait l'amitié de la Turquie.
Les Vénitiens, de même que tous les chrétiens qui faisaient le commerce en Orient, furent désormais con-
traints de subir notre protectorat. L'influence de la
fière République était remplacée, à Constantinople, par
celle du roi très chrétien, et le lion de Saint-Marc lui-
même devait s'y abriter sous la bannière aux fleurs
de lis (1).

---

(1) E. Maron, *Soliman et François I<sup>er</sup>*, 1853, p. 27. — Voyez, pour les
négociations de la paix de 1540, les historiens vénitiens : Paruta, *Historia
vinetiana*, part. 1, lib. X; Maurocenus (Morosini), *Historia veneta*, lib. VI;
Justinianus, *Rerum venetarum Historia*, lib. XII; Sagredo, *Histoire de
l'Empire ottoman*, trad. Laurent, liv. V; Sandi, *Principi di storia civile
della Republica di Venezia*, t. V; Giuseppe Cappelletti, *Storia della Republica di Venezia*, t. VIII, lib. XXXI; Romanin, *Storia documentata di
Venezia*, t. VI, lib. XIV.

# GUERRE DE LA SUCCESSION DE HONGRIE

# CHAPITRE VII

## GUERRE DE LA SUCCESSION DE HONGRIE

La paix entre la Porte et la Seigneurie n'était pas encore signée que la nouvelle de la mort du roi de Hongrie, Jean Zápolya, arrivait à Venise (1). Pellicier s'empressa d'écrire à son collègue de Constantinople pour l'engager à intervenir dans la querelle de succession qui allait éclater, et à saisir cette occasion d'étendre l'influence de la France. « Attendeu la bonne
» amytié, lui disait-il, qui de fraiz est eschauffée entre
» le Roy et le Grant Seigneur, Sa Maj^té pourroit avoir
» aussy bonne part à faire disposer dudict royaulme de
» Hongrye audict G. S. que nul aultre, ne feust seulle-
» ment que pour garder tousjours que ce pouvre pays-là
» ne feust du tout réduyt ès mains des gens alliénez de
» nostre religion, le faisant tumber en celles que l'on
» cognoistroit estre le plus amy et affectionné du Roy,
» et cela pourroit bien estre cause que on recher-
» cheroit S. M. de luy faire le debvoir de la duché de
» Millan, moïennant que on les feist paisibles dudict
» royaulme » (2).

---

(1) Voyez, pour ce chapitre, Zinkeisen, *Geschichte des Osmanischen Reiches,* 1854, t. II, ch. IV, p. 809-854.

(2) Charrière, *Négoc.,* t. I, p. 438. Lettre du 1er septembre 1540.

Ce plan politique, esquissé à la hâte par l'évêque de Montpellier, avait le tort d'être très vague et non moins chimérique. C'était trop compter sur la générosité du padischah que d'espérer qu'il disposerait du royaume de Hongrie en faveur du prince qui lui serait désigné par le roi de France, dans l'unique dessein de fournir à son allié les moyens d'obtenir, par voie d'échange, ce duché de Milan si longtemps et si vainement convoité.

Mais la lettre de Pellicier n'en fait pas moins ressortir la misérable situation à laquelle la Hongrie avait été réduite par ses dissensions intestines. Ce riche et vaillant royaume n'était plus qu'un *enjeu diplomatique*, sacrifié d'avance par ses alliés, et dont la France elle-même comptait se servir, comme d'un appoint, dans la guerre où elle allait s'engager.

Il y avait déjà longtemps que François Ier avait songé à nouer des relations avec la Hongrie, à l'associer à la lutte qu'il avait entreprise contre la maison d'Autriche, et à la réconcilier avec la Sublime-Porte. Ce prince faisait preuve d'un grand sens politique en s'efforçant de rapprocher les Turcs et les Magyars, pour les opposer à son tout-puissant rival ; car, en dépit d'une rivalité plus que séculaire, il y avait entre ces deux peuples beaucoup plus de points de contact qu'un examen superficiel ne pourrait le faire supposer.

Sans doute, la Hongrie avait presque toujours été en guerre avec les Osmanlis : elle comptait nombre de héros, tels que Jean Hunyade et Mathias Corvin, qui avaient continué jusque dans les temps modernes la tradition des croisades ; elle était, selon l'expression d'un ambassadeur vénitien, le rempart et le boulevard du reste de la chrétienté, *antemurale e balovardo di tutto il resto de'cristiani* (1).

Mais, d'autre part, les Magyars appartenaient, comme les Osmanlis, à la famille touranienne, et les mœurs des deux nations, de même que leurs caractères physiques, offraient une certaine analogie qui tenait à leur origine commune. Si l'on ajoute à ces motifs de rapprochement les sentiments de répulsion que les Magyars n'ont cessé de manifester, à toutes les époques de leur histoire, pour leurs voisins, les Allemands, on comprendra facilement qu'ils se soient résignés à abriter sous le croissant la cause de leur indépendance nationale, malgré les glorieux souvenirs de la guerre sainte.

Néanmoins, les contemporains ne leur ont pas pardonné l'appui qu'ils apportaient à la cause de l'Islam, et les ont généralement jugés avec une grande sévérité. « Les Hongrois, dit l'ambassadeur vénitien, Laurent » Contarini, sont d'un naturel pervers, *sono gli Ungari* » *uomini di mala natura* ; ils ont besoin d'un roi qui » leur tienne l'épée sur la gorge, car beaucoup de » barons, voyant les choses aller de mal en pis, se sont

_____

(1) Albèri, *Relazioni*, s. 1, t. 1, p. 394. *Relazione di Lorenzo Contarini, di 1548.*

» mis à usurper les biens de leurs voisins trop faibles
» pour leur résister, et même ceux qui font partie du
» domaine royal (1). » L'historien Sleidan leur est encore moins favorable. « Il n'y a, écrit-il, nation plus
» inconstante ou légère. Ils changent de Seigneur à
» tout propos : et hayent si fort les Alemans qu'ils ai-
» meroyent mieux vivre sous le Turc (2). »

Tout en admettant les motifs légitimes qu'avaient les
Hongrois de mieux aimer « vivre sous le Turc », on est
obligé de convenir que les habitudes de pillage et de
violence qu'ils avaient contractées pendant les guerres
civiles, semblent donner raison à leurs détracteurs. A
la faveur de l'anarchie, des bandes de soldats pillards
s'étaient formées sur un grand nombre de points, et
rappelaient les *grandes compagnies* qui avaient ravagé
la France pendant la guerre de cent ans. Le portrait
que Pellicier nous retrace de quelques-uns des défenseurs de la nationalité hongroise, ressemble, à s'y
méprendre, à celui de ces chefs, moitié héros, moitié
brigands, « grands mangeurs de peuple et pilleurs des
pauvres gens », qui affranchirent la France de la domination anglaise sous le règne de Charles VII. « Pour
» l'enfant Roy, écrivait l'évêque de Montpellier, tien-
» nent quatre cappitaines, ou plustost, comme l'on veult
» dire, assassins, lesquels, pour avoir moïen et coulleur

(1) *Ibidem,* p. 399.

(2) Sleidan, *Histoire de l'estat de la Religion, et République, sous l'empereur Charles V,* 1557, liv. XIV, p. 224.

» de povoir piller, comme ont accoustumé faire par
» cy-devant, ayans teneu les champs, font samblant tenir
» ladicte part (1). »

Après la bataille de Mohácz (1526), le roi de France
avait empêché Ferdinand d'Autriche de recueillir la
succession de Louis II Jagellon, et s'était empressé de
reconnaître le roi national, Jean Zápolya, comte de
Scepus et voyvode de Transylvanie, avec lequel il ne
cessa d'entretenir d'amicales relations. Le Polonais
Jérôme Laszko et l'Espagnol Antoine Rincon, employés
tous deux dans la diplomatie française, se rendirent en
Hongrie ; Statileo, évêque d'Albe, en Transylvanie, vint
plusieurs fois à la cour du roi de France, et en rapporta
d'abondants subsides. Avec l'assentiment de François I$^{er}$,
Laszko fut chargé de représenter le roi de Hongrie à
Constantinople, et décida le padischah à prendre ce dernier sous sa protection, moyennant un tribut et la reconnaissance de la suzeraineté ottomane (2).

Grâce aux armées de Souleyman, Zápolya put résister à Ferdinand et se maintenir dans la plus grande
partie de son royaume. Mais, en 1538, fatigué de ces
luttes incessantes, il se réconcilia avec les princes autrichiens, qui lui reconnurent, par le traité de Várad
(Gross-Wardein), le titre de roi et la possession de tout
ce qu'il détenait en Hongrie, à condition que Ferdinand

(1) Charrière, *Négoc.*, t. I, p. 444.
(2) Jean Zermegh, *Rer. gestar. inter Ferdin. et Joannem lib. I*, apud
*Scriptores Rerum Hungaricarum*, 1746, t. II, p. 392-394.

en hériterait après sa mort. Dans le cas où il aurait un descendant, celui-ci ne devait recevoir que la principauté de Transylvanie et de riches domaines.

Deux ans après (20 juillet 1540), Jean mourait, laissant un fils, qui venait de lui naître de son récent mariage avec Isabelle de Pologne (1). Les tuteurs du jeune prince, Georges Martinuzzi ou Utissenich, évêque de Várad, plus connu sous le nom de Frère Georges, les magnats Valentin Török et Petrovics, le chancelier Verböczy, étaient hostiles à la domination autrichienne. Par haine des Allemands, et dans l'espoir de maintenir l'indépendance du royaume, ils engagèrent Isabelle à refuser d'exécuter le traité de Várad, à revendiquer le trône pour son fils, et à invoquer le secours des Turcs (2).

Malheureusement, un grand nombre de seigneurs, à la tête desquels se trouvait Pierre Pérényi (3), appelaient Ferdinand, et se préparaient à défendre sa

---

(1) Les historiens contemporains font presque tous l'éloge du caractère de Jean Zápolya. Il « estoit, dit le traducteur de Paul Jove, d'esprit
» paisible et clément, et fort enclin à bénéficence et équité. Car ceste
« naturelle férocité militaire des Hongres estoit hors d'avec luy : qui
» estant instruict par l'estude des bonnes lettres, et par plusieurs cas de
« l'une et de l'autre fortune, se laissoit gouverner par un exquis dis-
» cours de raison. » (Paul Jove, *Histoire,* trad. de D. Sauvage, 1583,
t. II, liv. XXXIX, p. 453.)

(2) Sayous, *Histoire des Hongrois,* 1876, t. II, p. 77 et 78.

(3) P. Pérényi avait été l'un des compétiteurs de Jean Zápolya. Néanmoins, jusqu'à la mort de ce prince, il avait combattu avec beaucoup de courage pour la cause de l'indépendance nationale, à côté de Frère Georges.

cause, les armes à la main. Il y avait même des magnats qui songeaient à reconnaître pour souverain le
sultan Souleyman, et à placer leur pays sous l'autorité
immédiate de la Porte.

La malheureuse Hongrie fut plongée dans la plus
épouvantable confusion. « L'on a icy nouvelles, écrivait
» l'évêque de Montpellier, le 25 septembre 1540, que le
» royaulme de Hongrye est divisé en troys partz : l'une
» veult le Roy des Rommains en toute façon et à leur
» povoir ; la seconde veult la conservacion de l'Estat
» pour le filz desjà né Roy, avecques propoz de bien
» grant efficace, et la tierce veult le Turcq, avecques
» les armes en main. Toute la doubte que en ce a l'Em-
» pereur est que la part turquesque s'accorde avecques
» celle de l'enfant Roy, ce que on peut bien estimer
» que se fera, car ne vouldront suivre aultre party que
» celluy que ledict G. S. vouldra (1). »

Les informations que l'ambassadeur recevait de
Hongrie, faisaient pressentir que la lutte serait sanglante et acharnée. Des propos d'une violence presque
sauvage avaient été échangés entre le belliqueux
Frère Georges, chef du parti national (2), et Pierre

---

(1) Charrière, *Négoc.*, t. I, p. 442 et 443.

(2) Georges Utissenich, quelquefois désigné sous le nom de Martinuzzi, de forme italienne, l'est plus souvent encore sous celui de Frère
Georges. L'esprit frappé par la mort de son père et de son frère, qui
avaient péri en combattant les infidèles, il était entré dans le couvent
de Saint-Paul-l'Ermite, près de Bude, et s'y était fait une telle réputation de science et de piété que les religieux d'un monastère de Pologne

Pérényi, le principal des partisans de Ferdinand. Pérényi ayant appris que son rival s'était saisi, en sa
qualité de tuteur, du trésor royal, lui avait « mandé
» de grosses parolles, et en somme que s'il ne rendoit
» lesdictes choses, qu'il luy estrasseroit le scapuchin.
» Frère Georges n'a failly de luy respondre aussy fé-
» lonnement, disant que avant luy approcher à sa
» robbe, qu'il y auroit beaulcoup de chemises san-
» glantes et par adventure la sienne propre » (1).
L'esprit des troupes ne valait pas mieux que celui des
chefs, et l'indiscipline des soldats égalait la violence de
ceux qui les commandaient. L'anarchie régnait partout,
dans les armées aussi bien que dans les assemblées. La

---

l'avaient choisi pour abbé. Il se trouvait dans ce dernier pays lorsque
Zápolya s'y réfugia, après la bataille de Tokay. Frère Georges releva le
courage du prince fugitif, offrit de parcourir la Hongrie et de ranimer
le patriotisme du clergé, et fut l'un des principaux agents de la restau-
ration de la monarchie nationale. Jean le récompensa en l'élevant à
plusieurs dignités, en lui donnant l'évêché de Várad, et en lui confiant
la tutelle de son fils. Frère Georges finit cependant par passer au service
de Ferdinand, et obtint, grâce à son nouveau maître, le chapeau de
cardinal. Mais le prince autrichien, croyant qu'il était toujours attaché
à la famille de Zápolya, et se défiant de son ambition, le fit assassiner,
en 1551. Frère Georges est une des plus curieuses figures de ce temps.
Le passage suivant de Paul Jove fait très bien ressortir les étranges
contrastes de son caractère : « Quant à la célébration du service divin,
» et à l'observation des jeusnes commandez par la doctrine Crestienne,
» il les accomplissoit, ou, pour le moins, en faisoit le semblant, avec
» une face et parole tant abaissée, que l'on ne pouvoit croire alors que ce
» fust ce mesme homme, qui estoit accoustumé de diligemment apporter
» si grande vivacité d'esprit élevé et ardant ès importantes affaires de
» guerre et de paix. » (Histoire, trad. D. Sauvage, t. II, p. 454.)

(1) Charrière, Négoc., t. I, p. 444.

malheureuse Hongrie était une proie destinée d'avance
à la rapacité autrichienne ou au prosélytisme musulman.

Il était évident, dans tous les cas, que les partisans
de l'enfant roi se trouvaient dans l'impossibilité de résister, avec leurs seules forces, aux armées autrichiennes. Il fallait empêcher, à tout prix, Ferdinand
de les écraser et de s'établir pour toujours en Hongrie.
Comme nous l'avons dit, Pellicier avait vivement engagé Rincon à presser Souleyman d'intervenir. Mais
l'ambassadeur de Constantinople n'avait nul besoin des
exhortations de son collègue : il haïssait trop la maison
d'Autriche, il connaissait trop bien les affaires de la
Hongrie et portait un trop grand intérêt à l'indépendance de ce royaume à laquelle il avait personnellement travaillé, pour ne rien négliger afin d'arracher
l'héritage de Zápolya des mains des ennemis de la
France. Aussi nous le voyons accourir chez le premier
vizir, Loutfi-Pacha, pour lui parler « touchant la mort
du Roy Jehan de Hongrye », dès le 20 août, c'est-à-dire
plus de dix jours avant que la nouvelle de cet événement fût arrivée à Venise. Il s'y rendit encore, le
23 septembre, lorsqu'il eut reçu la lettre de Pellicier,
et prodigua les présents aux officiers et aux ministres
de la Porte pour leur « refreschir l'affection envers le
» service et affaires du Roy » (1).

---

(1) Charrière, *Négoc.*, t. 1, p. 478. *Comptes de l'ambassade de Rincon.*

On ne connaît pas les détails de cette négociation. L'ambassadeur demanda probablement au divan de confirmer l'élection du fils de Zápolya, qui avait réuni les suffrages de la majorité des magnats. Il parla peut-être de la candidature éventuelle du nouveau duc d'Orléans pour cette couronne, que le roi défunt avait déjà promise à un fils de François I<sup>er</sup>. Mais il put bientôt se convaincre que Souleyman était résolu à incorporer à ses États le royaume de Hongrie. Dès le 8 octobre 1540, Rincon écrit à l'évêque de Montpellier « qu'il ne » sçayt si le G. S. se vouldroit contenter de l'eslection » faicte du nouveau Roy ; car auparavant la mort du » feu Roy avoit destiné de usurper ledict pays pour luy, » et y mectre pour seigneur ung sien filz » (1).

Malgré l'intérêt que le gouvernement français portait à la cause du parti national, son but principal était de soustraire le royaume de Hongrie à la domination autrichienne. La tâche de ses représentants devait être, en somme, facilitée par les projets de Souleyman, et Rincon n'eut pas de peine à décider le padischah à repousser les propositions de Ferdinand.

La diplomatie française suivait d'un œil attentif tous les mouvements du prince autrichien. Dans la lettre même que Pellicier écrivait à François I<sup>er</sup> pour lui apprendre la maladie de Jean Zápolya, il lui annonçait que le roi des Romains, à cette nouvelle, avait quitté

(1) *Ibidem,* p. 447 et 448.

précipitamment Haguenau, qu'il s'était embarqué sur le Danube et était rentré à Vienne, bien que la peste y régnât, pour mieux « pourveoir aux affaires du royaulme » de Hongrye » (1). L'ambassadeur rappelait, dans une autre dépêche, que Ferdinand, du vivant même du roi défunt, avait cherché, par tous les moyens, à obtenir l'investiture du Grand Seigneur, et ajoutait que l'on devait s'attendre à le voir renouveler ses démarches et ses intrigues (2).

En effet, dès que le roi des Romains connut les résolutions de la reine Isabelle et de son Conseil, il s'empressa de mander auprès de lui Jérôme Laszko, qui venait d'abandonner la Hongrie, et jouissait d'une grande autorité à sa cour. Grâce à ses pérégrinations incessantes et à ses variations politiques presque aussi nombreuses, le vieux diplomate était l'homme de son temps le mieux instruit des dispositions et des ressources des différents États. « Il cognoissoit, dit le traducteur de » Paul Jove, les humeurs de tous les Roys et les mœurs » de toutes nations, entendu que, s'acquitant de di- » verses charges d'Ambassades, avoit parcouru presque » tout le rond de la terre, et toutes les Cours des Roys ». Or, Jérôme Laszko, fort de son expérience, prétendait que « le Royaume de Hongrie se devoit recouvrer » plustost par intelligences que par armes », et était

---

(1) *Ibidem*, p. 436. Lettre du 24 août 1540.

(2) *Ibidem*, p. 436. Lettre du 30 août 1540.

d'avis que l'on devait en demander l'investiture à Souleyman aux conditions que le roi Jean avait accep-
tées (1).

Ferdinand suivit ses conseils, et le chargea d'aller
lui-même à Constantinople soutenir la politique dont il
s'était fait l'avocat. Mais, tout en se décidant à tenter
cette démarche pacifique auprès de la Porte, il ne négligeait aucun autre moyen de se rendre maître du
royaume de Hongrie, et continuait ses intrigues en
même temps que ses préparatifs militaires. D'un côté,
il expédiait en toute hâte le Grec Remyro au sophi
Tamasp, pour presser le gouvernement persan d'attaquer Souleyman (2). De l'autre, il envoyait à Isabelle le
comte de Salm, pour la sommer d'exécuter le traité de
Várad (3). Enfin, il confiait un corps d'armée à Léonard
Fels, en lui donnant la mission de surprendre la ville
de Bude.

Mais ce général trouva la garnison de la capitale sur
ses gardes, et dut se contenter de mettre la main sur
quelques places secondaires, telles que Pest, Waitzen,

---

(1) Paul Jove, *Histoire*, trad. de D. Sauvage, t. II, liv. XXXIX, p. 455.

(2) Charrière, *Négoc.*, t. I, p. 443. Lettre à Rincon, du 25 septembre 1540. — Les relations de Charles-Quint avec la Perse avaient commencé
en 1525 (V. Charrière, t. I, p. 151). Elles continuèrent pendant presque
tout son règne. M. Casati a publié une dépêche adressée par ce prince
au schah Tamasp, en 1546. Ce document montre que l'empereur s'occupait de protéger les chrétiens de la Perse, comme François I<sup>er</sup>, ceux
de l'empire ottoman (Casati, *Lettres royaux et lettres missives inédites*,
Paris, 1877).

(3) Sayous, *Hist. des Hongr.*, t. II, p. 78.

Visegrad et Stuhlweissenburg ou Albe royale. Les Allemands firent grand bruit, à Venise, de la prise de cette dernière ville ; mais ils ne parvinrent pas à en imposer à l'ambassadeur français qui ne manqua point, dans ses dépêches, de réduire leur succès à ses véritables proportions : « Les Impériaulx, dit-il, ont faict » courir icy que les gens du Roy des Romains ont prins » Alberegal. Quant seroit bien ainsi, ce ne seroit pas » grant cas, car jamais les portes n'ont esté reffusées à » qui y est vouleu entrer, pour n'estre en somme aultre » parangon en Hongrye que St-Denis en France : c'est » le lieu plustost pour sépulture des Roys et chose de » religion que lieu de guerre (1). »

L'ambassade de Jérôme Laszko eut encore moins de succès que l'expédition de Léonard Fels. Pellicier, toujours bien informé, avait prévenu, le 25 septembre 1540, son collègue de Constantinople du départ de l'envoyé autrichien. « J'ay esté adverty, lui écrivait-il, que » le Roy Ferdinando avoit despesché le sr Lasky pour » aller devers le G. S. luy faire offre que s'il luy plaisoit » le faire et laisser joyr paisible du royaulme de Hon- » grye, que non seullement ledict Roy, mais encore » toute la maison d'Aultriche, le recongnoistroyent pour » père comme bons filz, et qu'ilz luy feroient tel tribut, » non seullement de la Hongrye, mais encore de toute » l'Aultriche, qu'il auroit occasion de s'en contenter (2). »

_____

(1) Charrière, _Négoc._, t. I, p. 466. Lettre du 2 février 1541.
(2) _Ibidem_, p. 445.

Rincon se hâta d'informer le divan de la prochaine
arrivée de Laszko, et, pour donner plus de poids à ses
avis, offrit au grand-vizir une superbe mappemonde, de
la valeur de quatre-vingt-dix écus (1). Les pachas, bien
et dûment prévenus, sachant que l'ambassadeur autrichien allait faire semblant de « chercher paix et amytié »
pendant que son maître tramait toutes sortes d'intrigues
et commettait tant d'actes d'hostilité, lui firent un accueil qui était de nature à satisfaire le représentant de
la France. En vain Laszko promit-il un tribut plus considérable que celui que payait « le jeune enfant Roy de
Hongrye » ; en vain fit-il observer que Ferdinand consentait à tenir l'Autriche elle-même du Grand Seigneur, prétendant que « ledict G. S. auroit beaulcoup
» plus d'honneur, gloire et exaltacion d'avoir ung tel
» Roy son tributaire et aulcunement subject ». Il ne fut
pas plus heureux lorsqu'il essaya d'emprunter à l'histoire des arguments pour inspirer au padischah de la
défiance contre la France, et voulut lui démontrer qu'il
« n'y a nacion au monde qui soit pour estre plus enne-
» mie à la sienne et plus fatalle que la françoise, ainsi
» que les saiges et sçavans en sa Loy peuvent sçavoir,
» pour le treuver en leurs prophéties » (2).

On lui répondit avec un souverain dédain, et on le
jeta en prison. Rincon avait eu, dès le 8 octobre 1540,

---

(1) *Ibidem*, p. 479. V. plus haut, ch. V, p. 169.

(2) *Ibidem*, p. 494. Lettre du 17 mai 1541.

la satisfaction d'expédier un courrier à Raguse pour annoncer la « prinse de Lasqui » (1), et Pellicier écrivait, quelques jours plus tard, que, d'après les nouvelles arrivées à Venise, l'ambassadeur autrichien était « en danger de sa personne » (2). La captivité de Laszko dura autant que sa mission, et devint de plus en plus rigoureuse. Ferdinand l'ayant fait réclamer par un de ses serviteurs, les pachas, pour toute réponse, le firent enlever de la maison où on le gardait et « resserrer en » ung lieu comme ung cabaret, apte à recepvoir petitz » passans, qui n'avoit qu'une seule porte » (3).

Par contre, Souleyman fit un excellent accueil aux ambassadeurs du roi de Pologne, qui venaient le solliciter en faveur du petit-fils de leur maître (4) ; il reçut « en bien grant triomphe » ceux de Hongrie, et les combla de présents et de promesses. Le padischah consentit à confirmer l'élection du jeune Jean-Sigismond (5), à condition qu'il paierait, comme son père,

---

(1) *Ibidem,* p. 484.

(2) *Ibidem,* p. 461. Lettre du 19 décembre 1540.

(3) *Ibidem,* p. 499. Lettre du 4 juillet 1541. — De Hammer a fait le récit de l'ambassade de Laszko, d'après les rapports de cet envoyé, conservés aux Archives de Vienne. Il raconte que les pachas, qui appréciaient son intelligence et connaissaient sa versalité, lui offrirent d'entrer au service de la Porte. Laszko ayant allégué qu'il ne pouvait abandonner ses biens, sa femme et ses enfants, le grand-vizir répondit qu'en se dévouant aux intérêts du sultan, il ne manquerait ni de femmes ni de châteaux *(Hist. de l'Emp. ottoman,* t. V, p. 327).

(4) *Ibidem,* p. 453. Lettre du 12 novembre 1540.

(5) On avait d'abord donné à l'enfant roi le nom d'Etienne, sous lequel il est désigné par la plupart des historiens du temps ; mais, plus tard,

un tribut de cent mille ducats (1). Il alla jusqu'à dis-
cuter avec eux les candidatures qu'il conviendrait
d'appuyer, dans le cas où l'enfant de Zápolya viendrait
à mourir. Les ambassadeurs, voyant le grand crédit
dont la France jouissait à la Porte, mirent en avant
celle du jeune duc d'Orléans, à laquelle Souleyman
s'empressa de donner son assentiment.

Il paraît même, au dire de Pellicier, que les partisans
de la France, en Hongrie, songèrent un moment à
élever au trône, sans plus tarder, le second fils de
François Iᵉʳ. Ils « avoient faict porter parolles au Roy
» que, s'il luy plaisoit donner en mariage ledict seigʳ
» d'Orléans à la Royne vefve de Hongrye qui estoit de
» aige compétant, qu'ilz l'esliroient et mectroient en
» possession dudict royaulme ». François Iᵉʳ n'eut garde
d'accepter. « Le Roy, dit l'évêque de Montpellier, pour
» sa charité et équité, n'y a voullu entendre, ne voul-
» lant, pour quelque bon droict qu'il y ait, que le
» droict de nature n'ayt tousjours lieu en son endroict,
» et aussy pour ne donner cause à l'Empereur de se
» plaindre de luy ne prétendre matière de rompture (2). »

---

ses tuteurs crurent devoir lui donner ceux de son père et de son grand-
père maternel. « Le jeune Roy, écrit Pellicier, à la date du 29 novem-
» bre 1540, a esté baptisé, et l'ont teneu sur les fons Vallentino Thurec
» et Frère Georges, évesque de Varadin, et luy a esté mys le nom de
» feu son père, combien que l'on eust escript de Romme qu'il avoyt
» nom Estienne » (Charrière, t. II, p. 457).

(1) *Ibidem. Conf.* Neugebauer, *Historia rerum polonicarum*, 1618,
p. 551.

(2) *Ibidem*, p. 460 et 461. Lettre du 19 décembre 1540.

L'ambassadeur profite de l'occasion pour vanter la
générosité de son maître : c'était de bonne guerre, et
l'on aurait tort de l'en blâmer; mais il est difficile d'admettre qu'il ait cru bien sincèrement son allié disposé à
abandonner à un prince français un royaume qu'il était
depuis longtemps décidé, comme Pellicier lui-même
l'annonçait dans ses dépêches précédentes, à incorporer à ses États. Si le padischah avait consenti à envoyer un de ses tschaouschs à Bude pour constater la
naissance de l'enfant roi, à accepter son tribut et à lui
expédier des lettres d'investiture, c'était uniquement
dans le but d'empêcher le parti national de se dissoudre
et les défenseurs de la maison de Zápolya de passer
dans le camp autrichien. Les pachas disaient que le
sang des « musulmans arrosait depuis trop longtemps
» la terre de ce royaume, et qu'il n'avait produit que
» des palmes pleines d'espérance, mais sans aucun
» fruit » (1). Souleyman pensait comme ses ministres, et
il voulait cueillir le fruit.

En attendant, il résolut de resserrer son alliance avec
François Iᵉʳ, et envoya Rincon en France pour faire part
à son gouvernement des bonnes dispositions de la Porte
et s'assurer de celles du roi, sur lesquelles le divan ne
laissait pas d'avoir quelques doutes. Souleyman reçut
l'ambassadeur en audience de congé, le 17 novembre
1540. Les démonstrations d'amitié qu'il lui prodigua

_____

(1) Sagredo, *Histoire de l'Empire ottoman,* trad. Laurent, t. III, p. 120.

causèrent une certaine émotion à Constantinople. L'entretien avait duré près de trois heures, et, contrairement à l'usage, le premier drogman de la Porte, Janus ou Younis-Bey, avait seul été admis à « l'interpréter » (1).

On ne possède pas de renseignements précis sur cette conversation, et l'on ignore si Souleyman informa Rincon de son intention de réunir la Hongrie à ses États. Il est probable que le padischah demanda à la France de lui laisser toute latitude sur le continent, et lui promit, en retour, le concours de ses flottes dans la Méditerranée. Ce qui tendrait à confirmer cette supposition, c'est que l'ambassadeur fit visite à Barberousse et s'entendit avec lui, avant de quitter Constantinople (2).

Après avoir pris ses mesures du côté de l'Occident, le gouvernement ottoman pourvut à la sécurité de ses provinces orientales, et envoya quelques troupes pour soumettre les gouverneurs du Laristan et du Kurdistan, qui venaient de se révolter (3).

Souleyman partit de Constantinople le 20 juin 1541, « en plus grant triomphe que on veist jamais ». « Il

---

(1) Charrière, *Négoc.*, t. I, p. 462 et 480.

(2) Voyez, pour toutes les démarches que Rincon fit avant son départ, les *Comptes* de son ambassade dans Charrière, t. I, p. 480.

(3) De Hammer, *Hist. de l'Emp. ottom.*, t. V, p. 327 et 328. — Cette révolte n'avait pas grande importance, et la Perse ne paraissait pas en état d'en profiter ; car Pellicier disait, le 12 novembre 1540 : « Le » sophy presse assés le G. S. ; mais, pour le peu d'appareil que l'on veoit » faire, le G. S. ne s'en faict pas grant compte » (Charrière, t. I, p. 453).

» s'en va, écrivait Pellicier, deslibéré de expugner et
» déchasser le Roy Ferdinando, non seullement du
» royaulme de Hongrye, mais de tous ses aultres pays,
» et ledict Roy semble voulloir estre la cause que tous
» les pays de la chrestienté de ce costé-là ayent à estre
» mis en ruyne et destruction (1). » Mais le padischah
n'eut pas l'occasion de combattre en personne : il
apprit en route que ses troupes avaient remporté une
victoire décisive sur les Autrichiens.

Ferdinand, pour ne pas rester sous le coup de l'échec
de Léonard Fels, avait envoyé, au commencement de
1541, une nouvelle armée contre la capitale de la Hongrie. Roggendorf, qui la commandait, entoura la place
d'ouvrages formidables, et la serra si étroitement que
la population, qui souffrait de la famine, et la reine
elle-même parlaient de capituler. Mais Frère Georges
releva les courages abattus, envoya demander des secours en Pologne et en Turquie, et promit aux habitants
qu'il ne les abandonnerait jamais : « Et avoit, dit l'évé-
» que de Montpellier, icelluy Frère Georges rééféré au
» peuple de là qu'il voulloit vivre et mourir avec eulx (2). »

La persévérance des assiégés fut récompensée.
Bientôt les Turcs arrivèrent, et, le 30 juillet 1541, ils
attaquèrent les lignes de circonvallation des assié-

(1) Charrière, t. I, p. 503. Lettre du 12 juillet 1540. — De Hammer
(t. V, p. 328) place le départ de Souleyman le 23 juin.

(2) Charrière, t. I, p. 496. Lettre du 31 mai 1541.

geants, pendant que la garnison hongroise faisait une
sortie. La déroute des Autrichiens fut complète (1).
Pellicier ne tarda pas à être informé de cet événement.
D'après les rapports qui lui furent adressés, les Autrichiens, au nombre d'environ vingt mille, avaient été
« rompuz et destruictz avecques très grant occision de
» chrestiens » ; Roggendorf, mortellement blessé, s'était
sauvé avec trois ou quatre mille de ses gens, et le
château de Pest, occupé par ses troupes, avait été pris
à l'improviste par les Turcs.

Il y eut une véritable panique dans les provinces
autrichiennes. Le bruit courait que Vienne, désolée par
la peste, dépourvue d'artillerie et de munitions, avait
été abandonnée par le roi Ferdinand et sa maison qui
s'étaient retirés à Linz. On disait que, si le Grand Seigneur poursuivait sa victoire « chauldement », la capitale de l'Autriche lui ouvrirait ses portes, et que toute
la contrée était « tant dessuz dessoubz que c'estoit la
» plus grant pitié du monde ». « Telle ruyne, écrivait
» l'ambassadeur, a donné ung tel eschec aux Impériaulx,
» qu'ilz n'osent plus quasi lever la creste ne dire mot.
» L'Empereur, ayant entendeu ceste desconfitte, en la
» présence de tous se couvrist de ses mains le visaige,
» en quel estat se tint sans se remouvoir ung quart
» d'heure, et puis s'enferma en chambre, où fut plus

---

(1) Isthuanfi, *Historiæ de rebus Hungaricis*, 1758, p. 147 et 148.
— Sayous, *Histoire des Hongrois*, t. II, p. 79 et 80.

» de six grosses heures, et après sortyt le plus triste
» et affligé que l'on veit oncques (1). »

Ces craintes étaient exagérées. Souleyman ne poussa
pas jusqu'à Vienne, comme on l'avait redouté, et s'arrêta à Bude; mais, en revanche, il ne tarda pas à manifester l'intention de réunir la Hongrie à son Empire.
Sous prétexte que Jean-Sigismond était trop jeune pour
défendre son royaume, il l'envoya en Transylvanie
sous la conduite de sa mère et de ses conseillers, chargés d'administrer la province, sous l'autorité de la
Porte (2). La principale église de Bude fut convertie
en mosquée, et cette ville devint la capitale d'un pa-
chalik ottoman (2 septembre 1541).

L'évêque de Montpellier raconte, en termes émus,
cette révolution, qui fut l'épilogue de la guerre de la
succession de Hongrie : « Despuis avons entendeu que,
» le G. S. estant entré en Bude, la Royne de Hongrye se
» présenta à luy avecques son petit filz, lesquelz il veit
» très voullentiers, feist bon recueil et feist loger dedans
» le chasteau avecques luy. Les barons et seigneurs du
» pays supplièrent ledict G. S. de voulloir laisser et
» maintenir ledict enfant Roy ainsi qu'il avoit pleu à
» S. H. le confirmer selon leur eslection, et les laisser

<hr/>

(1) Charrière, *Négoc.*, t. I, p. 510, 511 et 514. Lettres des 6 et 14 septembre 1541.

(2) Sayous, *Histoire des Hongrois*, t. II, p. 80 et 81. — De Hammer,
*Hist. de l'Emp. ottom.*, trad. Hellert, t. V ; p. 536. — Zinkeisen, *Osm.
Reich*, t. II, p. 841. — Isthuanfi, *Historiæ*, p. 149 et 150.

» vivre selon qu'ilz avoient tousjours faict, en gardant
» leurs privilèges et loix qu'ilz ont de tout temps : à
» quoy ledict G. S. feist responce, quant audict jeune
» enfant, qu'il n'estoit en aige de povoir gouverner ne
» administrer ung tel royaulme, et qu'il y voulloit
» mectre ung bon gouverneur. Sur quoy lesdicts s$^{rs}$ res-
» pondirent que son plaisir feust voulloir laisser ledict
» gouvernement à ladicte Royne et ses conseillers : à
» quoy ledict G. S. respondit qu'elle estoit jeune, et
» qu'il falloit qu'elle se remariast ailleurs, et de faict
» l'a envoyée avecques sondict filz en Transilvania : et
» il avoit faict responce au Roy de Poullongne qui luy
» avoit escript luy voulloir mander sa fille et la faire
» bien traicter, ainsi que la trefve et ligue qu'estoit entre
» eulx le requéroit, qu'elle seroit aussy bien traictée
» où il la mandoit qu'elle pourroit estre avecques luy, et
» qu'il ne s'en soulcyast aultrement (1). » Enfin, le padischah, après avoir refusé d'accueillir les propositions
que vinrent lui faire, dans la ville même de Bude, deux
ambassadeurs du roi Ferdinand, partit pour Constantinople, le 22 septembre 1541 (2).

C'en était fait. La plus grande partie du royaume de
saint Étienne était devenue la proie des infidèles. Il y
eut désormais trois Hongries : la Hongrie occidentale,

_____

(1) Charrière, _Négoc._, t. I, p. 515 et 516. Lettre du 25 septembre 1541.

(2) De Hammer, _Hist. de l'Emp. ottom._, t. V, p. 333.

royaume effectif de Ferdinand ; la Hongrie centrale, occupée par les Turcs et gouvernée par le pacha de Bude ; enfin, la Hongrie orientale, qui forma la principauté indépendante de Transylvanie (1). La Porte conserva sa conquête pendant plus d'un siècle et demi, et Bude ne fut rendue aux chrétiens qu'en 1686.

On a reproché à François I⁰ʳ le rôle joué par sa diplomatie dans cette longue lutte, et on a voulu le rendre responsable de la catastrophe qui la termina. L'impartialité historique nous fait un devoir de reconnaître que le roi de France ne fut pas étranger à cet événement, et d'avouer qu'il aimait mieux voir la Hongrie dans les mains des Turcs que dans celles des Allemands. Mais nous avons le droit de rappeler qu'il était d'accord, sur ce point, avec un grand nombre de Hongrois, qui avaient moins d'antipathie pour le Grand Seigneur que pour le prince autrichien. Les documents diplomatiques nous permettent, en outre, d'affirmer qu'il aurait préféré une autre solution, qu'il aurait voulu conserver à la Hongrie son roi national, et qu'il employa tous ses soins à sauvegarder l'indépendance de ce malheureux royaume. Il y aurait peut-être réussi si la maison de Habsbourg n'était venue à l'encontre de ses projets ; si

---

(1) Sayous, *Histoire des Hongrois*, t. II, p. 81. — Frère Georges essaya encore, mais inutilement, de mettre en avant la candidature du duc d'Orléans. Pellicier écrivait, le 20 mars 1542, que l'infatigable prélat « taschoit avecques les barons de Hongrye empescher à son povoir » de ne suivre le party du Roy Ferdinando, ains eslire monseigʳ d'Or- » léans pour leur Roy » (Charrière, t. I, p. 536).

les attaques de Ferdinand n'avaient provoqué les invasions de Souleyman et attiré le padischah dans ce
royaume, que les Autrichiens étaient incapables de défendre. L'ambition du roi des Romains fut la première
et la principale cause de la chute de la Hongrie. C'est
ce que l'évêque de Montpellier avait eu soin d'établir
dès le commencement de la lutte. Au moment même où
il informait son maître des projets de Ferdinand, il
écrivait ces paroles prophétiques : « Mais pour ce qu'il
» n'a poinct d'obédiance, argent, ne cappitaines, ne·
» aultres facultez pour venyr à chef de ladicte entre-
» prinse, par quoy ne voyt-on qu'il ne faict en cecy,
» sinon pour esmouvoir les humeurs du corps de Hon-
» grye sans rien vuyder, sauf de inciter le Turcq à
» venyr subjuguer ledict pays et y mectre bassaz pour
» le gouverner, chose qui tourneroit à grant meschef à
» toute la chrestienté (1). »

--------

(1) Charrière, *Négoc.*, t. I, p. 450. Lettre du 26 octobre 1540.

# MEURTRE DE RINCON ET DE FREGOSO

# CHAPITRE VIII

## MEURTRE DE RINCON ET DE FREGOSO

La perte de la Hongrie et la défection des Vénitiens étaient de graves échecs pour les Impériaux. Charles-Quint n'ignorait pas qu'il devait les attribuer en partie à la diplomatie française, et il craignit, non sans raison, que ces événements n'eussent pour résultat de rendre l'union de la France et de la Turquie plus intime et plus offensive.

Ce que l'empereur savait des dernières démarches de l'ambassadeur français à Constantinople, de son intimité avec les pachas, des témoignages d'amitié que Souleyman lui avait prodigués, et de cette entrevue qui avait duré de deux à trois grosses heures, n'était pas de nature à le rassurer (1). Ce qu'il apprit bientôt des démarches de Rincon auprès du gouvernement vénitien et de ses efforts pour l'entraîner dans l'alliance de la France, vint encore augmenter ses inquiétudes et son irritation (2).

---

(1) Charrière, *Négoc.*, t. I, p. 462 et 463. Lettres du 3 et du 11 janvier 1541.

(2) L'empereur écrivait à sa sœur, Marie de Hongrie, au sujet du passage de Rincon à Venise : « Il sollicite, pour ébranler les Vénitiens, » afin de soy déclairer en alliance avec le Roy de France et le Turcq,

Arrivé à Venise, le 14 janvier 1541, Rincon mit à profit, pour tâcher d'ébranler la Seigneurie, l'autorité que lui donnaient sa profonde connaissance des choses de l'Orient et son influence à Constantinople (1). Il parla des entreprises que projetait Souleyman et des forces dont il disposait, et laissa entendre, comme de lui-même, combien l'amitié de François I<sup>er</sup> serait avantageuse pour la République au moment où l'on faisait de si grands préparatifs en Orient contre ceux « qui vouldroient » estre les ennemiz de Sa Majesté ou leurs adhérans ». Les Vénitiens, qui avaient les meilleures raisons du monde pour se défier de ce diplomate, et n'ignoraient pas ce qu'il avait déjà fait et ce qu'il pourrait encore faire, « demourèrent grandement étonnez et pensifs (2). »

Ils le furent bien davantage lorsqu'ils connurent les

----

» ou du moins se tenir neutraux quant à Milan, et publie que le Turcq » faict de grands apprêts par mer et par terre » (Lettre citée par de Ruble, d'après les Archives de Bruxelles, *Le Mariage de Jeanne d'Albret*, 1877, p. 142).

(1) Pendant l'absence de Rincon, son secrétaire, l'Italien Vincent Magi ou Magio, fut chargé de l'*intérim* de l'ambassade. Il demanda plus tard sa succession; mais il n'avait ni l'autorité ni les talents nécessaires pour cet emploi difficile (Lettre de Pellicier, du 12 juillet 1541, dans Charrière, t. I, p. 508, *note*). En 1547, réduit à la plus profonde misère, Magi sollicita, à plusieurs reprises, les secours du gouvernement français. L'ambassadeur Jean de Morvillier engagea le roi à venir à son aide, de crainte qu'il ne fît des révélations compromettantes (Lettre du 24 janvier 1547, dans Charrière, t. I, p. 639 et 640).

(2) Charrière, *Négoc.*, t. I, p. 464 et 465 (Lettres des 18 et 30 janvier et du 2 février 1541). Les Archives de Venise renferment le sommaire de l'exposition faite par Rincon devant le Collège. Elle roule presque entièrement sur les grands événements qui venaient de s'accomplir en Hongrie (*Deliberazioni secrete del Senato*, t. 76, Mss.).

propos que François lui-même avait tenus à leur ambassadeur. Le roi, après avoir rappelé à Mathieu Dandolo les dangers que sa patrie avait courus pour être entrée dans l'alliance de Charles-Quint, lui avait dit : « Main-
» tenant que la Seigneurie s'est échappée des mains de
» Pharaon, qu'elle sache s'en préserver, et qu'elle
» prenne garde, pour l'amour de Dieu, d'y retomber.
» Qu'elle apprenne à distinguer ses vrais amis des
» autres. L'Empereur a vu avec un très grand déplaisir
» la paix qu'elle a négociée avec le Turc : il me l'a dit
» à moi-même, lorsque nous avons mandé à Venise le
» marquis del Vasto et le maréchal d'Annebaut. L'Em-
» pereur agit à la castillane, *l'Imperatore lo fa alla*
» *castigliana,* et parle autrement, parce qu'il n'est pas
» sincère. Ferdinand a cherché à s'accorder avec le
» Turc, à n'importe quelle condition, par l'entremise
» de Laschi, auquel il avait remis les plus amples
» pouvoirs. Je tiens encore ce détail de l'Empereur.
» Du reste, il n'y a pas à en douter. On a montré, là-
» bas, à Rincon, leurs lettres autographes que les Turcs
» avaient arrachées des mains de Laschi : Rincon m'a
» affirmé les avoir vues. Ils sont allés jusqu'à promettre
» pour la Hongrie un tribut double de celui que payait
» le roi Jean, jusqu'à consentir à être les amis des amis
» et les ennemis des ennemis (1). »

François Ier attachait un si grand prix à l'alliance de

_____

(1) Arch. gener. di Venezia, *Dispacci di Franza* (1540-1542), Mss. Lettre de M. Dandolo, du 12 mars 1541.

16

la Seigneurie qu'il lui députa le célèbre poète Alamanni
avant même que Rincon eût rejoint la cour. Cet envoyé
n'avait, d'après ses propres déclarations et celles des
ministres français, d'autre mission que celle de remercier le gouvernement de Venise des égards qu'il avait eus
pour notre ambassadeur auprès de la Porte ottomane,
et de la protection qu'il lui avait accordée. Mais les
Vénitiens crurent, non sans apparence de raison, que
le poète-diplomate était chargé de pressentir leurs intentions, et ils s'ingénièrent à trouver une réponse qui
exprimât la déférence la plus respectueuse et la plus
vive gratitude, sans engager la République pour l'avenir. On peut la lire encore aujourd'hui dans les registres
du Conseil des Dix (1) ; mais elle est fort bien résumée
dans une lettre de Pellicier, du 13 avril 1541 : « Ilz nous
» fisrent, dit l'ambassadeur, responce la meilleure et la
» plus affectionnée qu'il estoit possible, par laquelle, en
» somme, ilz se cognoissoient et tenoient, pour les
» grans bienfaicts qu'ilz avoient receus de Vostre
» Majesté, tant au traictement de leur paix que à la
» perfection d'icelle, et pour les bonnes offres et asseu-
» rances que journellement leur donnés, et mesmement
» pour ce que leur avés faict exposer par le sieur Alle-
» man, obligés à perpétuité, et non seullement eulx, mais
» toute leur postérité (2). »

(1) Arch. gener. di Venezia, Consiglio di X, Mss., vol. V.
(2) Biblioth. d'Aix, L. de P., Ms., p. 598 et 599. — Aloyse Alamanni
est l'auteur de la Collivazione. Banni de Florence par le cardinal Jules de

Ce langage témoigne de l'embarras du gouvernement vénitien. Il ne pardonnait pas à la France le rôle qu'elle avait joué dans la négociation du dernier traité, et redoutait les conséquences de sa nouvelle alliance avec Souleyman ; néanmoins il était obligé de lui prodiguer les marques d'amitié et de dévouement, de faciliter et d'assurer ses relations avec Constantinople. La Seigneurie avait dû envoyer un de ses vaisseaux au devant de Rincon jusqu'à Raguse, et le faire accompagner par une escorte tant qu'il fut sur son territoire, au risque de mécontenter les Impériaux, contre lesquels ces mesures étaient dirigées (1).

Les agents de Charles-Quint avaient formé de sinistres projets, qui n'échappèrent point à l'évêque de Montpellier. C'est pourquoi il engagea Rincon à prendre la voie plus longue, mais plus sûre, des Grisons et de la

Médicis, qui fut depuis élevé à la papauté sous le nom de Clément VII, il prit part aux diverses tentatives faites pour affranchir sa patrie. François I<sup>er</sup> l'attacha à son service et lui donna le titre de maître d'hôtel de la dauphine, Catherine de Médicis. Mathieu Dandolo prétend qu'en 1541, il était chargé de négocier, non seulement avec la Seigneurie vénitienne, mais encore avec divers princes italiens. Alamanni fut nommé, en 1544, ambassadeur du roi auprès de Charles-Quint. Dans l'audience qui lui fut accordée, il lui arriva de prononcer le mot d'aigle. L'empereur ajouta, en souriant, ces mots empruntés à une satire écrite par l'ambassadeur contre lui : *L'aquila grifagna, che per più divorar due becci portà.* Le poète-diplomate jouit d'une grande faveur sous le règne de Henri II, obtint pour un de ses fils l'évêché de Bazas, et mourut en 1556. — Mazzuchelli, *Scrittori d'Italia*, vol. 1, p. 244-253. — Buttura, *La Coltivazione*, 1821, préface. — Arch. gener. di Venezia, *Dispacci di Franza* (1540-1542), Mss. Lettre de M. Dandolo, du 29 février 1541.

(1) Charrière, *Négoc.*, t. 1, p. 464, 465 et 466.

Suisse, et demanda à César Fregoso, qui devait également se rendre à la cour, de se concerter, pour le voyage, avec l'envoyé de François I<sup>er</sup> (1). On prit les précautions les plus minutieuses. Rincon gagna secrètement le château de Castion ou Castiglione, où se trouvait Fregoso (2), et des hommes armés furent disposés le long de la route. Les deux voyageurs conservèrent, jusqu'à Iseo, l'escorte de cinquante hommes d'armes que leur avait fournie la République, et se firent suivre jusqu'à Tirano, dans la Valteline, par une troupe d'arquebusiers au service de Fregoso (3). Ils passèrent par les villes de Coire, de Zurich, de Soleure, de Lausanne et de Genève, et traversèrent la Savoie pour gagner la France (4). Rincon arriva, le 5 mars, à Blois, où se trouvait la cour (5) ; mais il n'y fut rejoint que plus tard par son compa-

(1) Biblioth. d'Aix, *L. de P.*, Ms., p. 453 et 454.

(2) On lit dans un recueil de lettres extraites des Archives de Parme le billet suivant, que Fregoso adressa au comte Augustin Lando, au moment de son départ : « *Sono qui a Castione col S<sup>r</sup> Rincon, et dopo desi-* » *nare anderemo a Brescia, et di lungo per la via di Svizari a la Corte. Io* » *me ne vado allegramente, perchè le cose di mio Padrone passano benis-* » *simo.... Da Castione al VI di Febraro MDXLI* » (*Lettere d'uomini illustri*, Parma, 1853, p. 88).

(3) Charrière, *Négoc.*, t. I, p. 467. Lettre du 15 février 1541.

(4) Voyez l'itinéraire de d'Aramon dans les *Pièces fugitives pour servir à l'histoire de France*, Paris, 1759, t. I, p. 10.

(5) Rincon, parti de Constantinople le 18 novembre 1540, n'était arrivé à Venise que le 11 janvier 1541 ; car il avait dû s'arrêter à Sophia par ordre du sultan, qui voulait lui faire de nouvelles communications. Il ne quitta Venise que le 2 février, partit de Castion le 6, et arriva

gnon de voyage qu'une fièvre pestilentielle retenait à
Nevers (1).

L'arrivée de ces deux personnages, précédée de celle
du comte de la Mirandole (2), faisait présager des résolutions importantes. L'ambassadeur vénitien, Mathieu
Dandolo, ne négligea rien pour arriver à les connaître et
pouvoir en informer son gouvernement en temps utile.
Il eut fort à faire, car les démarches de Rincon étaient
enveloppées du plus profond mystère. L'ambassadeur
de France à Constantinople ne conférait qu'avec les
cardinaux de Lorraine et de Tournon, seuls mis dans le
secret de la négociation ; mais, en revanche, il était
sans cesse en pourparlers avec le roi. François I<sup>er</sup> le
faisait appeler à chaque instant, et, pour être plus à
l'aise, l'emmenait avec lui, par chemin couvert, *per
strada coperta*, comme disait l'ambassadeur vénitien,
c'est-à-dire à travers bois, jusqu'à huit ou neuf lieues
de la cour. Rincon, de son côté, n'oubliait rien pour
donner le change aux diplomates trop curieux : il prétendait qu'il ne retournerait peut-être pas à Constantinople ; que, dans tous les cas, il ne s'y rendrait pas de

à Tirano le 10. Il lui fallut donc plus de vingt jours pour se rendre à
Blois. Ces dates nous sont fournies par les *Lettere d'uomini illustri* citées
plus haut, les *Comptes* de Rincon, les lettres de Pellicier (Charrière,
*Négoc.*, t. 1, p. 464, 467 et 489), et les extraits des *Comptes du Trésorier
de l'Épargne* (F. Cl., Ms., 1215, p. 79°).

(1) Arch. gener. di Venezia, *Dispacci di Franza* (1540-1542), Mss.
Lettre de M. Dandolo, du 12 mars 1541.

(2) *Ibidem.* Lettre du 2 mars 1541.

longtemps, et qu'il comptait bien aller se reposer dans ses propriétés. On disait autour de lui que la nouvelle dignité qui lui avait été conférée (il venait d'être nommé maître d'hôtel du roi) l'obligerait à suivre désormais la cour (1).

Les fêtes mêmes qui furent célébrées à l'occasion de l'arrivée de Rincon, eurent ce caractère mystérieux que l'on imprimait à tout ce qui touchait aux relations du gouvernement français avec le Turc. Il y eut à la cour un grand festin qui intrigua beaucoup les représentants des puissances : les convives étaient masqués ; les dames avaient revêtu leurs habits les plus somptueux et étalaient leurs plus riches bijoux. On n'avait pas vu, de toute l'année, une fête aussi belle. Quelques ambassadeurs crurent qu'on l'avait donnée en l'honneur du duc de Clèves, qui serait venu tout exprès et y aurait assisté sous un déguisement. Ils écrivirent dans ce sens à leurs gouvernements ; mais ils furent bien vite détrompés, et purent se convaincre que le duc de Clèves n'avait pas même mis le pied en France.

Personne ne douta plus dès lors que le héros de la

---

(1) Après sa première mission en Hongrie et en Pologne, Rincon était déjà chevalier de l'ordre de Saint-Michel, chambellan et conseiller du roi. Les *Comptes du Trésorier de l'Épargne* lui donnent tous ces titres, à partir de 1529. Mais ce n'est qu'à la suite de son dernier voyage qu'il obtint la charge de maître d'hôtel, dont furent également investis les autres étrangers employés dans la diplomatie française. Joachim Passano, seigneur de Vaulx, et Diego de Mendoza étaient maîtres d'hôtel du roi. Aloyse Alamanni était attaché, au même titre, à la maison de la dauphine (Biblioth. nat , *F. Cl.*, Ms., 1215, p. 67°, 77° 79°, et 80°).

fête ne fût un envoyé de Souleyman, venu *incognito*
avec Rincon. Mathieu Dandolo avait vu, en effet, un personnage revêtu d'un costume grec, qui se tenait, sans
place marquée, au milieu des autres convives : il alla
aux informations, et apprit que c'était un drogman de
la Porte, nommé Nicolas Quirino. Quelques jours après,
le drogman était gratifié de belles casaques d'or et de
soie, et partait en poste dans une bonne voiture attelée
de trois chevaux (1). Une lettre de Pellicier annonce
qu'il arriva à Constantinople le 11 mai 1541, et que les
communications dont on l'avait chargé furent très
agréables au Grand Seigneur (2).

Rincon lui-même quitta la cour le 8 mai 1541 (3);
mais il séjourna plus d'un mois à Lyon, ou, plus probablement, dans sa seigneurie de Germolles, située
non loin de cette ville (4). César Fregoso ne prit congé

---

(1) Arch. gener. di Venezia, *Dispacci di Franza* (1540-1542), Mss.
Lettre de M. Dandolo, du 28 mars 1541.

(2) Charrière, *Négoc.*, t. I, p. 498. Lettre du 4 juillet 1541.

(3) Les deux extraits suivants des *Comptes du Trésorier de l'Épargne*
nous font connaître la durée exacte du séjour de Rincon à la cour :
« A M. Antoine de Rincon, Ch$^{lier}$, Con$^{ller}$ et Chambellan du Roy,
» M$^c$ d'hostel ord$^e$, naguères Ambassadeur en Levant, 17,920 l. t. 10 s.
» par lettres à Amboise, le 18 avril 1541, pour son estat, vacation et
» despense en lad. charge, durant 220 jours, finis le 5 mars dernier
» qu'il fut de retour devers le Roy, en la ville de Blois. »
« A M. Antoine de Rincon, etc..., et son Ambassadeur en Levant,
» 7,200 l. t. par lettres données à Amboise, le 8 may 1541, pour son
» estat, vacation et despense en lad. charge d'ambeur ez pays de Levant,
» où le Roy l'a renvoyé durant une année entière, commencée le 6 mars
» dernier, *combien qu'il ait esté en ce royaume jusqu'au 8 may 1541* »
(Biblioth. nat., F. Cl., Ms., 1215, p. 79$^o$).

(4) *Mémoires* de du Bellay, édit. du *Panthéon littéraire*, liv. IX, p. 696.

du roi qu'au commencement de juin. Il était chargé d'une mission auprès des seigneurs italiens qui suivaient le parti de la France : d'après M. Dandolo, il avait reçu de grosses sommes d'argent, et avait ordre d'accompagner Rincon jusqu'à Venise (1).

La récente disgrâce du connétable de Montmorency, qui passait pour être favorable à Charles-Quint, l'envoi de plusieurs capitaines en Piémont, les expéditions de troupes qui y furent faites, montraient assez quels étaient les projets du gouvernement français. Les informations que l'ambassadeur vénitien parvint à se procurer, ne lui laissèrent plus de doute à ce sujet : « Je tiens de bonne source, dit-il, que Rincon était » chargé de rappeler que le seigneur Turc avait déjà » fait plusieurs expéditions avec de gros armements et » de puissantes armées, et qu'il ne s'est jamais aperçu » que le roi eût agi de son côté comme on avait voulu » le lui faire accroire. C'est pourquoi l'on a expédié des » capitaines et des troupes en Piémont pour remplir les » cadres des compagnies, aussitôt après l'arrivée de

---

(1) Arch. gener. di Venezia, *Dispacci di Franza* (1540-1542), Mss. Lettre de M. Dandolo, du 20 juin 1541. — Une lettre de la signora Fregosa confirme les renseignements donnés par Dandolo sur le départ de son mari : *Io credo che'l S*or *mio Consorte homai debbia partire da la Corte, et tornerà per la via di Svizari. De li suoi particolari non lo so dir cosa particolare, perchè in effetto mai non me ne ha scritto, et di più non ha voluto che nessuno de li nostri scriva nulla di particolare. In questa sua ultima de'XXVII del passato mi scrive che sta meglio che facesse mai, et più contento, et che da S. Mtà ha havuto più di quello che dimandava. Da Castel Giffredo al XXVIII di Giugno MDXLI* (Lettere d'uomini illustri, p. 89).

» Rincon et de l'envoyé de la Porte : on a voulu mon-
» trer ainsi au Grand Seigneur un commencement
» d'exécution (1). »

Charles-Quint suivait les démarches de Rincon et de
Fregoso avec plus d'anxiété encore que les Vénitiens,
et ne dissimulait pas son irritation contre eux. On
savait, à la cour de France, que les agents impériaux
avaient déjà voulu attaquer, à leur départ d'Italie, les
deux serviteurs du roi. C'est pourquoi l'on répandit le
bruit qu'ils reviendraient par la Suisse, tandis qu'ils
devaient suivre la route du mont Cenis (2). Malheureusement, Rincon s'attarda à Lyon, comme nous venons de
le voir, et Fregoso s'arrêta à Suze pour passer en revue
une compagnie de gens d'armes, dont le roi venait de
lui donner le commandement. Grâce à ces délais, le
gouverneur du Milanais, Alphonse del Vasto, put être
prévenu à temps de leur arrivée ; il apprit également
qu'ils feraient le voyage par eau « pour raison que le
» sieur Rincon estoit malaisé de sa personne, obstant
» la gresse dont il estoit chargé » ; et il disposa des
embuscades tout le long du cours du Pô.

Mais Guillaume du Bellay, seigneur de Langey, qui
gouvernait le Piémont au nom de François Iᵉʳ, n'était
pas moins bien servi par ses espions. Informé des préparatifs des Impériaux, il alla trouver Fregoso et

---

(1) Arch. gener. di Venezia, *Dispacci di Franza* (1540-1542), Mss.
Lettres de M. Dandolo, du 12 et du 28 mars 1541.

(2) V. plus haut la lettre de la signora Constanza Fregosa.

Rincon à Rivoli, dès qu'ils y furent arrivés; il leur communiqua les rapports qu'on lui avait faits, s'efforça de les détourner de la voie qu'ils avaient choisie, et s'engagea à les faire passer, en trois nuits, sur le territoire de l'Église. Fregoso refusa d'ajouter foi à ces renseignements et « demoura obstiné en son opinion ». Rincon était plus disposé à changer de route; mais il voulut laisser à son compagnon, « qui l'avoit en sa » conduicte », la direction et la responsabilité du voyage, et se décida, lui aussi, à prendre le chemin « le plus aisé, non le plus seur ».

Les envoyés du roi s'embarquèrent le 2 juin 1541. Ils avaient avec eux le comte Camille de Cesso, lieutenant de Fregoso, et un homme d'armes. Leurs serviteurs les suivaient sur une autre barque. Arrivés à la tour de Simene, près de Verolino, Rincon et Fregoso furent rejoints par un courrier de Langey. Le gouverneur du Piémont les prévenait que « ses advertissemens » d'heure en heure luy redoubloient »; il les suppliait de changer leur itinéraire, et leur demandait, au cas où « ils vouldroient persévérer dans leur obstination », de lui renvoyer « leurs instructions, lettres de créance et » papiers, lesquels il leur feroit tenir seurement à » Venise » (1). Les voyageurs refusèrent encore de prendre la voie de terre; mais ils consentirent à confier

_____

(1) *Mémoires* de du Bellay, édit. du *Panthéon littéraire*, liv. IX, p. 696 et 697.

leurs papiers à Pierre Gentile, neveu du lieutenant
Camille de Cesso, qui les apporta à Langey.

Pierre Gentile arriva seul à Venise, le 7 juillet au
matin. Le même jour, l'ambassadeur de Charles-Quint
envoya dire à Pellicier de « préparer son logis pour ce
» qu'il avoit des hostes ». L'évêque de Montpellier, qui
connaissait les projets des ennemis de la France, ne
saisit que trop le sens de cette sinistre plaisanterie ; il
comprit que c'était « une forme de gaudisserie », et
commença à douter « que quelque meschef feust adve-
» neu par les Impériaulx » (1).

Bientôt la nouvelle se répandit dans la ville que
Fregoso et Rincon avaient été pris par les gens du
marquis del Vasto. Ce ne furent d'abord que des bruits
vagues et contradictoires. Un homme d'armes, venu de
Castiglione, avait annoncé au recteur de Brescia que les
deux envoyés du roi avaient été attaqués par les Impériaux, à cinq milles au-dessous de Pavie. D'autres affir-
maient, en signe de véracité, que les barques des
assaillants étaient couvertes de feuillage. De tous ces
témoignages, il résultait que Rincon et Fregoso étaient
tombés dans une embuscade (2) ; mais il paraissait
impossible de savoir s'ils avaient été mis à mort ou faits
prisonniers. Le secrétaire et le valet de chambre de
Rincon arrivèrent à Venise, le 9 juillet. Malheureu-

_____

(1) Charrière, _Négoc._, t. I, p. 501. Lettre du 7 juillet 1541.

(2) _Ibidem._

sement, ils s'étaient enfuis dès le commencement de la lutte, et n'en connaissaient pas l'issue (1).

L'ambassadeur impérial prétendait que les envoyés du roi « avoient esté prins de quelques ungs particu-
» liers pour gaigner la taille que l'on faisoit bruict que
» le sᵣ Rincon avoit à doz, et le proffict qu'ilz pençoient
» faire du sᵣ César en le livrant à ses ennemis » (2).
Le marquis del Vasto, de son côté, faisait dire à la Seigneurie qu'il était grandement « esmerveillé de cest affaire », que les gens de l'Empereur n'y étaient pour rien, que les pillards n'avaient parlé espagnol que pour mieux se déguiser, et qu'il enverrait le capitaine de justice pour les rechercher et les punir. Le marquis s'imaginait, écrit Pellicier, « donner à entendre telles
» bourdes et casser telles carottes à ung si saige
» Sénat » (3).

Tous ces bruits, toutes ces affirmations plus ou moins contradictoires mettaient en émoi le peuple de Venise,

(1) *Ibidem*, p. 502. Lettre du 9 juillet 1541.

(2) César Fregoso était depuis longtemps en butte à la haine et aux poursuites des Doria et de leurs partisans. « Cest homme, belliqueux et
» hardi, dit le traducteur de Paul Jove, aspiroit à la Principauté de
» Gênes et de toute Ligurie, estant l'agréable mémoire de son père
» Jan, qui avoit esté Doge de Gênes, encores en vigueur à l'endroit du
» peuple » (P. Jove, trad. D. Sauvage, t. II, l. XL, p. 504).

(3) Charrière, *Négoc.*, t. I, p. 502 et 503. — Les historiens dévoués à la maison d'Autriche reproduisirent les différentes versions que Charles-Quint et ses agents avaient imaginées pour se disculper. C'est ainsi que Ferreras adopte sans restriction le système du marquis del Vasto. « Des
» personnes, dit-il, qui eurent avis de leur voyage et de l'argent qu'ils por-
» toient, allèrent, masquées, sur deux barques, les attaquer, à l'embou-

et faisaient sortir le gouvernement de sa réserve habituelle. On n'avait jamais vu « le commun de ceste ville » plus troublé, confuz ne scandallisé qu'ilz ont esté de » cest affaire ; de sorte que ces seign<sup>rs</sup>, contre leur » nature, ne se sont peu tenir d'user publicquement des » propoz les plus grans du monde » (1).

L'opinion la plus répandue était que les agents impériaux avaient jeté en prison et gardaient étroitement Rincon et Fregoso. D'après un récit fait à Ludovic Rangone, beau-frère de Fregoso, ils auraient été arrêtés par vingt-trois Espagnols, qui, après les avoir promenés tout le jour sur les rives du Pô, les auraient conduits secrètement, pendant la nuit, au château de Pavie. D'autres prétendaient qu'ils avaient été enfermés dans la citadelle de Milan, puis transférés à Crémone.

La signora Fregosa avait même entendu dire de bon lieu que son mari avait « quelque liberté de salle et » chambre, et qu'il estoit sain, mais tant desplaisant » qu'il ne beuvoit ne mangeoit que bien peu de chose, » et qu'il ne voulloit rien prendre que deux Espagnolz » qui le gardoient n'en feissent la preuve et crédence ; » mais quant audict s<sup>r</sup> Rincon, qu'il estoit détenu en » grant destresse ». Cette nouvelle semblait confirmée

---

» chure du Tésin dans le Pô, et les deux émissaires du roi de France » ayant voulu résister, les inconnus les tuèrent, pillèrent leur barque et » jetèrent leurs corps dans un endroit si caché qu'on fut plus de deux » mois sans sçavoir ce que ces deux hommes étoient devenus » (*Histoire d'Espagne*, trad. d'Hermilly, 1751, t. IX, p. 226).

(1) Charrière, *Négoc.*, t. I, p. 501 et 502.

par un propos échappé à l'ambassadeur impérial, lequel
aurait dit « en plein bancquet de femmes, que les aultres
» seroient détenuz jusques ad ce qu'on auroit responce
» de l'Empereur, mais que le s<sup>r</sup> Rincon seroit *hour-*
» *chado,* que on veult entendre seroit déffaict » (1). Le
gouvernement vénitien, enjoignant, le 5 août 1541, à
son ambassadeur auprès du roi de lui exprimer le
déplaisir que cette affaire lui avait causé, ne parlait
que de la « capture » de Rincon et de Fregoso, non de
leur mort, à laquelle il ne croyait point (2). Le 22 août,
Pellicier était encore de cet avis, car il écrivait au roi
en lui annonçant l'arrivée de Charles-Quint en Italie :
« Il se dict que la venue de l'Empereur peut estre si
« heureuse pour les s<sup>rs</sup> César et Rincon qu'elle feut en
» France pour tant de pouvres prisonniers qui, pour
» l'amour de luy, feurent délivrez. Aultres disent qu'a-
» prez avoir sçeu d'eulx par la question ce qu'on en
» pourra avoir, on les fera mener à Yschia, lieu gran-
» dement fort dedans la mer, près de Naples, affin qu'ilz
» soient mys en obly par deçà, et qu'on ne sçaiche ce
» qu'ilz sont devenuz (3). »

L'évêque de Montpellier avait engagé le roi à s'assurer de l'ambassadeur impérial, proche parent du
chancelier Granvelle, après avoir averti Dodieu de

---

(1) *Ibidem*, p. 506. Lettre du 26 juillet 1541.

(2) Arch. gener. di Venezia, *Deliberazioni secrete del Senato*, Mss.,
v. 76.

(3) Charrière, *Négoc.*, t. I, p. 511.

Vély, son représentant auprès de la cour de Charles-
Quint, de s'éloigner le plus « dextrement » qu'il lui
serait possible (1). La correspondance de M. Dandolo
nous apprend qu'en effet, le sieur de Vély revint ino-
pinément en France ; mais que le roi, mécontent de
cette équipée, lui enjoignit de retourner à son poste (2).
Toutefois, on arrêta à Lyon l'oncle de l'empereur,
Georges d'Autriche, archevêque de Valence, qui se
rendait dans les Pays-Bas pour prendre possession de
l'évêché de Liège.

François I<sup>er</sup> apprit de bonne heure l'accident arrivé
à ses envoyés. La signora Fregosa, qui se trouvait à
Castel-Goffredo, auprès de son beau-frère, Aloyse de
Gonzague, avait été avertie, l'une des premières, de la
disparition de son mari. Elle dépêcha à la cour un
homme de sa maison, nommé Salerno. Ce messager
fut suivi de près par le comte de Landriano, envoyé
par le marquis del Vasto. François I<sup>er</sup> les mit en présence. « Salerno, dit M. Dandolo, recommença son
» récit. Le comte nia énergiquement ; mais le servi-
» teur de la signora Fregosa lui donna un démenti, et
» ajouta, devant Sa Majesté, des paroles acerbes et inju-
» rieuses à l'adresse de del Vasto. Landriano s'excusa,
» et ajouta que, quand même le récit de Salerno serait
» vrai, il ne devait pas être insulté, car il n'avait fait

---

(1) *Ibidem*, t. I, p. 502.

(2) Arch. gener. di Venezia, *Dispacci di Franza* (1540-1542), Mss.
Lettre de M. Dandolo, du 22 août 1541.

» que rapporter ce que son maître lui avait dit, et n'en
» savait pas davantage. Salerno lui répliqua qu'il était
» un mauvais plaisant, et qu'il savait bien que les
» choses ne s'étaient point passées comme il l'avait
» rapporté à Sa Majesté (1). »

Cependant le gouverneur du Piémont, avec l'aide de
l'évêque de Montpellier, travaillait activement à pénétrer le mystère qui planait sur le sort de Fregoso et de
Rincon. Dès que les premières nouvelles lui furent par-
venues, il s'était adressé au marquis del Vasto. Il
échangea avec lui une correspondance, moitié ironique,
moitié sérieuse, qui se prolongea du 5 juillet au milieu
de septembre. Langey, « qui déjà avoit l'ombre de la
» vérité », faisait semblant de croire aux protestations
du gouverneur impérial, le pressait d'activer la soi-
disant instruction qu'il avait commencée, l'amenait à
flétrir lui-même, dans les termes les plus énergiques,
l'agression dont les envoyés du roi avaient été victimes,
et finissait par lui déclarer « qu'il lui feroit apparoir du
» nombre et des noms de ceux qui avoient exécuté le
» délict, de quelles nations ils estoient, et où furent
» menés les prisonniers, par qui, à quelle heure, par
» quel chemin, avecques quel ordre, par quelle porte,
» et à quelle heure ils furent mis dedans leur pri-
» son » (2).

En effet, la vérité s'était fait jour peu à peu. Langey

(1) Arch. gener. di Venezia. *Ibidem.*

(2) *Mémoires* de du Bellay, édit. du *Panthéon littéraire*, p. 699.

avait été prévenu le 5 juillet, et Pellicier, le 7, de l'embuscade dans laquelle étaient tombés les envoyés du
roi. Le 26, l'évêque de Montpellier apprit la mort
du comte Camille de Cesso (1). Pendant les mois de
juillet et d'août, on était resté dans l'incertitude sur le
sort de Rincon et de Fregoso. Dans le courant de septembre, on connut enfin les détails de leur fin tragique.

Le 14 de ce mois, Pellicier écrivait au gouverneur
du Piémont : « J'ay receu lettres de Plaisance m'ad-
» vertissant que les barquerols qui menoient les
» s$^{rs}$ Cézar et Rincon, lesquels feurent prins et menés au
» chasteau de Pavye, estoient eschappés et arrivés
» audict Plaisance (2). » Un de ces bateliers s'était réfugié à Venise. L'évêque de Montpellier songea à le
faire examiner par le gouvernement vénitien « juri-
» dicquement et authenticquement ». Il consulta à ce
sujet « quelques praticiens affectionnés à faire service
» au Roy » ; mais ceux-ci répondirent que la Seigneurie
s'y résoudrait difficilement, car le crime n'avait pas été
commis sur les terres de sa juridiction (3). Pellicier in-
terrogea lui-même le batelier. « Il m'a dict, écrit-il au
» roi, que iceulx pouvres seigneurs feurent d'arrivée

---

(1) Charrière, *Négoc.*, t. I, p. 506. Lettre du 26 juillet 1541.

(2) Biblioth. nat., *F. Cl.*, Ms., 570, p. 178.

(3) *Ibidem*, p. 181. Lettre du 15 octobre 1541. — Ce passage montre
que Scipion Dupleix était dans l'erreur lorsqu'il affirmait que les Vénitiens, ayant pris quelques-uns des meurtriers, leur firent leur procès, et
que ces derniers déclarèrent avoir agi par l'exprès commandement du
gouverneur impérial (*Histoire générale de France*, t. III, p. 424).

» tuez en la barcque, et que luy-mesme feut forcé les
» porter hors là auprès, en une petite isle, où ont esté
» treuvez leurs dépôtz, dont peut assés clairement
» apparoir la machination avoir esté telle et comman-
» dement si exprès de leur mort qu'ilz estoient jà ad
» ce destinez et livrez avant que avoir esté treuvez
» et prins, et lesdicts meurtriers disoient avoir ce faict
» par commandement du marquis du Guast (1). » Mais
ce témoin, soit défaut d'intelligence, soit pour un autre
motif, ne put indiquer avec précision tous les détails du
meurtre. L'évêque de Montpellier reconnut plus tard
qu'il l'avait trouvé « variable en sa déposition » (2).

L'enquête dirigée par le gouverneur du Piémont
donna des résultats plus décisifs. C'était à Langey que
l'on devait l'évasion des bateliers. Il avait gagné un
des gardiens du château de Pavie, qui lima avec des
limes sourdes les grilles de leur prison (3). Dès qu'il fut
informé de l'arrivée des bateliers à Plaisance, il y envoya un secrétaire pour les interroger (4); il les fit venir
ensuite à Turin, et les examina lui-même. Les détails,
rapportés dans les *Mémoires* de son frère, Martin du
Bellay, ne laissent plus de doute sur les auteurs et les
circonstances de l'attentat.

Le 3 juillet 1541, vers midi, les deux envoyés de

---

(1) Charrière, *Négoc.*, t. I, p. 516. Lettre du 25 septembre 1541.
(2) Biblioth. nat., *F. Cl.*, Ms., 570, p. 229. Lettre du 25 mars 1542.
(3) *Mémoires* de du Bellay, édit. du *Panth. litt.*, p. 699.
(4) Charrière, *Négoc.*, t. I, p. 517. Lettre du 6 octobre 1541.

François I^er arrivèrent à la plage de Cantalu, à trois milles au-dessus du confluent du Tessin. Aussitôt deux barques, recouvertes de feuillage et pleines de gens armés, leur barrèrent le passage. César Fregoso et Rincon voulurent se défendre et furent tués. Dans le tumulte, la seconde barque, qui portait leur suite, put gagner le rivage ; ceux qui la montaient restèrent cachés tout le jour dans un bois, et purent atteindre Rivoli à la faveur de la nuit. Les bateliers des assassins et ceux des victimes furent faits prisonniers et conduits à Pavie. Il y avait trois jours que les gens du marquis del Vasto attendaient les représentants du roi de France ; ils avaient laissé leurs chevaux dans un petit port situé non loin de là, s'étaient fait apporter leurs repas d'une hôtellerie, et n'avaient quitté leurs barques qu'après avoir exécuté leur sanglante mission (1).

Ce récit, que l'on peut considérer comme la version du gouverneur du Piémont, ne diffère que sur un seul

---

(1) *Mémoires* de du Bellay, édit. du *Panth. litt.*, p. 697-703. — L'historiographe de Charles-Quint, Sepulveda, est d'accord avec du Bellay sur les circonstances principales. Il dit que del Vasto avait donné l'ordre à ses agents de faire prisonniers Rincon et Fregoso, et que ceux-ci ayant voulu se défendre, les armes à la main, furent tués dans la lutte qui s'ensuivit. Mais, tout en reconnaissant la part de responsabilité qui revient au gouverneur, il cherche à disculper son souverain : *Hæc cædes Marchioni quoque ingrata fuit, qui capi eos, non occidi jusserat ; sed Carolo, cujus injussu cuncta patrata fuerant, permolesta, inique ferenti commissum a suis esse, ut Rex causam aut juris speciem aliquam haberet, quam injustis suis conatibus prætenderet* (Sepulvedæ opera, Matriti, 1780, t. II, p. 161). Paul Jove (Trad. D. Sauvage, t. II, p. 1503) et Ulloa (Vita di Carlo Quinto, 1565, p. 161), ne font pas de difficulté pour avouer la

point des renseignements fournis par Pellicier. On lit dans les *Mémoires* que le lieutenant Camille de Cesso fut fait prisonnier, tandis que l'évêque de Montpellier, mieux renseigné, rapporte qu'il s'était noyé et que l'on avait retiré sa tête du fleuve (1) ; mais, en revanche, l'ambassadeur nous apprend que les cadavres de Rincon et de Fregoso furent trouvés à l'endroit même indiqué à Langey par les bateliers (2).

Les dépositions recueillies par Langey et Pellicier étaient accablantes pour le marquis del Vasto, en dépit de quelques contradictions peu importantes, et qu'il n'est pas étonnant de rencontrer dans une enquête aussi délicate. Alors même que la culpabilité du gouverneur du Milanais ne serait pas établie par les déclarations de ceux qui prirent part à l'attentat, on pourrait l'induire de ses propres aveux et des paroles de Charles-Quint lui-même. On rapporta à Pellicier que le marquis de Marignan ayant annoncé d'avance l'arrivée de Rincon à del Vasto, celui-ci avait répondu : « *Non è passato*

---

culpabilité de del Vasto. Les historiens vénitiens sont unanimes sur ce point. Maurocenus (lib. VI, p. 229) et Justinianus (lib. XIII, p. 376) l'affirment de la manière la plus expresse. Seul, le prudent Paruta (lib. IX, p. 456) soulève un léger doute : « Ce double meurtre avait été » ordonné, comme on le crut, *come fu creduto,* par le marquis del Vasto ».

(1) Charrière, *Négoc.*, t. I, p. 506. *Conf.* de Ruble, *Le mariage de Jeanne d'Albret*, 1877, p. 148.

(2) *Ibidem*, p. 516 et 517. Lettre du 6 octobre 1541. — Le corps de Rincon fut porté à Plaisance, et celui de Fregoso fut enseveli à Castel-Goffredo, où se trouvait sa veuve, et qui appartenait à son beau-frère, Aloyse de Gonzague.

» *ancora*, *non*, avecques prononciation et gestes, tant
» de la teste que des mains, qui donnoient bien à
» entendre qu'il ne luy estoit poinct encores eschappé,
» d'aultant qu'à Thurin et partout y a sy très bonnes
» espyes, que le sr Rincon n'a faict ung pas qu'ilz ne
» l'ayent tousjours suivy (1). » Le ministre impérial
reconnut qu'on l'avait prévenu du passage des deux
envoyés du roi à Casal, et qu'il avait été informé de
leur disparition dès le 5 juillet (2). Enfin, l'on sait, par
une lettre de Charles-Quint lui-même, qu'au moment
du départ de Rincon et de Fregoso pour la France, del
Vasto avait déjà proposé de les faire arrêter (3).

Il semble plus difficile, au premier abord, de démontrer la connivence de l'empereur; mais un examen
attentif des documents permet de l'affirmer d'une manière à peu près certaine. En effet, d'une part, Charles-
Quint ne dissimule point qu'il aurait fait périr Rincon
si ce dernier était tombé entre ses mains (4); de l'autre,
il paraît impossible qu'il ait ignoré son départ pour
l'Italie. On peut d'autant moins douter de la partici-

---

(1) Charrière, *Négoc.*, t. I, p. 503. Lettre du 9 juillet 1541.

(2) *Mémoires* de du Bellay, édit. du *Panth. litt.*, p. 697.

(3) Lanz, *Correspondenz des Kaisers Karl V*, t. II, p. 316.

(4) Il écrivit à son ambassadeur en France, le 23 juillet 1541 : « Si les-
» dictes personnes feussent tumbez entre nos mains, n'eussions rien
» demandé audict Fregoso; mais quant audict Rincon, il eust fini ses
» jours conforme à ses témérités et offences » (Lanz, *Correspondenz*,
t. II, p. 316 et 317). Voyez également la lettre de l'empereur au pape
Paul III (*Papiers d'État* de Granvelle, t. II, p. 632 et 640).

pation de Charles-Quint à cet attentat, que plusieurs documents démontrent qu'il songeait depuis longtemps à punir la défection de Rincon : dès 1530, il félicitait Antoine de Leva de ses efforts pour se saisir de la personne de son sujet rebelle, qui revenait d'une mission en Orient (1).

En dépit de ces témoignages accablants, Charles-Quint accueillit avec un suprême dédain les plaintes des Français. Il s'étonne que le sieur de Langey prenne « la chose si aygrement (2) », et oppose à son enquête celle dont il avait chargé son conseiller intime, Charles Boisot, et qui avait abouti à un résultat négatif (3); il refuse de recevoir un gentilhomme de la Chambre du dauphin, le sieur de Molines, que François I$^{er}$ a envoyé à Lucques pour le sommer de lui « restituer les sieurs Cézar et Rincon (4) ».

---

(1) *Agradecemos os mucho la diligencia que hicisteis para haber a los manos aquel Rincon que venia de Turquia y pasaba á Francia, aunque no hobo efeto* (G. de Leva, *Carlo V*, t. III, 1867, p. 50 et 51, d'après les Archives de Simancas). Lorsqu'on songe à tous les témoignages qui établissent la connivence de Charles-Quint, on a le droit d'être surpris de lire dans l'ouvrage de M. Rosseeuw Saint-Hilaire que Charles-Quint « semble avoir été étranger à cet odieux attentat » (*Histoire d'Espagne*, t. VII, 1854, p. 250).

(2) Lanz, *Correspondenz des Kaisers Karl V*, t. II, p. 315.

(3) Voy. le rapport du conseiller Boisot dans de Ruble, *Le mariage de Jeanne d'Albret*, p. 149, 150 et 151.

(4) Charrière, *Négoc.*, t. I, p. 529. Lettre de Pellicier, du 10 octobre 1541. Voy., dans les *Papiers d'État* de Granvelle (t. II, p. 605 et 611), l'avis sur la *réponse à faire, de la part de l'Empereur, à un gentilhomme français envoyé par M. d'Annebaut.*

Par une étrange contradiction, les Impériaux prétendaient recueillir les bénéfices du crime dont ils rejetaient la responsabilité, et racontaient que l'on avait trouvé les papiers de Rincon et de Fregoso non loin du lieu où le meurtre s'était accompli. Le marquis del Vasto envoya à Venise et les agents de Charles-Quint répandirent dans l'Empire les copies de prétendues instructions, qui étaient rédigées de façon à présenter François I$^{er}$ sous le jour le plus odieux; mais les contemporains ne furent pas dupes de cette manœuvre criminelle. On savait que Langey avait eu la précaution de se faire remettre les papiers des envoyés du roi. La signora Fregosa, en annonçant à François I$^{er}$ la mort de son mari, lui apprenait que ses dépêches étaient en sûreté. Dès que Polin fut arrivé à Venise, Pellicier ouvrit avec lui « les pacquets et dépesches des s$^{rs}$ Cézar » et Rincon », envoyés par Langey : « esquelles s'y sont » treuvées toutes les pièces principalles, mais quant aux » mémoires pour les s$^{rs}$ cappitaines d'Italie que ledict » s$^r$ Cézar avoit charge, n'y a rien esté treuvé ne » pareillement de la distribution des présents qu'il avoit » à faire (1) ».

---

(1) Charrière, *Négoc.*, t. I, p. 507 et 508. Lettre du 29 juillet 1541. — Il n'est peut-être pas inutile de rappeler que cette lettre n'était pas destinée à être livrée à la publicité, et qu'il est impossible, par conséquent, d'élever des doutes sur les assertions de Pellicier, car quelques historiens se sont faits les propagateurs des calomnies des Impériaux (Voy. Ulloa, *Carlo V*, 1576, p. 161 ; Leti, *Vie de Charles-Quint*, trad. fr., 1702, p. 487). Toutefois, les Impériaux saisirent probablement les papiers de Fregoso,

Charles-Quint avait commis un crime inutile : les dépêches qu'il avait cru saisir lui échappaient, et le déshonneur était pour lui, non pour le roi. L'Europe fut unanime pour le blâmer de cette odieuse violation du droit des gens. Le pape Paul III lui-même, malgré l'intérêt qu'il avait à ménager l'empereur, ne put dissimuler ses sentiments de réprobation : « Sa S<sup>té</sup>, » écrivait Pellicier, faisoit desmonstracion d'en estre » merveilleusement scandallisé, disant que despuis » qu'il est Pape n'est adveneu ung sy grant cas, pré- » voyant estre pour en sortyr une guerre enraigée qui » n'aura à finir, sinon avecques la ruine totale et mort » de quelque ung (1) ». Les Vénitiens trouvaient dans la conduite de l'empereur un prétexte pour garder la neutralité : « Combien que ces seig<sup>rs</sup>, disait encore » l'ambassadeur, en soient grandement desplaisans, sy » sont-ilz bien contans que V. M. ayt sy bonne ouver- » ture de s'en ressentir en ce temps que le G. S. » marche, et que, rompant avecques l'Empereur, quant » ilz seront rechairchez de secours par luy, ilz ont bonne

---

qui n'étaient pas parvenus à Venise. Le fait semble résulter du passage suivant d'une lettre de Pellicier, en date du 25 mars 1542 : « Il est » veneu à ma notice qu'il y avoit quelqu'ung qui avoit une lettre assés » fresche, monstrant estre escripte par le feu s<sup>r</sup> Cézar, laquelle ay treuvé » moïen de recouvrer. » L'évêque de Montpellier reconnut qu'elle était signée de la main de Fregoso et scellée de son sceau; mais il supposa que les meurtriers lui avaient arraché « pluzieurs blancs signez », et lui avaient enlevé son sceau qu'il avait, « lors de sa prinse, en sa pochette » (Biblioth. nat., *F. Cl.*, Ms., 570, p. 227°).

(1) Charrière, *Négoc.*, t. I, p. 507. Lettre du 29 juillet 1541.

» cause et raison de s'en excuser (1) ». Quant à Souleyman, on espérait que ce criminel attentat ne ferait
que l'animer davantage contre l'empereur et qu'il n'en
serait pas moins offensé que François Ier lui-même.

C'est ainsi que Charles-Quint avait fourni à la France
un prétexte pour déclarer la guerre, qu'elle avait depuis
longtemps résolu d'entreprendre. Le roi, s'entretenant
du meurtre de ses envoyés avec l'ambassadeur de
Venise, M. Dandolo, lui disait : « Je suis trop avare de
» mon honneur pour le croire trop cher. Je ne ferai pas
» de difficultés, si ce n'est dans l'affaire de Rincon et de
» Fregoso, car c'est trop lourd à porter. Je suis gentil-
» homme, et il s'agit de mon honneur. Je ne serai l'ami
» de l'Empereur que s'il m'accorde une réparation. S'il
» refuse, je déclarerai au monde entier que je ne veux
» pas endurer une semblable injure, et je lui montrerai
» que je suis le roi de France (2) ».

Les ambassadeurs de François Ier faisaient entendre
ses protestations devant la diète de Ratisbonne et le
Saint-Siège, s'efforçaient de faire partager ses ressenti-
ments à tous les princes de la chrétienté, et appelaient
leur réprobation sur ces continuelles violations du droit
des gens, dont l'empereur semblait se faire un jeu.
Pellicier fut l'un de ceux qui contribuèrent le plus à
montrer sous son vrai jour la politique impériale ; car

_____

(1) Charrière, *Ibidem*.

(2) Arch. gener. di Venezia, *Dispacci di Franza* (1540-1542). Lettre de
M. Dandolo, du 8 juin 1541.

il ressentit plus vivement que personne l'injure faite à son maître et à l'humanité. Parmi les nombreuses lettres qu'il écrivit à ce sujet, il en est une qui exprime encore mieux que les autres sa douleur et son indignation ; c'est celle qu'il adressa au roi en faveur de la veuve de l'une des victimes. « Sire, dit-il, la signora Constanza, » femme du s⁺ Cézar Frégose, à présent estant clariffiée » de la piteuse et cruelle fin de son dict feu mari, s'est » deslibérée rettirer vers Vostre Majesté et jeter à vos » piedz, dont m'a pryé, comme l'ung de vos très humbles » et très obéissans serviteurs, luy vouloir donner la » présente..... m'a semblé ne la luy debvoir desnier, » pour vous supplyer, Sire, que vᵗʳᵒ bon plaisir soit la » vouloir prendre en vostre bonne et singulière protec- » tion, et son pouvre enfant aussy, ainsi que par vᵗʳᵒ » bonté, pitié et miséricorde estes accoustumé faire, » non seulement à vos affectionnés serviteurs comme » ilz sont, mais encores à toutes personnes désollées ; » vous asseurant, Sire, que la chose a esté treuvée sy » horrende et impie qu'il n'y a homme qui n'en soit » aultant scandallisé que de chose que l'on ayt ouy » parler longtemps y a (1). »

(1) Biblioth. nat., *F. Cl.*, Ms., 570, p. 180. Lettre du 6 octobre 1541.

# EXPÉDITION D'ALGER

# CHAPITRE IX

## EXPÉDITION D'ALGER

Les provocations de Charles-Quint ne firent que confirmer François I$^{er}$ dans la pensée de resserrer son alliance avec Souleyman, et d'y faire entrer la République de Venise. Le roi de France résolut de tenter de nouveaux efforts pour entraîner la Seigneurie dans une ligue contre les Impériaux, et pour décider les Turcs à combiner leurs mouvements avec les siens, à envoyer leurs flottes en Occident, à exécuter enfin le plan que La Forest avait été chargé de leur soumettre, dès 1536. Le désastre que l'empereur essuya sur le rivage africain, moins de quatre mois après le meurtre de Rincon et de Fregoso, semblait devoir mettre fin aux hésitations de ces deux puissances et assurer le succès des combinaisons de la diplomatie française.

L'expédition d'Alger tient une place considérable dans la correspondance de Pellicier. Les lettres de l'ambassadeur dépeignent l'étonnement que causa au monde entier cette entreprise, exécutée au moment même où les armées du roi des Romains, Ferdinand, venaient d'être mises en déroute sous les murs de Bude, où le récent attentat de del Vasto rendait la guerre inévitable entre la France et l'Empire.

Il y avait déjà longtemps que l'empereur méditait de
faire subir à la ville d'Alger le sort de celle de Tunis,
afin de rendre la sécurité aux côtes d'Espagne, en butte
aux continuelles incursions des pirates barbaresques.
Dès le 17 février 1539, Joachim Passano, seigneur de
Vaux, alors ambassadeur à Venise, écrivait au roi :
« L'Empereur entend à l'entreprinse d'Alger, et le Duc
» d'Albe en aura la charge. Il semble que l'Espaigne en
» sollicite bien fort l'exécution, disant entr'aultres
» choses, que les lieux et villes littorales ne seront
» jamais seures si Alger demoure entre les mains de
» ceulx qui le tiennent » (1). Cette expédition entrait
dans le plan de la guerre que Charles-Quint avait
résolu de faire à Souleyman; car il semblait naturel
qu'avant d'envahir la Turquie, il tentât de soumettre
les côtes d'Afrique à sa domination, afin d'assurer ses
derrières et de n'être pas exposé à se voir attaquer en
Espagne au moment où il s'enfoncerait en Orient (2).

Les ministres de François Iᵒʳ n'ignoraient pas ces

---

(1) Ribier, *Lettres et Mémoires d'Estat*, t. I, p. 377. — Après la prise
de Tunis, l'empereur avait eu un moment l'idée de tenter la conquête
d'Alger, mais il y renonça parce que « la saison de naviguer » était
passée, et qu'une grande partie de son armée était « tumbée en mala-
dies » (Lanz, *Correspondenz des Kaisers Karl V*, t. II, p. 200-202. Lettre
du 16 août 1536).

(2) *Interim ipse ne christiana respublica ab ejusmodi hostibus sibi quic-
quam metueret, de bello in Turcicos fines transferendo cogitavit. Quod
antequam susciperet, tenendam sibi necessario Africam existimavit, ne Tur-
ciam petens, infestum hostem perpetuumque, Hispanis terrorem, post tergum
relinqueret* (Arnaud du Ferron, *Rerum Gallicarum libri V*, Basileæ, 1601,
p. 205).

projets, mais ils pensaient que les événements survenus dans le courant de l'année les feraient ajourner. L'évêque de Montpellier, informé de tout ce qui se passait dans les Conseils de Charles-Quint, les avait prévenus des efforts que l'on faisait en Allemagne pour empêcher ce prince de s'éloigner, et des menaces des Électeurs qui, se voyant délaissés, parlaient de nommer « ung » Roy des Romains, voire à l'adventure ung Empe- » reur » (1).

Les dépêches de Pellicier montrent avec quelle attention il suivait les mouvements de l'opinion publique dans l'Empire, et avec quelle exactitude il renseignait la cour de France sur ce sujet délicat. En juillet 1540, il avait eu le plaisir d'annoncer que la diète de Haguenau s'était « résoleue en fumée » (2). Le 7 mars 1541, il n'est pas moins heureux de rapporter au roi « les » estranges parolles » des princes à l'empereur, dont la conclusion était « que s'il voulloit ainsi se faire » grant et monarcque, qu'il le cherchast par aultre

_____

(1) Charrière, t. I, p. 515. Lettre du 14 octobre 1541. — Le passage suivant de la lettre d'un conseiller de Charles-Quint prouve l'exactitude des renseignements fournis par l'évêque de Montpellier : « A l'entrée » d'Allemaingne, je suis esté adverty qu'aulcuns avoient semé ung » bruict que Vostre Majesté, aïant esté adverty de la descente du Turcq » en Hongrie, s'estoit subitement party de la Germanie, et avoit aban- » donné icelle en dangier... cerchant soubz ceste couleur faire des lygues » et confédérations particulières avecq les citez » (Lanz, *Correspondenz*, t. II, p. 328 et 329. Lettre de Jean de Naves à l'empereur, du 26 janvier 1542).

(2) Biblioth. d'Aix, *L. de P.*, Ms., p. 236. Lettre à la duchesse de Ferrare, du 13 juillet 1540.

» voye que la leur » (1). Il note, au jour le jour, les divers incidents de la diète de Ratisbonne et les phases de la négociation du cabinet impérial avec les Luthériens (2). Il ne met pas moins d'empressement à transmettre à la cour les bruits qu'il a pu recueillir sur le mariage de Christine de Danemark, duchesse de Milan et nièce de l'empereur, avec le fils du duc de Lorraine (3); sur celui du duc de Clèves avec la nièce du roi, Jeanne d'Albret (4); sur les rapports des Impériaux avec Henri VIII, dont Charles-Quint recherchait l'alliance, encore que ce fût « contre le nom chrestien et » aussy contre le Pape » (5).

(1) Charrière, *Négoc.*, t. I, p. 468. Lettre au roi.

(2) Biblioth. d'Aix, *L. de P.*, Ms., et Biblioth. nat., *F. Cl.*, Ms., 570, *passim*. V., entre autres, la lettre au roi, du 17 mars 1541 (Biblioth. nat., *ibidem*, p. 142).

(3) Biblioth. nat., *F. Cl.*, Ms., 570, p. 132. Lettre au roi, du 31 mars 1541.

(4) Charrière, *Négoc.*, t. I, p. 495. Lettre au roi, du 31 mai 1541.

(5) Ribier, *Lettres et Mémoires d'Estat*, t. I, p. 520. Lettre au roi, du 19 avril 1540. — L'évêque de Montpellier, qui avait déjà prévenu le roi, au commencement de 1540, du rapprochement de l'empereur et d'Henri VIII, ne laissa échapper aucune occasion d'observer la conduite des Anglais qui venaient dans la Péninsule. Le 15 février 1541, il écrit au connétable que le roi d'Angleterre avait envoyé à Venise douze gentilshommes « pour, soubz couleur d'apprendre, voir et estre advertys de » toutes choses qui sont pour s'entendre en ceste Italye » (Biblioth. nat., *F. Cl.*, Ms., 570, p. 120). Il ne put dissimuler son dépit lorsqu'il apprit la rupture du mariage de Henri avec Anne de Clèves, sœur du nouvel allié de la France, et il le manifesta, dans une lettre à Villandry, avec cette verve ironique et cette liberté de langage que l'on trouve dans quelques-unes de ses lettres familières : « Ces seig<sup>rs</sup> ont esté advertys » par leur secrétaire qui est en Angleterre, que le Roy de là avecques

Mais c'étaient les préparatifs militaires des ennemis de la France que l'ambassadeur surveillait avec la plus grande vigilance ; car ses agents étaient unanimes pour lui annoncer que Charles-Quint faisait de grands armements, bien qu'ils ne lui eussent encore transmis que des renseignements vagues ou contradictoires sur la destination qui leur était assignée.

Le 21 mars 1541, Pellicier est informé que le marquis del Vasto a eu une entrevue, à Gênes, avec Doria (1). Le 14 avril, il apprend que l'empereur a enjoint à ce dernier de préparer ses galères pour le conduire en Espagne (2). Le 17 mai, ayant été prévenu par d'Annebaut qu'on levait dans l'Empire 12,000 lansquenets (3), sous le prétexte de la guerre de Hongrie, il s'empresse d'avertir Tassin de Luna, qui expédie un homme exprès

---

» la Reyne Catherine, sa dernière femme, avoit mandé quérir la Reyne
» Anne, sœur du duc de Clèves, et que, incontinant qu'elle feut au
» palais, alla à l'encontre avecques lad. Reyne Catherine, lesquels luy
» fisrent fort bon recueil, et s'entrebrassèrent et beurent les deux
» Reynes ensemble en une mesme coupe d'or, et la nuict led. Roy dormit
» avecques toutes deux, et luy fist le matin ensuyvant fort grosse chère,
» en luy donnant troys mil escus, et puis la remanda à son logis. »
(Biblioth. d'Aix, *L. de P.*, Ms., p. 549. Lettre du 7 mars 1541). — Ces
paroles ne peuvent avoir qu'un sens allégorique, attendu que Catherine
d'Aragon était morte depuis 1536. Pellicier voulait dire que les deux
reines, qui furent toutes deux répudiées, avaient été, au même titre,
victimes de l'inconstance du monarque.

(1) Biblioth. d'Aix, *L. de P.*, Ms., p. 561. Lettre à d'Annebaut, du
21 mars 1541.

(2) Charrière, *Négoc.*, t. I, p. 473. Lettre au roi, du 14 avril 1541.

(3) Biblioth. d'Aix, *L. de P.*, Ms., p. 638. Lettre au roi, du 17 mai 1541.
— Biblioth. nat., *F. Cl.*, Ms., 570, p. 145. Lettre à Langey, du
20 mai 1541.

jusqu'aux Basses-Allemagnes. Vers le même temps,
il reçoit l'avis que des troupes s'assemblent dans le
Tyrol, à Milan, à Naples, et s'adresse à ses correspondants pour en connaître le nombre et la destination (1).

Peu à peu ses informations se complètent les unes
les autres et deviennent plus précises. Au commencement de juillet, l'ambassadeur se croit en mesure d'affirmer que l'empereur sera en Italie pour la mi-août
avec ses douze mille lansquenets (2) ; mais il est toujours incertain sur le véritable but de l'expédition.
« Les Impériaulx, dit-il, font pluzieurs beaulx discours ;
» les ungs dyent que c'est pour plus tost passer en
» Espaigne et faire l'entreprinse d'Algier luy-mesme
» en personne, et que pour cest effect il a jà à Malega
» grant équipage de biscuitz, corselletz et mesmement
» bonne partie des gallères et voilles à ce nécessaires ;
» d'aultres, que c'est pour aller en Alexandrie d'Égypte,
» et ce, non seullement pour la conquester, ce qu'il
» pourroit faire aysément, mais trop plus pour divertyr
» et faire retirer ledict G. S. de son entreprinse de
» Hongrye, ayant entendeu que le peuple dudict Egypte
» est très mal contant du G. S. » (3). Les Vénitiens crai-

---

(1) *Ibidem*, p. 149ᵒ et 152. Lettres à Langey, du 31 mai et du
13 juin 1541.

(2) Biblioth. d'Aix, *L. de P.*, Ms., p. 791. Lettre à l'évêque de Rodèz,
du 24 juillet 1541.

(3) Charrière, t. I, p. 500 et 501. Lettre du 4 juillet 1541. — Pellicier
donne, dans la même dépêche, d'intéressants détails sur la situation

gnaient que Charles-Quint ne fît quelque entreprise
contre leurs possessions du Levant et de la Dalmatie.
Enfin, « aulcuns se doubtoient que ledict Empereur se
» pourroit bien adresser sur les terres maritimes de Pro-
» vence et Languedoc ou de tous deux en ung mesme
» temps, faisant venir en Provence l'armée qu'il a

---

d'Alexandrie. Cette ville était complètement ruinée depuis que les Portugais avaient découvert la route du cap de Bonne-Espérance pour aller
aux Indes. Ce n'est pas, dit l'ambassadeur, un lieu « de grant mouve-
» ment, car ne contient que cinq ou six maisons destinez pour les
» consulz ou prévostz des marchandz ». Jehan Chesneau, qui visita
l'Egypte en 1549, rapporte que la ville du Caire était très peuplée, mais
qu'Alexandrie était si désolée qu'on n'y voyait pas une maison qui ne
fût à moitié ruinée. « Et n'y a, ajoute-t-il, autre chose d'entier que les
» murailles, qui sont très belles, et hautes, et de pierre de taille, avec
» grand quantité de tours quarrées » (*Pièces fugitives*, t. I, p. 50 et 51).
Pierre Belon dit également que, sans les marchands chrétiens, qui y
tiennent quelques hommes « pour le trafic, elle seroit bien peu de chose »
(*Les observations de plusieurs singularitez et choses mémorables trouvées en
Grèce, Asie, Judée, Egypte, Arabie. Paris, 1553, préface*). Cependant le
gouvernement ottoman venait de faire plusieurs tentatives pour rendre
à ces contrées leur ancienne prospérité et y attirer de nouveau les
marchandises de l'Inde. L'eunuque Souleyman, alors gouverneur
d'Egypte, avait entrepris de rétablir le canal qui unissait autrefois le Nil
à la mer Rouge : « Il faisoit grosse despense, dit Guillaume Postel, à
» refaire la fosse des anciens, pour amener la mer Rouge vers le Nil, et
» vers nostre mer. » Le même voyageur parle du « grant nombre de
» chameaus qui portoient le bois à édifier vaisseaus en la mer Rouge où
» n'y en a point... pour passer contre le Portugalois, qui a coupé le
» cours aus espiceries, au gros préjudice, non seulement du Turc, mais
» des Vénitiens, Ragusiens, Florentins, Pisans, Génevois, et toutes gens
» de marine » (*De la République des Turcs, La Tierce partie*, p. 73). En
effet, l'eunuque Souleyman entreprit, dans l'été de 1538, une expédition
contre les Portugais de l'Inde; mais il échoua au siège de Diu, et dut
se contenter d'occuper la ville d'Aden et la province d'Yemen en
Arabie (De Hammer, *Hist. de l'Empire ott.*, trad. Hellert, t. V, p. 302
et 303).

» preste auprès de Sicile, et tout en ung coup celle de
» Malega en Languedoc » (1).

Ce fut seulement le 22 août que l'ambassadeur sut,
d'une manière certaine, que l'empereur avait résolu
d'entreprendre l'expédition d'Alger. La nouvelle de la
défaite de Bude, qui était venue surprendre Charles-
Quint au moment où il avait déjà passé les Alpes,
n'avait pu l'ébranler ni le faire renoncer à son projet ;
et c'est ce moment même qu'il choisit pour mander
un gentilhomme vénitien, « praticien des choses d'A-
» frique » (2).

L'émotion fut grande dans toute l'Italie, et surtout à
Venise, lorsqu'on vit venir l'empereur « en telle puis-
» sance par le cueur du pays ». Le Sénat nomma quatre

_____

(1) Biblioth. d'Aix, *L. de P.*, Ms., p. 802 et 803. Lettre au roi, du
26 juin 1541. — Cette dernière supposition n'était pas sans fondement.
Charles, comme nous l'avons vu, avait des intelligences en Piémont et
en Provence. Il méditait très certainement une entreprise contre nos
provinces du littoral méditerranéen ; mais rien ne permet d'affirmer qu'il
ait songé à l'exécuter avant l'expédition d'Alger. Tout fait supposer, au
contraire, qu'il se proposait d'attaquer le Midi de la France à son retour
d'Afrique, et de profiter du moment où toutes ses forces seraient ras-
semblées pour envahir le royaume de son rival. Cependant Mézeray
affirme qu'il feignait d'aller combattre les Barbaresques pour surprendre
les terres du roi très chrétien, et que, n'ayant pu exécuter ses desseins
sur la Provence, il fut obligé, par la honte ou la crainte, de continuer
son voyage d'Alger *(Histoire de France*, 1685, t. II, p. 101). Quoi qu'il
en soit, le gouvernement français prit des mesures pour prévenir une
surprise. Le maréchal d'Annebaut écrivit au sénéchal de Toulouse que
Charles-Quint devait côtoyer le Languedoc en s'en retournant en Espagne,
et lui enjoignit de faire garder les places du littoral, surtout la ville
d'Aigues-Mortes contre laquelle l'empereur paraissait avoir quelque dessein (Dom Vaissette, *Histoire du Languedoc*, t. V, p. 150).

(2) Biblioth. d'Aix, *L. de P.*, Ms., p. 801. Lettre du 26 juillet 1541.

ambassadeurs pour le recevoir à l'entrée du territoire
de la République, pendant que la Seigneurie renforçait
les garnisons des places fortes, et particulièrement celle
de Vérone où devait passer le cortège impérial (1). Le
gouverneur du Milanais, del Vasto, accompagné de
toute la noblesse de la province, le duc de Ferrare et
le petit-fils du pape, Octave Farnèse, allèrent au devant
de Charles-Quint jusqu'à Trente (2). Le cardinal de
Mantoue lui conduisit à Cavriana son neveu, le jeune
duc François (3). Cosme de Médicis, duc de Toscane,
vint lui faire sa révérence à Gênes. Paul III se ren-
contra avec lui à Lucques, le 10 septembre 1541 (4).

Pellicier, qui avait observé toutes les démarches de
l'empereur, se préoccupait surtout de son entrevue avec
le chef de l'Église. Il exhala le dépit qu'il en ressentait
dans une lettre au capitaine Polin : « Je ne m'esten-
» deray, dit-il, à vous faire aulcune description de leurs
» sérimonies, sinon que, après avoir baisé les pieds,
» puys la main, et par après les deux joues de Sa
» Saincteté, luy dist estre veneu vers elle pour luy faire
» entendre les besoings de la chrestienté, et là-dessus
» prendre son conseil » (5). L'ambassadeur savait que
« les besoings de la chrestienté » ne seraient pas le seul

---

(1) Paruta, *Historia vinetiana*, 1703, p. 400.

(2) C. de Leva, *Carlo V*, 1867, t. III, p. 455.

(3) Guazzo, *Historie*, 1546, p. 319.

(4) C. de Leva, *Carlo V*, t. III, p. 454.

(5) Charrière, *Négoc.*, t. I, p. 518. Lettre du 10 octobre 1541.

sujet de leurs entretiens, que l'empereur songeait à
se servir du pape pour décider François I$^{er}$ à consentir
à une prolongation de la trêve, et que le pape espérait
obtenir de l'empereur le Milanais pour son petit-fils,
Octave Farnèse. Pellicier, bien informé par l'évêque
de Lodi récemment arrivé de Rome, s'empressa de
prévenir son maître que « icelle Sainceté ne s'est vouleu
» treuver à cest abouchement de Lucques que pour
» buttinement d'Estats et mesmement d'Italie » (1). En
effet, lorsqu'on eut parlé du concile, de la réforme du
clergé, etc..., on s'occupa des moyens de rétablir la
paix entre les maisons de France et d'Autriche. Paul III
proposa de confier le duché de Milan à un tiers, et mit
en avant la candidature du duc de Savoie, réservant
d'y substituer, si le principe était admis, celle d'Octave
Farnèse. Charles-Quint, qui savait où le Saint Père
voulait en venir, accepta ses bons offices auprès du roi,
mais se contenta de renouveler l'offre qu'il avait déjà
faite, de donner sa fille au duc d'Orléans, second fils de
François I$^{er}$, avec la souveraineté des Pays-Bas. Il déclara s'en remettre à la décision du Saint-Siège pour
l'affaire de Rincon et de Fregoso, et, bien qu'il eût
refusé d'entendre personnellement les protestations de
l'envoyé français, M. de Molines (2), il donna des ordres

(1) Biblioth. nat., *F. Cl.*, Ms., 570, p. 174 et 175. Lettre du 14 septembre 1541.

(2) G. de Lova, *Carlo V*, t. III, p. 455.

pour que les accusés et les témoins ne pussent s'embarquer avec l'armée d'Afrique.

Comme il en avait pris l'engagement, Paul III envoya un de ses secrétaires, Jérôme Dandino, à François Iᵉʳ, pour l'exhorter à continuer d'observer la trêve (1). L'évêque de Montpellier avait prévenu son maître que Charles se vantait de le « manyer à son plaisir, comme » il faisoit de son gang qu'il tenoit à la main » (2). Néanmoins, François Iᵉʳ répondit au pape, par l'intermédiaire de l'évêque de Rodez, son ambassadeur à Rome, qu'il maintiendrait les choses dans l'état tant que l'empereur ne serait pas revenu de l'entreprise d'Alger (3). Il parla dans les mêmes termes à dom François Manricque, prélat espagnol, que Charles-Quint lui avait député pour lui annoncer son prochain départ (4).

---

(1) *Ibidem*, p. 456.

(2) Biblioth. nat., *F. Cl.*, Ms., 570, p. 184.

(3) G. de Leva, *Carlo V*, t. III, p. 457, d'après les Archives de Vienne.

(4) Granvelle, *Papiers d'État*, t. II, p. 639. — Parmi les sujets du roi, il y en eut qui lui reprochèrent de n'avoir pas profité de l'expédition d'Alger pour attaquer l'empereur; c'est, du moins, ce qui ressort du passage suivant d'Étienne Dolet : « Et me semble que la faulte feut » grande de nostre costé, que, cependant que l'Empereur estoit empes- » ché après son voyaige d'Argiers, on ne feist les efforts, qui despuis ont » esté faicts tant en Piedmont, Picardie qu'à Perpignan. Or de dire que » le deshonneur eust esté grand pour nous, d'invahir les terres que » l'Empereur tient, durant le temps qu'il guerroyoit contre les infidelles, » tout cela est une belle resverie de quelque Docteur contemplatif, ou » pour mieulx dire, c'est le sot propos d'aulcuns ignorans, ou malicieux » Impérialistes. Tous gens d'esprit et de bon jugement sçavent trop

Mais le roi n'entendait accorder à son rival qu'un
sursis de courte durée. L'empereur ne l'ignorait pas,
car, en même temps qu'il recevait ces déclarations
pacifiques, il apprenait que l'on renforçait les garnisons
de la Provence et du Piémont : il en conclut que les
Français, en tout état de cause, lui déclareraient la
guerre au printemps de l'année suivante. D'autre part,
Charles-Quint savait que les Turcs ne seraient pas en
mesure de tenter, avant cette époque, de nouvelles
entreprises contre son frère, et devraient se contenter,
durant l'hiver, d'occuper les provinces déjà conquises
en Hongrie (1). C'est ce qui explique pourquoi, malgré
les représentations de Doria et de tous les marins
expérimentés, il s'obstina à entreprendre l'expédition
d'Alger pendant la pire saison de l'année, et se décida
à s'embarquer à la Spezia, le 18 septembre 1541 (2).

Quatre jours auparavant, l'évêque de Montpellier
avait annoncé à Barberousse le départ de la flotte impériale. On peut lire dans sa correspondance un petit
billet adressé à un négociant nommé Guillaume Re-
verdy, qui en dit plus qu'une longue dépêche : « Je
» vous envoye une coppie d'une lettre de Gennes, la-

---

» bien que ce n'a esté le zèle de secourir la Chrestienté qui a conduict
» l'Empereur à Thunis ou à Argiers. Tout gisoit en une résolution de
» préserver à l'advenir les Hespaignes des courses et invasions, que les
» Turcs y font ordinairement par mer » *(Les Gestes de Françoys de
Valois,* Lyon, 1543, p. 83 et 84).

(1) G. de Leva, *Carlo V,* t. III, p. 457.

(2) Charrière, *Négoc.,* t. I, p. 519. Lettre du 10 octobre 1541.

» quelle vous pourrés communiquer aud. Barberousse,
» sans dire le lieu d'où sçavés et l'avés eue, ne pareille-
» ment aud. Pomaro ne à homme du monde ne le ferés
» sçavoir (1). »

Mais les conseillers de Souleyman furent plus pru-
dents que Charles-Quint; ils ne voulurent pas s'exposer
à perdre leur flotte, en l'aventurant dans les parages
d'Afrique pendant cette saison orageuse. Pellicier ne
tarde pas à annoncer à François I<sup>er</sup> que les vaisseaux de
Barberousse ne se mettront pas à la poursuite des Impériaux; car, dit-il, « l'affaire d'Algier ne touche tant
» le G. S. que ladicte armée doibve entreprendre ung
» si grant voyaige de 111<sup>e</sup> lieues en la pyre saison de
» l'année, et se mectre à ce hazart et dangier de
» mer » (2).

L'opinion des ministres ottomans était partagée par
tous ceux qui connaissaient la Méditerranée, et il n'y en
avait pas un seul qui ne prévît les périls auxquels était
exposée la flotte impériale (3). « Ainsi que m'ont dict,
» écrivait Pellicier, plusieurs gens qui cognoissent le
» navigaige de la mer Méditerrane, ilz estiment ledict
» Empereur avoir eu très mauvais temps pour aborder
» ceste coste d'Algier, et mesmement ung cappitaine
» qui est à mon logis, lequel est fort praticien de ce

---

(1) Biblioth. d'Aix, *L. de P.*, Ms., p. 894. Lettre du 14 septembre
1541.

(2) Charrière, *Négoc.*, t. I, p. 520. Lettre du 15 octobre 1541.

(3) Biblioth. nat., *F. Cl.*, Ms., 570, p. 183.

» pays et mer de delà, pour avoir esté douze ou quinze
» ans esclave de Barberousse . »

Pellicier écrivait ces lignes le 15 octobre 1541. Dix
jours plus tard, la flotte impériale était détruite par une
tempête en vue de la côte africaine. Charles-Quint, qui
était parvenu à grand'peine à planter ses tentes devant
Alger, se voyait réduit à regagner, à travers mille
périls, le cap Matafous, près duquel Doria avait jeté
l'ancre. A peine rembarqué, il était surpris par un
nouvel ouragan, qui l'obligeait de se réfugier à Bougie,
pendant que ses vaisseaux se dispersaient dans toutes
les directions. Il n'aborda à Carthagène que le 2 décembre 1541 (1).

Le désastre des Impériaux ne tarda pas à être connu
à Venise (2). Les nouvelles y arrivèrent « de plus en
» plus pyres », comme disait l'ambassadeur (3). On fut
même, pendant quelque temps, très inquiet sur le sort
de l'empereur. Ses partisans étaient dans un trouble
indescriptible, et recueillaient avec avidité les bruits
favorables. Un fait rapporté par l'ambassadeur de
François Ier montre comment les fausses nouvelles se

---

(1) Rosseeuw Saint-Hilaire, *Histoire d'Espagne*, t. VII, 1854, p. 254-
263.

(2) Biblioth. nat., *F. Cl.*, Ms., 570, p. 193°-194°. Lettre au roi, du
26 novembre 1541. M. Charrière a publié (t. I, p. 521) un extrait de
cette dépêche, à laquelle il assigne, par erreur, la date du 28 novembre.
— Charrière, *Négoc.*, t. I, p. 525 et 526. Lettre au roi, du 4 décembre
1541.

(3) Charrière, *Négoc.*, t. I, p. 527.

propagent en temps de panique, et arrivent à prendre
toutes les apparences de la vérité. Un courrier avait
annoncé à l'ambassadeur de Ferrare, d'après un gentilhomme récemment arrivé à Sienne, que Charles-
Quint s'était embarqué à Bougie et devait déjà avoir
atteint l'Espagne. Le cardinal de Ravenne, fougueux
impérialiste, s'empressa de prévenir l'ambassadeur
de l'Empire, « lequel, ainsi que ceulx qui croient
» volontiers ce qu'ilz désirent, ne faillit, le lendemain
» au matin, mander son secrétaire vers la Seigneurie
» pour l'en advertir ». Le bruit se répandit aussitôt
dans la ville qu'on avait de bonnes nouvelles de l'empereur, et ne tarda pas à arriver aux oreilles du cardinal
de Ravenne. « Ne sçachant icelluy cardinal que ladicte
» nouvelle feust procédée de sa maison, par le moïen
» de son secrétaire, manda vers ledict ambassadeur
» pour en sçavoir, qui en demoura grandement estonné
» et confuz, et feist responce n'en avoir entendeu, sinon
» ce que son secrétaire luy en avoit dict, de sorte que
» tous deux demourèrent mocquez (1). »

Ce ne fut pas avant le 17 décembre 1541 que l'on sut
à Venise que l'empereur était arrivé sain et sauf en
Europe. Son ambassadeur, prévenu par un courrier
extraordinaire, courut annoncer la nouvelle à la Seigneurie, « en grant pontifical et accoutremens impé-

---

(1) Biblioth. nat., *F. Cl.*, Ms., 570, p. 198 et 198°, 199 et 199°.
Lettre du 18 décembre 1541.

» riaulx » (1). Quelques jours plus tard (24 décembre),
on apprenait que Doria, de son côté, venait de rentrer
à Gênes, qu'il avait fait célébrer une messe solennelle
immédiatement après son arrivée, et s'était retiré fort
triste en sa maison, « ne voulant que personne luy
parlast » (2).

L'Europe était encore assez chrétienne pour regarder
le désastre des Impériaux comme un malheur public ;
mais, entre tous les peuples de l'Occident, les Vénitiens
furent ceux qui le déplorèrent avec le plus d'amertume,
« non pas pour la perte particulière de l'Empereur, di-
» sait Pellicier, mais pour ce que, n'ayans plus cest
» object de povoir tourner à son party, toutesfois et
» quantes que le G. S. les vouldroit contraindre à
» choses qui ne leur feussent agréables, ilz seroient
» exposés à touz les appétits dudict G. S. » L'ambassadeur comptait bien profiter de leur effroi pour les entraîner dans la ligue contre Charles-Quint. « Au faict,
» ajoute-t-il, j'estime que leur meilleur recours sera

----

(1) *Ibidem*.

(2) Charrière, *Négoc.*, t. I, p. 527 et 528. Lettre du 24 décembre
1541. — Ce désastre, auquel étaient venus s'ajouter des malheurs domes-
tiques, avait porté un rude coup à l'illustre marin. Pellicier écrivait au
roi, le 10 mars 1542 : « V. M. aura bien entendeu que la femme dudict
» Doria, ayant hosté et emporté tout le plus beau de son meuble, s'est
» retirée de luy, de quoy et des aultres adventures qu'il a eues despuis
» qu'il encommença le voyaige d'Alger, a tel desplaisir et fascherie,
» que l'on entend icy qu'il est tumbé mallade, et le tient l'on pour cy-
» après inhabile à faire rien qui vaille, car il ne faict plus que resver »
(Charrière, *Ibidem*, p. 535 et 536).

» tousjours d'estre à Vostre Majesté, et certes despuis
» quelque temps en ça, ilz en font quelque desmonstra-
» cion et en tiennent pluzieurs bons propos (1). »

Mais l'évêque de Montpellier se trompait. Les Vénitiens n'ayant plus à redouter Charles-Quint, parurent
moins disposés que jamais à s'unir à François I<sup>er</sup>. Ils
se montrèrent encore plus décidés à maintenir leur neutralité, et s'efforcèrent de persuader à Souleyman qu'il
avait le plus grand intérêt à ne pas les obliger de subir
le protectorat de la France, lui remontrant qu'une
alliance trop étroite entre la Seigneurie et François I<sup>or</sup>
rendrait ce prince indépendant de la Porte, et mettrait
à sa disposition les forces maritimes qui lui faisaient
défaut, et qu'il demandait à la Turquie.

Le roi n'avait pas attendu l'issue de l'expédition
d'Alger pour envoyer un nouvel ambassadeur au padischah, et tâcher de le décider à tenir les promesses
qu'il avait faites à Rincon. La succession de ce dernier
était loin d'être facile à remplir. Il fallait trouver un
homme capable de braver les fatigues de la route et
d'éviter les embûches des Impériaux, qui eût à un égal
degré l'esprit d'intrigue et la gravité de caractère
nécessaires pour réussir auprès du divan. L'évêque de
Montpellier énumère, dans une lettre à d'Annebaut, les
qualités que doit réunir l'ambassadeur de Constantinople : « Que l'on advise de y envoyer ung homme, qui

---

(1) Biblioth. nat., *F. Cl.*, Ms., 570, p. 199°.

» soit plain de patiance, modeste et prudant, sçachant
» les choses d'Estat et mesmement de la guerre pour
» en povoir dire son advis et opinion, et qui ayt quelque
» auctorité pour son aige, n'ayant poinct l'esprit en-
» dormy à dire et faire, mais tout comptant pour inven-
» ter, proposer et respondre soubdain selon l'exigence
» des affaires, et qui ne soit poinct despourveu de la
» langue italienne pour estre entendeu des truchemens
» de delà, d'aultant qu'ilz ne s'empeschent poinct
» d'aultre langue chrestienne de par deça (1). »

Sur les conseils de Langey, François Iᵉʳ confia ce
poste délicat à Antoine Escalin, connu sous le nom de
capitaine Polin, qui commandait une compagnie de
gens de pied dans l'armée du Piémont (2). Les circonstances critiques dans lesquelles le successeur de Rincon
accepta l'ambassade de Constantinople, le succès de ses
négociations et la rapidité prodigieuse de ses voyages
frappèrent vivement l'esprit de ses contemporains et en
firent de bonne heure une sorte de personnage légen-
daire. Brantôme, qui se souvenait de l'avoir vu dans
son enfance, en parle dans des termes qui peuvent

(1) Biblioth. d'Aix, *L. de P.*, Ms., p. 784. Lettre à d'Annebaut, du
12 juillet 1541.

(2) *Mémoires* de du Bellay, édit. du *Panth. litt.*, p. 699. — Le manuscrit 342 de la collection Gaignières renferme de nombreuses lettres du
capitaine Polin. Elles sont signées R. Escalin; mais il est à remarquer
que les historiens du temps et le P. Anselme l'appellent Antoine Polin.
Il est également désigné sous ce nom dans les *Comptes du Trésorier de
l'Épargne* (Biblioth. nat., F. Cl., Ms., 1215, p. 79ᵒ).

donner une idée de l'admiration et de la curiosité qu'excitèrent ses courses aventureuses dans les régions encore si peu connues de l'Orient. Polin ne se fit pas faute d'ajouter à sa renommée le prestige que pouvaient lui donner des récits empreints de merveilleux, si l'on en juge par les contes qu'il débita aux courtisans sur *les plumes de phénix* qui ornaient le panache du sultan, et que celui-ci faisait recueillir dans les pays mystérieux où vivait cet oiseau, car « à la curiosité d'un si puissant et » grand seigneur rien ne pouvoit estre impossible » (1).

Le nouvel ambassadeur français à Constantinople était, d'ailleurs, doué des qualités les plus propres à le faire réussir dans sa périlleuse mission. « Antoine » Polin, dit le traducteur de P. Jove, estoit d'esprit » accort et subtil, à la façon du Signeur de Langé; et » (ce qui estoit d'importance à telle conduite) de corps » singulièrement propre et faict à supporter les travaux » du chemin. » Tout en servant dans l'armée du Piémont, il avait été chargé de nombreuses missions auprès du marquis del Vasto, et ce dernier, qui se connaissait en hommes, affirmait « qu'il n'avoit point » congnu de François plus prudent que cestuy-ci » (2).

Polin arriva à Venise, par des sentiers détournés, le 28 juillet 1541, et se concerta avec Pellicier sur le lan-

---

(1) Brantôme, *OEuvres complètes,* édit. de la Société de l'*Hist. de France,* t. IV, p. 142 et 143.

(2) P. Jove, *Histoire,* trad. D. Sauvage, 1581, t. II, p. 531. *Conf.* Sagredo, *Histoire de l'Empire ottoman,* trad. Laurent, 1730, t. III, p. 134.

gage qu'il convenait de tenir à la Seigneurie. Les deux
envoyés du roi comprirent qu'il leur serait impossible,
au moment où l'on annonçait la prochaine arrivée de
l'empereur en Italie, d'amener la prudente République
à se déclarer en faveur de la France (1). Ils s'attendaient à recevoir « une responce généralle à l'accous-
» tumée ». Néanmoins, pour se conformer aux instructions de son maître, Polin renouvela aux Vénitiens les
propositions d'alliance que Rincon leur avait déjà faites.
« Je vins à leur dire, écrit-il au roi, que vous estiés
» prest, non-seulement de vous déffendre, mais à offen-
» dre, allégant combien vous aviés de landsquenetz,
» Suysses et Grisons, la gendarmerie feudataire et
» légionnaires de vostre royaulme, la fortiffication et
» admonicion de vos villes de frontière. » Après avoir
déclaré à ces seigneurs que le roi lui avait ordonné de
« s'employer en tous leurs affaires, comme le s$^r$ Rincon
» y avoit faict »., il leur demanda ce qu'il aurait à
répondre au sultan s'il venait à l'interroger sur la proposition d'alliance dont il avait parlé à l'ambassadeur
Badoer. Il glissa cette dernière proposition en passant,
« sans aultrement les presser de y faire responce, pour
» veoir si d'eulx-mesmes viendroient à la faire » ; mais
lorsqu'il prit congé des magistrats de Venise, ils ne
firent « aulcun semblant d'en avoir jamais ouy parler »(2).

_____

(1) Charrière, _Négoc._, t. I, p. 508. Lettre du 28 janvier 1541.
(2) _Ibidem_, p. 509 et 510. Lettres du 5 et du 22 août 1541. _Conf._
Paruta, part. I, lib. XI, p. 456 et 457.

L'envoyé du roi s'embarqua secrètement, le 8 août 1541, et se dirigea vers Sebenico (1), pour se rendre en Hongrie, où se trouvait Souleyman. Il gagna les rives de la Save, à travers les montagnes, sous la protection d'une forte escorte ottomane, et descendit le cours de cette rivière jusqu'à son confluent avec le Danube. Le 20 septembre, il était arrivé à Chabatz, et écrivait qu'il comptait rejoindre dans douze jours l'armée du Grand Seigneur (2).

L'entrevue de l'ambassadeur français et de Souleyman eut lieu dans la ville même de Bude (3). Polin se félicite, dans ses lettres, de l'accueil qui lui fut fait (4) ; mais il est permis de conjecturer que Roustem-Pacha, le gendre du sultan, dont l'influence était dominante à la Porte, ne fut pas aussi « traictable » que Pellicier l'avait espéré, lors de la disgrâce de Loutfi (5). Le divan montra qu'il n'entendait pas être l'instrument aveugle de la politique française. Satisfait de la con-

_____

(1) L'évêque de Sebenico rendit aux représentants de François Iᵉʳ les mêmes services que l'archevêque de Raguse. La correspondance de Pellicier renferme plusieurs lettres qui lui furent adressées.

(2) Biblioth. nat., F. Cl., Ms., 570, p. 178 et 178°, 185 et 185°. Lettres du 25 septembre et du 10 novembre 1541. — Paul Jove donne, sur l'itinéraire de Polin, des renseignements conformes à ceux de l'évêque de Montpellier.

(3) De Hammer, Hist. de l'Emp. ottoman, trad. Hellert, t. V, p. 343.

(4) Charrière, Négoc., t. I, p. 522. Lettre du 25 novembre 1541.

(5) Bien que le titre de premier pacha eût été donné, comme nous l'avons déjà dit, à l'eunuque Souleyman, l'influence de Roustem n'en fut pas moins prépondérante à la cour ottomane, à partir du mois de mai 1541.

quête du royaume de Hongrie, il n'avait aucun intérêt à commencer immédiatement une guerre nouvelle et à exciter davantage contre lui le gouvernement autrichien. Souleyman refusa de venger sur la personne de Jérôme Laszko l'attentat commis contre Antoine Rincon; il alla même jusqu'à le remettre en liberté, lorsqu'il passa à Belgrade (1). « Le G. S. a licentié le s<sup>r</sup> Laski, » s'écrie l'évêque de Montpellier, qui est bien au con- » traire de la promesse qui avoit esté faicte par cy- » davant, que le succedz qui adviendroit au s<sup>r</sup> Rincon, » le semblable auroit ledict Laski; mais il n'y a pas » grant fiance en ces gens-là, où ilz voient toucher leur » proffict particullier (2). »

Polin accompagna Souleyman à Constantinople, et parvint, à force d'activité, d'adresse et de présents, à y

---

(1) Laszko, accablé par une longue captivité, mourut peu de temps après son retour en Autriche. Pellicier annonça cet événement au roi, le 5 février 1542. « Ces seign<sup>rs</sup> ont entendu, écrit-il, que le s<sup>gr</sup> Jhéro- » nimo Laski estoit décédé en Aultriche, de quoy le Roy Ferdinando » avoit esté fort desplaisant, monstrant en faire grant deul » (Char- rière, *Négoc.*, t. I, p. 531).

(2) *Ibidem*, p. 519. Lettre du 15 octobre 1541. — François I<sup>er</sup> comptait bien que Souleyman en agirait autrement avec l'envoyé autrichien. Il avait dit à l'ambassadeur de Venise, Mathieu Dandolo : « Aussitôt que » le Turc saura ce qui est arrivé à Rincon, il ne manquera pas de faire » périr Laschi. C'est Rincon qui lui a sauvé la vie, lorsqu'il était à » Constantinople, et sans lui on l'aurait empalé. L'injure n'est pas » moins faite au Turc qu'à moi, attendu qu'il était aussi son ambas- » sadeur » (Arch. gener. di Venezia, *Dispacci di Matteo Dandolo*, Mss. Lettre du 22 août 1541). Comme on le voit, les lettres de Pellicier et les déclarations de François I<sup>er</sup> lui-même contredisent les assertions du cardinal du Bellay, lequel affirma, devant la diète, que Laszko avait été relâché à la demande de Polin.

acquérir une influence au moins égale à celle de Rincon.
« Il alla, dit Brantôme, il vira, il trotta, il traicta, il
» monopola, et fit si bien qu'il parla au Grand Seigneur
» comm' il voulut, l'entretint souvant ; et se rendit à luy
» si agréable, qu'il eut de luy enfin ce qu'il voulut (1). »
En même temps, l'ambassadeur français prodiguait les
vases d'or et d'argent, « les robes longues de toutes
» sortes de draps de soye et d'écarlate » (2), et dépen-
sait 67,500 livres tournois en monnaie du temps, que
le roi dut lui envoyer par la voie de Raguse.

On rapporta à Pellicier que Polin avait eu une audience, « où il feut plus de deux heures à parlementer
» avecques le G. S. » ; que Souleyman s'était engagé à
« faire, ceste année, le plus grant exercite par mer et
» par terre que on luy veit jamais faire en ung mesme
» temps ; qu'il avoit accordé cent gallères pour l'entre-
» prinse de Gennes ou de la Pouille, et qu'il debvoit, en
» oultre, prester au Roy deux millions d'or » (3).

---

(1) Brantôme, *OEuvres complètes*, édit. de la Soc. de l'*Hist. de France*,
t. IV, p. 141.

(2) Paul Jove, *Histoire*, trad. D. Sauvage, t. II, p. 531 et 532. — On
trouve, dans les extraits des *Comptes des Trésoriers de l'Épargne*, les
lettres de paiement délivrées à Polin pendant sa première ambassade :
« A Antoine Lescalin *(sic)*, dit Poulain, Capitaine de gens de guerre, à
» présent Ambeur du Roy au Pays de Levant, et à l'Archevesque de
» Raguze 67,500 l. t. par lettres à Fontainebleau, le 24 décembre 1541,
» qui avoient esté ordonnez faire tenir à Constantinople à feu Antoine
» de Rancon *(sic)*, Me d'hostel du Roy, lorsqu'il seroit de retour aud.
» lieu, ce qui n'avoit esté fait à cause de son trespas sur ce intervenu,
» et depuis avoient esté mises ez mains desd. srs Poulain et Archevesque »
(Biblioth. nat., *F. Cl.*, Ms., 1215, p. 79°).

(3) Charrière, *Négoc.*, t. I, p. 532. Lettre du 5 février 1542.

Ces nouvelles étaient prématurées. Le sultan, comme l'événement le prouva, ne voulait s'engager dans une expédition maritime en Occident que lorsque les Français auraient commencé les hostilités; mais les bruits dont l'ambassadeur se faisait l'écho, ne laissaient pas d'avoir un fond de vérité. On revenait au plan du chancelier du Prat, que La Forest avait été chargé de soumettre à Souleyman, en 1536. Le padischah, qui l'avait accepté en principe, renvoyait Polin en France, pour indiquer à François I<sup>er</sup> les conditions auxquelles il consentait à l'exécuter.

Polin arriva à Venise, vers le milieu de février 1542, « sans que sa venue eust esté sceue d'hommes du » munde », et repartit, dès le lendemain, pour la France (1). Il prétendit avoir fait en vingt et un jours le trajet de Constantinople à Fontainebleau, où se trouvait la cour (2). On n'avait jamais vu semblable diligence, et P. Aretino, à qui le ministre du roi, toujours soucieux de sa renommée, avait fait don d'une chaîne d'or, célébrait la rapidité de ce voyage comme un fait presque merveilleux (3).

Un mois plus tard, l'infatigable ambassadeur se remettait en marche pour Constantinople. Le 10 avril 1542, il était de retour à Venise, où il devait se con-

---

(1) *Ibidem*.

(2) Brantôme, *OEuvres complètes*, édit. de la Société de l'*Hist. de France*, t. IV, p. 142.

(3) P. Aretino, *Il secundo libro delle lettere*, Paris, 1609, p. 203º.

certer avec le premier drogman de la Porte, Younis-Bey,
que Souleyman, conformément à ses engagements, venait de mander auprès de la Seigneurie (1). Le capitaine
Polin n'oublia rien pour décider les Vénitiens à entrer
dans la ligue de la France et de la Turquie ; mais tous
ses efforts échouèrent, et il ne put obtenir qu'une promesse de neutralité. L'ambassadeur ayant fait observer
à ces Seigneurs « que par leur responce ne se povoit en-
» tendre clairement qu'ilz feussent détachez d'avecques
» l'Empereur », ils affirmèrent qu'il « ne falloit poinct
» doubter de cela, car ilz n'estoient pour luy donner
» aulcun secours » (2). Il paraît, d'ailleurs, que l'envoyé
ottoman se tint dans une réserve toute diplomatique, et
qu'il ne plaida pas aussi chaleureusement que François Ier l'aurait désiré, la cause de l'alliance française.
Les agents du roi lui reprochèrent de n'avoir pas été
« aussy brave en parolles devant ces Seig^{rs} qu'il le
» disoit » (3). En réalité, le divan ne demandait au gouvernement vénitien que de prendre l'engagement de
rester neutre pendant la guerre qui allait commencer :
il obtint pleine satisfaction sur ce point, car la Sei-

---

(1) Charrière, Négoc., t. I, p. 539. Lettre du 10 avril 1542.

(2) Ibidem, p. 542. Lettre du 9 mai 1542. — La réponse du Sénat à
l'envoyé de François Ier a été conservée dans les Archives de la République (Senato, Secreta, 1542). Pendant son séjour à Venise, Polin
perdit son neveu, Claude Polin. Ce jeune homme fut enseveli dans
l'église de Saint-Antoine, où l'on voit encore l'inscription funéraire qui
lui fut consacrée (Cicogna, Inscrizioni veneziane, t. I, p. 175).

(3) Ibidem, p. 551 et 552. Lettre d'un agent français à Polin.

gneurie déclara, dans l'audience solennelle accordée, le 2 mai 1542, au drogman Younis-Bey, « qu'elle resterait » en paix avec le Roi très chrétien et qu'elle ne pren- » drait parti pour aucun des belligérants : *la nostra in-* » *tenzione è di perseverar in pace con il Re Christianis-* » *simo et di non volersi impegnar in guerra con* » *alcuno* » (1).

La conduite de Younis-Bey faisait présager les diffi- cultés que Polin devait rencontrer dans ses négocia- tions avec le divan. Le padischah, bien décidé à attendre que le roi se fût engagé de manière à ne pouvoir re- culer, ne donna l'ordre à sa flotte de prendre la mer que lorsque les Français eurent commencé les hostilités dans le Luxembourg et le Roussillon.

Les dépêches de Pellicier ne donnent aucun détail sur la seconde ambassade de Polin, car l'évêque de Montpellier dut quitter Venise avant qu'on pût en con- naître les résultats. L'année qui suivit son départ, les Osmanlis se décidèrent à prêter à leur allié ce concours armé qu'il avait si longtemps sollicité et sur lequel il fondait de si grandes espérances ; mais la flotte de Barberousse ne rendit pas les services qu'on en atten- dait, et la prise de la ville de Nice, son seul exploit, fut

---

(1) Arch. gener. di Venezia, *Senato, Secreta*, 1542. Réponse à Janus-Bey (2 mai 1542). — Younis ou Janus-Bey était originaire de Corfou. On prétendait qu'il parlait dix-huit langues. Charles-Quint, qui avait un goût particulier pour ce genre de connaissances, fit, dit-on, plusieurs tentatives pour l'attirer à son service (Pellisson, *Comparaison de Fran- çois I<sup>er</sup> avec Charles-Quint*, 1730, p. 201).

loin de compenser le discrédit que l'alliance des infidèles fit rejaillir sur le roi.

Toutefois, on aurait tort de juger l'alliance franco-
turque d'après la campagne stérile de 1543 à 1544. Les
diversions opérées par Souleyman avaient, en réalité,
enlevé aux Impériaux la domination de la Méditerranée ; elles retinrent en Hongrie une partie de leurs
armées et contribuèrent, presque autant que les efforts
de François lui-même, à empêcher la réalisation des
projets de Charles-Quint.

Les traités qui accordaient au roi le protectorat des
chrétiens en Orient ne lui furent pas moins utiles, car
ils étendirent son influence sur les États maritimes de
l'Europe. Les négociants de toutes les nations, qui
voyageaient en Orient, devaient être, à l'exception des
sujets de la République de Venise, munis de « passe-
» ports et d'attestatoires », signés par l'ambassadeur
français à Constantinople (1).

Enfin, les catholiques des provinces ottomanes reconnaissaient, dans une certaine mesure, l'autorité de
François I<sup>er</sup>, dont ils avaient arboré les insignes : « Ung
» personnaige, disait Pellicier au roi, que le s<sup>r</sup> Rincon
» avoit mandé en Jairusalem affin que par le moïen et
» faveur de V. M. feussent rendeues aux chrestiens les
« robbes et relicques qui leur avoient esté prinses,
» escript que tout leur avoit esté rendeu, desquelles

---

(1) Julian Klaczko, *Les évolutions du problème oriental* (*Revue des Deux-
Mondes*, 18 octobre 1878).

» choses la pluspart avoit les enseignes des fleurs de
» lys (1). » François I⁰ʳ avait accompli, grâce à sa
diplomatie, l'œuvre vainement poursuivie par les
croisés ; il avait délivré de l'oppression musulmane la
Terre Sainte et le saint tombeau, et le capitaine Polin
pouvait se croire autorisé à faire à la Seigneurie cette
fière déclaration, que nous trouvons dans sa dépêche
du 10 avril 1541 : « Pour ce que aulcuns malings
» alloient mesprisant l'intelligence qui est entre vous
» et le G. S., leur faisois entendre que V. M. ne l'avoit
» recherchée, ains très instamment en aviés esté requiz
» du G. S., dont cognoissant l'ambition et cupidité
» grande de l'Empereur, et prévoyant ladicte intelli-
» gence povoir, avecques le temps, tourner au proffict
» de la chrestienté, l'avés acceptée, et avoit esté cause
» de *la libération de la Terre-Saincte*, de la restitution
» des relicques et ornemens de l'Église, de la liberté
» des Frères qui faisoient le divin service et d'aultres
» infiniz pouvres chrestiens qui estoient esclaves, et
» de la trefve générale de toute la chrestienté (2). »

(1) Charrière, *Négoc.*, t. I, p. 470. — Les ambassadeurs du roi de France
étaient officiellement reconnus comme les protecteurs des chrétiens. Les
fonctionnaires musulmans eux-mêmes devaient leur rendre, à ce titre,
des honneurs dont les dépêches font mention. Lorsque d'Aramon visita
Jérusalem, en 1549, le gouverneur et les officiers allèrent le recevoir, à
environ une demi-lieue de la ville, suivis de la plupart des habitants,
et particulièrement des chrétiens qui attendaient son arrivée, « comme
les Juifs attendent leur messie » (*Pièces fugitives*, 1759, *voyage* de Jehan
Chesneau, p. 43 et 44).

(2) Charrière, *Négoc.*, t. I, p. 539. Lettre collective de l'évêque de
Montpellier et du capitaine Polin au roi François I⁰ʳ.

# LA DIPLOMATIE MILITANTE

# CHAPITRE X

## LA DIPLOMATIE MILITANTE

Depuis l'assassinat de Fregoso et de Rincon, la guerre était devenue inévitable. Mais François I$^{er}$ hésitait à la déclarer : il voulait achever ses préparatifs, fortifier ses places, rassembler ses forces et amasser l'argent nécessaire ; il songeait également à profiter de cet état intermédiaire, qui n'était ni la paix ni la guerre, pour tenter des entreprises capables de lui assurer de sérieux avantages, sans grand danger ni trop de dépenses. « Deux » voyes se présentoient, dit Martin du Bellay, dont » l'une, qui estoit couverte, plus se monstroit accom- » pagnée d'utilité ; la seconde, qui estoit la descouverte, » n'en promettoit pas tant. » Cet auteur ajoute que le roi se prononça pour le second de ces deux systèmes, dans lequel « moins se trouvoit d'utilité, mais, selon le com- » mun jugement des hommes, plus d'honnesteté » (1).

La correspondance de Pellicier contredit cette assertion : elle nous apprend que François I$^{er}$ commença par essayer de cette « voye couverte », qui semblait à ses conseillers la plus profitable ; qu'il accepta les partis qu'on lui offrait par l'intermédiaire de son représentant

---

(1) *Mémoires* de du Bellay, édit. du *Panthéon litt.*, p. 715.

à Venise, et qu'il essaya de mettre la main sur plusieurs places du domaine de la maison d'Autriche (1).

L'évêque de Montpellier joua le rôle le plus actif dans cette lutte d'un genre nouveau, où la ruse eut plus de part que la force, et dans laquelle il montra une rare fécondité d'esprit, une habileté non moins grande dans l'exécution, un sens stratégique vraiment étonnant chez un homme de sa profession, mais en même temps une précipitation souvent compromettante (2).

A partir de la fin de 1541, il ne cessa de proposer de nouvelles entreprises à son maître. Le 7 novembre, il

---

(1) En agissant ainsi, le roi ne faisait que répondre aux provocations de l'empereur, qui, dès la fin de 1540, avait pratiqué les garnisons d'Hesdin et de Marseille. L'avis en avait été transmis à la Seigneurie par son ambassadeur près du roi Ferdinand. L'évêque de Lodi, qui recevait les confidences de plusieurs gentilshommes vénitiens, en prévint immédiatement Pellicier. On dut constater, dans la suite, l'exactitude de ces renseignements ; car le 23 avril de l'année suivante, l'évêque de Montpellier, écrivant à d'Annebaut, rappelle « certains tracas et entre-» prinses qu'on vouloit faire d'Hesdin et Marseille, lesquels, dit-il, feis » sçavoir de bonne heure au Roy, dont despuis y feut très bien pourveu, » comme ay entendeu » (Biblioth. d'Aix, L. de P., Ms. Lettres du 20 août 1540, p. 64, et du 23 avril 1541, p. 595).

(2) La diplomatie secrète de François Ier avait noué des intrigues dans toute la Péninsule italienne et même dans les Pays-Bas. Le roi avait signé, dès 1540, avec Jacques d'Appiano, les préliminaires d'un traité qui devait le mettre en possession de Piombino ; il était entré en négocia-tion, par l'intermédiaire de Louis dell' Armi, avec la famille Salvi, pour amener la ville de Sienne à se déclarer en faveur de la France ; il pen-sionnait à Rome les ducs de Somma et d'Atri, chargés de préparer une révolution dans le royaume de Naples. Les Français ne se montraient pas moins agressifs du côté des Pays-Bas : la gouvernante, Marie d'Au-triche, écrivait qu'ils étaient endiablés, et le sieur de Rœulx prétendait que la situation était plus mauvaise que si l'on avait été en guerre ou-verte (Voy. G. de Leva, Carlo V, 1867, t. III, p. 450-453).

lui faisait savoir qu'un gentilhomme de Gênes, Augustin
Spinola, offrait de mettre entre ses mains l'une des meilleures positions stratégiques de l'Italie du Nord, la
place de Serravalle, qui commande la route de Gênes à
Turin (1). Quelques jours plus tard, l'ambassadeur écrivait que deux seigneurs italiens, Jules-César de Gonzague
et Paul de Trilago, s'engageaient à surprendre Crémone, avec l'aide d'un capitaine nommé Jean-André de
Bergame, et ajoutait que d'Aramon, envoyé sur les
lieux « pour taster le gay, treuvoit la chose faisible et
» de bien grant importance » (2).

Il ne semble pas que l'on ait donné suite au projet
contre Serravalle ; mais l'autre entreprise fut tentée,

_____

(1) Biblioth. d'Aix, *L. de P.*, Ms., p. 294 et 295. — Leandro Alberti,
dans sa *Descriltione di tutta Italia*, cite jusqu'à sept places fortes du nom
de *Serravalle*, qui veut dire *défilé*. Celle dont il s'agit est située sur la
rive droite de la Scrivia ; elle est ainsi appelée, dit Alberti, parce qu'elle
ferme la gorge étroite d'une montagne qui s'ouvre sur la plaine (*Descrittione*, 1568, p. 377).

(2) Biblioth. nat., *F. Cl.*, Ms., 570, p. 189°, 191, 201° et 203. — Gabriel de Luetz, seigneur d'Aramon et de Valabrègue, était, comme on
disait au siècle dernier, un homme de qualité, de cœur et de main ; il
ne se montra pas moins propre aux négociations qu'à la guerre, et devait
être appelé plus tard aux importantes fonctions d'ambassadeur près de
la Sublime-Porte. Comme la plupart des gentilshommes qui résidaient
en Italie, il avait été obligé de s'expatrier ; car le marquis d'Aubais rapporte qu'il fut dépouillé de ses biens par un jugement du prévôt des
maréchaux « pour quelques violences qu'il avoit exercées contre ses
» vassaux ». D'Aramon était moins souvent à Venise qu'à la Mirandole,
où la France entretenait une garnison. C'est lui qui était chargé de
s'entendre avec les princes alliés au sujet des hommes qu'ils s'étaient
engagés à fournir, de passer en revue les troupes que le roi soldait, et
d'aller étudier sur place les entreprises que l'on proposait à l'ambassadeur. Pellicier écrivait à l'amiral d'Annebaut que les qualités et les ver-

bien que sans succès. Dans la défense que le marquis
del Vasto adressa aux Électeurs et aux princes de l'Empire, il accuse d'Aramon, les comtes de Trilago et
Jules-César de Gonzague de s'être introduits furtivement
dans la citadelle de Crémone, et d'avoir voulu cor-
rompre ceux qui en avaient la garde (1).

Pendant que Pellicier s'occupait de ces entreprises,
il en méditait une autre, dont le succès fut bien différent, contre une des places maritimes du roi des
Romains. La ville de Marano est située au fond de l'A-
driatique, entre les bouches du Tagliamento et celles
de l'Isonzo, au milieu de lagunes formées par un grand
nombre de petits cours d'eau. Vers le milieu du XVI°
siècle, elle renfermait une population nombreuse et enrichie par la pêche, et sa citadelle, construite à l'époque
de la domination vénitienne, passait pour être impre-
nable, grâce à la force de ses remparts et au voisinage
de la mer, qui, tout en la protégeant, permettait de la
ravitailler (2). « L'on tient icy, écrivait l'évêque de Mont-

---

tus de d'Aramon méritaient « d'estre recommandées à ung chascun » ;
il affirmait au roi que, l'ayant éprouvé dans plusieurs affaires délicates et
difficiles, il l'avait « treuvé en toutes fort loyal, affectionné et suffisant »
(Voyez *Pièces fugitives pour servir à l'Histoire de France*, attribuées au
marquis d'Aubais, 1759, t. I, p. 1 et suiv., et Biblioth. d'Aix, *L. de P.*,
Ms., p. 942 et 945).

(1) *Alphonsi Davali, Marchionis Vasti, defensio*, Lovalii, 1542. —
Comme le dit del Vasto, Crémone était, à cette époque, une place très
forte, tant par sa position que par les ouvrages qu'on y avait élevés
(*Conf.* Alberti, *Descrittione*, p. 407).

(2) L. Alberti, *Descrittione di tutta Italia*, 1568, p. 487.

» pellier, ladicte place estre d'aussy grant importance
» que nulle aultre que soit en ceste mer Adriaticque,
» voire jusques à Constantinople, tant pour la capacité
» et fortresse du lieu que aussy pour la commodité du
» port, qui peut bien recepvoir de cinq à six cens gal-
» lères, et auquel se faict grant traffic de toutes les
» choses qui viennent de Levant pour dépescher auz
» Allemaignes, et sy a grant habondance de bois pour
» faire navires qui vouldra, car ces seig^{rs} s'en furnis-
» soient de là du temps qu'ilz la tenoient, et despuis en
» ont bien eu de besoing; et sy peut l'on faire descendre
» par terre grant nombre de Suysses, Grisons et lans-
» quenetz, et faire amaz d'Italliens pour donner dedans
» le cueur du royaulme de Naples, et davantaige est
» une bride à ces seig^{rs} (1). »

C'est dans une lettre du 12 août 1541 que l'ambassa-

---

(1) Charrière, *Négoc.*, t. I, p. 529. — Pellicier était dans le vrai lorsqu'il disait que la forteresse de Marano, entre les mains de François I^{er}, était « une bride » pour la Seigneurie, qui devait craindre de
la voir tomber au pouvoir des Turcs, et pouvait être attirée dans
l'alliance de la France par l'espoir de la rattacher à son domaine. Maîtres
de cette ville depuis 1420, les Vénitiens l'avaient perdue, en 1513, par
la trahison d'un prêtre, nommé Mortegliano, qui l'avait livrée à Maximilien (Romanin, *Stor. doc.*, t. VI, p. 204. — G. Palladio degli Olivi,
*Historia della provincia del Friuli*, 1670, part. II, l. IV, p. 160). Ils en
avaient vivement ressenti la perte; car, outre l'avantage de sa position,
elle avait celui de posséder des forêts dont ils avaient tiré grand parti pour
la construction de leurs navires. Les Impériaux, qui n'ignoraient pas
l'importance de cette place, avaient offert, à plusieurs reprises, de la
restituer à la République pour obtenir son alliance et ses subsides
(Biblioth. nat., *F. Cl.*, Ms., 570, p. 43 et 179. — Albèri, *Relazioni*, s. 1,
t. II, p. 149).

deur entretint pour la première fois François I$^{er}$ de ses projets sur Marano (1). Pierre Strozzi et le prieur, son frère, lui avaient proposé l'affaire au nom de Beltrame Sachia. Cet aventurier, qui était parvenu à s'insinuer dans les bonnes grâces du gouverneur, avait résolu d'en profiter pour enlever la place, et s'était concerté à ce sujet avec un capitaine de Brescia, Turchetto de Nave, beau-frère d'Augustin Abondio (2). Pellicier consulta le capitaine Polin, lors de son passage à Venise, et envoya Pierre Strozzi à la cour de France, pour prendre les ordres de François I$^{er}$ (3). Mais, le 24 décembre 1541, les instructions qu'il sollicitait n'arrivant point, il déclara qu'il n'était pas possible de différer davantage ; car, d'une part, on ne pouvait tenter l'entreprise que pendant l'hiver, si l'on voulait avoir le temps de fortifier et d'approvisionner la ville avant que Ferdinand essayât de la reprendre, et, de l'autre, comme il était question d'une expédition de Barberousse contre les villes de Dalmatie et d'Istrie, on devait craindre que les Impériaux ne redoublassent de vigilance. D'ailleurs, Beltrame Sachia, ayant appris que son projet commençait à transpirer, avait résolu de le mettre à exécution sans plus tarder (4).

---

(1) Biblioth. d'Aix, *L. de P.*, Ms., p. 845.

(2) Guazzo, *Historie*, 1546, p. 327°.

(3) Biblioth. d'Aix et Biblioth. nat. Lettres de Pellicier, des mois d'août, septembre, octobre, novembre et décembre 1541.

(4) Biblioth. nat., *F. Cl.*, Ms., 570, p. 202°.

Sous prétexte de conduire à Marano une provision de blé que lui avait demandée son ami le gouverneur (1), il y arriva bientôt avec deux barques, où il avait caché le capitaine Turchetto et une soixantaine d'hommes armés. Le gouverneur, qui était sans défiance, ordonna d'ouvrir la porte. Aussitôt, Sachia tire son épée, et, comme cela était convenu, s'écrie : « Dehors le froment ! » A ce signal, Turchetto et ses hommes sautent à terre, en poussant les cris de : *Franza! Franza! Marco! Marco!* Ils s'emparent de la porte, se rendent maîtres de la place, font prisonniers les soldats de la garnison, le gouverneur, sa femme, ses fils, un Espagnol qui était venu à Marano en partie de plaisir, et arborent sur les remparts les enseignes aux trois fleurs de lis (2).

Le lendemain, 3 janvier, la nouvelle de la prise de Marano se répandait à Venise. Pellicier en ressentit une joie facile à imaginer. C'était son premier succès dans cette campagne, moitié militaire, moitié diplomatique, dans laquelle il s'était jeté avec tant d'ardeur. Il écrivit à Polin, qui se trouvait alors à Constantinople :

---

(1) Il n'est pas inutile de rappeler que c'était l'ambassadeur vénitien près du roi des Romains qui avait obtenu pour Sachia l'autorisation de faire des achats de grains en Hongrie (Albèri, *Relazioni*, s. 1, t. II. *Relazione di Giustiniani Marino, di 1541*).

(2) Charrière, *Négoc.*, t. I, p. 528 et 529. — Guazzo, *Historie*, 1546, p. 327° et 328. — Ulloa, *Storia di Ferdinando Primo*, 1565, p. 159 et 160. — Paruta, *Historia vinetiana*, 1703, p. 464. — G. Palladio, *Historia della provincia del Friuli*, 1660, p. 160 et 161. — *Archeografo triestino*, vol. V, avril 1877, p. 113 et 118.

« Vous pourrés faire entendre aux seig^rs là où vous
» estes combien le Roy et ses serviteurs taschent d'em-
» pescher de tous costez ceulx qui leur font la guerre,
» et que ceste ville de Maran est ung oz baillé en la
» bouche du Roy Ferdinando aussy dur à ronsger que à
» l'adventure la meilleure ville de Hongrye, qui pourra
» estre cause de luy abaisser beaulcoup ses forces de
» ce costé-là, car tant plus on a d'affaires en divers en-
» droictz, tant moings a l'on de puissance en ung lieu
» seul..... On escript de Milan que, incontinant que le
» marquis du Guast entendit ceste nouvelle, il en de-
» moura aultant effrayé que de chose qu'il entendist de
» longtemps, et, comme aulcuns veulent dire, il pour-
» roit bien craindre que, par cest endroict-là, l'on ne
» vinst à *gaster son guast* (1). » Il disait à l'évêque de
Rodez, son collègue de Rome, que c'était « ung lieu
» de grandissime importance (2) », et il envoyait au roi
une description enthousiaste, à laquelle il ajoutait « ung
» petit pourtraict de Maran », avec une carte de tout le
Frioul « pour entendre les lieux circonvoisins (3) ».

En même temps, l'évêque de Montpellier s'occupait,
avec une activité fiévreuse, de pourvoir à la défense de
sa nouvelle conquête. Après avoir pris l'avis des principaux partisans de la France, de l'évêque de Lodi, de
Robert Strozzi et de l'abbé Valier, il fit appel au dé-

(1) Charrière, *Négoc.*, t. I, p. 530 et 531.
(2) Biblioth. d'Aix, *L. de P.*, Ms., p. 395.
(3) Biblioth. nat., *F. Cl.*, Ms., 570, p. 210.

vouement des capitaines qui s'étaient engagés au service de François I[or], et en obtint quelques hommes, qu'il
expédia, le jour même, avec un gentilhomme français
attaché à l'ambassade et nommé de Lamothe (1). Dès le
lendemain, il était parvenu à rassembler quatre-vingts
soldats qui, avec les cent cinquante déjà réunis dans
Marano, devaient former une garnison suffisante. Pour
éviter qu'ils fussent arrêtés par la Seigneurie ou attaqués par les barques armées que l'ambassadeur impérial, Diego de Mendoza, avait mandées de Trieste, il les
fit embarquer à Magnavacca, port de la Romagne, situé
près de Comachio (2). Il expédia à Marano des munitions de toutes sortes, « du salpestre, de la pouldre, des
» arquebuzes, des armes, de l'artillerie et aultres choses
» pour povoir résister à ung gros et long siège » (3).
Il y fit passer d'abondantes provisions, « tant de froment
» que de farine et de gros grains pour les barquerols
» et le pouvre popule ; des sallaisons, tant de chair que

---

(1) Biblioth. nat., *F. Cl.*, Ms., 570, p. 210. — Le 9 mai 1542, Pellicier écrivait la lettre suivante en faveur de ce gentilhomme : « Sire,
» nous vous avons escript par cy-davant comment, despuis la prinse de
» Maran, ung gentilhomme de Bretagne, nommé Monsieur Dapigny de
» La Mothe, s'estoit dès le commencement employé à la conservacion de
» la place plus que nul aultre. Despuis n'a cessé de y continuer, et au-
» paravant aux affaires de La Mirandola, auxquelles, pour sa suffisance
» et le cognoissant grandement affectionné à vostre service, l'avons em-
» ployé, où il s'est tousjours dextrement et honnestement porté, comme
» il a faict en pluzieurs aultres lieux » (Biblioth. d'Aix, *L. de P.*, Ms.,
p. 1185).

(2) Biblioth. nat., *F. Cl.*, Ms., 570, p. 207, 208 et 211.

(3) *Ibidem*, p. 215.

» de poissons; du fromaige, du vin, du vinaigre, de
» l'huile, et pareillement toutes choses que l'on a peu
» adviser pour l'advictuaillement et municion de ladicte
» place » (1). Enfin, il proposa au roi de donner le commandement de la garnison au sieur des Chenests, capitaine éprouvé, bien connu à la cour de France, et qui
se trouvait alors à Venise (2).

Mais ce qui préoccupait surtout Pellicier, c'était de

---

(1) *Ibidem*, p. 216º.

(2) Biblioth. d'Aix, *L. de P.*, Ms., p. 1009. — Obligé de quitter la
France en 1537, Guillaume de Dinteville, seigneur des Chenests, s'était
fixé à Venise; il rendit de grands services à Pellicier, qui ne manqua
point de signaler l'affection qu'il montrait pour le service du roi, « le
» bon sçavoir et longue expérience qu'il avoit aux choses de la guerre »
(Biblioth. d'Aix, *L. de P.*, Ms., p. 1033). On ne connaît pas le motif du
bannissement de des Chenests. Il fut impliqué, en 1536, dans le procès
du comte de Montecuculli, accusé d'avoir empoisonné le dauphin; mais
il fut acquitté, comme le prouve le passage suivant de la *Cronique du
Roy Françoys premier*, publiée par M. Guiffrey, 1860, p. 188 : « Pour
» répparacion de la faulze accusation faicte par icelluy comte Sebastiano
» à l'encontre de Guillaume de Dinteville, chevalier, seigneur des Che-
» netz, ledict Conseil le condamne à faire amende honorable audict des
» Chenetz. » Ribier prétend qu'il était tombé, en 1537, dans la disgrâce
du roi, pour des affaires d'État très importantes, ainsi que ses frères
Louis, Jean, Gaucher, seigneur de Vanlay, et François, évêque d'Auxerre,
ambassadeur à Rome en 1531 (*Lettres et mémoires d'Estat*, p. 294-304,
479-483). Des Chenests avait rempli les fonctions de messager diplomatique en 1536 et en 1537, comme le prouvent les extraits suivants
des *Comptes des Trésoriers de l'Épargne* :

« A Guillaume de Dinteville, Sieur d'Eschenetz, Escuyer de l'Escurie
» de Mrs les Dauphin et Duc d'Orléans et d'Engoulesme, 1125 l. t. par
» lettres à Lyon, le 20 février 1535 (1536), pour un voyage qu'il alloit
» faire en diligence de Lyon à Rome, et autre part où seroit l'Empereur,
» pour conférer avec certains personnages que le Roy n'a voulu estre
» nommez.

. . . . . . . . . . . . . . . . . . . . . . . . . . . . . . . . . . . . . . . . . . . . . . . . . . . . . .

« A Guillaume de Dinteville..... 1125 l. t. par lettres à Paris, le

trouver les moyens d'expliquer son rôle au gouvernement vénitien et de le décider à accepter le fait accompli. Dès le premier jour, il affirma à la Seigneurie qu'il
ignorait si le roi avait commandé cette entreprise et
que, d'ailleurs, quand même « ce seroit sa volonté de
» tenir et garder ladicte place, ce ne seroit pas moings
» à leur commodité et dévotion qu'à celle de Sa Ma-
» jesté » (1). Le lendemain, à la nouvelle que le capitaine des Dix et les sbires avaient arrêté quelques-unes
des barques destinées au ravitaillement de Marano, il
retourna au Collège, et avoua qu'en attendant les ordres
du roi, il se croyait obligé d'entretenir les choses dans
l'état, et qu'il avait dû envoyer sur les lieux des
« hommes de sçavoir et suffisance pour en faire bon

---

» 21 janvier 1536 (1537), pour un voyage qu'il alloit faire en diligence
» de Paris à Rome et Venise pour porter lettres de créance à M<sup>rs</sup> le Car-
» dinal de Mascou et Évesque de Rodez illec ambeurs, leur exposer et
» faire entendre certaines choses qui touchent et concernent le bien de
» luy et de ses Royaumes, Terres et Seig<sup>ries</sup> » (Biblioth. nat., *F. Cl.*,
Ms., 1215, p. 74°-75°).

(1) Biblioth. nat., *F. Cl.*, Ms., 570, p. 207 et 207°. — Dès la fin de
janvier 1542, François I<sup>er</sup>, pour se concilier la Seigneurie, insinuait
qu'il serait disposé à lui céder Marano : « J'ai entendu et j'ai même vu
» sur la carte, ajoutait-il, combien la position de cette ville est avan-
» tageuse pour la République » (Arch. gener. di Venezia, *Dispacci di
Franza, 1540-1542*, Mss. Lettres de M. Dandolo, du 25 janvier et du
18 février 1542). L'ambassadeur vénitien, de son côté, ne négligeait
rien pour entretenir le roi dans ces bonnes dispositions, et pressait son
gouvernement d'en profiter. Il sollicitait même le nonce d'intervenir
pour tâcher d'obtenir une solution dans ce sens. « Marano, lui disait-
» il, est le nombril, *umbilico*, de la chrétienté, attendu le peu de dis-
» tance qu'il y a de cette ville à Ancône et au littoral de la Romagne »
(*Ibidem*. Lettres du 25 janvier).

rapport » ; il le pria de se souvenir du meurtre de
César Fregoso et de Rincon, lui rappela qu'encore « de
fresche et sanglante mémoire », le prieur de Saint-Pol
et sa suite avaient été taillés en pièces près de Zara, et
déclara qu'il était bien forcé de donner une escorte à
ses gens « pour ne les mectre à l'adventure d'estre
» aussy massacrés de ceulx qui sont, de tous temps,
» coutumiers de ce faire ». On accéda à sa requête, et
l'on remit les prisonniers en liberté, ce qui donna beaucoup à penser à l'ambassadeur de l'empereur (1).

Les magistrats de Venise avaient compris, dès le
premier jour, que cette affaire était grosse de difficultés et de périls. Des hommes d'État aussi expérimentés ne pouvaient douter un seul moment que Ferdinand ne leur gardât rancune de ce que l'entreprise
avait été dirigée par un sujet de Venise et avec des
hommes levés sur son territoire. Ils voyaient, d'autre
part, que l'on faisait intervenir le nom et l'autorité du
roi de France, sans pouvoir se rendre exactement
compte de ses intentions. Mais ils redoutaient surtout
le danger qu'il y aurait à laisser occuper par les

_____

(1) Biblioth. nat., F. Cl., Ms., 570, p. 208 et 208⁰. — Pellicier avait
prévenu le roi, dès le 31 décembre 1541, de la disparition du prieur de
Saint-Pol, et avait fait, à ce propos, l'enquête la plus minutieuse. « Il y
» a grant vraysemblable, disait-il, qu'il ne soit perdeu, pour ce que l'on
» a veu, entre les mains d'ung personnaige que l'on peut bien estimer
» avoir faict telle meschanceté, plusieurs *nobles à la rose* taillés pour la
» moytié avecques escus françois, lesquels sont pour le moings semblables
» à ceulx que ledict Sainct-Pol avoit, quand il partist d'icy » (Biblioth.
nat., F. Cl., Ms., 570, p. 204⁰).

Osmanlis la place de Marano, qui, située à quatre-
vingts milles de Venise, aurait fourni à leurs troupes
un abri assuré pour envahir le territoire de la République.

Le Sénat résolut de parer à ces périls dans la mesure
de ses moyens. Il défendit à ses sujets d'entrer dans la
ville, d'apporter le moindre secours à la garnison et de
lui conduire des vivres. Il donna l'ordre d'arrêter le
père et la femme de Sachia, qui habitaient Udine, afin
de pouvoir peser sur ses résolutions. En même temps,
il fit porter des paroles amicales à cet aventurier, dans
la crainte que, désespérant de pouvoir résister avec ses
seules forces aux armées de Ferdinand, il n'en vînt à
prendre la détermination de recevoir une garnison
ottomane (1). Il chercha même, à tout hasard, à s'entendre avec lui, et lui fit prendre l'engagement de livrer
la place à la République, si une occasion favorable se
présentait. C'est du moins ce qui résulte d'une dépêche,
mentionnée par l'historien Romanin, et adressée au
gouverneur du Frioul, le 12 janvier 1542 (2). Le Sénat

(1) Paruta, *Historia vinetiana*, 1703, part. I, l. XI, p. 464.
(2) *Stor. doc.*, t. VI, p. 204. — La dépêche dont parle M. Romanin
est sans doute fort importante, et jette un jour nouveau sur la conduite
de Sachia ; mais il ne nous paraît pas possible d'admettre les conclusions
que l'historien de Venise a cru devoir en tirer : elle ne permet pas de
douter que cet aventurier, comme beaucoup d'hommes de son espèce,
n'ait joué un double jeu ; elle ne prouve pas que l'entreprise de Marano
ait été faite de plein accord, *di pieno accordo*, avec la Seigneurie. Cette
interprétation est contredite par la correspondance de Pellicier et par
tous les documents que nous avons recueillis dans les Archives mêmes
du gouvernement vénitien sur cette curieuse affaire.

faisait savoir à ce fonctionnaire qu'il avait envoyé un homme de confiance à Beltrame Sachia pour lui enjoindre de tenir la place à sa disposition, conformément à l'engagement qu'il avait pris avec les chefs du Conseil des Dix, lui promettant une magnifique récompense s'il s'exécutait, et le menaçant des peines les plus graves s'il violait sa parole.

Tout en prenant ces mesures et en s'efforçant de prévoir toutes les éventualités, les Vénitiens étaient bien résolus d'éviter ce qui pourrait blesser l'une des parties intéressées (1), et n'oubliaient rien pour apaiser le mécontentement des Impériaux. Les conseillers du roi des Romains n'avaient pas dissimulé leur irritation à la nouvelle de la prise de Marano, et disaient tout haut que l'entreprise avait été faite, sinon par le gouvernement vénitien, du moins avec son assentiment (2). La Seigneurie s'appliqua à dissiper ces soupçons. A l'ambassadeur impérial, qui était allé se « lamenter » auprès du Collège, le doge répondit que la République avait éprouvé le plus vif déplaisir de l'affaire de Marano, et qu'elle avait enjoint à tous ses sujets de quitter la place (3). Lorsque, vers la fin de février, arriva l'évêque de Trente, Christophe Madruzzo, « avecques ung

----

(1) Biblioth. nat., *F. Cl.*, Ms., 570, p. 213⁰.

(2) Albèri, *Relazioni*, s. 1, t. III, p. 105-108. *Relazione di Marino Cavalli, di 1543.*

(3) Arch. gener. di Venezia, *Exposizioni Principi*, Mss., vol. 76, p. 135-138.

» grant train à la mode des évesques d'Allemaigne qui » tranchent fort des princes » (1), la Seigneurie l'accueillit avec sa politesse accoutumée, en protestant de ses sentiments « de respect, de fidélité et de vénération » pour le Sérénissime Roi des Romains » ; elle rappela les mesures qu'elle avait déjà prises, promit d'accorder aux troupes de Ferdinand le passage et des vivres, mais refusa de lui fournir aucun secours et déclara qu'elle voulait rester en paix avec tous les princes, sans en offenser aucun (2).

Pendant ces négociations, l'évêque de Montpellier avait enfin reçu les ordres de son maître, qui lui furent apportés par les capitaines Cornelio et Spagnoletto, de la suite de Pierre Strozzi (3). François Ier faisait savoir à son ambassadeur qu'il était « merveilleusement content » ; mais il ordonnait, en même temps, que « ceulx » de Maran eussent à faire leur office sans que l'on » peusse entendre ne sçavoir que ce soient ses mi» nistres » (4).

Cette situation équivoque devait faire naître de graves complications, auxquelles vinrent s'ajouter les querelles et les compétitions des aventuriers enfermés à Marano.

---

(1) Biblioth. nat., *F. Cl.*, Ms., 570, p. 217.

(2) Arch. gener. di Venezia, *Exposizioni Principi*, Mss., vol. 76, p. 135-138.

(3) Biblioth. nat., *F. Cl.*, Ms., 570, p. 216º. — A. Desjardins, *Négociations de la France avec la Toscane*, t. III, p. 66 (*Coll. des doc. inéd.*).

(4) Biblioth. d'Aix, *L. de P.*, Ms., p. 1056. Lettre à des Chenests, du 17 février 1542.

Dès les premiers jours qui suivirent la prise de la ville, Beltrame Sachia avait eu à réprimer un complot tramé par « ung Frater de Sainct-Dominique ». Ce religieux lui avait demandé « conged d'aller ouyr messe en une » église là auprès; ce qu'il luy permist, l'admonestant » très bien de ne s'empescher plus avant que de servir » Dieu ». Mais il se rendit à Gradisca pour se concerter avec le gouverneur autrichien de cette ville. Beltrame saisit une lettre apportée par un émissaire, et, lorsque le *Frater* rentra dans la place, il l'arrêta et le fit pendre ainsi que ses complices, chose qui mit leurs partisans du dehors « en sy grant peur et effroy » qu'ils n'osèrent venir, « et davantaige, à l'adventure, beaulcoup d'amis » de la ville qui eussent peu avoir semblable vouloir » (1).

Bientôt les propres compagnons du conquérant de Marano conspirèrent contre lui. Après la prise de la ville, quelques-uns de ses amis étaient arrivés d'Udine, et se conduisaient fort mal à l'égard des habitants. D'autre part, les hommes de la garnison, qui étaient peu nombreux, se voyaient obligés de monter la garde toutes les nuits. Propriétaires et soldats s'entendirent pour se plaindre à Sachia; mais celui-ci les ayant menacés de la corde, ils s'adressèrent à Turchetto, qui, mécontent lui-même du gouverneur, les accueillit fort bien et s'entendit avec eux. Beltrame étant un jour sorti de la ville, les soldats lui fermèrent la porte, le

---

(1) Biblioth. nat., *F. Cl.*, Ms., 570, p. 212 et 212º.

repoussèrent à coups de canon, et pillèrent son logis (1).
Comme il avait, en vertu des instructions de Pellicier,
remplacé la bannière aux armes de France par « une
aultre toute blanche », Turchetto prétendit, pour s'excuser, qu'il « se faisoit seigneur absolu du lieu sans
» recognoistre Sa Majesté ne aultre pour son souverain
» Seigneur » (2).

Prévenu par Sachia lui-même, l'évêque de Montpellier
se hâta de faire passer à Marano le sieur des Chenests,
en qui il avait reconnu l'énergie et l'autorité morale
nécessaires pour contenir ce ramassis d'aventuriers :
il était d'autant plus urgent de rétablir l'ordre dans la
place qu'elle était menacée d'un siège.

La garnison ne s'était pas tenue enfermée dans ses
murs, et s'était emparée de la forteresse de Percenice,
qui appartenait au roi des Romains (3). Pour répondre
à ces provocations, le gouverneur autrichien de Gradisca, Nicolas de la Tour, résolut d'aller les attaquer.
Les bruits les plus exagérés coururent à Venise sur les
préparatifs des Impériaux. On disait qu'ils avaient ras-
semblé deux mille Italiens et deux mille Espagnols de
l'expédition d'Alger, et un grand nombre d'Allemands.

Pellicier se montra à la hauteur de son nouveau rôle,
et sut parer aux périls auxquels sa conquête pouvait être

(1) Ulloa, *Vita di Ferdinando Primo*, 1565, p. 160 et 161. — Guazzo,
*Historie*, 1546, p. 328° et 329. — Biblioth. nat., *F. Cl.*, Ms., 570, p. 220.
(2) Biblioth. nat., *F. Cl.*, Ms., 570, p. 220°.
(3) Biblioth. d'Aix, *L. de P.*, Ms., p. 1066. — Ulloa, *Vita di Ferdinando Primo*, 1565, p. 160 et 161. — Guazzo, *Historie*, 1546, p. 328°.

exposée. Avec les conseils, le confort et surtout l'argent de Robert Strozzi, il compléta l'approvisionnement de la place; il envoya François de Pazzi, gentilhomme de Pierre Strozzi, à Ferrare, à la Mirandole et à Bologne, pour lever cent cinquante « souldars », et manda à Hippolyte de Gonzague de lui envoyer, conformément à ses engagements, trois ou quatre cents hommes (1); il chargea Abondio de réconforter le capitaine Turchetto, son beau-frère, et de l'engager à persévérer « en la bonne volonté qu'il avoit au service » de la France et à ne voulloir, pour or, ne argent, ne » exhortations, ne menaces, changer son bon et hon- » neste propos » (2).

Mais, heureusement, les forces des Autrichiens étaient loin d'être aussi redoutables qu'on l'avait dit. Nicolas de la Tour ne se présenta devant Marano qu'avec six cents fantassins et cent cavaliers, et, trouvant la ville bien fortifiée et la garnison renforcée, il dut revenir à Gradisca après avoir replacé le fort de Percenice sous l'autorité de Ferdinand (3).

Ce danger était à peine écarté que de nouvelles difficultés surgirent. Les compagnons de Turchetto s'étaient mis à construire un fort à Lignano, petit port situé à cinq milles au sud de la place, à l'embouchure de la

---

(1) Biblioth. d'Aix, *L. de P.*, Ms., p. 1043 et 1046.

(2) Biblioth. nat., *F. Cl.*, Ms., 570, p. 205.

(3) Ulloa, *Vita di Ferdinando Primo*, 1565, p. 161. — Guazzo, *Historie*, 1546, p. 328°.

Stolla. La Seigneurie n'entendait pas leur permettre d'élever un ouvrage, destiné à leur servir de refuge, lorsqu'ils courraient aux navires qui passaient près de la côte. Malgré les réclamations de Pellicier, et bien qu'il prétendît que ce port était de la juridiction de Marano, le Sénat résolut d'intervenir. Bernard Sagredo parut à l'improviste devant Lignano avec des galères armées et quelques troupes, dispersa les ouvriers, détruisit le fort à coups de canon, et enleva les matériaux (1).

C'est vers ce temps que l'arrivée, à Venise, de Pierre Strozzi et du capitaine Polin, porteurs des dernières instructions du roi, vint fort à propos alléger la responsabilité de Pellicier (2). L'ambassadeur était enfin chargé de prendre les mesures nécessaires pour placer Marano sous la domination de la France (3). Mais, avant d'y faire arborer la bannière aux fleurs de lis, il avait ordre d'y réintégrer Beltrame Sachia (4). Après s'être entendu avec des Chenests, qu'il manda tout exprès à Venise, Pellicier fit part de la volonté du roi à Turchetto. Celui-ci ne fit pas de résistance et consentit à sortir de

(1) Biblioth. nat., *F. Cl.*, Ms., 570, p. 219°.

(2) P. Strozzi se trouvait en France au moment de la prise de Marano. Le roi le récompensa du rôle qu'il avait joué dans cette affaire, en le nommant *gentilhomme de sa Chambre*, et en élevant sa pension de 2,000 à 4,000 écus (Arch. gener. di Venezia, *Dispacci di Franza (1540-1542)*, Mss. Lettre de M. Dandolo, du 6 février 1542).

(3) Biblioth. d'Aix, *L. de P.*, Ms., p. 1127.

(4) François I⁰ʳ avait magnifiquement rémunéré les services de Sachia (V. Biblioth. d'Aix, *L. de P.*, Ms., p. 1070).

la ville, ne demandant d'autre faveur que l'autorisation d'aller à la cour pour se justifier (1).

Sachia fut rétabli dans son commandement le 28 avril 1542 (2). Quelques jours après (9 mai 1542), Pierre Strozzi, constitué procureur au nom du roi, alla prendre officiellement possession de la conquête due à l'habileté de Pellicier (3). De son côté, l'évêque de Montpellier se rendait auprès de la Seigneurie, accompagné du capitaine Polin, pour lui donner communication des lettres du roi, en date du 14 avril 1542, concernant l'acquisition de Marano : « Ce que nous avons faict, dit-il, le » plus persuasiblement qu'il nous a esté possible, » avecques toutes les remonstrances que nous avons » peu adviser estre à propoz pour luy faire treuver » bonnes les causes qui vous ont meu et invité à ce » faire : ce qu'ilz ont faict desmonstrance ne l'avoir » poinct à desplaisir, combien que véritablement ne » nous y ayent faict aultrement responce. Car, pryant » que doresnavant ilz voulsissent permectre qu'on y » peust aller et venir seurement, comme aliez et confé- » dérez ont accoustumé faire, ne nous feut respondeu, » sinon qu'ilz pourroient aller et venir sans empes- » chement (4). »

---

(1) Biblioth. nat., *F. Cl.*, Ms., 570, p. 236, 236° et 238°. — Biblioth. d'Aix, *L. de P.*, Ms., p. 1070.

(2) Biblioth. d'Aix, *L. de P.*, Ms., p. 1160.

(3) *Ibidem*, p. 1169.

(4) Biblioth. d'Aix, *L. de P.*, Ms., p. 1177,

Toutefois, la ville de Marano ne devait pas rester longtemps entre les mains des Français. Vers la fin de l'année suivante (1543), le roi, ayant appris que les Impériaux faisaient de nouveaux efforts pour s'en emparer et craignant d'être entraîné dans des dépenses hors de proportion avec l'importance de sa nouvelle conquête, résolut de la céder à Pierre Strozzi et de l'autoriser à la vendre à la République de Venise (1).

Le Sénat, après s'être assuré de l'authenticité de l'acte de cession, acheta Marano pour la somme de trente-cinq mille écus (2). On peut lire, dans la collection des manuscrits de la bibliothèque de Saint-Marc, un mémoire que le gouvernement vénitien s'était fait adresser sur cette affaire. L'auteur insiste sur les ressources qu'offraient, pour la construction des navires,

---

(1) Romanin, *Stor. doc.*, t. VI, p. 205. — Ulloa, *Vita di Ferdinando Primo*, lib. II, p. 162. — Jean de Monluc, successeur de Pellicier, occupait alors l'ambassade de Venise. C'est probablement pour ce motif que Le Ferron lui a attribué l'honneur de la prise de Marano (A. Le Ferron, dans du Haillan, *Histoire générale des Roys de France*, 1605, t. II, p. 1492). La plupart des historiens français ont reproduit cette erreur. Le savant éditeur des *Papiers d'État* du cardinal de Granvelle, poussant encore plus loin l'inexactitude, va jusqu'à dire que la place fut surprise et la garnison passée au fil de l'épée par Blaise de Monluc, le célèbre auteur des *Commentaires*, frère de l'ambassadeur (t. II, p. 639).

(2) Ulloa, *Vita di Ferdinando Primo*, 1604, lib. II, p. 162. — Paruta, *Historia vinetiana*, 1703, part. I, lib. XI, p. 465. — La bibliothèque de Saint-Marc possède une copie de l'acte de cession. On lit en tête : *Copia delle parole contenute nella donatione che fa lo Re di Franza al Strozzi di Marano* (Cl. VI, codex 1296, p. 12). P. Strozzi se servit de cette somme pour lever dix mille fantassins italiens (G. de Leva, *Carlo V*, t. III, p. 506).

les forêts des environs de la ville ; il prétend qu'il sera
facile de mettre le port en état de recevoir de grands
navires, et qu'il pourra rendre d'immenses services à
cause de sa situation sur la route de l'Allemagne et
de l'Esclavonie ; il termine en disant qu'il faut accepter
la proposition de Strozzi plutôt que de lui laisser livrer
la place aux Barbares et aux Turcs (1). Cette dernière
raison fut celle qui entraîna les résolutions de la Seigneurie. Depuis la prise de Marano, elle tremblait que
cette ville, si rapprochée de son territoire, ne tombât
entre les mains des infidèles, et Pellicier savait qu'il
suffisait, pour la mettre « en combustion et trouble »,
de faire répandre « par aulcuns malings que ceulx de
» Maran avoient mandé vers le G. S. pour luy bailler la
» dicte ville » (2).

_____

(1) Biblioth. de Saint-Marc, *Miscellana Veneta*, Cl. VII, codex 1008,
p. 67.

(2) Charrière, *Négoc.*, t. I, p. 536. — L'affaire de Marano tient une
place considérable dans les dépêches échangées entre les ministres de
Charles-Quint et ceux de François Ier, à l'occasion de la guerre de 1542
(Voyez : *Papiers d'État* du cardinal de Granvelle, t. II, p. 639 et 648 ;
Lanz, *Correspondenz*, t. II, p. 347 ; *Mémoires* de du Bellay, édit. du *Panth.
litt.*, p. 706). Quant au différend auquel elle avait donné lieu entre la
République de Venise et la maison d'Autriche, il ne fut terminé que
longtemps après la mort de Ferdinand. Ce ne fut qu'en 1583 que Marc
Antoine Barbaro put conclure avec l'empereur Rodolphe le traité définitif, qui fixa la somme à payer pour l'acquisition de Marano
(V. Ch. Yriarte, *La vie d'un patricien de Venise*, 1874, p. 380-385). L'exposé, aussi vague qu'inexact, que M. Ch. Yriarte fait de la prise de cette
ville, montre combien sont incomplets et erronés les renseignements
donnés par les historiens sur ce curieux incident de la lutte des maisons
de France et d'Autriche.

Ce premier succès avait mis en goût l'évêque de Montpellier : il ne rêvait plus qu'aventures militaires, expéditions lointaines et surprises de villes. Le séjour de Christophe Madruzzo à Venise lui donna l'idée d'enlever sa cité épiscopale. Trente était alors une place « respectable », défendue par une forte citadelle, ayant une population mi-partie allemande et italienne : c'était la clef du principal passage entre l'Allemagne et l'Italie (1). Pellicier écrivit au roi, le 10 mai 1542, au sujet de l'entreprise qu'il avait projetée contre cette ville, une longue et curieuse lettre : « Comme vous » sçavés très bien, les plus grans forces de l'Empereur » viennent de ceste Italye en Allemaigne. Le mou- » vement desquelles et tout le commerce qu'il y a de » l'une avecques l'aultre passent par Trente, dont ce » ne luy seroit pas peu de destourbier qui pourroit em- » pescher le passaige. Sy est-il que l'évesque de Trente » en est le seigneur spirituel et temporel. Lequel doibt » partir de brief pour s'en aller faire le rapport de la » responce, qu'il a eue de son ambassade qu'il est venu » faire icy pour l'affaire de Maran, au Roy Ferdinando, » où il séjournera et mectra quelque temps pour avoir » long chemin à faire, qui est jusques à Vienne, dont » cependant, pour la petite garde qu'il y a et le peu de » vigilance que l'on y faict, ainsi que M. d'Aramon » mesme, qui est sur le lieu, l'ayant très bien visitté et

(1) L. Alberti, *Descrittione*, 1568, p. 469.

» examiné, m'a dict que cella ne seroit pas impossible à
» faire, d'aultant qu'il est ung prebstre jeune homme et
» peu praticque. Lequel tire de ladicte évesché environ
» trente cinq à quarante mil escus, dont une bonne
» partye, ainsi que j'entends, se tire dudict Trente et
» des lieux dépendans d'icelluy, par quoy s'en pourroit
» l'on bien entretenir sans qu'il vous feust de grant
» coust. Et sy ladicte ville est aussy marchande et de
» sy grant commerce que sont en ce cartier-là, et sy,
» après l'avoir prinse, moïennant le bon ordre et provi-
» sion que l'on y donneroit, de telle déffense que l'on ne
» auroit à craindre qu'elle feust prinse par force, ainsi
» que me suis bien enquiz (1). »

Christophe Madruzzo, évêque de Trente depuis
1539, préconisé cardinal au commencement de 1542,
n'avait alors que trente ans. Renommé pour sa magni-
ficence et son goût pour les lettres, il passait pour un
administrateur médiocre et peu vigilant (2). Néanmoins,
le plan que Pellicier avait formé pour surprendre sa

---

(1) Biblioth. nat., *F. Cl.*, Ms., 570, p. 223 et 223°. Lettre du 10 mars
1542.

(2) Voy. *Difesa del Cardinale Cristoforo Madruccio*, Venezia, 1763,
p. 19; — *Statistica di Trentino*, 1852, t. I, p. 87; — De Thou, *Histoire
universelle*, trad. fr., La Haye, 1740, t. V, p. 478. — Nous avons adopté,
au sujet du cardinal Madruzzo, l'opinion de l'auteur de la *Statistique
du Trentin,* qui est conforme à celle de Pellicier. De Thou, qui avait eu
occasion de le voir en Italie, le juge beaucoup plus favorablement :
« Madruzzo, dit-il, étoit un génie supérieur, qui, sous Charles V et
» Philippe II, avoit été employé dans les négociations les plus considé-
» rables en Italie et en Allemagne. Libéral, affable, aimant les lettres et
» les gens de lettres, il avoit encore une candeur admirable. Une grande

· ville épiscopale, ne reçut pas même un commencement d'exécution. Suivant l'ambassadeur vénitien accrédité auprès de Ferdinand, ce prince avait eu vent de l'entreprise projetée contre la ville de Trente. « Les bruits qui couraient, dit Marin Cavalli, sur les menées de François du côté du Tyrol, déterminèrent le roi des Romains à ne pas affaiblir les garnisons de cette province (1). »

Au moment où l'ambassadeur se préparait à couper aux Impériaux la principale de leurs communications entre l'Allemagne et l'Italie, il songeait à leur fermer un passage presque aussi fréquenté, celui de la Valteline. Pellicier parle de ce projet dans une lettre où il résume et caractérise ses plans militaires : « Si ceste » entreprinse, dit-il, comme nous en avons bonne » espérance, vient à heureuse issue, et que celle de

---

» preuve de son mérite, c'est que, bien qu'il fût attaché à l'Espagne, la
» ressemblance des caractères et des inclinations avait lié une amitié
» étroite entre lui et le cardinal d'Este, le plus ardent défenseur des
» intérêts de la France, qui ait jamais été en Italie, sans que pour cela
» ni l'un ni l'autre soit jamais devenu suspect à son prince. »

(1) Albèri, *Relazioni*, s. 1, t. III. *Relazione di 1545*. — On n'eut pas l'ombre d'un soupçon dans l'entourage de l'évêque. C'est, du moins, ce qui semble résulter de l'épigramme suivante, que Nicolas d'Arco, par une coïncidence bizarre, adressait à Madruzzo quelque temps après :

*Tu custoditas linque, o Galathea, capellas,*
*Incustoditum, Tityre, linque pecus,*
*Madrutius custodit oves, custodit et agnos*
*Pastor, et a stabulis jam lupus omnis abest.*

(Épigramme citée dans la *Difesa del Cardinale Cristoforo Madruccio*, Venezia, 1763.) — L'auteur croit que les poésies de Nicolas d'Arco, publiées en 1546, avaient été composées dès 1544.

» Trente aist aussy bon succès, nous empescherons les
» passaiges ordinaires des Grisons et d'Allemaigne à
» l'Empereur, car il n'y en a pas d'aultres, au moings
» qui soient aisés et commodes, que celluy de Maran
» qui est desjà en nostre puissance (1). »

---

(1) Biblioth. nat., *F. Cl.*, Ms., 570, p. 223⁰. — Les capitaines dévoués
à la France proposèrent à l'ambassadeur de soumettre au roi plusieurs
autres places : entre autres, celle de Lodi, qui appartenait à l'empereur ;
celle de Parme, qui faisait partie du domaine pontifical, et celle de
Luzzara, située sur le Pô, à quelque distance de la Mirandole (V. Biblioth. nat., *F. Cl.*, Ms., 570, p. 231, etc., et Biblioth. d'Aix, *L. de P.*,
Ms., p. 981, 1174, 1182, etc.).

# RECRUTEMENT DE L'ARMÉE D'ITALIE

# CHAPITRE XI

## RECRUTEMENT DE L'ARMÉE D'ITALIE

Bien que la guerre n'eût été déclarée officiellement qu'au mois de mai 1542, la trêve de Nice avait été rompue de fait, dès la fin de l'année précédente. On pourrait dire de cette situation équivoque ce qu'un auteur de la seconde moitié du XVI⁰ siècle écrivait, à l'occasion de l'une de ces pacifications menteuses, si fréquentes pendant les guerres de religion : « Ce fut paix » et non paix, et n'en eut que le nom seulement, mais » par effect, ce fut une guerre ouverte (1). »

Cet état de choses imposait à l'ambassadeur de nouveaux devoirs. A la mission toute pacifique qu'il avait remplie jusqu'alors auprès du gouvernement vénitien, venaient s'ajouter des obligations d'un genre différent : il n'était pas seulement chargé de négocier, mais encore d'enrôler des capitaines et de recruter des troupes, avec le concours des princes italiens, parmi ces innombrables *condottieri* dont regorgeait la Péninsule. De telles occupations sembleraient aujourd'hui peu conformes au caractère et au véritable rôle de la diplomatie ; mais elles n'avaient rien d'anormal aux yeux des hommes

_____

(1) *Mémoires* de Lanoue, *Collect.* Michaud et Poujoulat, t. IX, p. 643.

de cette époque. Les fonctions d'ambassadeur n'étaient
pas alors aussi bien délimitées qu'elles le furent dans
la suite. En sa qualité de représentant de son souverain, il était chargé de défendre ses intérêts par tous
les moyens qui étaient en son pouvoir; il devait le servir par l'action aussi bien que par la parole, et se prêter
à tout ce qu'exigeaient les circonstances. Ces obligations, de natures si diverses, s'imposaient surtout
aux diplomates accrédités auprès des cours d'Italie : il
restait dans ce pays un grand nombre de territoires
contestés ; les maisons d'Autriche et de France y avaient
des possessions considérables; les princes indépendants
ou réputés tels se partageaient entre ces deux puissances rivales, et pouvaient faire la guerre au profit de
l'une d'elles, tout en la déclarant en leur propre nom.
C'est sans doute à cause de la situation qui était faite
aux ambassadeurs dans la Péninsule, que Brantôme
reproche à François Iᵉʳ d'avoir préféré pour ces fonctions les hommes de robe longue : « On baille le
» blasme à ce grand Roy, dit-il, d'avoir esté si grand
» amateur des gens lettrez, et avoir eu telle confiance
» en eux, en leur sçavoir et suffisance, que guières ou
» peu il s'est aydé de gens d'espée en ses ambassades,
» sinon que de ces gens de plume, aiant opinion que
» l'espée ne sceut tant bien entendre ses affaires, ny
» les conduire et desmesler, comme la plume..... Il se
» présente bien autant des affaires et matières cheva-
» leresques et de guerre, plus que d'autres d'Estat.

» Voylà pourquoy, quant à moy et plusieurs autres que
» j'ay veus de mon advis, en telles charges l'espée y
» est plus propre que la plume (1). »

L'exemple de Pellicier montre que les reproches de
Brantôme sont pour le moins fort exagérés, et que le
roi François n'eut pas tant à se repentir de s'être « ainsy
» opiniastré sur ces robes longues pour ses ambas-
» sades » (2). Cet homme d'Église sut être, à l'occasion,
un homme d'action ; il ne faillit point aux devoirs qui
lui incombaient, et travailla, avec autant d'activité que
de succès, à rallier sous la bannière de la France les
princes, les capitaines et les soldats dont le concours
lui était nécessaire pour faire la guerre dans la Péninsule.

Il est vrai que l'évêque de Montpellier était secondé,
dans cette partie de sa tâche, par des hommes de guerre
expérimentés que le roi avait eu soin de lui adjoindre.
Comme aujourd'hui, il y avait alors des *attachés militaires* auprès des ambassadeurs, avec cette différence
qu'ils avaient mission d'agir encore plus que d'observer.
C'est à eux que revenait le soin d'exécuter les entreprises pour lesquelles la connaissance du métier des
armes était nécessaire, de conclure des conventions
avec les princes qui s'engageaient au service de la
France, d'enrégimenter et de surveiller les aventuriers

---

(1) Brantôme, *Œuvres complètes*, édit. de la Société de l'*Hist. de
France*, t. III, p. 94 et 102.

(2) *Ibidem*, p. 104.

de tout rang qu'elle prenait à sa solde et qui lui formaient une armée toujours prête à agir. A la tête de
cette *légation militaire* se distinguaient trois gentilshommes, les sieurs d'Aramon, des Chenests et de
Lamothe, qui avaient pris une part importante à l'affaire
de Marano, et qui ne furent pas moins utiles à l'ambassadeur dans ses négociations avec le comte de la Mirandole et dans les enrôlements de troupes qu'il avait
mission de faire en vue d'une guerre prochaine (1).

C'étaient les États du nord de la Péninsule qui pouvaient surtout fournir d'utiles contingents aux Français
et favoriser leurs opérations en Italie. Pellicier déploya
une activité infatigable pour les attirer dans l'alliance
de la France, et, à mesure que la guerre approcha, il
multiplia les démarches, les sollicitations et les promesses.

Le duché de Mantoue était à la discrétion de Charles-
Quint, qui avait conféré le titre de duc à Frédéric II, en
1530, et l'avait confirmé à François III, en 1540 (2).
Bien que le cardinal Hercule de Gonzague, chargé de
la régence pendant la minorité de ce dernier, eût in-
voqué la protection de François I⁰ʳ, Pellicier savait
qu'on ne pouvait en espérer aucun appui (3). Dans sa

---

(1) Voyez plus haut, ch. X.

(2) Cependant l'empereur avait retenu pendant trois années, de 1533
à 1536, le marquisat de Montferrat, héritage de Marguerite Paléologue,
femme de Frédéric III.

(3) Ribier, *Lettres et Mémoires d'Estat*, t. I, p. 537.

correspondance, il ne s'occupe du duché de Mantoue qu'à propos des velléités que paraît avoir eues l'empereur d'investir de cet État Ferrand de Gonzague, le plus jeune frère du duc défunt et l'un des meilleurs capitaines de l'armée impériale, et de transférer le Montferrat au marquis de Saluces en le mariant avec la duchesse douairière, qui ne fit pas toujours bon ménage avec le cardinal, son beau-frère (1).

Le duc de Ferrare, Hercule II, tenait également de Charles-Quint Reggio et Modène, et n'avait dû qu'à sa puissante intervention d'être confirmé par Paul III dans la possession de ces deux villes. Il n'était et ne pouvait être que son lieutenant dans la Péninsule. L'argent et les troupes de ce prince étaient à la disposition des Impériaux (2); ses ambassadeurs, dans les différentes cours d'Italie, étaient à sa dévotion (3); mais toutes ses sympathies n'en étaient pas moins acquises au roi de France dont il se déclarait, dans une lettre confidentielle, le très humble serviteur et sujet (4). Il était entretenu dans ces sentiments par son frère, le cardinal Hippolyte d'Este, qui vivait à la cour de François Iᵉʳ (5), et par sa

(1) Biblioth. nat., F. Cl., Ms., 570, p. 97º et 186º. — Le cardinal Hercule était, disent les contemporains, un homme de grand sens et d'une vie exemplaire (Voy. Campana, *Arbori delle Famiglie lequali hanno signoreggiato in Mantoua*, 1590, p. 38).

(2) Biblioth. d'Aix, L. de P., Ms., p. 162.

(3) Biblioth. nat., F. Cl., Ms., 570, p. 67.

(4) Ribier, *Lettres et Mémoires d'Estat*, t. I, p. 539.

(5) Biblioth. d'Aix, L. de P., Ms., p. 309.

femme, la célèbre Renée, fille de Louis XII, qui fut toujours en correspondance régulière avec les représentants
du roi en Italie (1). Si les nécessités de la politique firent
de l'État de Ferrare un fief de l'Empire, le patriotisme
de Madame Renée fit de la cour un asile pour les Français. « Elle h'a eu cela de bon, dit Brantôme en parlant
» de cette princesse, que jamais elle n'a oublié sa na-
» tion ; et, bien qu'elle en fust très loing, elle l'a tous-
» jours fort aymée. Jamais François, passant par Fer-
» rare, ayant nécessité et s'adressant à elle, n'a party
» d'aveq'elle qu'elle ne luy donnast une ample au-
» mosne et bon argent pour gaigner son païs et sa mai-
» son ; et s'il estoit mallade, elle le faisoit traitter très
» songneusement, et puis luy donnoit argent pour se
» retirer en son païs..... Et quand les intendans de sa
» maison luy en remonstroient la despence excessive,
» elle ne leur disoit autre chose sinon : Que voulez-
» vous ? Ce sont pauvres gens François de ma nation,

_____

(1) *Ibidem, passim.* — La position équivoque du duc Hercule devait né-
cessairement inspirer des soupçons à la cour de France, et l'ambassadeur vénitien, Marin Giustiniano, dans sa relation prononcée en 1535,
prétend qu'il y avait perdu tout crédit. Mais la correspondance de
Pellicier prouve qu'il était au moins bien disposé pour le roi, car elle
nous apprend qu'il ne craignit pas d'autoriser des levées de troupes dans
ses États pour le compte de la France (Voy. Tommaseo, *Relations des
ambassadeurs vénitiens*, t. I, p. 91, et Biblioth. d'Aix, *L. de P.*, Ms.,
p. 1046). Le cardinal Hippolyte, malgré la défiance qu'il inspira à
Pellicier, ne paraît pas non plus avoir abandonné les intérêts de son
protecteur. Enfin, il n'est pas douteux que la duchesse Renée, en dépit
de quelques dissentiments passagers (Voy. Ribier, t. I, p. 453), n'ait eu
assez d'influence sur son époux pour lui faire partager ses sentiments à
l'égard de sa patrie d'origine.

» et lesquelz, si Dieu m'eust donné barbe au manton,
» seroient maintenant tous mes subjectz ; voyre me
» seroient-ilz telz, si ceste meschante loy sallique ne
» me tenoit trop de rigueur (1). »

Depuis qu'André Doria avait soustrait sa patrie au
protectorat de la France, le roi avait interdit l'entrée
de ses États aux sujets de la République génoise (2) ;
mais, vers 1541, il résolut d'adopter à leur égard une
nouvelle ligne de conduite et de ne rien négliger pour
obtenir, sinon leur alliance, du moins leur neutralité (3).
Les circonstances le servirent à merveille. En 1541,
sous le doge Léonard Cattaneo, la ville de Gênes, en
proie à une épouvantable disette, ne pouvait espérer
recevoir du blé ni de la Sicile ni de la Lombardie, où
régnait la même pénurie. François Ier s'empressa d'accorder aux marchands de la Provence l'autorisation
d'approvisionner la République (4). La mesure était
habile, l'effet en fut excellent, et l'évêque de Montpellier ne manqua point d'informer la cour des heureux
résultats de la politique qu'il n'avait pas peu contribué
à faire adopter : « Les pouvres gens, dit-il, quand ilz
» vont au marché achepter dud. bled, en se réjouissant,

---

(1) Brantôme, *OEuvres complètes*, édit. de la Société de l'*Hist. de
France*, t. VIII, p. 110 et 111.

(2) Bonfadio, *Annali delle cose de'Ginovesi*, tradotti da B. Paschetti,
1836, p. 122.

(3) Biblioth. d'Aix, *L. de P.*, Ms., p. 394. Lettre du 12 décembre
1540.

(4) Bonfadio, *Annali*, p. 122.

» disent : *J'ay achepté ung sac de fleurs de lys*, et sur
» les maguasins du bled veneu de Sicille, l'on a mis
» dessus, à mode de pasquils : *noli tangere*, et aux
» aultres : *reddite quæ sunt Cæsari*, et communément
» disent qu'ilz ne veulent plus uzer du bled de *maran*
» puisque Dieu leur en a donné de chrestien, et pour ce
» que les mariniers, qui vont chercher lesd. bleds, ont
» bon traictement de ceulx de Provence ainsi qu'ilz
» réffèrent, chascun jour y voit barcques, navires, gal-
» lères et aultres vaisseaulx pour charger grains (1). »

François I<sup>er</sup> avait trouvé le meilleur moyen de se
concilier l'affection des Génois, car il s'adressait à
quelque chose de plus puissant que les sentiments, au
dire de l'ambassadeur. « Vous sçavés trop mieulx,
» Monseigneur, écrit le malin évêque au cardinal de
» Tournon, que de tous les infinys biens, grâces et mi-
» racles que Christ uza en ce monde, il n'y eut aulcun
» qui esmeust ne attirast tant le peuple judaïque que le
» miracle du repas des cinq pains; de sorte que, comme
» dict sainct Jean en son VI<sup>e</sup>, si Christ sur l'heure ne se
» feust retiré ne absenté d'eulx secrèttement, ilz vou-
» loient venir le prendre et cryer Roy sur eulx. Par
» quoy, Monseigneur, à l'adventure pour le présent le
» Roy ne pourroit faire chose plus facile ne plus efficace
» à gaigner ce costé-là que de les laisser uzer de telz
» commerces, et par là divertir et avoir l'argent qui en

_____

(1) Biblioth. d'Aix, *L. de P.*, Ms., p. 883.

» pourroit revenir à l'Empereur et donner moïen à ses
» pouvres subjects de luy faire meilleur service (1). »
— « Hormis quarante ou cinquante des plus grans »,
qui étaient inféodés à l'Empire, tous les habitants de
Gênes étaient gagnés à la cause de la France. Aussi,
malgré « les pensionnaires de l'Empereur et les amis
» de Doria », le gouvernement décida qu'il enverrait
deux ambassadeurs à François Ier : Jean-Baptiste Ler-
caro, pour la noblesse, et Jules Sauli, pour le peuple (2).
Pellicier prétend que ces envoyés avaient l'ordre
« d'escouter si on leur vouldroit mectre quelques propos
» et partys en avant », et de faire entendre que l'on
recevrait avec empressement, à Gênes, un représentant
du roi, « lequel seroit aussy bien veu et auroit accez et
» faveur aultant que celluy de l'Empereur » (3).

Toutefois, ces bonnes dispositions ne purent prévaloir
contre les menées de Charles-Quint : les Impériaux ne
tardèrent pas à reprendre le dessus dans les Conseils du
gouvernement, et lorsqu'en 1543, François Ier demanda
aux magistrats génois de lui faire des avances d'argent
comme à l'empereur, d'ouvrir leur territoire à ses officiers et à ses alliés, et de recevoir en qualité d'ambassadeur le poète florentin Aloyse Alamanni, ils répondirent
par un refus formel, bien que poli ; ils déclarèrent que,

---

(1) Biblioth. d'Aix, *L. de P.*, Ms., p. 883 et 884.

(2) Biblioth. nat., *F. Cl.*, Ms., 570, p. 187. — Bonfadio, *Annali*,
p. 125.

(3) Biblioth. nat., *ibidem*.

sans doute, la République était libre, mais qu'elle était depuis quelque temps attachée au parti et aux intérêts de l'empereur (1).

L'évêque de Montpellier semble avoir mieux réussi dans ses tentatives pour faire entrer le duc d'Urbin dans l'alliance de la France. Guid'Ubaldo II de la Rovère, duc d'Urbin, avait succédé à son père, François-Marie, le 1ᵉʳ octobre 1538 (2). Bien que le gouvernement vénitien ne fût pas encore décidé à lui accorder le commandement des armées de la République, dont son prédécesseur avait été investi, il attachait un grand prix à le retenir à son service, et lui avait donné une commission pour l'entretien de cent hommes d'armes, de cent cavaliers légers et de dix capitaines soldés.

Guid'Ubaldo s'était formé au métier des armes sous la direction de son père, François-Marie, un des généraux les plus estimés du XVIᵉ siècle. Ses troupes, qui avaient fait campagne sous ce prince, passaient pour les meilleures qu'il y eût alors en Italie. Ses domaines, situés sur le versant oriental de l'Apennin, fournissaient d'excellents soldats, qu'il était facile de réunir et d'embarquer, et qui pouvaient servir à la défense des places maritimes de l'État vénitien. Bien que jeune encore (il était né en 1514), le nouveau duc d'Urbin avait déjà de

---

(1) Bonfadio, *Annali*, p. 126 et 127.

(2) Pour obtenir l'investiture du pape Paul III, il avait dû lui céder le duché de Camerino, qu'il tenait de sa femme, Julie, fille de Jean-Marie de Varano.

la réputation, et passait pour un prince aussi prudent que brave (1).

On comprend que l'ambassadeur français ait employé tous ses soins pour le gagner à la cause de François I<sup>er</sup>. « Il est, disait Pellicier, aussy suffisant pour faire grans » services que nul aultre que l'on sçache par delà, non » seullement en choses de négociation, mais de guerre, » et toutes choses appartenantes aux affaires d'Estat. » Il paraît même que le duc avait fait des avances par l'intermédiaire de son représentant à Venise et dans les conversations qu'il avait eues lui-même avec l'évêque de Montpellier ; mais le bruit de ces pourparlers étant arrivé aux oreilles des Impériaux, l'ambassadeur de

---

(1) Paruta, *Historia vinetiana*, 1703, part. I, lib. X, p. 434 et 435. — L. Alberti, *Descrittione di tutta Italia*, 1568, p. 194. — Le duché d'Urbin comprenait, outre un grand nombre de châteaux forts, sept villes qui avaient rang d'évêché : Urbin, Ugubbio, Cagli, Fossombruno, San Leo, Pesaro et Sinigaglia. Les deux dernières, situées sur les bords de l'Adriatique, étaient alors des ports d'une médiocre importance. Le comté de Fano, qui dépendait du Saint-Siège, était enclavé dans les possessions de Guid'Ubaldo II. Les habitants, au nombre d'environ cent mille, étaient naturellement propres à toutes sortes d'exercices, mais particulièrement au métier des armes ; ils devaient leurs vertus guerrières à l'influence du climat, à la bonne discipline que leurs princes faisaient régner parmi eux et aux exemples qu'ils leur avaient donnés. Ils ne se livraient pas exclusivement à l'art de la guerre, car, si le commerce était presque nul, sauf dans les places maritimes, l'agriculture, en revanche, était florissante dans tout le duché. La Seigneurie avait tout intérêt à s'attacher le chef de cet État, si rapproché de son territoire, avec lequel Venise avait par mer des communications aussi promptes que faciles, et qui pouvait, en cas de pressant danger, lui fournir immédiatement un corps de sept ou huit mille fantassins d'élite (Albèri, *Relazioni*, s. 2, t. V, p. 392, 394 et 402. *Relazione di Federico Badoer, di 1547*).

Charles-Quint courut chez le chargé d'affaires du duché d'Urbin, et lui fit entendre que, si son maître « s'appoinctoit » avec le roi, le pape pourrait bien absorber tout son État, sans qu'il eût à espérer aucun secours d'une puissance aussi éloignée que la France. Guid'Ubaldo protesta contre les intentions qu'on lui attribuait, et se plaignit à Pellicier des bruits répandus à ce sujet (1). Dès lors, l'évêque de Montpellier commence à douter du succès de ses négociations : il craint qu'on ne puisse décider le duc à abandonner le service de Venise, « pour estre dans ceste ville comme en sa maison et » avoir d'entretien mil cinq cens escus par an », et il pense qu'en tout cas, on ne pourra se l'attacher qu'en lui donnant de grosses sommes d'argent, « d'aultant » qu'il ne voit que là », et en lui promettant le commandement des troupes du roi en Italie (2). En effet, les documents qui nous sont parvenus permettent de présumer que le prince italien, tout en se réservant pour l'avenir, n'entendait se brouiller ni avec les Impériaux ni avec le pape, et qu'il n'aspirait qu'à tirer de l'argent du roi, si c'était possible, et à profiter des avances qu'on lui faisait de divers côtés, pour obtenir des Vénitiens le titre de général de leurs armées. Il évita de prendre des engagements formels, et se contenta de faire à l'ambassadeur de vagues protestations de dévouement. « Il m'a

---

(1) Biblioth. nat., *F. Cl.*, Ms., 570, p. 210, 210º et 227º.
(2) *Ibidem,* p. 211.

» asseuré, écrivait Pellicier à François I<sup>er</sup>, le 20 mars
» 1542, qu'il vous estoit desjà patronné *suo animo,* et
» qu'avecques le temps, le seroit de sa personne, ainsi
» que, advenant l'occasion et lieu, l'on cognoistroit par
» effect. Bien estoit vray que à présent, estant encores
» obligé au service de ces seig<sup>rs</sup> jusques au mois d'oc-
» tobre prochainement venant, ne pourroit personnelle-
» ment ne aultrement en faire desmonstracion ; m'offrant
» toutesfois cependant, si j'avois affaire de gens de
» guerre ou aultre chose qu'il peust pour vostre ser-
» vice, que on l'en advertisse, il ne fauldra à s'y em-
» ployer de très bon cueur, et que jà il avoit donné
» charge à son ambassadeur qui est icy d'adviser les
» meilleurs moïens pour se retirer avecques douceur et
» bonne grâce de ceste Seigneurie, ainsi qu'il me dit
» Vostre Majesté le treuver bon et luy avoir conseillé (1).»

Loin de tenir ses promesses, Guid'Ubaldo ne fit que
resserrer les liens qui le rattachaient à la République,
et finit par se faire donner, en 1545, le titre de gouverneur général de la milice, avec une allocation de cinq
mille écus pour lui-même et de quinze mille pour les
troupes dont l'entretien était à sa charge (2). Mais il
n'en resta pas moins dévoué à la France ; il profita de

---

(1) *Ibidem,* p. 225⁰. — On crut généralement que le duc d'Urbin avait
pris des engagements avec la France : les rapports adressés au duc de
Toscane, Cosme I<sup>er</sup>, le signalent parmi les seigneurs italiens qui avaient
promis leur concours à François I<sup>er</sup> (A. Desjardins, *Négociations diplomatiques de la France avec la Toscane,* t. III, p. 23 et 24).

(2) Paruta, *Historia vinetiana,* 1703, part. I, lib. X, p. 434 et 435.

son crédit auprès de la Seigneurie pour lui rendre plus
d'un service, et les dépêches des successeurs de Pellicier attestent que le fruit des négociations de 1542 ne
fut pas entièrement perdu (1).

Les relations de l'ambassadeur français à Venise
avec la cour de la Mirandole n'avaient pas le même
caractère que celles qu'il entretenait avec les autres
États du nord de la Péninsule. Située dans une plaine
fertile, entre Mantoue et Modène, habitée par une population à la fois belliqueuse et hospitalière, possédant
une citadelle qui en faisait l'une des places les plus
fortes de l'Italie septentrionale, la Mirandole était la
capitale d'un tout petit État, gouverné, depuis le
XIIᵉ siècle, par la maison de Pico (2). En 1533, Galeotto
Pico, deuxième du nom, s'en rendit maître par un crime
horrible : il pénétra dans la ville pendant la nuit avec
une quarantaine d'hommes armés, poignarda son oncle,
Jean-François, et l'un de ses cousins, Albert, devant un
crucifix au pied duquel ils s'étaient réfugiés, et jeta en
prison ses deux autres cousins, Paul et Jean-Thomas.
Mais, comme ce dernier, qui avait réussi à s'échapper

_____

(1) Lettre de Morvillier, du 27 juillet 1547 (Voy. Baguenault de Puchesse, *Jean de Morvillier*, 1870, p. 400). — Guid'Ubaldo était d'ailleurs
intéressé à rester en bons termes avec la France, car Catherine de Médicis aurait pu lui disputer le duché d'Urbin, dont son père, Laurent de
Médicis, avait été investi, en 1518, par le pape Léon X (Voy. Ribier,
*Lettres et Mémoires d'Estat*, t. I, p. 337, 392 et 393, et Albèri, *Relazione
di Federico Badoer, di 1547*, s. 2, t. V, p. 402).

(2) L. Alberti, *Descrittione*, 1568, p. 360.

de sa prison, était parvenu à s'assurer l'appui de l'empereur et de plusieurs princes d'Italie, Galeotto, incapable de se défendre avec ses seules forces, invoqua le secours du roi de France et se déclara son vassal (1).

Dès lors, la Mirandole, devenue la place d'armes des Français, fut le rendez-vous des soldats que le roi tirait des États pontificaux et du territoire vénitien (2). C'était à l'ambassadeur de François I<sup>er</sup> auprès de la Seigneurie qu'était confiée la mission de transmettre au comte de la Mirandole les instructions du roi et de pourvoir à l'approvisionnement et à la défense de la capitale. Pellicier veilla sur la Mirandole avec la plus inquiète sollicitude. Soupçonnait-il une attaque des Impériaux, il s'empressait de faire réparer les murs et les fossés (3). Apprenait-il quelque mouvement de troupes dans le Milanais, il se hâtait de donner l'éveil au comte et à la garnison. L'évêque de Montpellier était secondé, dans

---

(1) L'article de la trève de Nice qui concernait ce prince, était conçu dans les termes suivants : « La Comté de la Mirandole demeurera entre » les mains dudit Seigneur Roi (François I<sup>er</sup>), et de ceux qui seront par » lui commis et députez durant ladite Trève » (Voy. du Mont, *Corps diplomatique*, t. IV. p. 171).

(2) C'est à la Mirandole que s'était réunie, en 1536, la petite armée de Guido Rangone, qui fit une tentative infructueuse pour s'emparer de Gênes, et opéra sa jonction, dans le Piémont, avec les troupes de l'amiral d'Annebaut (Voy. du Bellay, *Mémoires*, édit. du *Panth. litt.*, p. 17 et suiv., et Ribier, t. I, p. 48 et 49). C'est dans la même ville que s'assemblèrent les conjurés florentins qui, sous la conduite de Philippe Strozzi, tentèrent, l'année suivante, de surprendre Florence (Voy. Sismondi, *Hist. des Républ. italiennes*, 1821, t. XVI, p. 109).

(3) Biblioth. nat., *F. Cl.*, Ms., 570, p. 130.

sa tâche, par d'Aramon et de Lamothe, qui faisaient les
revues, et par un munitionnaire nommé Fourniquet,
chargé de la solde des troupes et des autres dépenses (1).

Mais c'était le comte lui-même qui lui causait les
plus graves embarras par ses craintes continuelles, ses
demandes incessantes de secours et son avidité insa-
tiable. Vers la fin de 1541, lors du passage de l'empereur en Italie, François Ier avait envoyé à l'ambassadeur six mille écus destinés à la défense de la
Mirandole, avec ordre de les employer partie à la solde
des trois cents hommes que l'on y entretenait durant le
séjour de Charles-Quint en Italie, partie en munitions
qui devaient rester dans la place. Pellicier le fit entendre au comte « le plus amplement et efficacement
» qu'il luy feust possible ». A cette nouvelle, écrit Pellicier, Galeotto « est entré en grant collère, et, de faict,
» sans avoir esgard au temps ne à sa personne, est
» monté à cheval, et s'en est veneu en ceste ville pour
» me faire telles protestations qu'il avoit jà faictes à
» mes gens, et nous dist des propoz que pourriés mieulx
» entendre par aultre que par moy, allégant que les-
» dicts six mil escus luy avoient esté députtés et commis,
» et non à moy, et que je n'avois à m'en empescher,
» sinon à vous en faire l'exploict : dont le voyant
» ainsi tempester et fascher, feusmes d'advis, le sieur
» Pietro Strocy et moy, pour ne le mectre en plus grant

(1) Biblioth. d'Aix, *L. de P.*, Ms., p. 833.

» fascherie, de luy rembourser mil cent escus qu'il avoit
» employés au payement de deux moys de gens de
» pied, ce qui feut le moings que l'on peust, car il ne
» tint pas à luy qu'on ne luy baillast encores mil cent
» huictante escus pour certaines municions qu'il dict
» avoir acheptées » (1).

Ces scènes se renouvelaient à chaque instant. Un
jour, Galeotto demandait à l'ambassadeur la solde de
cent hommes d'armes, alors qu'il n'en avait que cinquante pour le compte du roi, le reste de la compagnie
devant rester à sa charge. Quelque temps après, il lui
faisait savoir que ses chevau-légers, qu'il n'avait pu
payer, « murmuroient grandement et parloient de
» prendre aultre party, ce que quelques-ungs d'entre
» eulx avoient commencé de faire, s'estant rettirés aux
» ennemis ». Une autre fois, il réclamait de nouvelles
sommes pour les réparations qu'il avait faites à la
place, pour les munitions et les provisions de salpêtre
qu'il avait amassées. Mais Pellicier, heureusement pour
lui, avait des auxiliaires aussi intelligents que dévoués
dans ses attachés militaires, qui allaient de temps en
temps à la Mirandole, « pour faire la monstre et
» retirer les rolles et bons et suffisants acquicts », et
sur lesquels il pouvait se reposer pour surveiller l'emploi des subsides accordés au comte Galeotto (2).

---

(1) Biblioth. nat., *F. Cl.*, Ms., 570, p. 178º et 179.
(2) Biblioth. nat., *F. Cl.*, Ms., 570, p. 230, 230º, 235 et 235º.

La Mirandole fut conservée à la France, grâce à la
vigilance de Pellicier et au dévouement de d'Aramon
et de Lamothe, et le roi posséda, entre le Milanais, le
territoire vénitien et les États pontificaux, une place de
premier ordre, où il put rallier ses troupes italiennes,
lorsqu'il en eut besoin pour faire une diversion dans
l'Italie septentrionale, et pour renforcer les garnisons
des villes assiégées (1).

L'ambassadeur s'occupait, avec non moins d'ardeur,
de recruter les capitaines et les soldats qui devaient
former l'armée d'Italie. La Péninsule était toujours le
pays des *condottieri*, et renfermait nombre de seigneurs
qui n'avaient d'autres ressources que leurs compagnies
de *souldars*, et les vendaient au plus offrant, à l'empereur aussi bien qu'à François I$^{er}$. Le petit duc d'Urbin
comptait parmi ses vassaux jusqu'à dix-huit de ces
chefs de bandes, ne connaissant d'autre occupation que
le métier des armes (2). La Romagne, où « estoit, dit
» Pellicier, la fleur des souldars italiens », en foison-
nait (3). Dès que les bruits de guerre commencèrent à
se répandre, on les vit assiéger la maison de l'ambassadeur. Les uns venaient en personne offrir leurs services ; les autres envoyaient des émissaires (4), qui étaient

---

(1) Albèri, *Relazioni*, s. 2, t. V, p. 403. *Relazione di Federico Badoer,
di 1547.*

(2) *Ibidem*, p. 395.

(3) Biblioth. d'Aix, *L. de P.*, Ms., p. 940.

(4) *Ibidem*, p. 530.

le plus souvent des religieux ou des prêtres, pour ne pas éveiller les soupçons des Impériaux.

Parmi ceux qui se montrèrent les plus empressés, l'évêque de Montpellier nomme, à plusieurs reprises, Pierre-Marie Rosso, comte de San Secondo, un vétéran des guerres d'Italie, l'un des capitaines les plus renommés de la Péninsule, qui avait successivement trahi et servi la France, l'Empire et le Saint-Siège (1). Pierre-Marie, de la famille des Rossi de Parme (2), possédait de vastes domaines près de cette dernière ville, qui dépendait du Saint-Siège, et venait, tout récemment, d'augmenter les fortifications de la petite place de San Secondo, située sur le Taro, et défendue par une forte citadelle (3). Son concours pouvait être très utile à la

---

(1) Le comte de San Secondo avait abandonné l'armée de la Sainte-Ligue, en 1527, pour passer, pendant la nuit, dans le camp des Impériaux. En 1529, il avait pris, sous les ordres du prince d'Orange, une part importante au siège de Florence ; mais, trois années plus tard (1532), accusé d'avoir fomenté la révolte parmi les troupes italiennes, il fut jeté en prison, et en sortit l'ennemi irréconciliable de Charles-Quint (Guichardin, *Hist. des guerres d'Italie*, trad. fr., Londres, 1738, t. III, liv. XVII, XVIII, XIX et XX, p. 249, 309, 392, 435 et 463. — P. Jove, *Histoire*, trad. de D. Sauvage, t. II, liv. XXVII, p. 122 et 158). — P. Aretino, dans une lettre du 15 mars 1537, dit qu'on parlait encore, à cette époque, des exploits de San Secondo pendant la campagne de Toscane, en 1529 (*Il primo libro delle lettere*, Milan, 1864, p. 123). Dans une autre lettre, adressée à Camille Gonzague, femme du comte, il appelle Pierre-Marie la splendeur de l'Italie, *splendore d'Italia* (*Il secondo libro delle lettere*, Paris, 1609, p. 310).

(2) Tettoni e Saladini, *Teatro araldico*, t. VI. — Pierre-Marie Rosso avait épousé Camille Gonzague, fille de Jean Gonzague (Campana, *Arbori delle Famiglie lequali hanno signoreggiato in Mantoua*, 1590, p. 79).

(3) L. Alberti, *Descrittione di tutta Italia*, 1568, p. 371.

France, à cause des ressources qu'il tirait de ses
domaines et de la réputation dont il jouissait parmi
les mercenaires italiens. Il offrait au roi, outre sa
personne, ses amis et ses adhérents, « douze bonnes
» pièces d'artillerie avecques leurs municions néces-
» saires, et de cinq à six mil sextiers de bled, quelque
» faulte et nécessité qu'il y en eust, ceste année, en
» Italye » (1).

Le comte de San Secondo ne cessa, dès lors, de travailler pour la cause du roi, de lui recruter des partisans, et d'assister l'ambassadeur français de ses
conseils et de son influence (2). Il rendit encore de plus
grands services lorsque la guerre fut déclarée. Investi
du commandement de l'infanterie italienne, il combattit
en Artois, en Picardie et en Hainaut sous les ordres du
duc de Vendôme, et contribua à la défaite que le général des Impériaux, Ferrand de Gonzague, essuya près
de Guise, en 1543 (3). L'année suivante, il présida, avec
Pierre Strozzi et le cardinal Hippolyte d'Este, à la for-
mation du corps d'armée qui se réunit à la Mirandole
pour tenter une diversion dans le Milanais pendant que

(1) Biblioth. nat., *F. Cl.*, Ms., 570, p. 109. Lettre au roi, du 11 janvier 1541.

(2) Dans une lettre du 9 octobre 1541, P. Aretino se félicite d'avoir
appris avec quels avantages et quels honneurs le comte de San Secondo
fut admis au service du roi très chrétien, *con qual'grado, e con quanta
riputatione fu condotto dal lte Christianissimo* (*Il secondo libro delle lettere*,
Paris, 1609, p. 234°). *Conf.* chapitre II et chapitre XII.

(3) *Mémoires* de du Bellay, édit. du *Panth. litt.*, p. 747.

les Impériaux et les Anglais envahissaient la France (1).

D'autres seigneurs qui n'avaient plus de domaines, mettaient à la disposition des Français leur expérience militaire et l'influence qu'ils conservaient dans les États autrefois gouvernés par leurs ancêtres. Tels étaient Sigismond et Robert Malatesti, qui avaient vainement défendu contre les papes leur seigneurie de Rimini, et avaient dû se retirer, avec leur père, Pandolphe, dans la ville de Ferrare (2). Le premier jouissait, disait l'évêque de Montpellier, d'un grand crédit dans la Romagne, et particulièrement dans les villes de Ravenne, de Faenza, d'Imola, de Cesena et de Rimini (3). Le second obtint, en 1544, le grade de colonel dans l'armée de Pierre Strozzi, au recrutement de laquelle il avait pris la part la plus active (4).

Ludovic Rangone, des Rangoni de Modène, déployait encore plus d'ardeur pour la cause de la France, surtout depuis l'assassinat du mari de sa sœur, César Fregoso, et se montrait fidèle aux traditions de sa maison qui s'était depuis longtemps distinguée au service de François Ier (5).

(1) P. Jove, *Histoire*, trad. de D. Sauvage, t. II, liv. XLV, p. 621.

(2) Alberti, *Descrittione di tutta Italia*, 1568, p. 300. — Guichardin, *Histoire*, tr. fr., Londres, 1738, t. III, liv. XVIII, p. 241 et 311. — Tettoni e Saladini, *Teatro araldico*, t. IV.

(3) Biblioth. d'Aix, *L. de P.*, Ms., p. 424. Lettre au roi, du 24 décembre 1540.

(4) *Mémoires* de du Bellay, édit. du *Panth. litt.*, p. 769. — Guazzo, *Historie*, 1546, p. 359.

(5) Tettoni e Saladini, *Teatro araldico*, t. III. — Guichardin, *Histoire*,

Mais c'était surtout dans l'innombrable famille des
Gonzague que l'ambassadeur pouvait espérer trouver
d'utiles partisans. Il y avait des membres de cette maison dans toutes les situations et dans tous les camps ;
quelques-uns s'illustraient à la tête des armées, d'autres
n'étaient que d'obscurs aventuriers (1). Hippolyte de
Gonzague, qui devint l'un des colonels de l'armée de
P. Strozzi, était soldé par la France et attaché à la personne du comte de la Mirandole (2). Jules-César de
Gonzague, d'accord avec le capitaine Catharrio (3), dé-

---

trad. fr., 1738, t. II, p. 184, 233, 404, 519, 540 et 602 ; t. III, p. 28,
29, 186, 193, 260, 310, 341 et 416. — *Mémoires* de du Bellay, édit. du
*Panth. litt.*, p. 617 et suiv. — Biblioth. nat., *F. Cl.*, Ms., 570, p. 180°.
Lettre au roi, du 12 octobre 1541. *Conf.* ch. II. p. 71.

(1) Ferrand de Gonzague, duc d'Ariano, prince de Molfetta, marquis
de Guastalla, oncle du duc régnant de Mantoue, fut investi des comman-
dements les plus importants dans les armées de Charles-Quint, qui lui
confia successivement les fonctions de vice-roi de Sicile et de gouverneur
du Milanais. — Charles de Gonzague servit, avec moins d'éclat, mais
avec non moins de zèle, la cause impériale ; chargé par Charles-Quint
de recruter des troupes en Italie, il commanda un corps de cavalerie à
la bataille de Cérisoles, où il fut fait prisonnier, et fut élevé plus tard au
grade de lieutenant-général. Voy. Campana, *Arbori delle Famiglie lequali
hanno signoreggiato in Mantoua*, 1590, p. 67, 68, 69 et 70 ; — Brantôme,
*OEuvres complètes*, édit. de la Société de l'*Hist. de France*, t. II, p. 247
et 248 ; — *Mémoires* de du Bellay, et Paul Jove, *passim* ; — Biblioth. nat.,
*F. Cl.*, Ms., 570, p. 184° et *passim* ; — Biblioth. d'Aix, *L. de P.*, Ms.,
*passim*.

(2) Biblioth. d'Aix, *L. de P.*, Ms., p. 164 et *passim*. — Biblioth. nat.
*F. Cl.*, Ms., *passim*.

(3) Pellicier donne de curieux détails sur les propositions que lui
fit l'émissaire de ces deux seigneurs : « Il m'a exposé de par eulx que
» quant il vous plaira entendre aux choses d'Italye, qu'ilz ont les moïens
» et povoir de mectre entre vos mains deux des plus fortes et impor-

putait un religieux à l'ambassadeur pour offrir de remettre entre les mains du roi deux des places les plus
fortes et les plus importantes du duché de Milan. Aloyse
de Gonzague, parent des Fregosi, faisait dire à François I<sup>er</sup>, dès le 22 juillet 1540, qu'il avait « grant dévotion » à son service et qu'il prenait congé de l'empereur (1). Sur la recommandation de la famille
Fregosa, Rodolphe de Gonzague, neveu d'Aloyse, obtint
des subsides et une commission du roi : le 3 avril 1542,
il envoyait « ung sien prebtre avecques lettres » pour
offrir de livrer la ville de Luzzara, et sut inspirer une
si grande confiance à l'évêque de Montpellier, que
celui-ci songea à lui donner la direction des entreprises
projetées contre les villes de Trente et de Parme (2).

On peut lire dans la correspondance de Pellicier les
noms d'un grand nombre d'autres capitaines « qui

---

» tantes villes de la duché de Millan, et de ce vous en asseureront par
» toutes les meilleures façons qu'il vous plaira adviser, jusques à vous en
» bailler en ostages leurs propres enfans ou aultres personnes plus pro-
» chains parans, et que, quant il vous plaira de entendre, ilz me vien-
» dront déclairer le tout et le nom des lieux et les moïens. » (Biblioth.
d'Aix, *L. de P.*, Ms., p. 533. Lettre au roi, du 7 mars 1541.) — C'est
Jules-César de Gonzague qui avait proposé l'entreprise de Crémone, dont
il a été question plus haut (Voy. ch. X, p. 301).

(1) Biblioth. nat., *F. Cl.*, Ms., 570, p. 9. — L'évêque de Montpellier
ne tarda pas à concevoir des soupçons sur le compte d'Aloyse de Gonzague, car il sut qu'il avait prié le marquis del Vasto de servir de parrain
à un de ses enfants (Voy. Biblioth. d'Aix, *L. de P.*, Ms., p. 941).

(2) Biblioth. nat., *F. Cl.*, Ms., 570, p. 223, 231 et 236°. — A. Desjardins, *Négoc. avec la Toscane*, t. III, p. 23. Lettre du 1<sup>er</sup> août 1542. —
Pellicier parle encore d'un Paul de Gonzague, qui demandait à entrer au
service de la France (Voy. Biblioth. nat., *F. Cl.*, Ms., 570, p. 242).

» journellement estoient après luy pour faire entendre
» leur voulloir et affection » (1). Il y est également
question d'un ingénieur militaire, Hiéronyme de Trévise, « fort ingénieux à faire instruments sur le faict
» de guerre », qui lui avait montré « ung modelle pour
» entrer en une ville par force ou à l'amblée » (2).

Grâce au zèle de ses agents et au concours des divers
représentants de la France dans la Péninsule, Pellicier
était parvenu à réunir les éléments d'une véritable armée. Il y avait nombre de capitaines secrètement com-

---

(1) Biblioth. nat., *F. Cl.*, Ms., 570, p. 89° et *passim.* — L'un des
principaux était Scipion Constanzo, qui résidait ordinairement à Venise,
et fut l'un des colonels de l'armée de P. Strozzi (Voy. Biblioth. nat.,
*F. Cl.*, Ms., 570, p. 207°). Pellicier eut encore des relations suivies avec
deux colonels de cette armée : Hippolyte de Gonzague et Robert Mala-
testa. Il ne parle pas du comte de Pitigliano, qui fut associé à P. Strozzi
dans le commandement, ni des autres colonels : San Celso, Nicolas
Traulci, Ange Corso, Ulysse Orsino, Corneille Bentivoglio, le duc de
Somma, Nicolas de Pitigliano, et Georges Martinengo que les Français
avaient surnommé le *superbe Italien* (Voy. Guazzo, *Historie*, p. 359 ; —
*Mémoires* de du Bellay, édit. du *Panth. litt.*, p. 579 ; — Tettoni e Saladini, t. II, *Martinengi di Brescia*).

(2) Biblioth. nat., *F. Cl.*, Ms., p. 31. — L'évêque de Montpellier
parle, dans la même lettre, « d'ung vieil homme qui a ung fils qui sçait
» faire le bronze avecques mixture d'estaing, beton et aultres métaux », et
revient plusieurs fois, dans ses dépêches, sur Hiéronyme de Trévise.
— Un ambassadeur vénitien, Marino Cavalli, prétend que François Ier
faisait peu de cas des soldats et des capitaines italiens, et qu'il n'employait volontiers que les ingénieurs et les architectes de la Péninsule ;
cette assertion est en désaccord avec la correspondance de Pellicier et
les *Mémoires* de Martin du Bellay qui fait, à plusieurs reprises, l'é-
loge des troupes levées en Italie (Voy. Tommaseo, *Relations des ambassadeurs vénitiens*, t. 1, p. 305 et 306). Toutefois, les ingénieurs italiens
semblent avoir été tenus par François Ier en plus haute estime que les
ingénieurs français. Blaise de Monluc parle d'un « Jéronim Marin, qu'on
» estimoict le plus grand homme d'Italie pour assiéger places », et qui

missionnés, qui se tenaient en silence dans les châteaux
et les campagnes de l'Italie du Nord, et qui n'attendaient qu'un ordre du roi pour se réunir avec leurs
troupes à la Mirandole (1). Mais ce va-et-vient de capitaines, de soldats et d'émissaires de toute nature ne
pouvait échapper aux espions de Charles-Quint et
des princes italiens. « Les bannis qui sont ici, écrivait
» l'agent de Cosme Iᵉʳ, duc de Florence, vont souvent
» à la maison de l'ambassadeur de France : on y voit
» un grand roulement de fonds et un grand entassement
» de sacs d'écus, *un gran contare et insacchetare di*
» *scudi* (2). »

Les Impériaux s'efforcèrent d'entraver le recrutement de cette armée ; ils firent menacer le comte de San
Secondo par le pape, dont il était le sujet (3) ; ils obli-
gèrent Rodolphe de Gonzague à quitter Luzzara et à se
réfugier à la Mirandole (4). Vains efforts ! L'armée existait, elle se tenait à la disposition du roi pour le jour
où il transporterait la guerre dans la Péninsule. Fran-

---

prit part à l'attaque de Perpignan, en 1542 (*Commentaires*, édit. de la
Société de l'*Hist. de France*, t. I, p. 132). Malgré le peu de succès qu'il
avait eu dans ce siège, Hiéronyme Marin fut encore employé aux fortifications de Luxembourg, en 1543. Du Bellay, qui nous apprend ce
détail, dit qu'il était originaire de Bologne (*Mémoires*, édit. du *Panth.
litt.*, p. 746).

(1) A. Desjardins, *Négoc. de la France avec la Toscane*, t. III, p. 31.
Lettre de Venise, du 1ᵉʳ mai 1542.

(2) *Ibidem*, p. 23. Lettres de Venise, du 1ᵉʳ avril et du 8 juillet 1542.

(3) Biblioth. nat., *F. Cl.*, Ms., 570, p. 192ᵒ.

(4) *Ibidem*, p. 236 et 236ᵒ. Lettre au roi, du 26 avril 1542.

çois I<sup>er</sup> ne s'en servit pas en 1542, car il porta, cette
année-là, tous ses efforts du côté du Luxembourg et du
Roussillon. Mais, lorsqu'en 1544, on eut besoin de faire
une diversion dans le Milanais afin d'inquiéter les Impériaux qui envahissaient la France, on la trouva prête à
agir, et l'on n'eut qu'un signal à lui donner pour la
rassembler à la Mirandole (1).

---

(1) *Mémoires* de du Bellay, édit. du *Panth. litt.*, p. 769 et suiv. — Il
n'est peut-être pas inutile, pour donner une idée des services rendus par
Pellicier dans le recrutement des troupes italiennes, de rappeler que
l'on commençait à faire la guerre avec des armées très nombreuses.
Marino Cavalli, dans sa relation prononcée en 1546, dit que les dernières campagnes, à partir de 1542, exigèrent près de cent mille hommes
de pied et de dix à douze mille chevaux, sans compter la milice, l'artillerie
et les employés extraordinaires (Tommaseo, *Relations des ambassadeurs
vénitiens*, t. I, p. 302-305).

# PROCÈS DES RÉVÉLATEURS

# CHAPITRE XII

## PROCÈS DES RÉVÉLATEURS

Vers la fin de 1542, l'Arétin, qui venait de recouvrer les faveurs de Pellicier, grâce aux bons offices d'Abondio, adressait à l'évêque de Montpellier des éloges qui lui étaient sans doute inspirés par la reconnaissance, mais que l'histoire ne contredit point : « Il » est impossible de comprendre, s'écriait-il, comment » vous pouvez vous absorber ainsi dans la pratique des » grandes affaires, sans cesser de poursuivre vos » savantes études. Je me demande si c'est à la diplo- » matie ou à la science que vous consacrez chaque » heure de la journée. C'est un phénomène étrange et » merveilleux de vous voir, en un même temps, fournir » à Sa Majesté des livres et des soldats, lui procurer » des manuscrits grecs et des capitaines italiens (1). » Certes, le grand et excellent François (dont la gloire » dépassera dans les siècles à venir l'admiration qu'il a » inspirée de notre temps, et dont la grande âme, » méprisant les bornes étroites de cette vie, ne semble

_____

(1) È un' miracolo di strana maraviglia, il vedervi in un' medesimo tempo, fornire Sua Maestà di libri, e d'armi ; e ciò testimoniano i volumi Greci, e i Capitani Italiani, che le intertiene, e procaccia l'autorità, e la cura de la vostra grave, e prudente Signoria.

» enflammée que du désir de l'immortalité) peut se
» glorifier d'avoir au service de son État et de sa
» couronne une personne accomplie, aussi versée dans
» la connaissance des sciences qu'habile dans l'art de
» négocier (1). »

Par une bizarre coïncidence, au moment où P. Aretino écrivait ces lignes, un procès criminel qui devait
entraîner le rappel de l'ambassadeur venait de s'ouvrir
devant le tribunal des Dix. Pellicier était dans tout
l'éclat de sa renommée et dans le feu de la plus dévo-
rante activité, lorsque tout à coup se déchaîna contre
lui une tempête qui mit brusquement fin à sa carrière
diplomatique.

L'orage grondait depuis quelque temps, mais très
sourdement, dans les Conseils de la République. Il y
avait déjà plusieurs années que l'on avait conscience,
à Venise, des dangers qui menaçaient l'État, et de la
trahison de ceux qui en avaient la garde. On sentait
que le Sénat n'avait plus de secrets et qu'il ressemblait
à un navire brisé et plein de fissures ; car « ses conseils,
» dit le traducteur de Paul Jove, s'épanchoyent par ci
» et par là… ses opinions et ordonnances, non-seule-
» ment couloyent jusques aux Ambassadeurs présens,
» ains encores estoyent portées par lettres jusques en
» lointaines provinces » (2).

---

(1) P. Aretino, *Il secondo libro delle lettere*, Paris, 1609, p. 319 et
319°.

(2) P. Jove, *Histoire*, trad. D. Sauvage, 1581, t. II, p. 443.

Pendant la discussion du traité de paix avec le Grand Seigneur, Marc Foscarini, connu pour sa prudence, s'était élevé en plein Sénat contre l'infamie des traîtres qui dévoilaient les délibérations les plus importantes aux ambassadeurs de la France et de l'Empire. Il avait demandé que l'on remît la décision de cette grave affaire à un Conseil de cinquante citoyens, d'une expérience, d'une fidélité et d'un patriotisme éprouvés ; mais sa proposition lui attira la haine du plus grand nombre des sénateurs, qui se croyaient offensés par ses soupçons, et lui reprochaient de les accuser de trahison, ou tout au moins de légèreté (1).

Le gouvernement prit néanmoins des mesures pour prévenir ces révélations compromettantes. Comme nous l'avons dit (2), le Conseil des Dix institua *trois inquisiteurs des secrets,* dès 1539 ; il en nomma trois autres en 1540, et, s'il négligea de renouveler l'élection en 1541, c'est parce qu'il crut pouvoir, une fois la paix

_____

(1) G. Cappelletti, *Storia della Republica di Venezia,* t. VIII, lib. XXXI, p. 299, d'après Justinianus, lib. XIII, et Paul Jove, lib. XXXIX. Voici en quels termes Justinianus décrit l'émotion qui s'était emparée des hommes d'État de Venise : *Senatus, dubia, arduaque in re, veluti insano, effervescentique maris œstu, jactabatur tanta patrum contentione, ut integræ fere brumales noctes usque ad auroram absumerentur : et quum certo indicio compertum fuisset, quod Senatus archana, ac publica decreta, quæ altissimo silentio contegenda erant, palam vulgarentur, quorum etiam notitia ad Legatos Didacum Mendocium, et Gulielmum Pelicerium Gallum tunc Veneta in Urbe residentes pervenisset, magna in omnium animis consternatio orta est ex imminenti Reip. discrimine, quod ea venalibus studiis, atque suffragiis occulte prodi videretur (Rerum Venetarum Historia,* 1576, p. 373).

(2) Voy. plus haut, ch. I, p. 52-55.

signée, se relâcher de sa surveillance. Mais, le 4 juin
1542, Aloyse Badoer, revenu de sa mission en Turquie,
déclara au Collège que, sans la défense expresse qui lui
avait été faite, il aurait librement exposé devant le
Sénat ce qu'il avait pu observer pendant la durée de
son ambassade. Dès le jour suivant (5 juin), les Dix lui
accordèrent l'autorisation de dire tout ce qu'il croirait
utile ; mais ils jugèrent à propos d'enjoindre au Sénat
de garder un silence absolu sur ses communications,
et désignèrent immédiatement *trois inquisiteurs sur la
révélation des secrets,* en remplacement de ceux dont le
mandat était expiré (1).

_____

(1) Rinaldo Fulin, *Di una antica istituzione mal nota,* 1875, p. 37 et
38. — Les inquisiteurs des secrets élus le 5 juin 1542 se nommaient
Sébastien Foscarini, Stéphane Tiepolo et François Morosini (*Reg. crimin.*,
séance du 5 septembre 1542, et R. Fulin, p. 38), et étaient tous les
trois, conformément à la loi, membres du Conseil. Ils avaient pour mission de rechercher les révélateurs et de recevoir les dénonciations les
concernant ; car ce furent eux qui demandèrent l'arrestation des Cavazza
et d'Abondio (*Reg. crimin.*, séance du 17 août 1542) ; ils furent chargés,
de concert avec les autres délégués du Conseil, d'interroger les accusés
(*Ibidem,* séance du 19 août). On peut donc affirmer qu'en 1542, les trois
inquisiteurs des secrets remplissaient, auprès du Conseil des Dix, dans
les procès intentés aux révélateurs, des fonctions analogues à celles dont
les juges d'instruction sont investis dans nos tribunaux. Quant aux
inquisiteurs des Dix dont parle M. Rinaldo Fulin (Voy. plus haut, ch.
I, p. 54), le registre criminel n'en fait pas mention. M. Fulin cite,
comme ayant exercé cette charge, au mois d'août, François Longo et
Nicolas Tiepolo ; au mois de septembre, Marc-Antoine Venier et Sante
Contarini. Or, ces quatre personnages sont mentionnés dans le procès-
verbal de la séance du 5 septembre parmi les Dix du Conseil, *Consilii
Decem ;* ce qui nous permet de conjecturer que les inquisiteurs des Dix
étaient tout simplement les deux membres du Conseil désignés pour interroger les accusés, avec un *avogador,* un conseiller du doge et les trois
inquisiteurs des secrets (Voy. plus bas, p. 365).

C'est à ces trois magistrats que fut dévolue la mission
de poursuivre les agents de l'ambassade française ; car,
dès le mois suivant, un citoyen de Vérone, Jérôme
Martolosso, dénonçait les traîtres qui avaient livré à
Pellicier les secrets de la République. Martolosso entretenait un commerce d'amour avec la femme d'Abondio.
Il trouva par hasard, dans le cabinet de ce dernier, des
lettres de Nicolas Cavazza, secrétaire du Sénat, et s'empressa de les porter aux chefs du Conseil des Dix (1).

Le procès des révélateurs fut immédiatement entamé.
Les pièces de cette affaire, que l'on peut lire dans le
*Registre criminel* du Conseil des Dix, permettent de se
faire une idée de la procédure de ce tribunal, et des
attributions des inquisiteurs. Ces derniers, qui n'avaient
pas le droit de faire arrêter eux-mêmes les prévenus,
en demandèrent l'autorisation aux Dix, dès le 17 août
1542. Le Conseil, pour des motifs qu'il est difficile
d'apprécier, rejeta leur proposition, au risque de laisser
aux coupables le temps de se dérober aux poursuites
de la justice ; et ce ne fut que le surlendemain (19 août)
qu'il crut devoir voter l'ordre d'arrestation (2).

Nicolas Cavazza, seul, put être saisi. Son frère
Constantin avait déjà pris la fuite, et Augustin Abon-

---

(1) Maurocenus (Morosini), *Historia veneta*, 1623, lib. VI, p. 232. —
Paruta, *Historia vinetiana*, 1703, part. I, lib. X, p. 450.

(2) *Archivio secreto dell' Eccelso Consiglio di X, Registri criminali*, 1535-
1542, Mss., p. 166-176. Séances du 17 et du 19 août 1542. — Les tribunaux de Venise paraissent ne s'être jamais départis de cette circons-
pection qui témoigne d'un si grand respect pour la liberté individuelle ;

dio s'était réfugié dans la maison de l'évêque de Montpellier. Les inquisiteurs demandèrent que l'on procédât
immédiatement, sans autre formalité, à l'arrestation
d'Abondio (1). Le Conseil hésita encore, et ne prit une
résolution que dans la séance du 21 août. Ce jour-là,
Bernard Zorzi, l'un des *avogadori* (2), fut désigné au
scrutin pour aller, en compagnie du *Capitaine-Grand* (3),
des autres capitaines et de leurs hommes, saisir le
coupable dans l'asile où il s'était réfugié (4). Mais ce
magistrat ne put remplir son office, à la suite de
circonstances dont il rendit compte, dès le lendemain,
en présence du « Sérénissime Prince et de la Très-
» Illustre Seigneurie, réunis aux Excellentissimes Sei-
» gneurs Chefs du Conseil des Dix : Je mandai, dit-il,
» le *Capitaine-Grand* et les autres capitaines, et, lorsque
» j'eus revêtu le costume d'*avogador* (5), nous nous

---

car Saint-Disdier, qui résida dans cette ville vers la fin du XVII⁰ siècle,
remarque que l'on « s'y attachoit plus à l'instruction entière du procez
» qu'à s'assurer du coupable », et que, par suite, la plupart des criminels étaient jugés par contumace (*La ville et la République de Venise,*
1680, p. 243 et 244).

(1) *Reg. crimin.*, Mss. Séance du 19 août 1542.

(2) Les *avogadori* avaient pour mission de faire observer les lois et
de s'opposer à toutes les délibérations et à toutes les mesures qui leur
paraissaient illégales (Amelot de la Houssaie, *Histoire du gouvernement de
Venise,* 1676, t. II, p. 54) ; ils intervenaient dans les procès criminels ;
enfin, ils tenaient les registres des naissances et des mariages dans les
familles patriciennes, et formaient une sorte de collège héraldique.

(3) Le *Capitaine-Grand* avait la direction de la police et commandait
aux capitaines des sbires (Saint-Disdier, 1680, p. 181).

(4) *Reg. crimin.*, Mss. Séance du 21 août 1542.

(5) Les *avogadori* étaient vêtus, comme les trois chefs du Conseil des

» dirigeâmes vers la maison. Nous envoyâmes des
» hommes pour voir si la porte était ouverte, et, comme
» elle l'était, nous entrâmes et dîmes à trois serviteurs,
» qui étaient sur la porte, de prévenir le révérend
» ambassadeur que c'était un *avogador* du commun qui
» voulait parler à Sa Seigneurie. L'un d'eux, sans
» m'écouter, remonta en courant l'escalier, bien que je
» lui eusse crié : *Va doucement, ne fais pas de bruit*;
» *je ne veux que parler à l'ambassadeur.* Tout à coup
» sortirent quatre hommes armés d'épieux, ensuite trois
» autres, puis quatre, puis cinq, avec des épées, des
» piques et d'autres armes, tirant vers moi et vers le
» *Capitaine-Grand...* Nous fûmes obligés de pousser
» en avant quelques-uns des nôtres, qui les firent recu-
» ler... Mais, voyant que le tumulte allait augmenter,
» qu'on avait fermé la porte de l'escalier, que les gens
» de l'ambassadeur montaient aux fenêtres et sur le
» toit, et que, nous accablant de paroles injurieuses, ils
» commençaient à nous jeter des pierres, je me décidai
» à me retirer sous le portique avec le *Capitaine-Grand,*
» et, ayant mandé nos barques, nous y remontâmes (1). »

Les chefs du Conseil convoquent immédiatement,
en séance extraordinaire, les Dix avec la *Zonta* et la
Seigneurie, pour pourvoir à une affaire d'une si grande

---

Dix, de drap violet à manches ducales, avec le chaperon de drap rouge
en hiver, et de camelot noir ondoyé, avec le même chaperon, en été
(Amelot de la Houssaie, 1676, t. II, p. 62).

(1) *Reg. crimin.*, Mss. Séance du 22 août 1542. — *Conf.* Romanin,
*Stor. doc.*, t. VI, p. 60.

importance. Cette assemblée, à peine réunie, agit avec promptitude et décision ; elle enjoint au capitaine du Conseil de réunir le plus grand nombre d'hommes qu'il pourra parmi les officiers de police, de convoquer les arquebusiers, de donner des armes à toute la *maestranza* (1) et à ceux qu'il jugera à propos d'appeler. « Il se rendra à la maison de l'ambassadeur avec une » troupe d'au moins 600 hommes ; il le sommera de » livrer Abondio, ainsi que les autres rebelles qui, la » veille, ont usé de violence contre l'*avogador*. S'il » refuse, le capitaine a l'ordre exprès de prendre la » maison de force ; si quelqu'un est tué dans l'attaque, » il n'y aura pas de poursuite ; si l'on prend les gens » de l'ambassade les armes à la main, ils seront immé- » diatement pendus. » Enfin, le Conseil chargea de présider à l'exécution de ses ordres deux des personnages les plus influents de la République, les procurateurs Alexandre Contarini et Vincent Grimani (2).

Cependant une anxieuse agitation régnait dans la maison de l'ambassadeur. Dès le matin, Pellicier avait fait appeler le comte de San Secondo et les Strozzi.

---

(1) On donnait le nom de *maestranza* à l'ensemble des *maîtres* de l'arsenal, qui étaient à la fois ouvriers et soldats ; c'était un personnel d'élite, que l'on rétribuait très généreusement, et auquel on réservait la garde du Grand Conseil et du Sénat. Ce corps, qui dépassa toujours 10,000 hommes et qui en compta parfois jusqu'à 16,000, fut le plus sûr garant de la sécurité intérieure du gouvernement de la République (Charles Yriarte, *Vie d'un patricien de Venise*, 1874, p. 304).

(2) *Reg. crimin.*, Mss. Séance du 22 août 1542.

Sur les conseils du premier, il se décida à dépêcher un de ses secrétaires aux chefs des Dix, pour leur donner des explications sur l'incident de la veille et leur dire que les gens de sa maison avaient cru avoir affaire à des hommes envoyés par l'ambassadeur impérial (1). Le comte de San Secondo et un gentilhomme français, M. de Puylobier, envoyé en mission à Venise, se rendirent également au palais ducal (2). Mais le Conseil, ayant appris qu'Abondio était encore à l'ambassade, crut que Pellicier ne voulait que gagner du temps pour lui procurer des moyens d'évasion : il résolut de garder comme otages le secrétaire, le comte de San Secondo et le sieur de Puylobier, et ordonna à Grimani et à Contarini de marcher en avant.

Les deux procurateurs, à la tête d'une troupe nombreuse, suivis d'une grande multitude d'hommes du peuple et de gens de qualité, se dirigèrent vers la rue San-Moisè (3), où demeurait l'ambassadeur. En un instant le palais fut entouré d'un si grand nombre de personnes qu'on en fut stupéfait, *che fu cosa stupenda,* et le canal voisin se remplit de barques armées. Grimani fit dire à Pellicier que le Conseil des Dix lui avait

---

(1) Biblioth. de Saint-Marc, *Avvisi*, Mss., cl. VII, codex 1279, p. 252.

(2) Charrière, *Négoc.*, t. I, p. 548 et 549. Lettre d'un agent français au capitaine Polin, du.... septembre 1542.

(3) La *calle* San-Moisè est très rapprochée de la place Saint-Marc. On n'avait pas encore adopté le règlement qui obligeait les ambassadeurs à ne pas habiter trop près du lieu où se traitaient les affaires politiques (Voy. A. Baschet, *Les archives de Venise*, 1870, p. 451).

donné l'ordre d'arrêter Augustin Abondio et de pénétrer de force dans la maison, si on ne voulait pas le
livrer. L'évêque de Montpellier était dans une grande
perplexité; d'une part, il avait donné sa parole à Abondio, et, de l'autre, il redoutait que ce dernier ne fît des
révélations compromettantes. L'écrivain anonyme de
la bibliothèque Saint-Marc prétend qu'il songea un
moment à le faire étrangler pour l'empêcher de livrer
ses secrets. Mais l'évêque de Lodi, qui s'était fait
conduire dans sa demeure, lui représenta les dangers
auxquels l'exposerait une plus longue résistance, et
parvint à le convaincre de la nécessité de livrer son
hôte au gouvernement vénitien. L'Abondio fut remis
entre les mains des procurateurs, qui s'empressèrent
de le faire monter dans une barque pour le mener à la
prison des Dix; car ils craignaient que le peuple ne
le mît en pièces, si on le conduisait à travers les
rues. Le comte de San Secondo, le sieur de Puylobier
et le secrétaire furent immédiatement remis en liberté;
mais on dut laisser, pendant trois jours, un corps de
troupes autour de la maison de Pellicier, pour la protéger (1).

_____

(1) Biblioth. de Saint-Marc, *Avvisi*, Mss., cl. VII, codex 1279, p. 252ᵒ-
255. — Romanin, *Stor. doc.*, t. VII, p. 62. — Charrière, *Négoc.*, t. I,
p. 548-550. — Un agent français, dans un rapport qu'il adressa au capitaine Polin après le départ de Pellicier, prétend que les Vénitiens
firent le siège en règle du palais de l'ambassade : « Ilz feirent mectre
» hors de l'arcenal quatre pièces d'artilherie et mectre devant sa maison,
» de l'austre cousté du canal, à la douane, une tour qui est là, à toutes
» les fenestres qui regardent de ceste part, force fauxconneaulx et

Toute la ville était en fermentation. Le bruit courait que la République avait été trahie par des personnages autrement considérables que les secrétaires ; que les Dix eux-mêmes n'étaient pas à l'abri du soupçon ; que l'on étoufferait l'affaire pour n'être pas dans l'obligation de poursuivre les principaux membres du gouvernement ; que l'on empoisonnerait Augustin Abondio, dans la crainte qu'il ne révélât les secrets de la noblesse. Venise, disaient les alarmistes, était à la discrétion du roi de France, qui avait acheté un grand nombre de gentilshommes, et entretenait une armée dans la ville (1).

C'est sous l'empire de cette émotion que le gouver-

---

» mouschettes, et pareillement dedans le clocher de Sainct-Marc et de
» Sainct-Moïse, sur les maisons qui sont là auprès ; et dedans deux ma-
» guasins qui sont dessous la chambre où je couchois quant vous et moy
» estions dedans son logis, feirent mectre force barilz de pouldre et
» mille hommes de garde toute la nuict » (Charrière, *Négoc.*, t. I, p. 549.
Lettre du..... septembre 1542). Le gouvernement vénitien opposa un
démenti formel à ces allégations, que la plupart des historiens ont reproduites, et affirma au protonotaire Jean de Monluc, successeur de Pellicier, qu'il avait envoyé quelques barques vers la maison de l'ambassadeur, mais qu'il n'avait fait usage ni de ses galères ni de l'artillerie, *ne
furono mandate galee ne vi intervenirono artellarie, come è stato riferito fal-
samente a Sua Maestà* (Arch. gener. di Venezia, *Senato, Deliberazioni
secrete*, Mss. Réponse à l'ambassadeur du Roi Très Chrétien, 19 février
1543).

(1) *Avvisi*, Mss., p. 255. — Romanin, t. VII, p. 62 et 63. — L'agent
français, dont nous avons parlé plus haut, accuse les membres du gouvernement d'avoir semé à dessein ces bruits alarmants : « Ilz armèrent,
» dit-il, tout le peuple contre nous, et leur donnèrent à entendre que
» nous estions cinq cens hommes en armes dedans la maison de M. de
» Montpellier, que nous voulions leur dérober l'arcenal et mectre ceste
» ville entre les mains du G. S. » (Charrière, *Négoc.*, t. I, p. 549).

nement procéda à la recherche et au jugement des révélateurs. Pendant l'orageuse journée du 22 août, le Conseil des Dix semble avoir siégé en permanence. Au moment même où l'on procédait à l'arrestation d'Abondio, il adopta plusieurs mesures contre ses complices, promit de larges récompenses à ceux qui les dénonceraient, et enjoignit aux bateliers et aux autres personnes qui connaîtraient l'asile de Constantin Cavazza, de le déclarer dans le délai de trois jours, sous peine du gibet (1).

Le Conseil était surtout préoccupé des moyens de découvrir les gentilshommes qui avaient trahi la République. Il savait qu'Abondio était le principal agent de la France, qu'il avait été chargé de concentrer les informations de toute nature transmises à l'ambassade, et il espérait d'arriver par lui à saisir tous les fils de la conspiration.

Les Dix furent admirablement servis par la procédure qu'ils avaient adoptée. L'accusé pouvait être soumis à la torture. Laissé seul dans sa prison, il n'était interrogé que par les inquisiteurs et les délégués du Conseil (2) ; il n'était jamais confronté avec les témoins,

---

(1) *Reg. crimin.*, Mss. Séance du 22 août. — *Avvisi*, Mss., p. 255. — Les propositions sur lesquelles votèrent les Dix furent faites, soit par les inquisiteurs, soit par les *avogadori*, soit par les chefs du Conseil, soit même par de simples conseillers (*Reg. crimin.*, Mss., *passim*).

(2) Voici comment s'expriment les chefs des Dix dans la proposition qu'ils firent au Conseil au sujet de l'arrestation de Nicolas et de Constantin Cavazza : *Et si de plano verum fateri noluerint, examinentur per*

n'était jamais amené devant ses juges ; mais, en
revanche, on lui envoyait les personnes qui pouvaient
avoir de l'influence sur lui, avec mission de le faire
parler par tous les moyens qu'elles pourraient imaginer.
Alors même que sa sentence était prononcée, on lui
laissait espérer une commutation s'il faisait des révélations importantes ; on lui promettait la remise de la
prison, même celle du bannissement ; on allait jusqu'à
lui parler d'allouer une pension à sa famille (1).

Telle fut la marche suivie dans le procès d'Augustin
Abondio. La femme et la fille de l'accusé, et Jérôme
Martolosso, son dénonciateur, furent successivement
admis à l'entretenir dans sa prison (2), et lui arrachè-

---

*Inquisitores cum Collegio hujus Consilii cum libertate ipsos torturandi* (*Reg.
crimin.*, Mss. Séance du 19 août 1542). — « Dès qu'un procès était dé-
» claré, dit M. A. Baschet, un *avogador*, un conseiller du doge et deux
» des Dix étaient désignés pour l'instruire, avec l'obligation de le pré-
» senter dans l'espace de quinze jours. Ils interrogeaient le prévenu. Deux
» secrétaires en sous-ordre écrivaient, l'un les termes de l'accusation,
» l'autre ceux de la défense » (*Les archives de Venise*, 1870, p. 534). Ces
magistrats, chargés de l'instruction, formaient ce qu'on appelait le
*Collegium* ou plutôt le *Collegium deputatum* (*Reg. crimin.*, Mss., *passim*).

(1) Gaspard Contarini résume dans les termes suivants la procédure
du tribunal des Dix : *Illum quoque morem observant, ne reum, cum de eo
judicium laturi sunt, in collegium admittant, neque cognitorem aut oratorem
quempiam qui rei causam agat : quod tamen jus concessum est reis apud quem-
cumque alium magistratum causam dixerint. Verum hujusmodi institutum in
judiciis servant : a principibus collegii reus auditur, ejusque dicta omnia
scriptis mandantur. Cum vero causa ad collegium defertur, ipsi collegii
principes, atque alii judices qui intersunt, et accusatoris et rei vicem agunt,
resque decernitur maxima semper adhibita judicii moderatione* (*De Magistratibus et Republica Venetorum*, Paris, 1543, p. 63).

(2) *Avvisi*, Mss., p. 257. — *Reg. crimin.*, Mss. Séance du 24 août
1542.

rent apparemment de graves aveux, car le Conseil ne
tarda pas à voter l'arrestation de Maffio Lion, de l'abbé
Jean-François Valier, et d'Hermolao Dolfin qui avait
favorisé la fuite de Constantin Cavazza (1).

Les Dix, après avoir fait espérer un acquittement à
l'accusé (2), déclarèrent ses révélations insuffisantes, et
le condamnèrent, le 6 septembre 1542, à être pendu
entre les deux colonnes de la place Saint-Marc (3); mais
l'arrêt était à peine rendu, qu'ils en suspendaient l'exécution, s'ingéniaient à trouver de nouveaux moyens
pour ébranler le malheureux Abondio, et lui promet-
taient de lui accorder la vie sauve et de lui rendre la
liberté, de le rétablir lui et les siens dans les droits dont
ils avaient joui, et de servir à sa famille une pension de
cinq cents ducats pendant sa vie et celle de ses enfants,
s'il voulait dénoncer tous ses complices (4). Enfin, le
20 septembre 1542, le tribunal, renonçant à obtenir de
nouveaux aveux de son prisonnier, fixa au lendemain
l'exécution de la sentence (5).

---

(1) *Reg. crimin.*, Mss. Séances du 29 et du 31 août 1542.

(2) *Ibidem*. Séance du 26 août 1542.

(3) *Ibidem*. Séance du 6 septembre 1542.

(4) *Ibidem*. Séance du 7 septembre 1542.

(5) *Ibidem*. Séance du 20 septembre 1542. — Voici le texte de l'arrêt
d'Abondio, tel qu'il avait été rendu dans la séance du 6 septembre :
*Volunt quod in die sabbati, hora tertiarum, conducatur infra duas columnas,
ubi super furchis suspendatur, sicque moriatur, et omnia ejus bona mobilia
et immobilia confischentur, neque ejus filii et ejus descendentes in perpetuum
in terris et locis nostris ullo tempore aliquod officium aut beneficium habere
possint, et si habeant ipsis privati remaneant; quod perpetuo restent infames,
et non possit fieri gratia eorum.*

Une décision semblable fut prise le même jour au sujet de Nicolas Cavazza et de l'abbé Valier (1). Quant à Constantin Cavazza et à Maffio Lion, qu'on n'avait pu saisir, ils avaient été condamnés par contumace, dès le 5 septembre (2). L'arrêt de Lion est signé par les conseillers du doge, les *avogadori,* les membres du Conseil des Dix et ceux de la *Zonta,* les Sages-Grands, les Sages de Terre-Ferme et les procurateurs (3).

« Ils veulent, disaient les juges, que Maffio Lion soit
» banni à perpétuité de Venise, du district et de toutes
» les terres de notre domination, tant des provinces
» maritimes que de celles de Terre-Ferme, des navires
» armés et non armés. Si, à une époque quelconque, il
» vient à être pris, il sera conduit entre les deux
» colonnes et pendu au gibet. Celui qui parviendra à le
» saisir en terre étrangère et le remettra entre nos
» mains, aura mille ducats sur la caisse de notre

(1) *Ibidem.* Séance du 20 septembre 1542.

(2) *Ibidem.* Séance du 5 septembre 1542.

(3) Tous ces magistrats avaient le droit de siéger au Conseil. Contarini, après avoir parlé de l'accroissement des attributions des Dix, ajoute : *Quocirca ne in tot negotiis et tam magnis, paucissimis civibus jus esset, accersiti sunt in hoc collegium Sapientes primi ac secundi ordinis, Advocatores, Procuratores Sancti Marci, qui magistratus summe venerandus est, ac præter hos quindecim Senatores adscripti sunt huic collegio, quos etiam Adjunctos vocant* (*De Magistratibus et Republica Venetorum,* p. 63 et 64). — Il était indispensable d'apposer à l'arrêt les noms des membres du tribunal, ainsi que ceux du chancelier et du secrétaire, pour rendre exécutoire la disposition portant qu'aucun membre de la famille de Maffio Lion ne pourrait jamais et d'aucune manière être juge de ceux qui avaient pris part à son procès.

» Conseil. Celui qui le tuera en terre étrangère, et en
» fournira la preuve, aura cinq cents ducats. Si celui
» qui l'aura arrêté ou mis à mort, est banni, pour n'im-
» porte quel crime, à l'exception toutefois de celui de
» rébellion, des terres et lieux de notre domination, il
» sera gracié, quand même il aurait été condamné par
» ce Conseil. S'il n'est pas banni, il pourra délivrer un
» autre banni, à l'exception des rebelles.

» Tous les biens de Maffio Lion, mobiliers ou immo-
» biliers, en quelques lieux qu'ils soient situés, seront
» confisqués au profit du Trésor public. On ne pourra
» lui faire grâce. Sa sentence sera publiée dans le
» Grand Conseil, à la prochaine séance, et elle y sera
» lue tous les ans, tant qu'il vivra, le premier dimanche
» du carême.

» Ils veulent que ses fils et leurs descendants soient
» déchus à perpétuité de notre noblesse, et qu'ils soient
» infâmes à perpétuité.

» Ils veulent que ses fils et leurs descendants soient
» à perpétuité exclus des offices, des bénéfices et des
» Conseils secrets, et qu'ils soient infâmes à perpétuité.

» Qu'aucun membre de la famille de Maffio Lion, en
» aucun temps, ne puisse être juge ni dans une affaire
» civile, ni dans une affaire criminelle, ni dans quelque
» cause que ce soit, de ceux qui ont pris part à la con-
» damnation prononcée par le Conseil contre lui. Que
» personne de sa famille ne puisse être juge des fils ni
» des frères de ceux qui ont pris part à son jugement. »

Maffio Lion, qui était à Padoue au moment où son arrestation avait été décidée, avait eu le temps d'échapper aux sbires du Conseil; il se réfugia en France, mais n'y trouva pas l'accueil dont il s'était flatté, et fut réduit, pour vivre, à enseigner la grammaire aux enfants. On n'eut jamais de nouvelles de Constantin Cavazza, dont la fin est restée un mystère (1).

Beaucoup d'autres sentences furent rendues contre les personnes qui avaient des relations avec l'ambassadeur ou vivaient dans son entourage. Dès la fin d'août, le Conseil des Dix procédait contre la famille Fregosa, ordonnait la confiscation de ses biens, condamnait au bannissement Alexandre et Hercule Fregoso, et la signora Constanza, veuve de César Fregoso (2). Il interdit le séjour de Venise aux Strozzi, dont la turbulente activité inquiétait depuis longtemps la Seigneurie (3). Il infligea la même peine à Hermolao Dolfin, qui avait accompagné Constantin Cavazza dans sa fuite (4), et à la signora Camilla Pallavicina, qui vivait dans l'intimité de Pellicier (5). Il enjoignit à l'évêque de Lodi

_____

(1) *Reg. crimin.*, Mss. Séance du 5 septembre 1542. — *Avvisi*, Mss., p. 257. — G. Cappelletti, *Storia della Republica di Venezia*, 1852, lib. XXXI, t. VIII, p. 317. — Paruta, *Historia vinetiana*, 1703, part. I, lib. X, p. 451.

(2) *Avvisi*, Mss., p. 263. — *Reg. crimin.*, Mss. Séances du 22 et du 23 août 1542.

(3) Charrière, *Négoc.*, t. I, p. 550.

(4) *Avvisi*, Mss., p. 260.

(5) *Ibidem.* p. 263.

de quitter Venise et de résider dans la ville de Crême (1). Mais, en revanche, les Dix refusèrent d'autoriser les poursuites que les inquisiteurs demandèrent contre plusieurs gentilshommes vénitiens accusés d'avoir entretenu un commerce illicite avec l'ambassadeur français et de lui avoir communiqué les écritures et les affaires qui intéressaient son maître (2). Vincent Grimani lui-même, auquel on venait de donner un témoignage de confiance en le chargeant de présider à l'arrestation d'Abondio, fut dénoncé au terrible tribunal, à cause des relations qu'il avait eues autrefois avec César Fregoso, Augustin Abondio et les ambassadeurs de France. Les inquisiteurs proposèrent de le mettre en jugement, le 16 octobre 1542 ; mais ce fut en vain qu'ils présentèrent leur motion, à trois reprises, dans la séance de ce jour ; ce fut en vain qu'ils revinrent encore à la charge dans les séances du 6 et du 14 novembre ; ils ne purent arracher au Conseil un ordre d'arrestation contre un homme qui avait rendu d'éminents services à sa patrie, qui avait été appelé plusieurs fois à la représenter dans les cours étrangères, et que le roi de France honorait de son amitié (3).

Les poursuites dirigées contre les agents de la

---

(1) *Ibidem.*

(2) *Reg. crimin.*, Mss. Séances du 24 août, du 6 et du 18 septembre 1542. — Beltrame Sachia fut accusé dans la séance du 24 août ; mais le Conseil refusa de voter son arrestation.

(3) *Reg. crimin.*, Mss. Séances du 16 octobre, du 6 et du 14 novembre 1542.

France avaient naturellement appelé l'attention sur ceux de l'Empire (1). L'un d'entre eux fut accusé devant les Dix, le 11 septembre 1542. On a conservé le procès-verbal de cette séance, qui peut donner une idée de la procédure adoptée par le tribunal au sujet des révélateurs. Les chefs des Dix commencèrent par proposer de donner une pension de cent ducats ou un office de cent cinquante ducats à la personne qui offrait de dénoncer un gentilhomme vénitien ayant des relations avec dom Lopez et dom Diego Hurtado de Mendoza, ministres de l'empereur. Le Conseil y consentit, à condition qu'elle ferait connaître des faits véritables, d'une grande importance pour l'État, et encore ignorés du gouvernement. Immédiatement après le vote, on introduisit Alexandre Contarini, procurateur : « Excellen-» tissimes Seigneurs, dit-il, celui qui m'a dit ces choses » est Zaneto Mida ; mais je ne sais pas le nom du gen-» tilhomme : il vous l'apprendra lui-même. » Dès le surlendemain, Georges Quirino fut arrêté sur la proposition des inquisiteurs et des *avogadori*. Il resta pendant plus de deux mois dans les prisons des Dix ; mais, plus heureux que les agents de la France, il fut acquitté après de longs débats, à la presque unanimité des suffrages (2).

Dans la séance même où fut rendu cet arrêt, le

---

(1) P. Justinianus, *Rerum Venetarum Historia*, 1576, lib. XIII, p. 273.
(2) *Reg. crimin.*, Mss. Séances du 11 et du 13 septembre, et du 14 novembre 1542.

Conseil adopta une mesure que l'on peut considérer comme l'épilogue du procès des révélateurs. Cette affaire se terminait comme toutes celles du même genre par un décret en faveur du dénonciateur. Marto-losso fut magnifiquement récompensé. Sur la propo-sition des chefs du Conseil, les Dix décidèrent qu'il aurait 80 ducats par mois, sa vie durant, et que la moitié de cette pension serait reversible sur ses fils légitimes ; qu'en outre il recevrait, dans le courant de l'année, 3,000 ducats payés à raison de 250 ducats par mois. « Qu'il puisse, ajoutait le décret, obtenir la grâce » de quatre bannis de cette cité et de toutes les autres » terres et lieux de notre domination, pour quelque » crime que ce soit, sauf celui de rébellion, quand » même ils auraient été condamnés par ce Conseil, et » qu'il jouisse de tous les autres avantages qui lui ont » été concédés par le vote du 17 août passé (1). »

Le décret du 14 novembre 1542 nous fait connaître l'un des principaux moyens d'information de la justice vénitienne. L'appât qu'elle offrait à la dénonciation est, avec le mystère dont elle entourait ses jugements, ce qui a le plus contribué à lui faire une si sombre répu-tation. Certes, on ne saurait approuver sans réserve la procédure suivie par le Conseil des Dix et les inqui-

---

(1) *Reg. crimin.*, Mss. Séance du 14 novembre 1542. — Le Conseil accorda immédiatement, sur la demande de Martolosso, à un nommé François Rizzo la remise de la peine du bannissement, qu'il avait en-courue pour crime d'homicide, et le pardon de tous les délits qu'il avait commis jusqu'à ce jour.

siteurs des secrets ; mais, si l'on songe qu'elle n'altérait
ni la sincérité de l'instruction ni l'impartialité des jugements, on est obligé de convenir que les accusés trouvaient encore plus de garanties à Venise que dans la
plupart des autres États de l'Europe. Le procès des
agents de Pellicier fait, en somme, honneur à cette
juridiction, qu'on a si injustement attaquée. La circons-
pection avec laquelle on procéda à l'arrestation des
accusés, l'acquittement de tous ceux qu'on n'avait pu
convaincre par des preuves évidentes, la condamnation
si bien motivée des coupables, contre lesquels la correspondance de Pellicier fournit des témoignages accablants, nous permettent d'affirmer que la République
avait dans les Dix et les inquisiteurs des juges aussi
éclairés qu'impartiaux, aussi soucieux de la liberté des
citoyens que de la sécurité de l'État.

D'autre part, les mesures qui furent adoptées et les
réformes qui furent entreprises à la suite de cette dan-
gereuse conspiration, montrent comment s'est formée
la constitution de Venise, et confirment le jugement que
nous avons cru devoir porter sur ses hommes d'État (1).
Pour prévenir le retour des périls auxquels la République avait été exposée, les Dix renouvelèrent, en les
aggravant, les lois concernant les relations des gentilshommes avec les ambassadeurs étrangers. Le 9 septembre 1542, le Conseil, après avoir rappelé les peines

_____

(1) Voyez plus haut, chap. Ier, p. 55-57.

déjà édictées à ce sujet, ajoutait : « Qu'aucun d'entre
» nos nobles, quels que soient son rang et sa condition,
» ne puisse, sous aucun prétexte, ni aucune apparence,
» aller à la maison d'aucun étranger ni ambassadeur,
» résidant dans notre cité, si ce n'est avec l'expresse
» permission de tous les trois chefs de ce Conseil. Si
» l'un d'eux enfreint cette défense, il sera condamné à
» une amende de cinq cents ducats, et à l'exclusion,
» pendant cinq ans, de tous les offices, Conseils et
» gouvernements de notre État. La peine sera prononcée
» par les chefs du Conseil, sans qu'elle ait besoin d'être
» soumise à la délibération de ce corps. Le présent
» décret sera lu et publié dans le Grand Conseil, où
» l'on devra en faire lecture tous les ans deux fois, aux
» mois de mars et de septembre (1). » Enfin, les révélations provoquées par Pellicier et les partisans de la
France déterminèrent le gouvernement à consacrer
l'existence des inquisiteurs des secrets, qui n'avaient
été considérés jusqu'alors que comme une magistrature
exceptionnelle et transitoire : « La découverte de la
» conspiration de 1542, dit l'historien G. Cappelletti, fut
» cause que l'on fit une institution définitive et perma-
» nente de la juridiction des inquisiteurs contre les
» révélateurs des secrets de l'État (2). »

---

(1) Romanin, *Stor. doc.*, 1858, t. VI, p. 125.

(2) G. Cappelletti, *Storia della Republica di Venezia*, t. VIII, p. 317 et
318. *Conf.*, chap. Ier, p. 53-52. — Il ne nous paraît pas possible de
contester l'assertion de Cappelletti, si l'on songe qu'à partir de 1542 les
inquisiteurs ne cessèrent d'être réélus jusqu'à la chute de la République.

Après le scandale du procès des révélateurs, il était impossible de maintenir à Venise l'évêque de Montpellier. Pellicier le savait et s'attendait à être rappelé; mais il redoutait surtout le courroux de son maître et craignait de perdre pour toujours son estime et sa faveur. Sa dernière dépêche, qui porte la date du 29 août 1542, témoigne de son trouble et de ses appréhensions : « Sire, s'écrie-t-il, la force de la calomnie est telle » qu'elle perd et met à néant la teste et vigueur du » cueur en quelconque, tant soit-il saige. Qu'est-ce qui » se doibt espérer de moy, qui suis à présent opprimé » de telle calomnie et tel callifié? Bien, sire, vous » plaise considérer ce que Julien, Empereur, soulloit » dire en termes de justice, que s'il suffisoit d'accuser » autruy, qui est celluy qui se treuveroit innocent (1). »

Le sieur de Puylobier fut immédiatement dépêché auprès de François Ier pour lui rendre compte des malencontreux incidents qui venaient de rompre si brusquement les bonnes relations de l'ambassadeur avec la République. Les documents que nous possédons ne contiennent aucune indication sur la manière dont ses explications furent accueillies ; ils nous apprennent seulement que Pellicier fut remplacé, dès le 30 octobre 1542, par Jean de Monluc, protonotaire du Saint-Siège et abbé de Haute-Fontaine (2).

_____

(1) Biblioth. nat., *F. Cl.*, Ms., 570, p. 243° et 244.

(2) On lit, en effet, dans les extraits des *Comptes du Trésorier de l'É-pargne* : « A Jehan de Monluc, Abbé de Haute-Fontaine, 2,473 l. t.

Le nouvel ambassadeur ne tarda pas à venir prendre possession de son poste, et fut reçu en audience par le Collège avant la fin de l'année 1542 (1). Les registres des délibérations du Sénat renferment le texte de la réponse qu'on lui adressa, et dont les termes furent arrêtés par cette assemblée, le 7 décembre 1542. Après

---

» par lettres à Nérac, le pénultième d'octobre 1542, pour son estat, va-
» cation et despense en la charge que le Roy luy a baillée de son ambeur
» devers la Sg$^{rio}$ de Venise, devers laquelle il se doibt de brief rendre
» en retournant de Rome où lors le Roy l'envoyoit en diligence pour
» ses affaires, et ce, durant 180 jours, commençans au jour que led.
» Monluc seroit de retour dud. Rome aud. Venise » (Biblioth. nat.,
F. Cl., Ms., 1215, p. 180). — Jean de Monluc, qui devait être appelé
plus tard à l'évêché de Valence, résidait à Rome depuis plusieurs années ; il y remplissait, à côté des ambassadeurs ordinaires, des fonctions
diplomatiques assez mal déterminées, mais qui n'étaient pas sans importance. Les Comptes du Trésorier de l'Épargne mentionnent diverses allocations qui lui furent accordées : « Au Protonotaire Monluc, Chambrier
» du Pape, qui sert à présent d'ambeur pour le Roy à Rome, 450 l. t.
» par lettres à Montélymart, le 22 juillet 1538 (F. Cl., Ms., 1215,
» p. 76°) ; — 450 l. t. par lettres à Villiers-Cotterctz, le 8 septembre
» 1539, pour retourner en diligence à Rome, où il a coustume de rési-
» der pour le service du Roy, et d'où il estoit venu en diligence pour
» aulcunes affaires d'importance (Ibidem, p. 77) ; — 450 l. t. par lettres à
» Paris, le 4 novembre 1540, pour retourner en diligence de Paris à
» Rome résider à l'entour de la personne de N. S. P. » (Ibidem, p. 79).

(1) Selon toutes les probabilités, l'évêque de Montpellier avait quitté
Venise dans le courant de septembre, car les lettres, datées de ce mois,
qui se trouvent à la suite de sa correspondance, ont été écrites par un
agent subalterne, dont le nom n'est pas indiqué. Le dernier article des
Comptes du Trésorier de l'Épargne concernant Pellicier est ainsi conçu :
« A Guillaume Pellicier, Évesque de Montpellier, ambeur du Roy
» devers la Sg$^{rio}$ de Venise, 2,485 l. t. par lettres à Paris, le 20 janvier
» 1541 (1542), pour son estat, vacation et despense en lad. charge de
» son ambeur, durant 181 jours, commencez le d$^{er}$ juin suivant. Item
» 2,515 l. t. par lettres à Joinville, le 24 juin 1542, pour 184 jours,
» finissans le d$^{er}$ décembre 1542 » (Biblioth. nat., F. Cl., Ms., 1215,
» p. 80).

avoir exprimé les sentiments de déférence, d'amitié
et de dévouement du gouvernement vénitien pour
la personne du roi, le Sénat disait : « Nous remer-
» cions Sa Majesté de la bienveillance qu'elle nous
» a témoignée en mandant Votre Seigneurie pour
» nous faire part de ses excellentes dispositions à
» l'égard de notre État, et nous vous prions de lui
» exprimer notre gratitude de ce qu'elle a bien voulu
» rappeler son révérend ambassadeur. » Il protestait
contre ce qu'il appelait les calomnies et les fausses
relations de l'évêque de Montpellier, faisait le récit de
l'arrestation et du procès des révélateurs, et déclarait
qu'on n'avait placé des troupes autour de la maison de
l'ambassadeur que pour la protéger, et qu'on n'y avait
pas amené de pièces d'artillerie comme on l'avait
faussement rapporté à Sa Majesté. Il affirmait que le
gouvernement vénitien n'avait eu l'intention d'offenser
ni le roi ni son ambassadeur, mais qu'il avait seulement
voulu faire justice d'un crime abominable, comme c'est
le droit de tous les princes, qui ont mission de veiller à
la conservation, à la liberté et à la dignité de leurs États.
« Nous ne voulons pas dire, ajoutait-il, que le révérend
» ambassadeur ait eu de mauvaises intentions, mais
» qu'il a été mal conseillé et qu'il a méconnu, par inex-
» périence, les devoirs que sa charge lui imposait (1). »

_____

(1) Arch. gener. di Venezia, *Senato, Deliberazioni secrete*, 1542, Mss.
Réponse au protonotaire Monluc, le 7 décembre 1542. — Les explications que le gouvernement donna à Jean de Monluc furent communi-

Enfin, le Sénat terminait, en se plaignant des mauvais offices que le capitaine Polin, à l'instigation de Pellicier, avait rendus à la République auprès du Grand Seigneur et de ses pachas.

François I$^{er}$ s'était d'abord montré très irrité de l'insulte faite à son représentant. Deux mois durant, il refusa de donner audience au nouvel ambassadeur de Venise, Jean-Antoine Venier ; mais, enfin, son courroux s'étant un peu calmé, il le fit appeler, et lui dit : « Qu'eussiez-vous fait, Monsieur, si j'en avais usé de » la sorte à votre égard ? » — « Sire, répondit l'ambas- » sadeur, si les rebelles à Votre Majesté osaient se » réfugier dans ma maison, je les prendrais moi-même » pour les remettre entre vos mains, et si j'agissais » différemment, je serais sévèrement blâmé par la Sei- » gneurie (1). » Grâce à l'habileté de Jean-Antoine Venier et à la bonne volonté de Monluc, tous les nuages furent bientôt dissipés. Le roi enjoignait à ce dernier, dès le commencement de 1543, d'envoyer un homme

---

quées, dans des termes presque identiques, aux ambassadeurs de la République près de François I$^{er}$ et de Charles-Quint, au *baile* de Constantinople et au capitaine du Golfe. — Ce n'est pas sans motif que le Sénat se plaignait des mauvais offices des représentants de la France auprès de la Porte ottomane, car l'agent que Pellicier avait laissé à Venise, avait fortement engagé le capitaine Polin à informer le Grand Seigneur des derniers incidents, à lui faire entendre « que la cause de » tout est pour avoir faict la paix avecques luy, et à luy faire veoir » l'offence qu'on luy a faicte en cecy » (Charrière, *Négoc.*, t. I, p. 552).

(1) G. Cappelletti, *Storia della Republica di Venezia*, 1852, t. VIII, p. 317,

exprès au capitaine Polin pour l'informer du rétablissement des bonnes relations de la France avec la Seigneurie (1). De son côté, le gouvernement vénitien, tout en refusant de rapporter le décret de bannissement rendu contre les Strozzi, consentait à remettre entre les mains du roi le prix des biens de la famille Fregosa, que le Conseil des Dix avait confisqués (2).

Quant à l'évêque de Montpellier, il semble avoir conservé tout son crédit à la cour. François Iᵉʳ, qui lui avait conféré, vers la fin de 1541, l'abbaye des Escharlis en Bourgogne (3), le nomma, après son ambassade, maître des requêtes au Conseil d'État (4), et lui donna, jusqu'à sa mort, des témoignages d'estime et de bienveillance (5).

Guillaume Pellicier quitta la cour en 1547, et ne cessa, dès lors, de résider dans son diocèse. Gariel, de Grefeuille et les autres historiens de l'Église de Montpellier ont longuement exposé les différents actes de

---

(1) Arch. gener. di Venezia, *Senato, Deliberazioni secrete*, Mss. Lettre au baile de Constantinople, du 26 janvier 1543.

(2) *Ibidem.* Réponse à l'ambassadeur du roi très chrétien, le 19 février 1542.

(3) Biblioth. d'Aix, *L. de P.*, Ms., p. 971, 1026 et 1028. — *Gallia christiana*, t. XII, 1770, p. 221. — M. Quantin, *Dictionnaire topographique du département de l'Yonne*, 1862, p. 49.

(4) Voyez l'extrait des *Registres du Parlement*, cité plus haut, ch. IV, p. 133.

(5) L'évêque de Montpellier fut chargé, en 1544, des fonctions de commissaire royal auprès des États de Languedoc (Voy. Dom Vaissette, *Histoire du Languedoc*, t. V, p. 155).

son administration épiscopale. Vers 1552 (1), il fut en
butte à des persécutions dont le principal prétexte était
sa liaison avec une femme qu'il aurait emmenée de Venise. Gariel, dom Vaissette et les auteurs du *Gallia
christiana* protestent contre cette accusation avec la plus
vive indignation (2). Mais de Grefeuille prétend avoir
trouvé, dans les registres de la *Cour des Aides* de
Montpellier, la preuve des faiblesses de Pellicier,
et il ne craint pas d'affirmer que sa conduite ne
prouva que trop la conformité de ses sentiments avec
ceux des novateurs, sur la question du célibat des
prêtres (3). D'autre part, Théodore de Bèze, après avoir
rappelé que l'évêque de Montpellier avait été favorisé
par la reine de Navarre « sous prétexte de Religion »,
prétend que, pendant son ambassade à Venise, « il
» s'adjoignit à une femme, comme s'il l'eust espousée,
» dont il eut plusieurs enfans, qu'il tenoit auprès de soy
» comme légitimes. Et pour ceste occasion, ajoute l'his-
» torien de la Réforme, il fut poursuivi jusques à estre
» faict prisonnier, et mené très rudement par le comte
» de Villars, et mis au chasteau de Beaucaire, où il
» demeura très longuement, en grand hazard de perdre
» son Évesché et ses services, qu'il sauva en perdant

---

(1) Laurentii Jouberti *opera*, 1599, t. II, p. 154.

(2) P. Gariel, *Series Præsulum Magalonensium*, 1664, lib. II, p. 259.
— Dom Vaissette, *Histoire du Languedoc*, 1745, t. V, p. 137. — *Gallia
christiana*, 1739, t. VI, p. 809.

(3) De Grefeuille, *Histoire ecclésiastique de la ville de Montpellier*, 1739,
IIᵉ partie, p. 169.

» son âme, désavouant ceste femme et la Religion (1). »

Un document conservé à la bibliothèque de Saint-Marc montre que les accusations de Théodore de Bèze et du chanoine de Grefeuille n'étaient point sans quelque fondement: c'est un manuscrit intitulé : *Avvisi notabili del Mondo,* que nous avons eu plusieurs fois l'occasion de citer. On y lit qu'une grande dame de Venise, la signora Camilla Pallavicina, fut bannie de la ville, en 1542, parce qu'elle avait beaucoup de familiarités avec le révérend ambassadeur, *sotto coperta di santità* (2).

On reprochait également à l'évêque de Montpellier son intimité avec le célèbre Ramus et d'autres personnes suspectes d'hérésie (3). On blâmait sa tolérance

---

(1) Th. de Bèze, *Histoire ecclésiastique des Églises réformées au royaume de France,* 1580, t. I, p. 333.

(2) Biblioth. de Saint-Marc, *Avvisi,* Mss., cl. VII, codex 1279, p. 263. — Ce fait permet de suspecter les mœurs de l'évêque de Montpellier ; mais il ne prouve point que la signora Camilla Pallavicina l'ait accompagné en France. On sait, au contraire, que cette dame était en Italie en 1545, car P. Aretino lui adressa plusieurs lettres dans le cours de cette année (P. Aretino, *Il terzo libro delle lettere,* Paris, 1609, p. 213, 216° et 217). — Il n'est peut-être pas inutile d'ajouter que Pellicier ne dédaignait pas de prendre quelquefois un ton léger, et même un peu leste, comme le prouve sa lettre à Rabelais sur le cas de Philippe Saccus, président de Milan, qui avait consulté, à Venise et à Bologne, « les » collèges des docteurs si une fille qui luy estoit née, estoit sienne et » estoit pour vivre, et si debvoit estre teneue pour légitime » (V. *OEuvres de Rabelais,* édit. Jannet-Lemerre, t. VII, p. LI et LII).

(3) P. Gariel, *Gallia christiana, loc. cit.* — Nous avons déjà parlé des relations de Pellicier avec Guillaume Rondellet, qui adopta les doctrines de la Réforme. On lit, dans la vie de ce dernier par Laurent Joubert, le passage suivant : *Theologiæ studio plurimum addictus semper fuit: multoque tempore domi aluit clam Fr. Caperonem, insignem theologum qui tunc e Dominicanorum cœnobio defecerat. Sed cum Gul. Pelicerius, Monspeliensis Epis-*

pour les réformés, dont il n'interdisait point les assemblées secrètes (1).

Il est permis de conjecturer que les chanoines du chapitre de Saint-Pierre, avec lesquels il vivait en mauvaise intelligence, avaient exagéré ces griefs. Pellicier fut dénoncé au Parlement de Toulouse, qui ordonna son arrestation et la saisie de ses revenus. Le comte de Villars, lieutenant-général de la province, le fit saisir et enfermer au château de Beaucaire. L'infortuné prélat fut traité avec une rigueur extrême, et se vit réduit à solliciter un peu de vin pour réparer ses forces épuisées, et une lampe pour pouvoir se livrer à ses études de prédilection (2).

Mais Pellicier, abandonné par son clergé, fut défendu par celui de l'Église de Narbonne : il parvint à se justifier, grâce à l'appui du chapitre de cette ville, et fut

---

*copus (cui imprimis erat familiaris) in carcerem conjectus est, anno Domini 1552, quia religionis causa id accidisse rumor erat, Rondeletius quotquot apud se habebat Theologiæ libros uri præcepit* (Laurentii Jouberti *opera*, 1599, t. II, p. 154).

(1) Félix Platter, dont les *Mémoires* ont été récemment publiés, rapporte un fait qui montre que les idées nouvelles avaient pénétré dans la famille de Pellicier. « Le 24 mars 1554, dit-il, on brûla en effigie, sur » la place, la sœur de l'évêque de Montpellier, et son mari, sous la » forme de deux mannequins habillés » (*Thomas und Felix Platter*, Leipsig, 1878, p. 221). Une pareille exécution ne pouvait être que le résultat d'un procès intenté par les inquisiteurs de la foi pour cause d'hérésie.

(2) *Interea macie luridus Pontifex vini stillam exhaustis viribus reficiendis, et lucernæ usum, aliquid de more lucubraturus, emendicabat* (P. Gariel, *Series Præsulum*, pars II, lib. III, p. 259). *Conf.* A. Germain, *P. Gariel, sa vie et ses travaux*, 1874, p. 170.

rétabli dans tous ses biens et tous ses honneurs. Son dénonciateur fut poursuivi, et condamné à mort ; on plaça la tête de ce malheureux sur la porte de Lattes, où elle resta longtemps, en témoignage du châtiment infligé à ses calomnies, *profligatæ calumniæ monumentum* (1).

Les poursuites dont l'évêque de Montpellier avait été l'objet, ne paraissent pas avoir nui à sa considération, car il fut encore nommé, à plusieurs reprises, président des États de Languedoc ; en 1559, il fut député par les trois ordres pour défendre devant le roi les intérêts de la province ; il remplit, en 1561, les fonctions de commissaire royal dans cette assemblée, et il y joua un rôle considérable jusqu'à l'année qui précéda sa mort (2).

Toutefois, il ne cessa de rencontrer des adversaires dans l'Église, particulièrement dans le clergé régulier. Il avait échangé, en 1548, avec le cardinal Jean du Bellay, l'abbaye des Escharlis contre celle de Lérins (3). Les bénédictins de ce dernier monastère, qui s'étaient

---

(1) P. Gariel, *ibidem,* p. 259.

(2) Pellicier présida les États de Languedoc en 1530, 1532, 1544, 1548, 1551, 1558, 1561, 1562, 1563, 1564, 1565 et 1566 (Dom Vaissette, *Histoire du Languedoc,* t. VI, p. 131-274). Il y remplit les fonctions de commissaire royal en 1531, 1537, 1538, 1544 et 1561 *(Ibidem,* p. 131, 145, 147 et 209). Il paraît avoir assisté plus régulièrement que les autres prélats de la province aux séances de cette assemblée. Lorsqu'il était empêché par ses occupations ou l'état de sa santé, il ne manquait pas d'adresser aux États des lettres d'excuses, dont les procès-verbaux font mention.

(3) Dom Barral, *Chronologia Lerinensis,* 1613, pars II, p. 290. — *Gallia christiana,* t. XII, 1770, p. 221.

affiliés à la congrégation réformée de Sainte-Justine de
Padoue, avaient à leur tête un prieur claustral, connu
pour ses talents poétiques et son ardente piété. L'évêque de Montpellier ne s'entendait avec Denis Faucher
(c'était le nom du prieur) ni sur la direction religieuse,
ni sur le partage des produits de l'abbaye. Les moines
semblent avoir profité de sa captivité pour s'affranchir
de sa tutelle et s'emparer de ses revenus ; Pellicier dut
leur intenter un procès, qu'il gagna devant le Grand
Conseil, mais dans lequel il paraît avoir montré plus
de souci pour son autorité que de zèle religieux. Les
rapports de l'abbé commendataire et des bénédictins
se ressentirent toujours de ce différend, et furent l'occasion de maints conflits, tant que vécut l'évêque de
Montpellier (1).

Cependant Pellicier, soit qu'il voulût faire oublier les
soupçons dont il avait été l'objet, soit qu'il fût effrayé
des excès des novateurs, déployait un zèle inattendu en
faveur de l'orthodoxie, et s'attirait les malédictions et les
injures des protestants, qui paraissent avoir longtemps
compté sur son adhésion. « Et depuis, s'écrie Théodore

---

(1) Dom Barral, *Chronologia Lerinensis*, 1613, pars II, p. 287-435. —
L'abbé Alliez, *Histoire du monastère de Lérins*, 1862, t. II, p. 365-383.
— Ange Calogiera, *Nuova raccolta d'opuscoli scientifici e filologici*, 1759,
t. V, p. 279-287. — Armellini, *Bibliotheca Benedictino-Casinensis*, 1731,
pars I, p. 150. — Dom Liron, *Singularités historiques*, 1740, t. III, p. 786.
— La bibliothèque d'Arles possède un manuscrit de D. Faucher qui a
pour titre : *Dionisii Faucherii, civis Arelatensis et monachi Lerinensis,
Annales Provinciæ, epistolæ, carmina* (V. U. Robert, *Inventaire sommaire
des Manuscrits*, 1879, p. 65, n° 75).

» de Bèze, pour faire le bon valet, il feit du pis qu'il
» luy fut possible à ceux de la Religion jusques à la
» mort, sans toutefois qu'il aist jamais regagné son
» crédit, estant mort finalement hébété d'esprit, et sans
» aucun honneur ni réputation (1). »

Les protestants de Montpellier, devenus de plus en
plus nombreux, ne tardèrent pas à se signaler par leur
turbulence, et s'emparèrent, vers la fin de 1560, de
l'église de Saint-Mathieu (2). L'évêque s'empressa de
les dénoncer à la reine-mère Catherine de Médicis, et
invoqua son autorité « contre ces monstres, qui se
» promettoient d'esteindre la vraye Religion, et d'en-
» fermer dans un mesme tombeau tous les religieux,
» pour mectre en leur place des grenouilles de Genève
» ou des serpens de Zuric » (3). Les troupes que le
comte de Villars, sur ses instances, introduisit à Montpellier, ne rétablirent l'ordre que pour quelques mois.
Les démarches personnelles de l'évêque et ses menaces
contre les protestants ne furent pas plus efficaces. Pellicier quitta sa ville épiscopale vers la fin de 1561, et
n'y fit plus dès lors que de rares apparitions. Pendant

(1) Th. de Bèze, *Histoire ecclésiastique*, t. I, p. 333.
(2) Ph. Corbière, *Histoire de l'Église réformée de Montpellier*, 1861,
p. 13-16.
(3) P. Gariel, *L'origine, les changements et l'estat présent de l'église
cathédrale de Saint-Pierre de Montpellier*, 1634, p. 121 et 122. — La
réponse que le cardinal de Lorraine fit au nom de Catherine de Médicis,
se trouve dans Gariel, *Series Præsulum*, p. 259 et 260, et dans Th. de
Bèze, *Histoire ecclésiastique*, t. I, p. 333 et 334.

que les huguenots, restés maîtres de la place, occupaient les églises, s'emparaient de la cathédrale de Saint-Pierre, convertie en forteresse, et dévastaient la résidence épiscopale de Villeneuve, il habita successivement Aigues-Mortes, Maguelonne et le château de Montferrand (1).

On le vit, en 1562, solliciter les États de Languedoc réunis à Carcassonne de demander le rétablissement du siège de son évêché dans l'île de Maguelonne (2). L'évêque de Montpellier en était venu à rechercher la solitude, qu'il redoutait tant jadis. Profondément dégoûté du monde, disent les auteurs du *Gallia christiana*, depuis qu'il avait été en proie à la calomnie, il vécut seul avec lui-même, affranchi de tout souci et consacrant ses loisirs à ses travaux sur l'antiquité (3). Il termina sa vie, le 25 janvier 1568, au château de

_____

(1) Voyez, pour l'histoire des guerres de religion à Montpellier : P. Gariel, *Series Præsulum*, pars II, p. 259-270, et *L'origine... de l'église cathédrale de Saint-Pierre*, p. 119 et suiv.; — de Grefeuille, *Histoire ecclésiastique de la ville de Montpellier*, part. II, p. 169 et 170, et *Histoire de la ville de Montpellier*, liv. XV, p. 279 et suiv.; — Th. de Bèze, *Histoire ecclésiastique*, t. I, p. 329 et 388; — J. P. Thomas, *Mémoires historiques sur Montpellier*, 1827, t. III, p. 134 et suiv.; — Ph. Corbière, *Histoire de l'Église réformée de Montpellier*, liv. I, du ch. I au ch. VII; — A. Germain, *Pierre Gariel, sa vie et ses travaux*, 1874; — Fisquet, *La France pontificale*, Montpellier, p. 219-226. — L'église cathédrale de Saint-Pierre fut prise de vive force par les protestants, le 2 octobre 1561 et le 8 novembre 1567.

(2) Dom Vaissette, *Histoire du Languedoc*, t. V, p. 246.

(3) *Guillelmus autem, concepto ex hac contumelia ingenti mundi fastidio, solus habitavit secum, solutusque ac liber totum se litteris devovit (Gallia christiana, t. VI, p. 809).*

Montferrand, où il s'était retiré, dit Gariel, « pour ne
» pas voir les confusions publiques, et pour se divertir
» après son Pline » (1). On attribua sa mort à l'igno-
rance ou à la malice d'un apothicaire, qui lui aurait
donné des pilules de coloquinte mal broyées (2). Le
26 janvier, Guillaume Pellicier fut enterré sans pompe
dans l'église de Maguelonne ; mais le chapitre de Montpellier, retiré à Frontignan, lui paya un tribut de
larmes et lui rendit les suprêmes honneurs, *lacryma-*
*rum stipendia et postremos honores rependit* (3).

---

(1) P. Gariel, *L'origine*, p. 119. — A. Germain, *Le temporel des*
*évêques de Maguelonne et de Montpellier*, 1879, p. 58.

(2) De Grefeuille, *Histoire ecclésiastique*, part. II, p. 171.

(3) P. Gariel, *Series Prœsulum*, pars II, p. 271. — M. U. Robert
signale la présence à la Bibliothèque d'Aix d'un Ms., qu'il intitule :
*Famille de Pélissier (Inventaire sommaire des manuscrits*, 1879, p. 19). On
trouve, en effet, dans le Ms. 849, trois actes en latin concernant la
famille Pellissier *(sic)* ; mais ils ne contiennent aucun renseignement
sur l'évêque de Montpellier.

# CONCLUSION

Le chanoine de Grefeuille affirme que Pellicier laissa une réputation équivoque de « catholicité » ; P. Gariel, dom Vaissette et les auteurs du *Gallia christiana* attestent son zèle pour l'orthodoxie : nous croyons que la vérité est entre ces deux opinions (1).

L'évêque de Montpellier avait ce charme dans les manières et cet agrément dans la conversation qui caractérisent ce qu'on appelle un prélat mondain (2) ; il est permis de présumer que sa bonté naturelle dégénéra parfois en tendresse de sentiments, et que son goût pour la société donna lieu de croire qu'il partageait, selon les expressions de l'historien de Montpellier, l'opinion des novateurs sur la question du célibat des prêtres (3).

Guillaume Pellicier nous paraît, en outre, avoir été un esprit large et ouvert, affranchi des préjugés du passé. Comme beaucoup de lettrés de la Renaissance, il fut longtemps indécis entre les anciennes et les nouvelles idées ; il se laissa conduire par les circonstances

---

(1) De Grefeuille, *Histoire ecclésiastique de Montpellier*, part. II, p. 170. — P. Gariel, *Series Præsulum*, pars II, p. 258-260. — Dom Vaissette, *Histoire du Languedoc*, t. V, p. 137. — *Gallia christiana*, t. VI, p. 809.

(2) Voy. plus haut, chapitre Ier, p. 41.

(3) De Grefeuille, *loc. cit.*

sans s'inféoder à aucun parti, et subit la loi de la politique de son temps dans ses diverses fluctuations. Les
contradictions que l'on remarque dans sa conduite,
peuvent s'expliquer par celles qui existaient entre ses
tendances libérales et les exigences de sa situation au
sein d'une ville que les querelles religieuses avaient
plongée dans le désordre et l'anarchie, et ce fut précisément des fatigues et des déboires de cette vie agitée
et indécise que lui vint cet impérieux besoin de quiétude,
qui, vers la fin de sa vie, lui rendait si précieux le
calme et la solitude de son château de Montferrand (1).

Tous les écrivains qui ont parlé de l'évêque de Montpellier sont d'accord pour célébrer son érudition et les
services qu'il rendit à la science et aux lettres. Les
nombreux documents imprimés ou inédits que nous
avons recueillis, montrent qu'ils n'ont fait que rendre
hommage à la vérité, en le comptant parmi les fondateurs de la bibliothèque de Fontainebleau et les promoteurs de la Renaissance; mais ils n'ont pas, à notre
avis, assez insisté sur ses talents diplomatiques.

La plupart d'entre eux se contentent de rappeler, en
passant, qu'il révéla à son maître le double jeu de la
politique impériale, et qu'il lui découvrit, selon les
expressions des frères de Sainte-Marthe, les machinations de l'empereur Charles-Quint, *Caroli V imperatoris machinationes* (2). Le rôle que Pellicier joua dans

(1) *Conf.* A. Germain, *La Renaissance à Montpellier*, p. 23.
(2) *Gallia christiana*, t. VI, p. 808.

la diplomatie française ne nous semble pas suffisamment caractérisé par cette vague et brève mention. Sa correspondance prouve qu'il fut l'un des écrivains politiques les plus remarquables, et l'un des hommes d'État les plus habiles du XVI° siècle. Le style en est toujours clair et facile, abondant et expressif; la libre allure et la négligence apparente des constructions n'enlèvent rien à la précision des idées. La vive imagination de l'ambassadeur donne la couleur et la vie aux relations qu'il adresse à son gouvernement, et la passion toute patriotique qu'il apporte dans ses jugements et ses récits fait de ses dépêches l'un des tableaux les plus animés de la vie politique de cette époque.

On trouve, dans les lettres *missives* de Pellicier, de nombreuses informations et des révélations inattendues sur les grands événements auxquels il assista pendant son ambassade, c'est-à-dire, sur la paix de Venise avec la Porte ottomane, la guerre de la succession de Hongrie, le meurtre de Rincon et de Fregoso, et l'expédition de Charles-Quint contre la ville d'Alger. Elles sont certainement l'une des sources les plus riches de l'histoire des relations de la France avec l'Orient pendant le XVI° siècle, et renferment sur Souleyman et sa cour des renseignements qui ne seront point inutiles aux biographes du célèbre padischah. Elles répandent une lumière nouvelle sur les origines de l'une des plus célèbres institutions de Venise, celle des inquisiteurs d'État, et sur les rapports, jusqu'à présent si mal connus, du Conseil des Dix avec les ambassadeurs étrangers.

Mais c'est particulièrement l'action si importante et si décisive de la diplomatie de François I<sup>er</sup> qu'elles mettent en relief. On peut voir, dans les dépêches de l'évêque de Montpellier, par quels moyens les représentants du roi parvinrent à tenir en échec la puissance vraiment menaçante de la maison d'Autriche, et à rétablir l'équilibre des forces en Europe. Les préparatifs militaires et les enrôlements auxquels ils présidaient en Italie, les conquêtes qu'ils entreprenaient en pleine paix, ne laissent pas de déconcerter nos idées sur le caractère et les devoirs des ambassadeurs ; mais il convient de ne pas oublier que la diplomatie en était alors à la période d'organisation, que son rôle n'était encore ni bien défini ni bien délimité, et que ses membres se croyaient chargés de défendre *per fas et nefas* les intérêts de leurs souverains. On pourrait ajouter que, si les ambassadeurs se sont interdit, dans les siècles suivants, les entreprises guerrières, leur conduite n'en fut ni moins offensive ni plus sincère ; car ils firent une part de plus en plus grande aux trames occultes déjà en usage au XVI<sup>e</sup> siècle, et ne cessèrent d'augmenter l'importance de la diplomatie secrète dont Pellicier avait fait l'un des principaux ressorts de la politique française dans la Péninsule. On manquerait à la justice et à l'impartialité historique, si l'on reprochait à l'ambassadeur de François I<sup>er</sup> des actes autorisés par l'exemple de tous

les gouvernements de son siècle. Nous ne ferons pas de
difficultés pour reconnaître qu'il pécha quelquefois par
excès de patriotisme et défaut de prudence ; mais, après
avoir fait ces réserves, nous croyons pouvoir affirmer
qu'il contribua, autant que personne, à déconcerter les
plans politiques de Charles-Quint et à détacher Venise
de l'alliance de ce prince ; à étendre l'influence de François I<sup>er</sup> en Orient et à lui assurer le concours des armées
ottomanes ; à maintenir le prestige du nom français au
delà des monts, et à recruter l'armée d'Italie. En dépit
de quelques défauts qu'explique la vivacité toute méridionale de son caractère, Guillaume Pellicier fut l'un
des représentants les plus distingués et les plus utiles
de cette diplomatie à laquelle la France a dû son indépendance et sa grandeur.

# TABLE ALPHABÉTIQUE

# TABLE DES MATIÈRES

## CHAPITRE II

### LA DIPLOMATIE SECRÈTE

## CHAPITRE III

### CLIENTÈLE LITTÉRAIRE DE LA FRANCE

## CHAPITRE IV

### LA BIBLIOTHÈQUE DE FONTAINEBLEAU ET LES BIBLIOTHÈQUES DE VENISE

## CHAPITRE V

### L'ORIENT RÉVÉLÉ PAR LA DIPLOMATIE

## CHAPITRE VI

### PAIX DE VENISE AVEC LES TURCS

## CHAPITRE X

### LA DIPLOMATIE MILITANTE

## CHAPITRE XI

### RECRUTEMENT DE L'ARMÉE D'ITALIE

## CHAPITRE XII

### PROCÈS DES RÉVÉLATEURS

VU ET LU :

A Paris, en Sorbonne, le 1er mars 1880,

*Par le Doyen de la Faculté des lettres de Paris,*

H. WALLON.

Vu et permis d'imprimer :

*Le Vice-Recteur de l'Académie de Paris,*

GRÉARD.

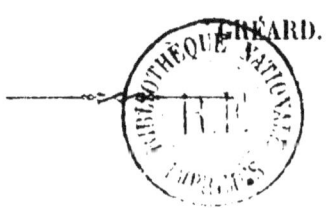

# ADDITIONS ET RECTIFICATIONS.

Page 48, *au lieu de* : le doge et ses conseillers assistaient aux séances du Conseil, *lisez* : le doge et ses conseillers..... les *avogadori*, les Sages-Grands, les Sages de Terre-Ferme et les procurateurs assistaient aux séances du Conseil.

Page 48, *au lieu de* : vingt ou vingt-cinq membres, *lisez* : quinze membres.

Page 49, *au lieu de* : du Sénat ou *Pregay*, *lisez* : du Sénat ou des *Pregadi*.

Page 51, *au lieu de* : 12 juillet 1481, *lisez* : 12 juillet 1480 (erreur de Romanin, rectifiée par le commandeur Cecchetti).

Page 52, *au lieu de* : du 23 octobre de la même année (1480), *lisez* : du 23 octobre 1510 (erreur de Romanin, rectifiée par le commandeur Cecchetti).

Page 61, *au lieu de* : Georges de Selves, *lisez* : Georges de Selve.

Page 185, *au lieu de* : Fernand de Gonzague, *lisez* : Ferrand de Gonzague.

Page 270, *au lieu de* : Arnaud du Ferron, *lisez* : Arnaud Le Ferron.

Page 384, *ajoutez à la note 1* : M. Mouan, *Études sur Denis Faucher*, Aix, 1847.

∞∞⌒⌒∞∞

Nancy. — Imprimerie nancéienne, 1, rue de la Pépinière. Direct. : GÉBHART.

www.ingramcontent.com/pod-product-compliance
Lightning Source LLC
Chambersburg PA
CBHW070545030726
47505CB00001B/164